KB037372

북 한 문 학 예 술
5

# 이데올로기의 꽃

## 북한문예와 북한체제

북한문학예술 5

이데올로기의 꽃: 북한문예와 북한체제

© 단국대학교 부설 한국문화기술연구소, 2014

1판 1쇄 인쇄__2014년 01월 17일
1판 1쇄 발행__2014년 01월 27일

엮은이__단국대학교 부설 한국문화기술연구소
펴낸이__양정섭
펴낸곳__도서출판 경진
　　　　등록__제2010-000004호
　　　　블로그__http://kyungjinmunhwa.tistory.com
　　　　이메일__mykorea01@naver.com

공급처__(주)글로벌콘텐츠출판그룹
　　　　대표__홍정표
　　　　편집__김현열 노경민 최민지　디자인__김미미　기획·마케팅__이용기　경영지원__안선영
　　　　주소__서울특별시 강동구 천중로 196 정일빌딩 401호
　　　　전화__02-488-3280　팩스__02-488-3281
　　　　홈페이지__http://www.gcbook.co.kr

값 22,000원
ISBN 978-89-5996-232-7 93810

북 한 문 학 예 술

5

이데올로기의 꽃

북한문예와 북한체제

단국대학교 부설

도서출판 경진

**일러두기**

〈 〉: 작품

「 」: 논문, 비평문, 기사

『 』: 단행본, 잡지

≪ ≫: 총서, 신문

• 북한 인명 및 용어(주법), 작품 표기는 북한식 표기를 따랐다.

　　예) 리기영, 론설, 령마루, 롱음주법, 죽바침주법, 손풍금

• 북한 자료의 원문 직접 인용 시, 북한식 표기를 따랐다.

# 책머리에

주지하다시피 북한에서 문화예술은 지배체제와 지배이데올로기를 정당화하고 지탱하는 도구이자 무기다. 북한의 문화예술인들은 일정 기관에 소속되어 지배체제가 요구하는 창작 방향과 지침에 따라 작업하고 그 결과물은 지배체제의 검열과 통제를 거쳐야 발표될 수 있다. 이런 사정으로 북한에서 발표된 모든 문예작품은 지배이데올로기를 노골적으로 반영하는 선전선동의 도구다. 가령 북한문예는 꽃의 아름다움을 그 자체로 예찬하지 않는다. 꽃은 사상성, 곧 지배이데올로기와 연관성을 지니는 한에서 진정 아름다운 것으로 평가되며 문예의 소재가 될 수 있다. 오늘날 북한문예의 가장 일반적 소재 가운데 하나가 '김일성화', '김정일화'라는 사실은 그 극단적 예시가 될 것이다. 북한문예에서 꽃은 꽃이로되 '이데올로기의 꽃'인 셈이다.

이 책은 북한문예의 여러 작품과 텍스트 검토를 통해 북한에서 문화예술이 지배이데올로기의 도구로서 기능하는 방식을 살펴보려고 한다. 이것은 북한문예가 선전선동수단, 도구화된 예술이라는 일반화된 상식을 확인하는 선에 머물기보다는 실제로 그것이 "어떻게" 지배체제와 지배이데올로기에 봉사하는가를 구체적으로 꼼꼼히 확인하는 작업이 될 것이다. 그 과정에서 북한 지배이데올로기와 지배체제의 변화 조짐 또는 균열의 양상을 확인할 수 있을지도 모른다. 이러한 작업은 크게 네 갈래로 나뉜다. 1부 〈북한체제에서 문학예술의 기능과 위상〉에서는 북한문예가 지배체제의 정당화에 관여하는 관습적인 방식을 살펴보는 한편 '고난의 행군'과 같은 체제가 직면한 심각한 위기의 극복 수단으로 예술이 활용되는 양상을 살펴보게 될 것이다. 다음으로 2부 〈북한문예의 '주체'들〉은 '주체'를 구호로 내세우는 북한문예가 실천 수준에서 소위 '주체'를 규정, 주조하는 방식을 확인하면서 그것이 어떻게 개인의 자유를 배제, 억압하고 일인 지배체제의 정당화를 위해 기능하는지를 검토할 것이다. 3부 〈이데올로기의 각인〉은 농촌여성, 아동, 재일조선인 등을 등장시킨 북한문예작품의 독해를 통해 지배이데올로기가 일상의 보다 미시적인 수준에서 작동하는 방식을 살펴보게 될 것이다. 끝으로 4부 〈전통의 해석과 변용〉은 시조, 아리랑, 황진이 등 민족 고유의 전통예술형식이나 콘텐츠가 북한에서 지배이데올로기의 요구에 따라 변형, 또는 변용되는 양상을 확인하게 될 것이다.

북한문예의 여러 양상을 꼼꼼하게 검토하는 작업은 남북한의 문화적 소통을 위한 기초자료를 제공하는 일이다. 그 가운데서도 이른바 '정치사상성'을 문화예술의 가장 중요한 가치로 내세우는 북한문예를 지배체제 내지는 지배이데올로기와의 연관성 속에서 검토하는 일은 가장 기본적인 작업에 해당한다. 이러한 작업이 이뤄진 연후에 비로소 남북한문예의 소통과 교류를 위한 최소한의 접점을 모색하는 일도 가능할 것이다.

우리의 연구는 무엇보다 북한 문학, 연극, 음악, 미술 분야에서 전문가로 자리를 굳힌 전문연구자들의 주제 연구를 한 자리에 모아 그 양상을 보다 다양한 지평에서 관찰하는 작업이라는 의의가 있다. 이 책은 한국연구재단 중점연구소 지원으로 단국대학교 부설 한국문화기술연구소에서 진행 중인 〈통일시대를 대비한 남북한 문화예술의 소통과 융합방안 연구〉의 의미 있는 성과이다. 이 책이 나오기까지 많은 분들의 도움을 받았다. 먼저 필자로 참여해준 홍익대학교 장사선 교수, 건국대학교 전영선 교수, 백석대학교 박미영 교수, 중앙대학교 오창은 교수, 그리고 북한대학원대학교 박영정 교수에게 감사한다. 또 황희정, 김보경, 최은혁, 김지현, 이보연에게 깊은 고마움을 전한다. 그리고 무엇보다 이 책의 출판을 흔쾌히 승낙해준 도서출판 경진의 양정섭 대표와 편집에 힘써준 디자이너들에게 감사한다.

2014년 1월
단국대학교 부설 한국문화기술연구소
소장 김수복

# 목 차

# 3부 이데올로기의 각인: 여성, 아동, 재일조선인 이미지

# 4부 전통의 해석과 변용

제1부
——

# 북한체제에서
# 문학예술의 기능과 위상

# 이야기 방식을 통한 북한체제 정당화

: 총서 ≪불멸의 력사≫와 영화 〈조선의 별〉을 중심으로

전영선

## 1. 이야기를 넘어 정전(正典)의 문학으로

이 글은 혁명역사의 대중화 전략으로서 소설과 영화의 역할과 기능을 살피는 데 목적이 있다. 북한은 체제의 역사적 출발이나 이념의 근원을 김일성의 혁명투쟁에 두고 있다. 한편으로는 체제 정당성을 상징화된 상징조작을 통하여, 다른 한편으로는 이야기 방식을 통하여 끊임없이 대중들을 설득하고 있다. 혁명사적지, 혁명전적지를 비롯하여 국가 주도의 의례적인 행사들을 통한 혁명전통 교양 사업과 함께 소설과 영화를 비롯한 이야기 방식을 통한 대중설득 전략은 체제 정당화의 핵심기제 가운데 하나이다.

북한이 이야기 방식을 택하는 이유는 자연스러운 내면화에 있다. 하나의 이야기를 반복적으로 다양한 방식을 통해 전달함으로써 최고지도자와 관련한 온갖 이야기들을 사실로 받아들이게 된다. 나아가 '설화'나 '전설'의 이야기들도 '일반인들은 그럴 수 없지만 최고지도

자는 그럴 수 있는' 실화와 허구의 경계가 모호하지만 신비한 사실로 받아들이게 된다.[1] 이처럼 논리적 설득보다는 감성적 공감과 경외를 통한 체제전략 수단으로서 이야기의 유용성 때문에 국가적 차원에서 관리하는 것이다.[2] 이런 이야기 방식을 통한 대중설득 작업의 대표적인 성과물로 총서 ≪불멸의 력사≫와 다부작 영화 〈조선의 별〉이 있다.[3]

≪불멸의 력사≫는 김일성의 '항일혁명투쟁'을 주제로 한 일련의 연작 소설 시리즈물로 북한 문학의 이른바 '총서' 형식의 기원이 된 작품이다. ≪불멸의 력사≫ 총서는 장편소설 연작이라는 형식을 담고 있지만, 방대한 분량에 국가 기획에 의해 항일혁명투쟁시기부터 해방 이후까지 북한이 주장하는 역사적 사실을 소재로 하고 있다는 점에서 일반 문학 작품과는 차원을 달리하는 수령형상 문학의 본보기적인 작품이자 북한의 역사를 재현한 방대한 서사기록물이라고 할 수 있다.

---

1) 한정미, 『북한의 문예정책과 구비문학의 활용』, 민속원, 2008, 133쪽.
   "북한이 구비문학을 정책적으로 활용하여 얻고자 한 것은 북한 당국이 추구하는 이념을 인민들에게 주입하는 것이었다. 이념이란 다름 아닌, 이념들이 북한의 현 체제를 인정함으로써 국가에 대해 애국·충성을 다하도록 만드는 것이었다. 구체적으로 말해서, 설화를 통해서는 입지적 정통성과 국가권력의 정통성을 확인시킴으로써 김일성·김정일 부자가 이끄는 현 체제 자체에 이의제기를 할 수 없이 만들고, 민요를 통해서는 그렇게 구성된 사회주의 국가에서의 생활이 얼마나 행복한가를 주입함으로써 당에 충성을 다하도록 만드는 것으로 각각 도구화하고 있다는 것이다."

2) 김정일, 「영화창작에서 새로운 양양을 일으킬데 대하여: 대한 수령님의 문예사상 연구모임에서 한 결론, 1971년 2월 15일」, 『김정일선집』(2), 조선로동당출판사, 1993, 153쪽.
   "안영애동무와 같이 널리 알려진 사람들뿐아니라 세상에 알려지지 않은 무명영웅전사들도 적극 찾아내여 그들에 대한 이야기를 가지고 영화를 만들어야 하겠습니다. (…중략…) 이러한 영화를 많이 만들어내야 인민군군인들과 인민들을 전쟁에 대처할수 있도록 정치사상적으로 튼튼히 준비시킬수 있으며 그들에게 전쟁경험을 가르쳐줄수 있습니다."

3) 김정일, 「혁명적문학예술작품창작에서 새로운 앙양을 일으키자: 문학예술부문 일군들과 한 담화, 1986년 5월 17일」, 『김정일선집』(8), 조선로동당출판사, 1998, 369쪽.
   "우리 문학예술은 경애하는 수령님의 위대성을 형상하는데서 이미 커다란 성과를 거두었습니다. 창작가, 예술인들은 지난날 총서 ≪불멸의 력사≫에 수록된 혁명소설들과 혁명영화 ≪조선의 별≫, 음악무용서사시 ≪영광의 노래≫, 삼지연대기념비를 비롯하여 수령님의 위대성을 형상한 여러가지 문학예술작품을 수많이 창작하여 근로자들과 청소년들 속에 수령님의 위대성을 깊이 인식시키고 그들을 혁명적세계관으로 튼튼히 무장시키는데 크게 이바지하였습니다."

총서 ≪불멸의 력사≫가 소설형식을 통한 혁명역사의 재구성이라면, 영화 분야에서 수령 형상 창조의 본보기를 제시하고, 항일혁명문학예술의 재창작 작업에 원천적 의미를 부여한 것은 〈조선의 별〉 시리즈이다. 영화 〈조선의 별〉은 1980년부터 1987년까지 1920년대 중반부터 1930년대까지 김일성을 중심으로 항일무장혁명 투쟁을 10부작으로 제작하였다. 리종순 극본에 엄길선이 연출을 맡았으며, 김성주(강덕), 김혁(김원), 차광수(리정천), 설은주(김련옥) 등이 출현하였다. 북한에서는 2001년까지 40여만 회 이상의 관람으로 1억 5천만 명 이상이 관람하였다고 한다.[4] 10부작 시리즈라는 점을 고려하더라도 북한 주민 전체보다 7~8배나 많은 관객을 기록하였다는 것은 대중설득 전략으로서 영화가 어떤 의미를 갖고 있는지를 보여준다.

본 연구는 혁명역사의 대중화 전략으로서 ≪불멸의 력사≫와 〈조선의 별〉이 갖는 사회적 의미와 기능을 분석하고자 한다. 이러한 연구는 북한체제 유지의 감성적 전략인 이야기 방식에 대한 본격적인 연구 토대가 될 것이다.

---

[4] 「南의 친구, 北의 조선의 별」, 〈연합뉴스〉, 2001년 4월 24일.
"북한의 주장에 따르면 '조선의 별' 총 관람객수는 1억 5천만 명이 넘는다. 이는 북한 주민을 2천여만 명 정도인 점을 감안할 때 한 사람이 7-8회 정도 관람했다는 계산이 나오며, (…중략…) 또한 북한의 주장에 따르면 '조선의 별' 시리즈는 연 40여만 회의 상영 기록도 있는데, 이 영화의 후속 시리즈 격인 '민족의 태양'이 본격적으로 나온 1990년까지 10년 동안 상영됐다고 볼 때 매년 4만여 회, 매달 3천여 회, 매일 1백 회 상영됐다는 계산이 나온다."

## 2. 혁명역사 대중화 전략으로서 총서 ≪불멸의 력사≫와 〈조선의 별〉

### 1) 기록문학으로서 총서 ≪불멸의 력사≫

≪불멸의 력사≫ 총서 시리즈는 1972년 권정웅의 「1932년」을 시작으로 2007년 김삼복의 「청산벌」에 이르기까지 2007년 현재 33권이 출판되었다. ≪불멸의 력사≫ 총서는 해방을 기점으로 '항일혁명투쟁시기편'과 '해방 후편'으로 나누어진다. '항일혁명투쟁시기편'은 권정웅의 「1932년」(1972)로부터 허춘식의 「천지」(2000)까지 17편이며, '해방 후편'은 권정웅의 「빛나는 아침」(1988)으로부터 김삼복의 「청산벌」까지 16편이다.[5]

≪불멸의 력사≫의 문학적 성격이 문제가 되는 것은 문학적 성격이나 위상이 여타의 북한 소설과는 판이하게 다르기 때문이다. '원고지 분량 만 해도 10만 장이 넘는 작품으로, 실제 역사적 인물이 대부분을 차지하는 수천 명의 인물이 등장하며, 혁명 역사를 토대로 하고 있기 때문이다. 총서 ≪불멸의 력사≫에 참여한 작가들은 권정웅·천세봉·석윤기·최학수·김병훈·김정·남대현 등 4·15문학창작단 작가들을 주축으로 한 당대 최고의 작가들이 참여하였다.

소설이라는 형식을 빌렸지만 '역사'성을 강조한 ≪불멸의 력사≫라는 총서의 제목만큼 사실적인 역사기록을 토대로 한다는 점에서 ≪불멸의 력사≫ 총서에 대한 북한의 평가는 문학의 정점을 넘어 북한 사회의 뿌리와 역사를 이야기로 서술한 경전에 가깝다고 할 수 있다. 즉, ≪불멸의 력사≫ 총서는 단순한 사상교양, 계급교양의 문

---

5) 총서의 전편에 해당하는 '항일혁명투쟁시기편'은 김일성의 항일혁명 투쟁을 중심으로 혁명에 함께 했던 차광수·김혁·권영벽·오중흡 등의 빨치산 인물들의 이야기를 주요 내용으로 한다. '해방후편'은 해방과 함께 김일성의 개선과 당 창건사업, 토지개혁 등의 혁명사적을 주요 내용으로 한다.

제를 넘어 정전(正典)화 된 문학, 공식적 문학으로 혁명역사의 소설을 통한 재구성이라는 의미가 있다.

이처럼 ≪불멸의 력사≫ 총서는 특별한 의미를 가진 문학, 문학을 넘어 최대한 역사적 사실에 접근한 기록에 준하는 문학이라고 할 수 있다. ≪불멸의 력사≫ 총서가 소설이면서도 정사(正史)로서 역사기록 못지않은 위상을 갖는 체제 문학이라는 특성은 ≪불멸의 력사≫ 성격을 규정하는 기본적인 문제이다. 이런 점에서 총서 ≪불멸의 력사≫의 성격은 다음과 같이 규정할 수 있다.

첫째, 주제적인 면에서 ≪불멸의 력사≫는 서사적 송가 문학적 특성을 보인다. 북한에서 송가란 사전적 의미로 '역사적 인물이나 사건, 나서 자란 조국 등을 찬양하며 칭송하여 부르는 노래'를 말한다. ≪불멸의 력사≫는 주요 인물이나 사건, 조국에 대한 찬양을 담고 있다는 점에서 북한에서 규정한 송가의 특성에 부합한다. 다만 송가가 노래라면 ≪불멸의 력사≫는 소설이라는 형식적인 면에서 차이가 난다. 따라서 일반적 의미의 '송가'가 아니라 '서사로 이루어진 송가문학'으로 규정할 수 있다.

둘째, 내용적인 면에서 기록문학의 특성을 보인다. ≪불멸의 력사≫가 역사를 소설로 옮겼다는 점에서 역사소설이나 실화소설로 간주할 수 있다. 그러나 역사소설이라고 하기에는 역사적 토대가 너무나 굳건하며, 사실성이 강조되어 있다. 즉, 총서 ≪불멸의 력사≫를 역사소설로 규정하기 어려운 것은 현실정치와의 밀접한 관련되어 있으며, 역사적 사실에 대해 과도하게 의지하고 있다. ≪불멸의 력사≫는 문학의 영역에 역사가 포함되었고, 근현대에서도 문학과 역사는 밀접한 연관을 맺고 있다[6]는 차원을 넘는 역사에 대한 과도한 기록에

---

6) 권성우, 「민생단 사건의 소설화, 혹은 타자의 발견: 김연수의 『밤은 노래한다』론」, 『한민족문화연구』 28집, 한민족문화학회, 2009, 254쪽.
"문학과 역사는 일종의 쌍생아(雙生兒) 관계로 볼 수 있다. 그 어떤 문학작품도 역사적 문맥으로부터 자유롭지 않다."

의지하고 있다. 즉, 역사를 문학의 창작소재로 하기보다는 역사를 문학으로 기록하려는 국가 기획에 작동한 기록문학 특성이 있다. 역사소설은 역사와 소설이 각각 지니고 있는 사실과 허구, 재현과 상상이라는 두 가지의 구별되는 특징을 지닌다.[7]

역사소설은 역사적 사실을 바탕으로 하지만 기록이기보다는 작가적 주제의식과 지향성을 드러낸다.[8] 그러나 총서 ≪불멸의 력사≫에서 발견할 수 있는 작가적 한계는 분명하다. 작가는 국가의 기획과 의도에 맞추어 역사의 기록으로는 채울 수 없는 역사적 공간을 디테일한 묘사를 통해 속속히 채워가면서 이야기로서 생생하게 재현하는 전달자에 가깝다. 즉, ≪불멸의 력사≫는 역사적 사실을 토대로 역사의 공간을 문학적 상상력으로 채워나간 역사 이야기이며, 작가는 새로운 창작자이기보다는 소설로 역사를 이야기하는 세련된 이야기꾼일 뿐이다.[9]

≪불멸의 력사≫는 역사적 사실에 대한 과도한 의지 때문에 문학적 상상력이 개입할 수 있는 여지는 그리 넓지 않다. 역사적 사실을 중심에 두고 있으며, 문학적 상상이나 허구보다는 역사적 사실성을 강조한다. 남한에서도 ≪불멸의 력사≫ 총서의 문학적 의미보다는 정치사회적 의미에 대해 관심을 갖는다.[10]

---

7) 임옥규, 『북한 역사소설의 재인식』, 역락, 2008, 38쪽.
8) 위의 책, 41쪽.
　"역사소설은 과거 사실에 대한 문학적 허구의 결합으로 현재의 관점이 투영된 통시적이면서도 공시적인 문학 범주이다. 여기에서 역사소설의 시간적 범주는 현재로부터 한두 세대 전까지의 과거이며 역사적 사건이나 인물은 당대 사회의 가장 본질적이고 전형적인 사건이나 인물로 등장인물에게 영향을 끼치는 운명적인 것이라야 한다. 역사적 사건이나 인물이 배경에만 머무는 것이 아니라 작품의 주제와 역사의식 형성에 중요한 역할을 하여야 한다. 그렇지 않을 경우 전기물이나 통속물에 머물게 된다. 역사와 소설이 다른 점은 역사는 있는 그대로의 기록이지만 소설은 주제와 주의를 갖고 있다."
9) 어려운 경전이나 역사적 사실을 이야기로 풀어주었던 예는 전통적인 방식이었다. 과거 어려운 역사나 불경을 이야기로 해설하고 풀어주었던 전기수·강창사·강담사 등의 이야기꾼들이 있었다. 이들 이야기꾼은 역사, 혹은 경전과 대중 사이를 이어주었다. 이야기꾼에 대한 논의는 김태준, 「中人文學과 이야기꾼」, 『국어국문학 논문집』 15, 동국대학교 국어국문학과, 1992; 김용범·전영선, 「古典小說의 流通構造 硏究」, 『인하어문연구』 2호, 인하대학교 인하어문연구회, 1995 참조.

셋째, 정치와의 관련한 정치교양 기록물이다. ≪불멸의 력사≫ 총서는 현실정치와 밀접하게 관련되어 있다. ≪불멸의 력사≫에서 다루는 역사의 범위는 진행형이다. 가장 최근에 나온 ≪불멸의 력사≫ 총서 작품은 2007년에 나온 김삼복의 「청산벌」이다.

최근에 나왔다는 것 자체가 문제가 될 수는 없다. 중요한 것은 완결된 역사인가 진행 중인 역사인가 하는 점이다. ≪불멸의 력사≫는 현재까지도 진행 중인 사건을 다루고 있다. 역사소설에서 다루는 역사는 지나간 역사이다. 즉, 역사소설은 '통념상 과거의 역사를 소재로 한 소설'이다. 작품의 소재가 된 역사가 집필 당시로 보아 명백히 '과거'에 속하거나 현재의 구체적 전사(前史)여야 한다. 하지만 ≪불멸의 력사≫는 현재에도 진행 중인 문제를 다루고 있다.

이런 점에서 총서 ≪불멸의 력사≫는 '공식적인 역사'는 아니지만 항일혁명투쟁으로부터 시작된 북한의 역사적 정통성을 뒷받침하는 공적 기억의 보고이자 국가 이야기의 원천으로 북한 사회의 문화 정전(正典)에 해당한다고 할 수 있다.11)

---

10) 채호석은 '북한의 문학은 그 나름의 고유한 존재방식을 갖고 있으며, 그 존재방식을 인정해야 한다'는 점을 전제로 "≪불멸의 역사≫시리즈는 북한의 '공식적'인 문학이며, 정전"으로 규정하였다. 또한 "≪불멸의 역사≫는 서구적인 의미에서의 소설이라고는 말할 수 없을 것이다. 그렇기 때문에 ≪불멸의 역사≫를 '소설'의 관점에서 읽는 것은 대단히 무리한 일이다"고 하여 북한 문학의 특수한 형태로 보았다. 이에 대해서는 채호석, 「≪불멸의 역사≫ 『혈로』의 주제화 방식 연구」, 『'총서 불멸의 역사'와 북한문학의 전망』, 2008년 상반기 상허학회 전국학술대회 자료집, 2008.6.14, 32쪽 참조.
오태호는 "총서는 북한이 내세우는 주체문예이론의 정수에 해당한다. 남한의 명명으로 보자면 역사소설에 해당하겠지만, 북한문학에서는 '수령'의 과거사를 문학적 허구로 재조명하려는 기획의도가 깔려있다. 그리하여 총서는 항일혁명투쟁의 험로를 헤쳐 온 '수령의 신화'를 재창조·재형상화함으로써 인민을 계도하려는 체제 유지 문학에 해당하게 된다"고 보았다. 이에 대해서는 오태호, 「총서와 작가적 개성과의 거리: 최학수론」, 『'총서 불멸의 역사'와 북한문학의 전망』, 2008년 상반기 상허학회 전국학술대회 자료집, 2008.6.14, 69쪽.
11) 강진호, 「'총서'라는 거대서사 혹은 허위의식」, 『총서 ≪불멸의 역사≫와 북한문학』, 깊은샘, 2008, 16쪽.

## 2) 다부작 예술영화 〈조선의 별〉

〈조선의 별〉은 북한에서 최초의 혁명송가, 최초의 수령형상 작품이라고 하는 김혁의 〈조선의 별〉을 모티브로 한 다부작 예술영화이다.[12]

〈조선의 별〉은 1부부터 3부까지는 제목이 없지만 제4부 부터는 제목이 붙어 있다. 제4부 '잊을 수 없는 여름', 제5부 '눈보라', 제6부 '불타는 봄', 제7부 '남만에서', 제8부 '저물어가는 1932', 제9부 '로흑산의 전설', 제10부 '불타는 근거지'로 되어 있다.

〈조선의 별〉은 내용상 크게 3부분으로 나누어진다. 첫째 부분은 제1부와 2부이다. 종파주의자들과 민족주의자들의 갈등과 분열에 실망한 김혁이 국내외에서 독립에 대한 희망을 찾아 헤매다가 김성주(김일성)를 만나 '조선의 지도자' 〈조선의 별〉을 지어 보급하기까지의 과정이다. 둘째부분은 제3부에서부터 6부까지이다. 김일성이 일제의 탄압 속에서도 반일 세력을 규합하여 반일인민유격대를 창설해 나가는 과정을 내용으로 한다. 셋째 부분은 7부부터 10부까지이다. 김일성이 반일인민유격대를 창건한 이후의 활동을 내용으로 사회주의 내의 분열을 수습하고 '국내진공작전'을 준비하기까지의 과정이다.

결론적 〈조선의 별〉은 당시 광복을 위한 여러 조직이 있었지만 오직 김일성만이 도덕성과 자질을 갖춘 유일하고도 옳은 지도자였으며, 혁명에 대한 올바른 방향을 제시하였으며, 혁명 활동을 통해 조국광복을 이룰 수 있었다는 것을 제시한다. 이러한 주제의식은 북한에서 제작된 혁명영화를 통해 일관성 있게 제시하고 있는 주제의 하나이며, 수령형상의 원칙이다.

---

12) 김혁은 1907년생으로 김일성보다 다섯 살 위이며 1929년 여름 만주에서 김일성과 만나 1930년 조선혁명군에 입대한 '항일혁명가의 전형'으로 그려져 있다. 또한 이 영화에서 김혁과 함께 주인공으로 나오는 차광수도 실존인물로 김일성 전기에 가장 많이 등장하고 있다. 차광수는 1905년생으로 청년시절 일본에 건너가 활동했으며 1932년에 사망했다. 김혁과 차광수는 1980년 10월 당 6차대회 직후 등장한 '모두가 1980년대의 김혁, 차광수가 되자'라는 구호의 주인공들이다.

〈조선의 별〉이 북한에서 높은 평가를 받고, 국가적 차원에서 제작, 보급된 이유도 바로 북한 문학예술에서 구현해야 할 수령형상을 모범적이고 전형적으로 그렸기 때문이다. 〈조선의 별〉이 갖는 의미는 〈조선의 별〉의 창작 배경이 된 1970년대 북한 상황과 연계할 때 의미가 분명해진다. 1950년 중반 이후 진행된 북한 대내외 변화의 핵심은 '우리식'이었다. 문학예술에서는 사회주의적 사실주의와는 구별되는 주체사실주의의 이론화에 대한 문제였다. 소련으로부터 사회주의 사상을 공급받았던 북한이 소련과의 갈등이 본격화되면서 자주적인 사상체계의 확립이 필요하게 되었고, 이는 주체사상으로 나타나게 되었다. 사회와 역사의 발전에서 사회적, 역사적 조건을 강조하는 사회주의 발전노선과 달리 주체사상은 인간의 사상의지와 실천을 강조하면서 차별화되었다.

북한 문화예술에서 혁명의 수뇌로서 '수령' 형상 창조문제가 제기된 데에는 북한 내의 정치적 배경이 크게 작용하였다.

국제공산주의운동안에 기여든 혁명의 배신자들이 수령의 권위와 혁명업적을 악랄하게 헐뜯으면서 문학예술에서 수령의 형상을 창조하는 문제를 노골적으로 방해하는 범죄적책동을 감행하는 한편 우리 당안에 숨어 있던 반당반혁명분자들과 대국주의자들이 당을 공격하여나섰던 엄중한 시기에 친애하는 지도자동지께서는 수령형상 문제를 제기하시고 몸소 진두에서 지도하시었다.13)

여기서 엄중한 시기는 1956년 8월 30일 당 중앙위원회 8월 전원회의에서 최창익·윤공흠 등이 김일성 1인 체제를 비판한 소위 '8월 종파'사건으로부터 1967년 5월 당중앙위원회 제4기 15차 전원회의에서 김정일 국방위원장 주도로 대규모 숙청이 이루어진 시기를 의미한

---

13) 윤기덕, 『수령형상문학』, 문예출판사, 1991, 6쪽.

다. 즉, 북한에서 수령형상의 문제는 정치사상적인 내부 갈등의 극복 과정에서 김일성 주석 일인 체제의 확립과 동시에 진행되었다.

특히 1967년 '당의 유일사상 체계를 철저히 세울 데 대한 방침'이 나온 이후 '유일사상 체계'와 '수령형상 창조'를 어떻게 연결시키느냐는 문제가 가장 핵심적인 문제였다. 그래서 1960년대 후반의 김정일 현지지도는 이 문제에 가장 집중되게 된다.[14] 즉, 1960년대 김정일이 주도한 문학예술계의 숙청 작업도 결국은 김일성 일인체제에 찬성하느냐 반대하느냐의 문제였다. 이때부터 사회주의적 사실주의를 기반으로 한다고 주장하면서도 '수령형상문학예술'을 정립하기 위한 방향으로 전개되어 왔다.[15]

북한 문학예술에서 수령형상 문제는 혁명문학의 본질에 해당하는 문제로서 개인적인 판단이나 견해가 개입할 수 없는 당적 지도체계와 관련된 문제였다.

수령을 형상한 새로운 혁명문학을 건설하기 위해서는 이 사업에 대한 정연한 지도체계를 갖추어야 합니다. 수령의 형상을 창조하는 사업은 당의 유일적인 지도밑에 목적의식적이며 조직적인 사업으로 되어야 합니다. 당의 유일적인 지도에 의하여서만 이 사업이 목적의식적이며 조직적인 사업으로 될 수 있으며 확고한 목표아래 두렷한 전망을 가지고 박력있게 전개될 수 있습니다. 작가동맹에서는 앞으로 수령형상 창조와 관련한 모든 중요한 문제를 당에 보고하고 당의 유일적인 지시와 결론에 따라 처리하는 엄격한 규율을 세워야 합니다.[16]

북한이 새로운 제시한 혁명문학의 본질적인 문제인 수령형상 문제

---

14) 전영선, 『북한의 문학예술 운영체계와 문예 이론』, 역락, 2002, 146~147쪽.
15) 문화체육부, 『북한식 문화예술 창작방법론 연구』, 문화체육부, 1998, 56쪽.
16) 김정일, 「4·15문학창작단을 내올 데 대하여: 조선로동당 중앙위원회 선전선동부 책임일꾼들과 한 담화」, 1967년 6월 20일.

에 대한 구체적인 해답을 제시한 것이 예술영화 〈조선의 별〉이다. 〈조선의 별〉에 대한 북한의 평가 역시 '혁명적 수령관과 혁명적 동지애'에 대한 종자를 밝힌 작품이라는 데 중심을 두고 있다. 수령형상의 핵심으로서 김일성의 형상은 노동계급의 수령으로서 그려져야 한다.

혁명영화 〈조선의 별〉은 혁명적 수령관과 그에 기초한 혁명적동지애에 관한 문제에서 철학성있는 사상적핵을 잡고있다. 혁명적수령관과 그에 기초한 혁명적동지애에 관한 문제는 그자체가 심오한 철학성을 안고있는 문제이다. 그것은 이 문제가 공산주의운동의 본질과 관련된 문제이며 로동계급의 혁명의 운명과 근로인민대중의 운명과 관련된 근본문제이기 때문이다. (…중략…) 혁명영화 〈조선의 별〉에서 이러한 철학성있는 종자설정이 가지는 의의는 경애하는 수령님의 초기혁명활동시기의 혁명력사의 본질과 그 거대한 사회정치적의의를 힘있게 밝혀내면서 경애하는 수령님의 위대성을 높은 사상예술적경지에서 천명할수 있게 한데 있다.[17]

북한의 평가대로 〈조선의 별〉을 통해 그리고자 했던 주제의식의 핵심은 수령형상의 종자를 잡는 문제였다. 북한 문학예술에서 수령을 그리는 일은 수령형상의 원칙에 맞추어 형상화되어야 한다.

수령형상에 대한 원칙이 제시되는 것은 수령을 형상하는 것이 "문학예술의 력사에서 존재한 모든 인물형상들 가운데서 가장 숭고한 사상을 체현한 위대한 형상"이 되기 때문으로 설명한다. 그리고 수령형상에는 "로동계급의 수령이 위대한 사상리론가이고 그 사상리론을 실현하기 위하여 혁명의 진두에서 몸바쳐싸우는 위대한 령도자로서 수령의 형상에는 위대한 혁명사상이 힘있게 체현되여있기때문이다"고 설명한다.[18]

---

17) 윤기덕, 앞의 책, 242~244쪽.
18) 위의 책, 175쪽.

## 3. 이야기 방식의 혁명전통 대중화 전략

총서 ≪불멸의 력사≫는 북한이 주장하는 '항일혁명투쟁의 역사적 사실'을 소설 시리즈로 옮긴 것이며, 다부작 예술영화 〈조선의 별〉은 김일성의 항일혁명 과정을 그린 영화이다. 역사를 제쳐두고 이야기 방식으로 옮기려 했던 의도는 무엇이었을까? 두 작품을 통해 살펴보면 다음과 같다.

### 1) 이야기를 통한 수령 위상의 재정립

북한 문학예술이 추구해야 할 기본 사명은 수령을 제대로 형상하는 문제이다. 총서 ≪불멸의 력사≫와 〈조선의 별〉은 '수령형상 창조 문제의 가장 수준 높은 작품이며, 수령형상 창조의 참다운 본보기'가 되는 작품으로 평가한다. 특히 ≪불멸의 력사≫ 총사는 주체문학의 본보기,[19] 주체 문학의 '가장 대표적인 성과', 북한 문학이 지향해야 할 수령형상문학의 완성판이자 본보기적인 작품으로 평가한다.[20]

수령형상화는 단기간에 이루어진 것은 아니었다. 주체사상이 정립하기 이전까지 수령 형상은 작가, 예술가들에게는 새로운 문제였다. 특히 1960년대 중반 이후 수령형상 문학은 북한 문학예술계의 최대 과제였다.[21]

---

19) 김정일, 『주체문학론』, 조선로동당출판사, 1992, 140쪽.

20) 「불멸의 력사」, 『문예사전』. "총서 ≪불멸의 력사≫의 창작은 위대한 수령 김일성동지의 형상창조문제가 우리 문학에서 가장 높은 사상예술적 경지에서 해결되고 로동계급의 수령 형상창조문제에서 참다운 본보기가 마련되었다는것을 알리는 일대 사변으로 되며"

21) 김일성, 「혁명적영화창작에서 새로운 전환을 일으키자: 영화예술부문 창작가, 예술인들 앞에서 한 연설, 1966년 2월 26일」, 『김정일선집』(1), 조선로동당출판사, 1992, 125~126쪽. "오늘 우리 사회주의문학예술이 풀어야 할 근본적인 문제는 수령을 형상한 새로운 혁명적문학예술을 건설하는것입니다. (…중략…) 수령의 형상을 창조하는것은 혁명전통을 내용으로 한 작품창작에서 현시기 가장 중요한 문제로 됩니다. 위대한 수령님의 영광찬란한 혁명력사를 떠나서 우리 당의 혁명전통에 대하여 말할수 없습니다. 혁명전통에 관한 주제는 본질에 있어서 수령님의 불멸의 혁명력사와 관련된 주제이며 수령님의 현명한 령도밑에 조직전개된 항일혁명투쟁의 력사적사실을 반영하는 주제입니다. 따라서

총서 ≪불멸의 력사≫와 〈조선의 별〉은 형상 문학의 본보기적 작품으로서 모범적 위상을 갖는다. 수령형상을 통해 제시하고자 했던 것을 〈조선의 별〉을 통해 살펴보면 다음 세 가지로 정리할 수 있다.

첫째, 김일성이 유일한 혁명지도자라는 점이다. 청년공산주의자인 김혁은 암울한 조국의 상황 속에서 조국광복에 대한 희망을 찾아보지만 국내외의 공산주의자들의 종파적인 행동과 민족주의자들의 이기적 행동을 보면서 크게 실망한다. 사회주의 운동에 나선 김혁이 국내에서 실망하고 진정한 사회주의 지도자를 찾아 가지만 사회주의나 민족주의나 희망을 찾을 수 없어 크게 낙담한다.

절망하였던 김혁은 혁명의 선배 차광수로부터 새로운 지도자로서 '김성주'가 등장하였다는 소식을 듣고 만주로 가서 김성주(김일성)를 만나고, 김성주가 유일한 지도자라는 것을 확신하고, 김성주의 혁명사상을 온몸으로 받아들이면서 혁명송가 〈조선의 별〉을 창작하고, 적극적인 보급 활동에 나서다 장렬하게 최루를 마친다. 김일성을 민족적 지도자로 받아들이고, 수령을 위해 목숨을 던지는 것을 통하여 김일성만이 당시의 유일한 민족지도자로서 김일성의 사상을 받는 것만이 유일한 희망이라는 것을 강조한다.

둘째, 항일혁명에 대한 성격 규정이다. 〈조선의 별〉에서 가장 특징적이고, 다른 영화와 구분되는 점도 바로 이 항일투쟁에 나선 혁명이 어떤 성격이었느냐는 점이다. 결론적으로 말하면 항일혁명은 '사회주의 혁명'이라는 점을 분명히 한다. 이 점은 앞서 언급한 수령을 어떻게 형상하느냐의 문제와 관련된 핵심적인 문제이다. 김혁과 김성주의 첫 만남은 길림에서 벌어진 '길회선철도부설' 시위 현장이었다. '길림육문중학교 학생'의 신분으로 수천의 시위대를 이끄는 김성주와의 첫 만남은 김성주(김일성)의 위대성을 강조하기 위한 설정인 동시에 김일성의 혁명방향을 규정하는 것이었다.

---

수령님의 형상을 창조하는것은 혁명전통주제작품창작에서 나서는 가장 숭고한 과업으로 됩니다."

≪나는 이 왕청문청년동맹 간부 문청산이요. 우리 조선청년들이 오늘 어느 길에서 싸워야 하오? 민족주의요, 사회주의요?≫

끓어번지던 청년들이 숨을 죽이고 온 마당에 물을 뿌린듯 조용해 진다. 김성주동지께서 문청산에게 대답을 주신다.

≪그것은 명백하오 사회주의 길이요. 민족주의로써는 이제 더는 우리 나라 민족해방운동을 이끌어나갈수는 없소. 3.1운동과 6.10만세투쟁이 우리에게 가르쳐준 피의 교훈이 그것이요.

사회주의 길에서만이 일제를 쳐부수고 조국을 광복할수있으며 무산대중이 자유와 권리를 찾고 모두가 잘살수 있는 나라를 건설할 수 있습니다. 우리 공산주의자들은 누리에 붙는 불이 되고 철쇄를 마스는 마치가 되어 일제침략자들을 쳐부실것이며 인민대중을 찾취와 압박에서 해방하고야말것입니다.≫22)

김일성은 투쟁의 방향을 묻는 질문에 대해서 사회주의를 향한 투쟁이어야 한다고 분명하게 잘라 말한다. 이 문제에 대한 대답을 통하여 김일성의 항일혁명이 곧 사회주의 혁명의 과정임을 분명히 한다. 이로써 김일성은 항일의 지도자에서 사회주의 혁명의 지도자로서 위상이 분명해진다. 나아가 김일성이 주장한 사회주의 혁명은 주체혁명 사상과 연결된다.

내 서재에서 책을 빌려다 읽군하는 청년이 있소. 어느날 그 청년과 론쟁이 벌어졌는데 그가 나를 비판하는 말이 고전에는 이렇게 되었으니 우리도 꼭 그래야 한다는 관점과 사고방식을 고쳐야 한다는 거요. 맑스-레닌주의도 고유한 자기 민족의 토양에 발을 붙이고 봐야만 산 혁명학설이 된다는 거지.23)

---

22) 『영화문학 조선의 별(1~6부)』, 문예출판사, 1983, 52쪽. (이하 인용 시에는 『영화문학 조선의 별(1~6부)』로 표기하고, 출전을 생략하고 쪽수만 기록하기로 한다.)
23) 『영화문학 조선의 별(1~6부)』, 217쪽.

차광수와 소심이가 이야기를 주고받는 대목에서 소심이의 입을 통해 청년시절의 김일성이 언급되는 장면이다.[24] "맑스-레닌주의도 고유한 자기 민족의 토양에 발을 붙이고 봐야만 산 혁명학설이 된다"는 말을 통해 민족적 특색에 맞는 사회주의 혁명을 강조한다. 민족적 특색에 맞는 혁명이어야 한다는 것을 강조함으로써 주체사상에서 강조한 사회주의 발전의 일반 법칙과 조선의 현실이라는 특수성의 결합이 강조된다.

셋째, 혁명투쟁 방식에 대한 정당성이다. 김혁이 처음 혁명가로서 혁명의 방향에 대해서 깨달은 것은 인민대중과 함께 혁명하는 것이었다. 김혁이 〈조선의 별〉이라는 노래를 지은 것도 김일성의 반대에도 불구하고, 노래를 불러 보급해야 하겠다고 강조한 것도 노래를 통해 김일성의 존재를 알리고, 대중과의 연계, 인민 대중과의 혁명 활동을 위한 것이었다.

내 서울, 상해에서 찾아헤매인 그 파쟁터는 인생의 시궁창이였다. 도시에서 인테리들이나 찾아다닌 내가 얼마나 어리석었던가! 그렇다! 진정한 혁명의 길은 이 대중속에 있다.[25]

인민대중과 연계한 혁명전략은 항일무장혁명 활동에서 정당성이 확인된다. 김일성은 인민들 속으로 들어가 반일인민유격대를 창설하고, 지하공작을 통하여 곳곳에다 근거지를 만들어 나간다. 〈조선의 별〉에는 여러 혁명부대들이 등장하는데, 인민과 연결된 부대의 모습은 보이지 않는다.

---

24) 이 대목은 훗날 소심이 전염병에 걸렸을 때 김일성이 찾아가 하룻밤을 같이 보내는 장면에서 김일성의 회고를 통해 확인된다. 『영화문학 조선의 별(1~6부)』, 231쪽.
"나는 학생때 소심선생의 덕분으로 공부를 많이 했습니다. 그 서재의 책을 다 읽었으니까요."
25) 『영화문학 조선의 별(1~6부)』, 52쪽.

반일인민유격대는 일제와 그 주구들을 반대하고 나라와 인민을 사랑하는 로동자, 농민, 애국청년들로써 조직되였으며 진정으로 인민의 리익을 보호하는 혁명적인 무장력입니다.[26]

　　일제의 만주침략이 본격화되고 토벌작전이 강화되면서 지리멸렬하였지만 김일성 부대는 위축되지 않고, 국내진공작전을 준비하기에 이른다. 이를 통하여 혁명 활동이 인민들 속에 뿌리내려야 하고, 혁명의 중심에 인민이 있어야 한다는 것을 강조한다.

## 2) 이야기 방식을 통한 혁명역사의 내면화

　　총서 ≪불멸의 력사≫와 예술영화 〈조선의 별〉은 혁명역사의 내면화를 위한 교양물로서 적절하다. ≪불멸의 력사≫를 문학으로 읽히기보다는 역사적 사실로서 읽히기를 원하면서 역사적 사실을 환기하는 수단으로서 대중적 교양도서로 의미가 있다.

　　역사적 사실을 문학예술을 통하여 읽히게 하고, 이를 통하여 혁명사상을 교양하는 것은 일반적인 현상이다. 역사를 그대로 읽기보다는 문학적 형식을 통하는 것이 일반 역사를 통한 읽기보다는 한층 수월하고 이해도 빠르기 때문이다. 김일성은 자신의 경험을 바탕으로 작가들에게 혁명을 내용으로 한 소설 창작을 강조하였던 것에서 실마리를 찾을 수 있다.

　　혁명적인 소설도 청소년들을 공산주의적으로 교양하는 힘있는 수단의 하나입니다. 소설을 읽는 것은 사람들의 생활에서, 특히 희망과 포부가 크고 감정이 풍부한 젊은청년들의 생활에서 뗄래야 뗄수 없는 중요한 문화사업입니다. 사람들의 생활은 다양하여야 하며 또 생활에 변화가 있어

---

26)『영화문학 조선의 별(1~6부)』, 324~325쪽.

야 재미도 있습니다. 밥도 하루 세끼 똑같은 것을 먹는 것보다 아침과 점심이 다르고 저녁도 다른 것을 먹어야 맛이 있듯이 책도 정치서적만 볼 것이 아니라 소설 같은 것도 읽어야 사람들의 감정이 풍부해지고 생활에서 재미가 있습니다. (…중략…) 특히 혁명적인 소설은 청년들의 혁명의식을 북돋아주는데 큰의의가 있습니다. 이 것은 우리의 경험에서도 잘 알 수 있습니다. 우리가 그전에 학생때 혁명활동을 하면서 여러가지 혁명적인 소설을 많이 읽었는데 지금도 그 것이 잊혀지지 않습니다. (…중략…) 오늘 우리의 청년들도 혁명적인 소설을 많이 읽어야 혁명적의지를 더욱 단련할 수 있고 혁명의식을 빨리 발전시켜나갈수있습니다.[27]

혁명적인 소설을 읽는 것이 청소년 교양에 도움이 되기에 많이 읽혀야 한다는 것을 강조한 문건이다. 특히 정치서적만 볼 것이 아니라 소설을 많이 읽는 것은 혁명사상으로 무장하는 데 도움이 된다고 강조한다.

나는 아버지에게서도 혁명적영향을 받았지만 중학교시절에 소설들을 읽는 과정을 통하여 혁명을 해야 하겠다는 결심을 더욱 굳게 가지게 되었습니다. 나는 그때 소설들을 읽고 자본주의사회의 모순과 빈부의 차이, 사회악에 대하여 더 잘알게 되었습니다. (…중략…) 나뿐아니라 나와 같이 투쟁한 동무들도 문학예술작품들을 읽고 거기에서 많은 영향을 받았습니다. 우리는 길림에서 공청사업을 할 때 학생들에게 소설을 많이 읽도록 하였으며 그 과정을 통하여 청년학생들을 계급적으로 각성시키고 혁명조직에 묶어세울수 있었습니다.[28]

---

27) 김일성, 「청소년들에 대한 공산주의적교육 교양의 몇가지 문제: 조선로동당 중앙위원회 제4기 제20차전원회의 확대회의에서 한 결론, 1969년 12월 5일」, 『김일성 저작집』 24(1969. 6~1969.12), 조선로동당출판사, 1983.

28) 김일성, 「혁명적대작을 더 많이 창작하자: 작가들과 한 담화」, 1963년 11월 5일; 『김일성 저작집』 17(1963.1~1963.12), 조선로동당출판사, 1982.

여기서 특히 강조한 것은 혁명소설이다. 혁명투쟁을 내용으로 한 소설을 읽을 때 혁명의식을 발전시켜나갈 수 있기 때문이다. 이때 혁명소설을 포함하여 문학예술이 교양사업으로서 의미가 있기 위해서는 사실을 충분히 반영할 것을 강조한다. ≪불멸의 력사≫ 총서는 소설이라는 문화적 유연성 속에 정치적 의도를 반영하여 교양할 수 있는 세련된 전략으로서 유용한 작품이다. 문학예술을 통한 대중 설득의 효과를 확인한 김일성은 항일무장혁명을 문화예술의 중심에 세울 것을 강조하면서, 항일무장혁명을 소재로 한 다양한 작품 창작을 강조하였다.29)

## 3) 혁명문학예술 창작 소스(source)의 확보와 창작 방식의 제시

총서 ≪불멸의 력사≫와 영화 〈조선의 별〉은 혁명문학예술 창작의 원천 소스(source)를 제공하고, 혁명문학예술 창작의 본보기를 제시한 작품이다. 문학예술 창작에서 작품의 종자를 잡고 창작하는 문제는 쉬운 문제가 아니었다. 더욱이 수령의 위상을 다루는 수령형상문제는 항일혁명문학예술이 본격적으로 대두되기 시작한 1960년대

---

29) 김일성, 「당, 정권기관, 인민군대를 더욱 강화하며 사회주의대건설을 더 잘하여 혁명적 대사변을 승리적으로 맞이하자: 조선로동당 중앙위원회 제5기 제10차전원회의에서 한 결론, 1975년 2월 17일」, 『김일성 저작집』 30, 조선로동당출판사, 1985.
"당원들과 근로자들의 혁명관을 세우는데 도움을 주기 위하여 문학예술작품을 잘 만드는것이 중요합니다. 지난 기간에 만든 혁명전통주제의 작품들을 보면 주로 퉁탕거리면서 전투하는것, 적의 무기를 빼앗는것, 깊은 눈길을 헤치면서 행군하는것과 같은 장면들 뿐이고 주인공들의 다양한 생활을 그린것이 적습니다. 문학예술작품을 그렇게 만들어서는 안됩니다. 항일유격대가 간고한 투쟁을 하였다고하여 밤낮 전투만 하고 행군만 한것이 아닙니다. 유격대라고하여 왜 생활이 없겠습니까. 항일유격대원들의 생활가운데는 동지들에 대한 사랑, 인민들과의 관계를 비롯하여 여러가지 내용들이 많습니다. 몇해전에 만든 예술영화 ≪유격대의 오형제≫에는 항일유격대원들의 생활이 비교적 잘 그려졌습니다. 생활을 잘 그리지 못한 문학예술작품은 사람들의 혁명관을 세우는데 큰 도움을 주지 못합니다. 항일무장투쟁과정에는 오늘 당원들과 근로자들이 혁명관으로 무장하는데서 본보기로 될수 있는 감동적인 사실들이 많았습니다. 그런데 지금 그때 자료들을 찾아내여 글로 써놓은것이 많지 못합니다. 혁명전통자료들을 적극 찾아내여 당원들과 근로자들을 혁명적으로 교양할수 있는 소설, 영화를 비롯한 여러가지 문학예술작품을 많이 만들어야 하겠습니다."

중반 이래 핵심적인 과제였다.

북한은 당국이 원하는 방향으로 작가들을 교양하고 작품을 창작하기 위해서 1964년 7월 '혁명적 대작 창작'을 명분으로 한 '대작창작지도 그루빠'를 결성하여 창작 지도에 나선다.[30] 그러나 기존의 창작과는 다른 새로운 형식의 작품 차작은 쉬운 일이 아니었다. 작가, 예술가에 대한 사상적 지도와 함께 수령형상화의 구체적인 방식을 제시해야 했다.[31]

총서 ≪불멸의 력사≫ 33권에는 "만주지역에서 실재로 활동했던 30여 개의 독립단체와 학생회, 200여 개의 국내외의 역사적 사건이 다루어지며, 또한 권당 80명에서 최고 200명에 이르는 실존 인물들이 등장"하여 "유기적으로 연결된 하나의 거대한 서사를 엮어내고 있다. 이런 점에서 ≪불멸의 력사≫ 총서는 김일성을 중심으로 한 문학창작물이자 역사적 사실을 공식화한 텍스트이자, 북한의 정치, 역사, 이념, 문학예술 등의 정책과 제반 지침을 망라한 자료의 직접물"

---

30) '대작창작지도 그루빠'는 혁명적 대작 창작을 명분으로 작가에 대한 사상 사업을 강화하였다. '대작창작지도 그루빠'는 이후 수령형상 전문 창작단인 '4·15문학창작단', 수령형상 영화 전문창작단인 '백두산창작단'의 모태가 되었다. 이에 대해서는 전영선, 『북한의 문학예술 운영체계와 문예이론』, 역락, 2002, 160~161쪽 참조.

31) 김정일, 「수령님의 위대성을 남조선인민들에게 널리 선전할데 대하여: 조선로동당 중앙위원회 일군들과 한 담화, 1965년 4월 27일」, 『김정일선집』(1), 조선로동당출판사, 1992, 88~89쪽.
"수령님의 전기를 잘 만들려면 수령님의 혁명활동과 풍모의 위대성을 폭넓고 깊이있게 보여줄수 있도록 내용체계와 서술형식을 새롭게 하여야 합니다. 위대한 수령님의 전기는 종래의 영웅전이나 위인들의 전기가 대체로 그러한것처럼 무훈담이나 흥미본위적인 이야기들을 묶은 일화집과 같이 되여서는 안됩니다. 수령님의 전기에는 우리 시대 혁명의 지도사상인 주체사상을 창시하고 발전풍부화시켜오신 정력적인 사상리론활동과 그것을 구현하여 혁명투쟁과 건설사업에서 기적을 창조하신 탁월한 령도업적, 만사람을 한품에 안아 혁명의 길을 손잡아 이끌어주시는 넓은 도량과 포옹력, 인민에 대한 뜨거운 사랑과 혁명위업에 대한 끝없는 헌신성, 겸허하신 인민적품성을 종합적으로 체계화하여야 합니다. 그리하여 수령님의 전기가 명실공히 위대한 사상리론가, 탁월한 정치가, 비범한 군사전략가, 만민의 어버이로서의 수령님의 숭고한 풍모와 조국과 인민 앞에 쌓아올리신 불멸의 업적을 전면적으로 집대성한 백과전서적인 혁명의 교과서로 되게 하여야 합니다. 그리하여 전기가 사람들의 가슴마다에 수령님에 대한 충성심과 신뢰의 마음을 깊이 심어주고 수령님의 령도를 받들어나가는 길에 승리와 영광이 있다는 신념을 굳게 하여주는데 크게 이바지하도록 하여야 합니다."

이라고 규정할 수 있다.[32]

≪불멸의 력사≫ 총서를 통해 추출된 인물은 모두 3,363명으로 중복된 인물을 제외하여도 2,800여 명에 달한다. 이 가운데 실존인물만 1,000여 명에 달한다. 작품에 등장하거나 실존인물은 조선·중국·일본은 물론, 유럽의 문학가·사상가·경제학자·정치인들까지 포함된다.[33]

≪불멸의 력사≫는 역사적 소재를 제공할 뿐만 아니라 역사적 사건을 다루는 방법까지 제시함으로써 이후 항일혁명 역사를 소재로 한 문학예술 창작의 본보기적인 작품이라는 의미가 있다.

북한체제의 유일한 원천은 김일성의 항일혁명투쟁이다. 김일성의 항일혁명 투쟁을 원천으로 하는 상징화 작업과 혁명전통 교양사업은 북한체제의 변화와 위협 등 전환의 시기에 더욱 강조되면서 위극 극복의 방법으로 활용되었다.[34]

그러나 북한체제의 유일한 원천인 항일혁명투쟁은 유일한 방식으로 되풀이 된 것은 아니다. 혁명역사에 대한 해석과 정통화 작업은 '다부작예술영화 〈민족과 운명〉', '대집단체조와 예술공연 〈아리랑〉', '음악무용서사시 〈영광의 노래〉', '컴퓨터 총서 〈아리랑〉' 등 당대를 대표하는 문학예술로서 다양한 형태로 재현되고 있다. 시대의 변화에 맞추어 새로운 세대의 등장, 새로운 매체의 등장과 함께 다양한 형태의 이야기로 끊임없이 재생산되고 있다. 이러한 혁명역사의 재창작 과정에서 총서 ≪불멸의 력사≫와 영화 〈조선의 별〉은 수령 형상의 본보기적 방식으로 정전의 위상을 갖는다.

---

32) 강진호, 「'총서'라는 거대서사 혹은 허위의식」, 『'총서 불멸의 력사'와 북한문학의 전망』, 2008년 상반기 상허학회 전국학술대회 자료집, 2008.6.14, 4~5쪽.

33) 김은정, 「총서와 인물유형」, 『'총서 불멸의 역사'와 북한문학의 전망』, 2008년 상반기 상허학회 전국학술대회 자료집, 2008.6.14, 47쪽.

34) 조은희, 「북한 혁명전통의 상징화 연구」, 이화여대 박사논문, 2007.

# 4. 불멸의 신화가 된 이야기

북한 문학예술의 원천적인 소재가 되는 것은 김일성의 항일무장혁명투쟁이다. 그런데 이 항일혁명투쟁에서 가장 중요한 문제는 '수령형상'이다. 수령을 어떤 위치에서 어떻게 해석해야 하는지에 대해서 정치적 사상교양과 함께 내면화의 방식으로 소설과 영화를 선택하고, 소설과 영화를 통해 재현된 수령의 형상을 정사(正史)로서 인식하게 하는 것이다. 이것이 카프의 전통을 강조하던 낡은 것에서 벗어난 새로운 '새로운 혁명문학', 마르크스-레닌주의의 원칙에 충실하면서 창조적으로 사회주의 조선의 현실을 적용한 주체적인 혁명문학의 전형인 것이다. 1970년대 김정일의 주도로 진행된 문예혁명의 본질은 예술의 창작 소재를 사회주의 혁명 활동에서 찾던 것에서 김일성의 혁명 활동을 유일한 창작의 원천으로 하는 작업이었다.

수령형상의 문제는 소설뿐만 아니라 영화를 통해서도 진행되었다. 백두산창작단은 4·15문학창작단에 앞서 수령의 가계 인물들을 소재로 한 혁명영화를 전문으로 창작하는 집단으로, 수령형상화의 방향을 제시하였고, 영화 〈조선의 별〉은 수령형상의 본질적인 문제를 해명한 작품으로 평가된다.

북한이 ≪불멸의 력사≫ 총서를 통해서, 〈조선의 별〉을 통해서 그리고자 한 것은 김일성의 항일혁명은 사회주의 노동계급의 해방을 위한 혁명이었으며, 수령으로서 인민대중을 중심에 두고, 인민과 함께 혁명을 하는 것이 정당하였다는 것이다.

수령형상 문제가 제기된 것은 1950년대 중반 이후 급격히 변화된 대외적인 여건과 북한 내부의 권력 변화에 영향 때문이었다. 북한 내부의 권력구조는 김일성 일인으로의 집중되면서 초정치적 존재로서 수령이라는 존재의 필요성과 위상 문제가 제기되었다. 사회주의 혁명의 지도자로서 절대적 존재로서 김일성의 위상은 사회주의 운동의 수령으로 귀결되었고, 내부적으로 수령의 유일체계 확립을 위한 작업이 진행되었다.

1972년 12월 27일에는 최고인민회의 제5기 1차 회의에서는 '인민민주주의 헌법'을 '사회주의 헌법'으로 바꾸면서 '주체사상'을 국가 지도 이념으로서 명시하였고, 1982년 3월 김정일은 김일성 70회 생일을 맞아「주체사상에 대하여」를 발표하면서 주체사상의 공식화를 본격화하였고, 1985년 사회과학출판사에서 '위대한 주체사상 총서'(10권) 출판을 통해 완성된 체계를 갖추게 되었다.

예술영화 〈조선의 별〉은 바로 이러한 시기, 즉 유일사상체계 문제가 제기된 이후 수령을 정점으로 한 주체사상의 유일체계가 확립되어 가는 과정 속에서 만들어진 영화이다. 〈조선의 별〉을 통해 북한 문학예술 체계에서 고민하던 수령형상의 문제에 대한 구체적인 답을 제시한 것이다.

# 참고문헌

「南의 친구, 北의 조선의 별」, 〈연합뉴스〉, 2001.4.24.

「北, 영화 「민족과 운명」 100여만 회 상영」, 〈연합뉴스〉, 2001.5.23.

『영화문학 조선의 별(1~6부)』, 문예출판사, 1983.

강진호, 「'총서'라는 거대서사 혹은 허위의식」, 『'총서 불멸의 역사'와 북한문학의
　　　전망』, 2008년 상반기 상허학회 전국학술대회 자료집, 2008.6.14.

권성우, 「민생단 사건의 소설화, 혹은 타자의 발견: 김연수의 『밤은 노래한다』론」,
　　　『한민족문화연구』 28집, 2009.

김용범·전영선, 「古典小說의 流通構造 硏究」, 『인하어문연구』 2호, 인하대학교
　　　인하어문연구회, 1995.

김은정, 「총서와 인물유형」, 『'총서 불멸의 역사'와 북한문학의 전망』, 2008년 상
　　　반기 상허학회 전국학술대회 자료집, 2008.6.14.

김일성, 「당, 정권기관, 인민군대를 더욱 강화하며 사회주의대건설을 더 잘하여
　　　혁명적대사변을 승리적으로 맞이하자: 조선로동당 중앙위원회 제5기 제
　　　10차전원회의에서 한 결론」, 1975년 2월 17일.

＿＿＿, 「청소년들에 대한 공산주의적교육 교양의 몇가지 문제: 조선로동당 중앙
　　　위원회 제4기 제20차전원회의 확대회의에서 한 결론」, 1969년 12월 5일.

김정일, 「4·15문학창작단을 내올데 대하여: 조선로동당 중앙위원회 선전선동부
　　　책임일군들과 한 담화」, 1967년 6월 20일.

＿＿＿, 「당에 끝없이 충직한 문예전사로 준비하자: 김일성종합대학 조선어문학
　　　부 졸업생들과 한 담화」, 1968년 10월 8일.

＿＿＿, 「당의 유일사상교양에 이바지할 음악작품을 더 많이 창작하자: 문학예술
　　　부문 일군 및 작곡자들 앞에서 한 연설」, 1967년 6월 7일.

＿＿＿, 「문학예술작품에 당의 유일사상을 구현하기 위한 사업을 실속있게 할데
　　　대하여: 문학예술부문 책임일군들앞에서 한 연설」, 1967년 8월 16일.

＿＿＿, 「인간 성격과 생활에 대한 사실주의적전형화를 깊이있게 실현할데 대하

여: 작가들과 한 담화」, 1967년 2월 10일.

_____, 『주체문학론』, 조선로동당출판사, 1992.

김태준, 「中人文學과 이야기꾼」, 『국어국문학 논문집』 15, 동국대학교 국어국문학과, 1992.

문화체육부, 『북한식 문화예술 창작방법론 연구』, 문화체육부, 1998.

상허학회, 『총서 《불멸의 역사》와 북한문학』, 깊은샘, 2008.

오승련, 『주체소설문학건설』, 문학예술종합출판사, 1994.

오태호, 「총서와 작가적 개성과의 거리: 최학수론」, 『'총서 불멸의 역사'와 북한문학의 전망』, 2008년 상반기 상허학회 전국학술대회 자료집, 2008.6.14.

유임하·오창은·김성수, 『북한 문학사의 흐름과 쟁점』, 2008년 남북문학예술연구회 발표 자료집.

윤기덕, 『수령형상문학』, 문예출판사, 1991.

임옥규, 『북한 역사소설의 재인식』, 역락, 2008.

전영선, 『북한의 문학예술 운영체계와 문예 이론』, 역락, 2002.

조은희, 「북한 혁명전통의 상징화 연구」, 이화여대 박사논문, 2007.

채호석, 「《불멸의 역사》『혈로』의 주제화 방식 연구」, 『'총서 불멸의 역사'와 북한문학의 전망』, 2008년 상반기 상허학회 전국학술대회 자료집, 2008.6.14.

한정미, 『북한의 문예정책과 구비문학의 활용』, 민속원, 2008.

홍국원·최정삼, 「다부작예술영화 《민족과 운명》 창작에 깃든 불멸의 자욱(3)」, 『조선예술』 2000년 10호.

# 북한의 체제 수호 위기 극복문학 담론 연구

장사선

## 1. 문제의 성격과 연구사

김일성이 사망했던 1994년 7월 이후부터, 김정일 체제가 수립되어 가는 과정에서, 북한은 혹독한 시련의 시기를 맞았었다. 계속된 경제 위기와 천재지변, 미국과의 숨 막히는 대립이 정점으로 달하고 있었고, 그 몇 년 전부터 시작된 소비에트를 비롯한 동구 사회주의의 도미노적 붕괴가 일상화되고 있었다. '북한 정권 붕괴설'은 기정사실처럼 나돌았다. 북한은 사회주의 건설과 붕괴경험을 집체적으로 분석해 나가며, '고난의 행군'을 수행해 나갔고, 새로운 체제 구상에 몰두했다. 이러한 과정은 물론 문학에서도 여러 가지 새로운 담론을 생성하였고, 문예창작의 지침에 해당되는 여러 가지 용어와 구호, 창작방법론 등도 새로 산출하였다. 이러한 체제 변화기의 문학적 담론들의 변화의 추이를 살핀다면, 북한문학담론 변화의 중요한 흐름을 발견하는 데 도움을 줄 것이고, 또 다른 체제 변환기를 맞을 가능성이 있는 미래

북한문학의 새로운 담론을 예견하는 데도 적지 않은 시사를 줄 가능성이 있을 것이다. 본고는 김일성 사후 김정일의 체제로 전환 유지되어 가는 과정에서 나타난 문학 담론들을 분석하여, 북한 현대문학 담론의 현주소를 파악하고, 새로운 시대의 문학을 예측하고자 한다.

북한은 김일성 사망(1994) 이후 3~4년 동안의 유훈 통치 기간을 거치면서 1960년대부터 있어 왔던 수령형상문학을 수령후계자 형상으로까지 넓혔다. 그러나 1997년 김정일 체제를 공식적으로 발족하기 전후를 즈음하여 '고난의 행군'이라 새롭게 명명하고, 붉은 기 사상, 강성대국 이론을 생산하게 되었다. 이후 1999년 무렵 부터는 선군혁명에 관련된 구호와 사상 수립 등을 통해 문화예술 전반에 걸쳐 새로운 담론을 형성하였다.

이러한 북한의 1990년대 문학 변모에 주목했던 남한의 선행연구는 대체로 세 가지 유형으로 정리되어 설명되는데, '고난의 행군 문학론',[1] '김정일 시대의 문학론',[2] '선군혁명 문학론의 형성기'[3] 등이 그것들이다. 김재용은 고난의 행군 이후 북한 문학계의 탈냉전 의식에 주목하여 자력갱생의 양상을 중견 작가들과 새 세대 작가들의 문학 작품 속에서 살펴보았으며, 오창은은 고난의 행군 시기 북한 문학평론을 다루면서 수령형상창조, 붉은기 사상, 강성대국건설 등을 통한 북한의 현실에 대한 문학적 대응을 분석한 바 있다. 노귀남은 북한의 총체적 난국 속에서 내적현실을 이해하기 위한 방도로 해당 시기의 문학작품을 분석하였으며, 김주현은 북한의 종합문예지인 『조

---

1) 김재용, 「탈냉전 분단구조와 '고난의 행군' 이후 북의 문학」, 『한국근대문학연구』 제15호, 한국근대문학회, 2007; 오창은, 「'고난의 행군' 시기 북한 문학평론 연구」, 『한국근대문학연구』 제15호, 한국근대문학회, 2007.

2) 김주현, 「김정일 시대 『조선문학』에 나타난 북한문학의 특질」, 『어문논집』 제38집, 중앙어문학회, 2008.3; 노귀남, 「김정일 시대의 북한문학: 사회주의 강성대국 건설과 관련하여」, 『북한문학의 이해』 2, 청동거울, 2002.

3) 김성수, 「김정일 시대 문학에 대한 비판적 고찰: 선군(先軍)시대 "선군혁명문학"의 동향과 평가」, 『민족문학사연구』, 민족문학사학회 민족문학사연구소, 2005; 김성수, 「선군사상의 미학화 비판: 2002년 전후 북한문학에 나타난 작가의식과 글쓰기 양상 변모양상」, 『민족문학사연구』, 민족문학사학회 민족문학사연구소, 2008.

선문학』에 발표된 작품을 매개로 하여 북한문학담론에 새롭게 대두한 단어들을 추적하기도 했다. 한편, 김성수는 김일성 사망 후 김정일 통치 기간 동안 북한 문학사의 특징을 선군혁명문학이라는 개념으로 살펴보면서 체제 위기 극복을 위한 문학적 모색을 다루고 있다.

위의 주목할 만한 선행연구를 통해 김일성 사후 북한문학담론의 의의를 되새길 수 있으며 한편으로는 그 변모양상의 체계적인 정밀 분석의 필요성을 절감하게 된다. 그러나 김재용의 연구는 주로 김문창과 홍석중, 그리고 신진 작가들을 중심으로 진행되었으며, 오창은의 연구는 1990년대 후반으로만 연구대상을 한정했다. 기타의 경우도 이 시기 문학 담론을 집중적으로 탐구하지는 못했다고 본다.

구체적으로 본고는, 1994년부터 2000년대 초반까지, 『조선문학』4)과 『문학신문』5) 등에, 교시와 지침, 혹은 논설이나 정론, 또는 머리글이라는 형식을 통해 선포, 게재된 북한문학담론의 변모를 정밀 분석하여, 그 실상과 의미를 다시 파악해 보고자 한다. 이를 위해 본고는 김일성 사후 북한문학담론을 세 시기로 나누어 살펴보고자 한다. 즉, 유훈통치 시기, 고난의 행군 극복 시기, 선군 혁명 형성기 등으로 나누어 각 특징 별로 표출된 문학적 구호, 창작방법, 담론들이 작품 속에 어떻게 구현되고 있는가를 분석하고자 한다.

---

4) 『조선문학』은 북한의 대표적인 월간 종합문예지이며, 조선작가동맹 중앙위원회 기관지로서, 북한의 문예지 중에서 지령이 가장 오래되었다. 1948년 2월 문학예술총동맹 기관지인 『문화전선』으로 창간되었다가, 1955년부터 문학예술총동맹의 산하단체인 작가동맹의 기관지가 되면서 지금의 명칭으로 바뀌었다.

5) 『문학신문』은 북한 조선작가동맹 중앙위원회의 기관지이다. 1956년 12월 6일 창간되었으며, 문학예술종합출판사에서 대형판 4면으로 발행되는 주간지이다. 1968년 3월 폐간되었다가 1985년 2월 15일부터 『문학통보』라는 제호로 발간되었다. 그 후 1986년 9월 30일부터 다시 『문학신문』으로 발간되고 있다.

## 2. 수령형상 창조문학 담론

북한문학 이론에 의하면, 수령형상문학은 "역사적 발전과 혁명투쟁에서의 수령의 결정적 역할, 수령의 영도 밑에 승리하고 전진하는 노동계급과 근로인민대중의 혁명투쟁의 본질을 예술적으로 심오하게 밝혀냄으로써 사회주의, 공산주의 문학예술로 하여금 자기의 사명과 임무를 훌륭히 다하게 한다."[6] 또한 "로동계급의 문학예술은 수령 형상을 통하여 수령의 혁명사상과 령도의 위대성, 고매한 덕성, 수령이 이룩한 불멸의 혁명업적을 깊이 있고 감동적으로 그림으로써, 인민들로 하여금 수령의 위대성을 신념으로 파악하게"[7] 하기 위한 것이다. 당시 북한에서 수령형상 창조는 "사회주의, 공산주의 문학예술의 건설과 창조에서 나서는 가장 중요한 문제이며 로동계급의 혁명적 문학예술의 당성을 규정하는 근본적인 고리"라고 설명된다.[8]

북한에서 수령형상문학의 본격적인 시작은 1960년대 후반이라고 볼 수 있다. 김정일의 1967년 6월 20일 담화 「4·15문학창작단을 내올 데 대하여」가 발표되면서 '수령형상을 전문화하는 창작집단'인 4·15 문학창작단이 설립되었고, 이 창작단은 총서 ≪불멸의 력사≫[9]와 『불멸의 향도』 등을 창작하였다. 그러다가 1994년 7월 김일성 주석 사망 후 수령형상문학은 수령후계자 형상으로 폭을 넓히면서 이

---

6) 『문학예술사전』, "수령형상 창조" 항.

7) 윤기덕, 『수령형상문학』, 문예출판사, 1991, 8쪽. 북한의 주체적 문예이론 연구 시리즈의 11권으로 발간된 이 책에는 수령형상문학의 이론적 탐구, 본보기 창조, 요구와 방도 등 전체적인 내용이 포함되어 있다.

8) 『문학예술사전』, "수령형상창조" 항.
    총서 ≪불멸의 력사≫ 중에서 『백두산기슭』, 『준엄한 전구』를 비롯한 장편소설들, 서사시 「우리의 태양 김일성원수」, 예술영화 「조선의 별」과 「백두산」, 「첫 무장대오에서 있은 이야기」 등은 수령의 영광으로 빛나는 혁명 활동과 공산주의적 풍모를 빛나게 형상한 기념비적 작품들로 꼽힌다.

9) ≪불멸의 력사≫에 들어있는 장편 소설들에서의 수령 형상은 진실되고 정중하게 창조되었으며, 이 소설들은 "수령형상 장편소설의 본보기가 되었다"고 평가한다. 윤기덕, 『수령형상문학』, 문예출판사, 1991, 284~296쪽.

전과 마찬가지로 북한에서 중심적인 문학담론으로 자리 잡고 있다. 이전과의 차이는 수령형상문학론이 수령영생문학, 수령추모문학, 단군문학, 태양(민족)문학 등의 용어로 변형되어 있다는 점이다. 수령형상문학과 관련된 평론문을 『문학신문』과 『조선문학』을 중심으로 찾아보면 다음과 같다.

『문학신문』

사  설, 「수령형상 창조에서 이룩한 빛나는 성과를 옹호고수하고 더욱 발전시키자」, 1992.7.10, 1쪽.

은종섭, 「수령형상창조는 우리 문학의 지상과업」, 1993.2.12, 1쪽.

박용학, 「수령형상작품의 고유한 생리」, 1993.3.5, 2쪽.

리명숙, 「수령형상 작품에서의 세부묘사 문제」, 1993.10.29, 2쪽.


『조선문학』

방연승, 「총서 ≪불멸의 력사≫는 수령형상창조에서 이룩한 빛나는 문학적 재보」, 1985.4.

머리글, 「현실발전의 요구에 맞게 수령형상을 창조하는 것은 작가들의 첫째가는 사명」(머리글), 1993.4.

박춘택, 「수령형상작품의 고유한 생리와 작가의 형상적 탐구」, 1993.4.

머리글, 「혁명의 1세대, 2세대들처럼 살며 투쟁하는 새 세대의 형상을 훌륭히 창조하는 것은 작가들의 영예로운 임무」(머리글), 1993.7.

김려숙, 「조국의 수호자, 승리의 창조이신 경애하는 수령님의 위대성을 품위있게 형상한 불멸의 화폭」, 1995.1.

리명숙, 「특색있는 인간관계를 설정하는 것은 수령형상작품창작의 중요한 요구」, 1994.4.

방연승, 「수령형상문학의 새로운 발전단계를 열어놓은 불멸의 서사시」, 1995.6.

은종섭, 「주체사실주의 문학창조의 불멸의 본보기」, 1997.2.

김려숙, 「인민대중과의 혼연일체속에서 위인형상을 부각하는 것은 수령형상창조의 중요한 요구」, 1997.2.

머리글, 「위대한 김일성민족의 영예와 존엄을 만방에 빛내이는데 이바지하는 문학작품을 왕성하게 창작하자」, 1997.9.

손일훈, 「수령형상단편소설에서 혁명적 랑만성의 구현」, 1997.9.

안희열, 「비범한 예지로 수령형상창조의 원리를 밝히시여」, 2000.9.

최길상, 「수령형상문학의 새로운 장을 열어놓으시여」, 2003.9.

김해월, 「주체문학의 핵으로서의 수령형상문학의 획기적발전」, 2005.8.

『조선문학』에 실린 「조국의 수호자, 승리의 창조이신 경애하는 수령님의 위대성을 품위있게 형상한 불멸의 화폭」(1995.1)은 총서 ≪불멸의 력사≫ 중 장편소설 『승리』를 중점적으로 논평하고 있다. 여기에서는 조국해방 전쟁 시기에 미국을 타도하는 수령의 위대성을 다루고 있다고 평한다. 「수령형상단편소설에서 혁명적 랑만성의 구현」(1997.9)에서는 리희남의 단편소설 「불멸의 영상」과 「상봉」을 평가하고 있다. 수령형상문학에 대한 글에서는 수령과 인민의 관계에 대해서도 설명하고 있는데, 여기에서는 수령과 인민의 관계가 영도자와 전사의 관계를 넘어서 혈연적 유대를 가진 어버이와 자식의 관계로 형상화되어야 한다고 설명한다. 특히 충신의 전형은 믿음과 사랑, 충성과 효성을 근본으로 하여 장군을 "하늘처럼 믿고사는 성격적 핵"을 가진 인물로 나타나야 함을 강조하고 있다.10)

또한 「주체사실주의 문학 창조의 불멸의 본보기」, 「인민대중과 혼연일체 속에서 위인형상을 부각하는 것은 수령형상 창조의 중요한 요구」, 「위대한 수령님의 불멸의 혁명업적을 빛나는 문학적 형상으로 천세만세 길이 전하자」 등은 주체문학 건설의 핵으로 수령형상창

---

10) 김려숙, 「인민대중과의 혼연일체속에서 위인형상을 부각하는 것은 수령형상창조의 중요한 요구」, 『조선문학』 1997년 2호, 65쪽.

조 문제를 다룰 것을 제시하고 수령형상이 다양한 형태에서 창조되고 있음을 강조하고 있다. 1997년 7호에는 김일성 서거 3주년을 맞이하는 추모의 작품이 많이 소개된다. 추모문학의 대표로는 김만영의 서사시 「우리 수령님은 언제나 우리와 함께 계시네」가 있다.

이외에 단군문학이라는 용어가 북한에서 1993년에 단군릉을 발굴하여 복원하면서 생기게 되었다. 1990년대 북한에서는 조선 민족의 우수성과 민족 정통성을 강화하는 차원에서 조선민족제일주의라는 용어를 중요하게 다루었다. 그런데 이러한 개념은 '단군=김일성'이라는 의미로까지 변질되어 사용된다.11) 이는 단군을 시조로 하여 그 역사를 북한이 이어받고 있다는 의미에서 북한정권의 역사적 정통성 확보수단으로 사용되고 있음을 알 수 있다.

## 1) 수령영생문학

수령영생문학 담론은 외면적으로는, 김일성은 죽었지만 앞으로도 영원히 인민들의 심장 속에 살아 있음을 강조하는 것이지만, 실질적으로는 후계자인 김정일도 김일성과 같음을 강조한 것이다. 김일성 사후, 김정일은 김일성 자신이나 그의 사상을 법제화하고, 김일성이 태어났던 1912년을 원년으로 하는 주체 연호를 제정하고 김일성 출생일인 4월 15일을 태양절로 명명하는 등, 김일성 시대는 김정일 시대와 다르지 않고, 다르지 않아야 할 것을 강조했다. 유훈 통치 기간 3년은 우리 전통의 삼년상을 연상시키는 것으로, 스스로 충효의 화신임을 과시했다. 김일성의 후광을 되살려 미약한 김정일 자신의 기반을 강고하게 하겠다는 의미인 것은 쉽게 짐작이 된다.

---

11) 단평 「민족의 어버이로서의 위대한 수령님의 숭고한 풍모에 대한 깊이있는 형상」(『조선문학』 1995년 4호)에서는 단편소설 「민족의 어버이」를 다루면서 5천 년 민족사에서 처음으로 맞이한 민족의 아버지 수령이 고구려 역사를 더욱 빛내고 있음을 밝히고 있다. 이 단평에서는 이 소설의 의의가 김일성의 관심을 고구려의 시조왕과 왕릉 발굴사업이라는 고매한 풍모를 나타낸 것이라고 평하고 있다.

북한 문학에서 중요하게 다루는 수령영생문학으로는 서사시 「영원한 우리 수령 김일성동지」,[12] 가사 「해빛같은 미소 그립습니다」, 「높이들자 붉은기」, 서정시 「수령님과 봄」, 「영생의 비결」, 단편소설 「동지에 대한 추억」, 「상봉」 등이 있다. 1999년 11호 논설에서는[13] 총서 ≪불멸의 력사≫ 중 「영생」, 추모설화집 「하늘도 울고 땅도 운다」, 문학작품집 「영원한 태양」, 시집『수령님은 영원히 우리와 함께』, 아동문학작품집『영원히 함께 계셔요』 등을 예로 들고 있다. 서사시 「영원한 우리 수령 김일성 동지」, 「평양시간은 영원하리라」, 「영원무궁하라 조선의 미래여」를 비롯하여 1999년 김일성 서거 5돌 즈음에 창작된 서사시 「영원하라 동지애의 력사여」와 「불멸하라 위대한 영생의 노래여」를 수령영생문학의 최정상 작품으로 소개하고 있다.[14]

수령영생문학 담론은『문학신문』에서는 거의 발견되지 않고, 『조선문학』을 중심으로 찾아보면 다음과 같다.

리수립, 「주체의 영원한 태양을 우러러 칭송한 시대의 찬가」, 1995.10.

장형준, 「영생의 신념, 민족의 의지」, 1996.7.

최길상, 「〈평양시간은 영원하리라〉에 대한 평론」, 1996.10.

최언경, 「수령영생 기원의 숭엄한 서사시적 화폭」, 1998.1.

머리글, 「위대한 영생과 5년」, 1999.7.

로월호, 「수령영생 기원에 바쳐진 신기한 자연현상에 대한 전설적 형상」, 1999.12.

김성우, 「다시 또 한 번 수령 영생 서사시의 빛나는 모범 앞에서」, 2003.8.

김봉민, 「수령영생 위업의 빛나는 10년 세월에 대한 감동적인 서사시

---

12) 1996년 1호에서는 특집에 해당되는 〈(지상연단) 서사시의 예술적 감흥과 여운을 두고〉에서 이 서사시를 칭송하고 있다.

13) 최길상, 「혁명적 문학예술창작의 불멸의 대강」, 『조선문학』 1999년 11호, 4~7쪽.

14) 조웅철, 「위대한 령도자 김정일동지께서 선군시대 문학예술령도에서 이룩하신 불멸의 업적」, 『총대와 문학』, 사회과학출판사, 2004, 14~15쪽 참조.

적 화폭」, 2005.

김정웅, 「수령영생 주제의 문학작품을 더 훌륭히 창작하자」, 2007.7.

「주체의 영원한 태양을 우러러 칭송한 시대의 찬가」(1995.10)는 서사시 『영원한 우리 수령 김일성동지』를 다루면서 수령 서거 일주년을 맞이하여 김정일의 충효와 자주위업 완성의 노력에 대한 칭송을 높이 평가하고 있다. 장형준의 「영생의 신념, 민족의 의지」(1996.7)는 김일성을 기리는 문학작품집인 『영원한 태양』을 통해 영생이란 종자를 논하면서 김정일의 충성과 효성을 칭송하고 있다. 1996년 1호 지상연단(김성우, 리성덕, 리동성의 평)에서 극찬한 서사시 「영원한 우리 수령 김일성 동지」(김만영 작)와, 동일 작가의 서사시 「평양시간은 영원하리라」를 논급하면서 각각 김일성과 김정일에 대한 예찬을 적극적으로 형상화하여야 할 것을 주장했다. 「평양시간은 영원하리라」에 대한 평론(1996.10)에서는 수령 서거 2돌 기념인 이 시가 김정일의 특출한 자질과 능력, 숭고한 도덕과 인품을 잘 형상했다고 평하고 있다. 「위대한 영생과 5년」(1999.7)은 수령의 위대한 생애, 위인적 풍모, 불멸의 업적, 인민의 충효심을 바탕으로 한 수령형상 창조 작업을 권하고 있다.

수령영생문학은, 위의 목록에서도 알 수 있듯이, 2000년대에도 계속 강조되는데, '수령영생문학'의 창작에 대해 "선군조선의 문학에 특기할 일이며 인류의 진보적 문학의 보물고를 빛나게 장식한 역사적 사변"이라고 평가했다.15) 「수령영생 주제의 문학작품을 더 훌륭히 창작하자」에서는 "수령영생 주제 문학작품의 창작은 수령님을 해와 달이 다하도록 천세만세 영원히 높이 우러러 모시고 받들며 수령님께서 개척하신 주체혁명 위업, 선군혁명 위업을 빛나게 완성해 나가려는 우리 군대와 인민의 절절한 염원과 지향을 실현하는 중요하

---

15) 김정웅, 「수령영생 주제의 문학작품을 더 훌륭히 창작하자」, 『조선문학』 2007년 제7호, 4쪽.

고도 성스러운 사업"이라고 강조하고 있다. 이어 작가들이 '수령영생문학' 작품을 창작하는 것은 "수령님의 제자로서 작가들이 시대와 역사 앞에 지니고 있는 무겁고도 책임적인 임무"라며 이를 통해 "당원과 근로자들을 수령결사 옹위정신으로 튼튼히 무장시키며 선군혁명 총진군을 다그치는 데 적극 이바지하여야 할 것"이라고 밝히고 있다. 삼년상(유훈통치기)을 치르면서 충효의 화신임을 강조하고, 자신이 직접 주석으로 옮겨 앉지 않은 않으면서 수령영생문학을 고안해 낸 것은 수령의 신격화를 도모하고 김정일 자신이 신의 후계자임을 대내외에 천명하려 한 것이었다.

## 2) 수령 후계자 형상 문학

엄밀히 말하자면 수령형상문학에 수령 후계자 형상 문학이 포함되어 있지만, 본고는 1990년대 후반에 와서는 후계자 형상 문학이 주류를 이루기 때문에, 수령형상문학 중 후계자 형상 문학을 따로 논의하고자 한다.

수령형상문학창작에서 이룩된 특출한 성과는 이 시기 처음으로 수령의 후계자를 형상하는 문학이 출현한것이다." (…중략…) "다함 없는 흠모와 존경, 신뢰와 충성의 사상감정을 노래한 ≪친애하는 김정일동지의 노래≫, ≪친애하는 지도자동지의 만수무강을 축원합니다≫를 비롯하여 경애하는 장군님을 위대한 수령님의 유일한 후계자로 높이 추대한 인민의 감격과 환희를 담은 우수한 송가작품들이 적극 창작되었다. 이때부터" 김정일에게 바쳐 진 시작품들을 체계적으로 묶은 시집 ≪향도의 해발을 우러러≫가 련속편으로 발간되기 시작하였다.

수령형상창조에서 중요한것은 수령의 후계자를 잘 형상하는 것이다. 수령의 후계자는 수령이 개척한 혁명위업를 대를 이어 완성하는데서 결정적 역할을 하는것만큼 사회주의문학예술은 마땅히 수령의 위대성과 함께 그 후계자의 위대성을 형상하는 문제를 주선으로 틀어쥐고나가야 한다. 수령의 후계자를 형상하는데서 중요한 것은 수령에 대한 절대적인 충실성을 깊이있게 그리고 혁명과 건설에 대한 탁월한 지도자로서의 풍모와 업적을 전면적으로 깊이있게 형상하는 것이다.16)

수령형상문학에서 수령후계자 형상의 문제가 대두된 것은 1970년대부터로 볼 수 있다. '사회주의 완전 승리를 앞당기기 위한 시기'에 수령 후계자 형상 문학이 출현하였다고 밝히고 있다. 그러나 김일성 사후 수령 후계자를 형상한 문학에서는 김일성과 김정일을 동일시하는 경향을 보이며 항일혁명 시기 등의 과거에 대한 환기를 통해 수령 결사옹위 정신을 강조하여 주민들의 충성을 유도하고 있다.

김일성 사후 『조선문학』의 평론을 살펴보면 유훈 통치 기간 동안 수령 후계자인 김정일의 업적을 기리는 내용이 많음을 알 수 있다. 1996년 이후 『조선문학』의 머리글과 논설은 주로 김정일 명제에 관한 해설, 수령형상 창조의 창작방법에 관한 것들이 대부분이다. 수령형상문학을 다룬 평론들은 『불멸의 력사』, 『불멸의 향도』 등을 중요하게 다루고 있다. 1990년대에 가장 특징적인 것은 수령 영생 위업에 관한 문학작품들이 김정일 장군의 효성과 충성을 칭송하는 작품으로 연결되어 다루어진다는 것이다.

또한 김정일의 행적에 대한 칭송의 담론도 점증하면서 그의 '불멸의 업적'을 구체화 형상화하는 작업에 중심축이 놓여 간다. 구체적으로 소위 '영생불멸의 혁명송가' 「김정일장군의 노래」를 비롯하여, 가사 「당신이 없으면 조국도 없다」, 「당신만 있으면 우리는 이긴다」, 「정일봉의 우뢰소리」, 「높이 들자 붉은기」, 「혁명의 수뇌부 결사옹위 하리라」, 「우리의 김정일동지」 등의 작품들에는 김정일의 동지를 따

---

16) 『조선대백과사전』(14), 백과사전출판사, 2000, 503쪽.

라 주체의 혁명위업을 끝까지 계승 완성할 인민의 필승의 신념과 맹세가 철저하게 반영 되었다고 평가한다. 그밖에도 서정서사시 「최고사령관과 근위병사들」, 「전선길 3일이야기」, 서사시 「영원히 흐르라 동지애의 력사여」가 창작되었다. 1990년대에 주체문학이 이룩한 가장 큰 성과의 하나는 물론 총서 『불멸의 향도』에 속하는 장편소설들이 왕성하게 창작된 것이고, 장편소설 『예지』, 『푸른 하늘』, 『동해천리』, 『력사의 대하』, 『평양은 선언한다』, 『평양의 봉화』, 『전환의 년대』, 『전환』 등이 김정일의 위대성을 실재한 력사적 사실에 기초하여 형상화한 작품으로 평가받는다.

수령형상창조문학이 수령의 위대성을 잘 그리는 것이라면, 수령 후계자 형상 문학에서는 수령의 후계자의 업적을 강조하고 수령의 혁명위업을 완성할 수 있는 결정적 역할을 하는 지도자의 모습을 강조하고 있는데, 문학에서 후계자 의 형상을 창조할 때에는 수령 형상 창조의 기본 원칙을 그대로 구현하는 것임이 원칙적으로 제시된 바 있다.

아울러 태양민족문학이라는 용어도 등장했는데, 이는 1995년 김정일 총비서를 주체의 태양으로 묘사하면서 나타난 문학 개념이다. 이 문학론은 수령형상화의 의미를 백두산 3대 장군인 김일성, 김정숙, 김정일 가계도로 확장시켜 북한의 위인 상을 사상 예술적 경지에서 형상화한다는 주요 목적을 지니고 있다. 1995년 7호 「태양은 영원히 꺼지지 않는다」는 추모설화집 『하늘도 울고 땅도 운다』가 겨레와 민족이 최대의 국상을 당하였으나 태양은 영원히 꺼지지 않는다는 신념을 간직한 인민의 철의 의지를 반영하고 있다고 평하고 있다. 『조선문학』 2000년 1호는 머리글로 「2천년대가 왔다 모두 다 태양민족문학건설에」라는 글을 소개하는데 태양민족문학이 수령형상문학과 강성대국 건설을 동일선상에 두는 의미로 사용되고 있다. 21세기에 다시 강조된 태양민족문학은 위대한 태양으로서 김정일을 형상화하면서 문학의 성격을 위대한 영도자의 문학, 강성대국의 문학으로 규정하고 있다. 작가들은 태양의 위성작가, 태양민족문학의 창조자라는 자세로 현재의 생활을 옹호하고 긍정하는 새로운 관점에서 작품을 그려낼 것을 강조하고 있다. 태양민족문학 담론은 김일성 사후 김정일의 강성대국을 강조하기 위하여 사용된 문학론인데 2000년 초반까지만 사용되고 그 이후에는 자주 등장하지 않는 편이다. 이는 선군혁명문학이라는 김정일 체제를 부각시킬 수 있는 대체 용어가 등장하였기 때문인 것으로 보인다.

## 3. 고난의 행군 극복문학 담론

북한에서 '고난의 행군' 담론의 의미는 원래, 김일성이 조선인민혁명군 주력부대를 이끌고 1938년 100여 일 동안 모진 역경 속에서 고난의 행군을 극복한 후 1939년 5월 무산지구 전투를 승리로 이끌었다고 기록하고 있는[17] 것을 지칭한다. 당시 김일성이 이끄는 항일 빨치산은 일제에 의해 위기를 맞이하고 모진 추위와 식량난 속에서 큰 고난을 겪었다고 한다. 북한은 김일성 부대가 이루어낸 이런 이른바 자력갱생, 간고분투 낙관주의, 불굴의 혁명정신 등을 이후 문학에서 다시 활용했다. 즉, 1956년 이른바 종파사건 무렵, 이 고난의 행군 담론은, 역경 속에서도 고난을 이겨낸 정신을 되살려 천리마 운동에 임할 것을 격려하는 구호가 되기도 했으며, 이후, 예술작품으로도 창작된 바 있다. 1976년에는 장편소설 총서 ≪불멸의 력사≫ 중의 한 권인 「고난의 행군」[18]으로 발표된 바도 있다.[19]

---

17) 『문학예술사전』(상), 과학백과사전종합출판사, 1988, 188~189쪽 참조.
18) 석윤기 창작으로 발표된 이 장편소설은 1938년 말부터 1939년 봄까지를 시대적 배경으로 하여 김일성이 조선인민혁명군 주력부대를 친솔하고 고난의 행군을 승리적으로 조직 령도한 전 과정을 서사시적인 방법으로 형상화했다고 평가된다.
19) 이런 사항과 관련된 담론으로는 다음과 같은 것이 있다(주로 『문학신문』에 의해 이루어 졌다).

이런 고난의 행군 담론이 다시 등장한 것은 1990년대 중반 김일성 사후 어려워진 대내외 난관을 타개하기 위해서였지만, 김일성 사후 총체적 난국을 김정일이 홀로 서서 개척하지 않으면 안 되는 고난도 충분히 짐작해 낼 수 있겠다. 이 무렵, 고난의 행군과 붉은 기 사상을 제기한 것은 김정일 자신이었다. 김정일은 국가의 총체적 위기를 극복하기 위해서, 1996년 1월 1일자 ≪노동신문≫ 등의 사설에서 "제 힘으로 혁명을 끝까지 해나가는 자력갱생, 간고분투의 혁명정신이며, 아무리 어려운 역경 속에서도 패배주의와 동요를 모르고 난관을 맞받아 뚫고 나가는 낙관주의 정신"을 역설했다. 이후, 각종 증언 서정시 가요 등이 잇달아 창작되기도 했을 뿐 아니라, 체육 과학 분야까지 운동이 급속하게 확대되어 갔다. 그 후, 김정일이 당 총비서로 추대된 후 노동당 창당 55주년인 1997년 10월 10일에 고난의 행군 종료 선언이 이루어졌다.[20] 따라서 1990년대 중·후반의 고난의 행군 시기는 1994년부터 1997년 말까지로 볼 수 있다. 이 시기 대표적 문학 담론은 붉은 기 사상 문학과 강성대국 문학으로 설명될 수 있다.

## 1) 붉은 기 사상 문학

'주체사상'이 김일성 시대의 지배이데올로기로 기능을 발휘했는데, 주체사상에다 '붉은 기 사상'을 접목한 것은 김정일 시대의 개막

기자, 신간 안내: 천세봉 『고난의 력사』 1부, 문예총출판사, 1965.1.1, 3쪽.
강능수, 거창한 력사의 흐름: 천세봉 작 장편소설 『고난의 력사』 1부에 대하여, 1965.2. 26, 2쪽.
리기영, 계급투쟁의 년대기: 『고난의 력사』 1부의 예술적 구상의 특성(장편소설시리 천세봉 작, 20년대 전반 농촌배경), 1965.10.29, 2쪽.
천세봉, 체험의 터전 우에 솟은 두개의 장편: 『대하는 흐른다』 1부와 『고난의 력사』 1부의 창작과정을 두고(장편소설시리즈), 1965.11.12, 2쪽.
안함광, 형상적인 생동한 언어 표현에로: 장편 『고난의 력사』를 읽고, 1966.6.21, 1쪽.
머리글, 작가들은 오늘의 「고난의 행군」을 승리적으로 결속하기 위한 최후돌격전에서 진군의 나팔수가 되자, 『조선문학』 1997년 제3호.
20) 오창은, 「고난의 행군 시기 북한 문학평론 연구」, 『한국근대문학연구』 제15호, 한국근대 문학회, 2007, 27쪽.

에 대비한 김정일 자신이었다. 붉은 기 사상은 '조선공산주의 청년동맹' 결성 25주년인 1995년 8월 28일 〈붉은 기를 높이 들자〉라는 제목의 ≪노동신문≫ 정론을 통해 처음 등장했지만, 1996년부터 작품 속에서 구현되었다. 청년들에게 붉은 기를 들고 진군하라는 요구는, 중국 문화대혁명 시기 모택동이 홍위병을 앞세워 열렬한 행진과 선전활동에 이용했던 기억을 되살리는 부분이다.

1996년 1호『조선문학』논설에서는 가요 〈높이 들자 붉은 기〉를 소개하고 있다. 이는 조선혁명의 백전백승의 기치를 표상하는 의미로써 붉은 기의 이미지를 차용하는 것으로 고난의 행군을 이겨내겠다는 의지를 소개하고 있는 것이다. 붉은 기 관련 문학 담론으로 중요한 것은 다음과 같은 것이 열거될 수 있다.

『문학신문』
사　설,「작가들이여 3대혁명 붉은기 쟁취 운동에 이바지하는 문학작품을 더 많이 창작하자」, 1995.12.8, 2쪽.
사　설,「작가들은 혁명의 붉은기를 높이 추켜들고 새해 작품창작에서 앙양을 일으키자」, 1996.1.12, 1쪽.
권택무,「붉은기를 높이 들고 전개한 항일혁명문학예술 활동」, 1996.3. 2쪽.
사　설,「우리 당의 붉은기 사상과 문학예술 창작」, 1997.1.17, 1쪽.

『조선문학』
머리글,「3대혁명 붉은기 쟁취 운동」에 힘차게 이바지하는 혁명적 문학 작품 창작에서 일대 앙양을 일으키자!」, 1976.2.
머리글,「혁명의 붉은기를 더욱 높이 추켜들고 주체문학건설에서 일대 비약을 일으키자」, 1996.2.
김철민,「선군시대 붉은기 서정」, 2001.3.
김의준,「붉은기를 높이 들고 시대를 선도해 온 시문학의 10년」, 2002.1.

최언경, 「작가와 함께 장편소설 '붉은기'를 회고해 본다」, 2002.4.
김덕선, 「붉은기수호의 철령에 대한 시의 철학세계」, 2004.6.

문학에서도 붉은 기 사상은, 중국의 홍위병이 그러하였듯이, 김정
일을 옹호하거나 비호하기 위해, 혁명적 군인정신과 희생정신, 그리
고 영웅적 투쟁정신을 발휘하여야 한다고 강조했다.

우리 주인공들이 체현하여야 할 혁명적 군인정신에서 중요한 것은 또
한 아무리 어려운 과업도 자체의 힘으로 해내고야마는 자력갱생, 간고분
투의 정신이다. 이 투쟁과정에 ≪돌격 앞으로!≫가 아니라 ≪나를 따라
앞으로!≫라는 우리 식의 새로운 구령이 창조되였다. 우리 주인공들이 체
현하여야 할 혁명적 군인정신에서 중요한 것은 또한 당과 혁명, 조국과
인민을 위하여서는 자기 한몸을 서슴없이 바쳐 싸우는 시기 희생정신, 영
웅적 투쟁정신이다.[21]

북한 문학에서는 붉은 기 문학을 통해 혁명적 군인정신과 혁명적
낙관주의, 충효심, 불굴의 투쟁정신, 자기희생 정신을 형상화하고 있다.

붉은기 정신은 혁명적 군인정신이다. 인민군대의 총창 우에 억세게 나
붓기는 혁명의 붉은기가 있다. 하기에 경애하는 김정일장군님께서는 인
민군대를 우리 혁명의 기둥으로 내세워주시였고 수령결사옹위정신을 핵
으로 하는 혁명적 군인정신을 따라배우도록 전당과 전체 인민을 불러주
시였다.[22]

붉은기문학은 본질에 있어서 수령과 령도자의 위업수행에 이바지하는

---

21) 최언경, 「혁명적군인정신이 맥박치는 명작들을 더 많이 창작하는것은 시대와 혁명의 요
  구」, 『조선문학』 1996년 12호, 56쪽.
22) 김성우, 「붉은기 정신이 구현된 우리 소설문학」, 『조선문학』 1997년 제10호, 71쪽.

문학이다. 우리는 위대한 수령님의 불멸의 업적과 경애하는 장군님의 위인상을 형상하는 문학작품창작에 모든 력량을 집중하여야 한다. 이와 함께 위대한 수령님께 끝없이 충직한 충성의 빛나는 귀감이신 김정숙동지의 숭고한 형상창조에 사색과 탐구를 다 기울여야 한다.[23)]

요컨대, 붉은 기 사상은 ≪고난의 행군≫ 시기, 역사에 유례가 없었던 준엄한 시련과 난관을 이겨나가며 내일을 위한 백절불굴의 투지와 혁명적 난관주의, 혹은 고귀한 자기희생과 헌신의 정신이라고 파악된다. 그 밑바닥에는 주체적 사실주의에 입각한 인생관을 구현한 작품들을 창작해 나가자는 생각이 깔려 있다. 더 밑바닥에는 붉은 기를 높이 들고 나아가며 김정일 체제를 옹호하기 위하여, 청년들에게 불굴의 투쟁정신으로 혁명적 군인정신으로, 몸을 바쳐 그를 결사적으로 옹위하여야 한다는 의미를 내포하고 있다. 그리고 재미있는 것은 붉은 기 사상을 만드는 데도, 김일성 사후 동원하였던, 우리 민족 고유의 충효 사상을 적극적으로 이용하였다. 잘 알려진 비와 같이 북한에서는 충효를 중심으로 하는 유교를 철저하게 배척했었던 적이 있었던 것을 상정하면, 새삼 모순을 느끼지 않을 수 없다.

## 2) 강성대국 문학

북한의 1998년은 '사회주의 강행군'과 '강성대국'이라는 용어로 설명될 수 있다. 여기에서 '사회주의 강행군'은 1998년 1월 8일자 ≪노동신문≫ 사설에서 제기되었는데, 고난의 행군을 마감하고 새로운 경제 건설을 목표로 한다는 의미를 지닌다. 또한 '강성대국'은 1998년 8월 22일자 ≪노동신문≫ 사설에서 제기되어 정치·사상·군사·경제 강국을 지향하는 북한의 부국강병책의 일환으로 통용된다. 이러

---

23) 조선작가동맹 중앙위원회 평론분과위원회, 「위대한 당의 령도밑에 전진하는 영원한 동행자의 대오」, 『조선문학』 1998년 제10호, 7쪽.

한 구호이자 담론인 용어를 통해 알 수 있는 것은 이 시기 김정일 체제가 북한에서 사상·정치·군대 우위를 점유하고 있다는 사실이다.

이 시기 북한 문학에서는 '제2의 천리마 대진군', '군민일치' 사상 등을 작품 속에서 형상화할 것을 요구했다. 이에 대한 것은 다음과 같은 『조선문학』에 실린 강성대국론과 관련된 중요 담론들을 통해서 들여다 볼 수 있다.

> 김성조, 「김정일 강성대국 건설에 적극 이바지하겠다」, 1998.9.
> 은종섭, 「강성대국 문학건설로 21세기 태양을 모시렵니다」, 1998.9.
> 김성조, 「김정일 강성대국 건설에 적극 이바지하겠다」, 1998.9.
> 최언경, 「강성대국 건설에 헌신분투하는 주인공들의 형상에서 나서는
> 　　　　몇가지 문제」, 1998.9.
> 머리글, 「사회주의강성대국건설에 적극 이바지할 문학작품을 활발히
> 　　　　창작하자」, 1999.1.

『조선문학』에 나타난 강성대국 담론을 보면, 이것은 체제 내부의 위기를 다루기보다는 대외적 위기를 조장하여 이를 이기내기 위한 방법으로 나타났다.24) 사상과 군사 강국의 위력으로 경제 건설을 한다는 이 논리는, 고난의 행군에 뒤이어 시작된 '사회주의 강행군'은 체제 결속을 위한 북한의 사회정치 노선으로 볼 수 있지만, 자연재해를 비롯한 모든 위기의 원인을 제국주의 책동과 경제봉쇄 탓으로 돌리고 이를 극복하기 강성대국 건설의 구호와 선군정치 담론을 생산하고 있기 때문이다. 문학에서는 자력갱생, 간고분투의 혁명정신을 간직한 긍정적 주인공의 형상화를 요구하고 있다. 강성대국에 맞는 주인공의 형상 방법에 대해서는 강한 신념과 혁명적 낙관주의를 지닌 열렬한 애국자를 주인공으로 형상할 것을 주문한다.25)

---

24) 최길상, 「당 중앙위원회 구호는 우리 문학의 시대정신」, 『조선문학』 1998년 제7호.
25) 최언경, 「강성대국건설에 헌신분투하는 주인공들의 형상에서 나서는 몇가지 문제」, 『조

『조선문학』1999년 1호 「머리글」에서는 사회주의 강성대국 건설을 추동할 문학작품을 창작할 것을 권하는데 자립민족 경제, 충신의 전형인 주체형 인간, 혁명적 낙관과 우리 식 사회주의 제도의 미래를 문학 속에서 표현하기를 권하고 있다. 1999년 3호 「머리글」에서도 강성대국의 면모를 보여줄 수 있는 군인들의 생활, 사회주의경제강국을 건설하는 인민들의 투쟁모습, 조국애, 향토애, 조국통일 위업 실현 투쟁 과정을 형상할 것을 권한다.[26]

강성대국론과 연결되는 정신으로 강계정신에 관한 것이 있다. 강계정신은 1998년 1월 16일부터 21일까지 김정일이 '자강도를 방문한 뒤, 같은 해 2월 26일자 ≪노동신문≫ 사설에서 처음 제시한 용어이다.[27] 자강도는 북한에서 고난의 행군의 위기를 극복한 모범적인 지역으로 문학에서도 이에 대한 형상화가 요구되었다. 여기에는 자력갱생의 의미와 간고분투의 정신이 강조된다. 평론 「강성대국건설에 헌신 분투하는 주인공들의 형상에서 나서는 몇 가지 문제」에서는[28] 장편소설 『철의 신념』에 대한 평을 통해 강계정신의 의미를 혁명적 낙관주의와 자력갱생으로 되새기고 있다.

---

선문학』 1998년 제9호.

26) 북한에서 강성대국에 대한 문학적 형상의 근본적 의도는 한웅빈의 「두 번째 상봉」에서도 찾아볼 수 있다. 이 소설의 내용은 '나'가 10년 전 제13차 세계 청년학생 축전(1989) 때 서양 외신기자의 안내 겸 통역을 맡았던 사연에서 출발한다. 사회주의를 이상하게 생각하고 있는 서구의 기자와 동행한 '나'는 단물 매대 앞에 있는 사람을 동냥을 바라는 것으로 생각하면서 훌륭한 건축물 뒤로 희생당했을 사람들을 떠올리는 까다롭고 의심 많은 기자의 성격에 당황한다. 사회주의 제도를 의심하는 교활한 기자와 농담을 이해 못하는 고지식하고 단순한 친구와의 대화도 나타난다. 이 소설은 고난의 행군 속에서도 사회주의 미래에 대한 신심과 희망을 잃지 않는 혁명적 낙관주의 정신을 잘 형상한 것으로 평가받는다.

27) 연형묵이 자강도 당 책임비서로 일하면서 중소형발전소 건설을 통한 전력난 해결방법을 마련해 '강계정신'이라는 새로운 조어까지 만들어냈다고 한다.

28) 『조선문학』 1998년 제9호.

## 4. 선군혁명문학 담론

선군(先軍)혁명문학이란, 군사가 국사의 으뜸이고, 군대가 혁명의 주력이며, 군대를 강화하는 것이 국가를 만드는 기본이라는 특성이 구현되어 있는 문학이라고 할 수 있다. 즉, 군대를 무적필승의 혁명 무력으로 강화하여 조국의 안전과 혁명의 전취물을 사수하며 사회주의 건설의 모든 사업을 전투적으로 벌려나가는 것이 선군문학의 목적이다. 따라서 이들 작품들에서는 작품의 주인공이나 서술자로 군인이 직접 등장하거나 혁명적 군인정신을 고취하는 주제가 눈에 띠게 늘어난다. 군사 중시의 담론은 김일성의 항일 혁명 투쟁 과정을 다시금 각인시키며, 김일성이 해방 이후에도 자주 무력 혁명을 강조한 것을 연상시킨다. 현실적으로는 세계가 핵전쟁에 뛰어들었고 북한도 여기에 참가했음을 미국을 향해, 남한을 향해 위협적으로 강조하려는 의도의 소산일 것이고, 대내적으로는 사회주의 체제 및 김정일 체제의 수호를 위한 충성 요구일 것이다.

1997년 10월에 김정일 조선노동당 총비서 취임으로 비로소 국가 기능의 정상화를 시도하면서, 김정일 정권은 체제 유지 전략으로 군사국가의 제도화를 도모하고 사회기반 시설 건설의 핵심으로 군대를 중요시한다. 북한의 군사국가의 제도화 징후는 1998년 무렵부터 본격적으로 드러난 선군정치라는 김정일의 통치이론의 정립으로 나타난다.[29] 선군혁명 영도로 불리기도 하는 익서은 김정일 정치의 특징인데, 결국 군대를 중심으로 사회주의를 이끌어간다는 것이다.[30] 북한에서 선군정치라는 용어는 1999년 6월 16일 ≪로동신문≫, 『근로자』에서 공식적으로 사용되기 시작하였다. 여기에서는 공동논설을

---

29) 1992년 국방위원회는 종전 헌법상 국가 주석과 중앙인민위원회가 가지고 있던 일체의 군사 관련 기능과 권한을 이양 받았다. 1993년 김정일이 국방위원장으로 취임했으며, 1998년 국방위원회는 실질적 최고 기관으로 승격되었다.
30) 이종석, 『새로 쓴 현대 북한의 이해』, 역사비평사, 2000, 546~547쪽 참조.

통해 '우리 당의 선군정치는 필승불패이다'라는 선군정치의 의의와
목표를 밝히고 있다.[31]

『조선문학』에서 선군혁명문학의 주요 내용을 들여다 볼 수 있는
평론문 중 중요한 것은 다음과 같다.

김의준, 「시문학의 붓대는 총대를 노래하는 붓대여야 한다」, 2000.8.
김순림, 「시대의 요구와 단편소설」, 2000.8.
김순림, 「우리 당의 위대한 선군령도를 따라 힘있게 전진하는 주체문학」,
　　　　2000.10.
최길상, 「새 세기와 선군혁명문학」, 2001.1.
머리글, 「선군혁명 문학 창작으로 새 세기 사회주의 붉은 기 진군을 고무
　　　　추동하자」, 2001.3.
리동수, 「우리 당 선군사상(랑으로 정정)의 위대한 철리에 대한 심오한
　　　　예술적 해명」, 2001.10.
김일수, 「생활의 깊이에서 울려 나오는 선군시대의 서정」, 2002.3.
리동수, 「력사의 새벽길에 메아리친 총대서정」, 2002.3.
김일수, 「선군혁명시가문학에 흐르는 미래사상의 세계」, 2002.8.
김철민, 「선군시문학의 구보전진을 위하여」, 2002.10.
박춘택, 「선군혁명철학에 대한 문학적 탐구」, 2002.12.
머리글, 「불타는 창작 열정을 안고 선군문학 창작의 붓대를 달리자」
방형찬, 「선군혁명문학은 주체사실주의문학발전의 높은 단계이다」, 2003.3.
장형준, 「선군의 위력을 심오하고 진실하게 형상한 시대의 명작」, 2003.7.
박　윤, 「선군혁명문학령도의 자욱을 따라」, 2004.6.
최길상, 「선군으로 위용떨치는 조국과 문학적 형상」, 2004.9.
류　만, 「선군정치로 빛나는 조국에 대한 찬가」, 2004.9.
강창호, 「수령결사옹위의 총대용사에 대한 진실한 형상」, 2004.11.

---

31) 김진환, 「강성대국 건설의 장기적 과도기 전략: 선군정치」, 『민족21』, 통권 제8호, (주)민
　　족21, 2001.11, 129쪽.

백의선, 「선군의 서정으로 시대를 물들이자」, 2005.1.

박 윤, 「총대문학의 기수로」, 2005.1.

김덕철, 「선군소설문학의 풍성한 열매로」, 2005.1.

김정웅, 「주체사실주의문학발전의 새로운 단계로 되는 선군문학의 본성과 특징」, 2005.1.

김성우, 「선군령도의 백승의 진리와 총서 '불멸의 향도'」, 2005.1.

오춘식, 「선군시대인간들의 철학적형상」, 2005.3.

(특히 『조선문학』 2005년 1월호는 선군 '특간호'였다. 편집부 이름으로 된, "위대한 선군정치를 붓대로 억세게 만들겠다"라는 구호가 특별 제시되기도 했다.)

최길상은 「새 세기와 선군혁명문학」(2001.1)에서 선군정치는 "군대를 혁명의 기둥으로 세우고 군대를 앞세워 혁명과 건설의 모든 문제를 풀어나가는 독특한 방식이며, 그것은 김정일에 의해 인류사상 처음으로 정립된 정치철학"임을 밝혔다. 그리고 그것은 물론 "주체 사실주의의 새로운 발전"이라고 할 수 있으며, "선군혁명문학이 새 형의 문학으로 태동하여 형상을 펼친 것은 20세기 마지막 년대의 6년이라고 했다."[32] 선군혁명문학의 논리 뒤에는 국내외적으로 안정되지 못한 김정일 체제의 군건한 구축과 군사적 사회주의 국가체제의 수호라고 하는 뚜렷한 목표가 숨어 있다고 하겠다. 미국과의 군사대결까지 염두에 둔 것이었다. 북한의 핵실험과 북미 핵 대결 등은 이른바 '선군혁명전략'에 따라 진행됐다고 보인다. 북한은 이 무렵 본격적으로 시작된 미국의 대북적대정책 압박에 선군정치로 맞대응해 왔고, 그 갈등은 1, 2차 북미 핵 대결로 이어졌다. 최길상이 계속하여, "선군혁명문학은 '고난의 행군'을 통하여 인류 력사 우에 새로운 한 시대를 창조해 놓으신 걸출한 위인, 위대한 장군님의 거룩한 형상을

---

32) 최길상, 「새 세기와 선군혁명문학」, 『조선문학』 2001년 제1호, 5쪽.

창조하는 데로 모든 력량을 집중하여야 한다"[33]라고 밝혀 놓은 것이 그런 사정을 알게 해준다.

김정웅은 「주체사실주의문학발전의 새로운 단계로 되는 선군문학의 본성과 특징」(2005.1)에서 선군문학의 가장 중요한 특징을 첫째, "반제혁명정신을 높은 수준에서 구현하고 있는 것과 둘째, 조국애를 높은 예술적 수준에서 전면적으로 김피있게 구가하고 있는 것"으로 요약하고 있다. 그리고 선군문학은 "혁명적 군인정신을 구현하는 것"이라며, 구체적인 내용은 다음과 같이 제시되어 있다.

수령 결사옹위 정신, 결사 관철의 정신, 영웅적 희생정신을 기본 내용으로 하는 혁명적 군인정신은 선군시대 사람들의 고유한 풍모이다.[34]

『천리마』(2000.11)에서는 김일성 사후 유훈통치기에 창작된 작품들을 '선군혁명문학'이라 지칭했다.[35] 선군혁명문학을 소재와 주제별로 유형화해 보면 김정일 군부대 현시사찰,[36] 군민일치, 수령결사옹위, 총대서정, 선군영도의 위대성, 혁명적 군인정신, 반제혁명사상, 조국결사수호 정신, 총대중시 사상 등으로 분류할 수 있다.

군부대 현지 사찰에 대한 내용은 「문학작품집 《경례를 받으시라》에 실린 세 편의 단편소설들을 중심으로」(『조선문학』, 2000.4)를 통해 살펴볼 수 있다. 이 글에서는 소설들 속에 나타난 장군과 병사의 관계를 혈연적인 관계로 파악하고 인민군대의 강함과 선군혁명정치를

---

33) 위의 글, 6쪽.
34) 김정웅, 「주체사실주의문학발전의 새로운 단계로 되는 선군문학의 본성과 특징」, 『조선문학』, 2005.1, 60쪽.
35) 노귀남·김성수 외 편집, 『김정일『주체문학론』 북한자료집』 I, 경남대학교 극동문제연구소, 2004, 2쪽.
36) 김정일의 현지지도는 1996년에 군부대 방문 21회, 군부대가 투입된 건설 현장 방문 8회, 군 체육단 방문 2회, 군 관계 예술 공연 관람 8회를 기록하였다. 이러한 수치는 1995년에 비하면 급격히 증가한 것이다(이종석, 앞의 책, 546쪽). 이러한 군부대 현지 사찰은 2000년대를 전후하여 문학에서 주요 소재가 되고 있다.

펼쳐가는 장군의 덕망의 위대성을 강조하고 있다고 평하고 있다. 군민일치에 관한 것은 평론 「시대의 기상, 나래치는 서정」(2000.5)에서 살펴볼 수 있다. 이 글에서는 「승패에 대한 시」(김정곤)가 군민일치를 생활화폭으로 형상하고 있다고 평하고 있다. 이 글에서 강조하는 것은 시에 나타난 군민의 혁명적 신념, 불굴의 낙관, 군민일치의 필승불패성이다.

당시 북한에서는 '총대 서정'이라는 용어를 생성하여 선군정치의 서정을 문학 속에서 구현할 것도 요구했다. 평론 「시문학의 붓대는 총대를 노래하는 붓대여야 한다」(2000.8)에서는 "오늘의 시에는 총대서정, 선군정치 서정이 풍만해야 한다"라고 하여 수령결사옹위의 정신과 강성대국 건설의 각오를 총대정신으로 형상할 것을 요구한다. 여기에서는 선군정치 숭배심을 형상한 시로는 「경축」, 「봄날의 꽃 속에 젊어 계시라」 등을 소개하고 총대서정으로는 「총대는 우리의 운명」, 연시 「나는 불이 되련다」 등을 소개한다.

수령의 위대성 구현도 선군영도와 연결하여 설명된다. 「시대의 요구와 단편소설」(2000.8)에서는 수령의 혁명적 인생관이 오늘의 시대에 맞게 칭송되고 있는 작품들을 예를 들어 설명하고 있다.

현시기 우리 문학은 당의 선군정치를 힘 있게 형상하여야 한다. 선군영도는 수령과 영도자에 대한 숭배심을 사상적 기초로 한다. 작가들은 수령형상작품 창작에 힘을 써야 한다. 상반기 단편소설 ≪동지에 대한 추억≫은 수령에 대한 예술적 칭송이다. ≪미래에 살자≫는 장군의 혁명적 인생관을 오늘의 현실에 맞게 칭송하고 있다. ≪첫 소대장≫은 공훈탄부의 회상을 통해시대의 전형에 대해 집중하고 있다. ≪초석≫은 언어구사나 회상적 수법 등을 통해 양심문제를 균형 있게 구현하고 있다. ≪아지랑이 피는 들≫은 제자들과 함께 농촌에 진출하여 작업반장이 된 주인공이 농촌을 교단으로 삼는다는 감동적인 작품이다. 작가들은 생활에의 침투, 언어예술가로서 창작적 기교 연마, 수양, 탐구와 사색 등에 힘써야 한다.

위의 예문을 살펴보면 선군혁명문학의 의미가 군 문제 관련이 아닌 생활 전반으로 확장되어 사용되고 있다는 문제점도 제기된다.

선군혁명문학은 "주체 사실주의문학의 새로운 단계에 올라선 새형의 문학"으로 설명되는데, "수령형상 창조의 고유한 생리에 맞게 최상의 경지에서 훌륭히 구현한 문학"으로 관련지어진다.

　　수령형상문학의 출현은 주체 사실주의문학의 발전에서 특출한 지위를 차지하는 가장 귀중한 문학적 성과이다. 그것은 수령영생문학이 주체문학 건설의 기본의 기본으로 되는 수령 창조의 가장 높은 경지에 올라 선 문학이며, 주체사실주의의 높은 단계로 되는 선군혁명문학의 사상적 기초를 밝혀주는 문학이기 때문이다. 수령영생문학의 본질적 특징은 주체문학 건설의 기본 요구를 최상의 높이에서 훌륭히 구현하였다는 데 있다. 수령영생문학은 보다 단수가 높고 철학성이 있으며, 폭넓은 구성과 주체적대가 확고히 선 문학이며, 어버이 수령님의 위대성을 수령형상창조의 고유한 생리에 맞게 최상의 경지에서 훌륭히 구현한 문학이다."37)

결국, 주체사실주의를 발전시킨 선군혁명문학은 사회정치적 생명체에 영원히 자기 운명을 맡기고 혁명적 군인정신으로 살며 싸우는 인간들을 가장 아름답고 숭고한 인간미의 체현자로 형상되어야 한다는 것이 주장이다.38) 그러나 그동안 노동자 농민이 국가의 주력 세력임을 줄기차게 강조해 온 통치 이데올로기를 일거에 뒤집어 버렸다는 문제를 지닌다. 아울러, 그동안 북한이 비판해 온, 유교 윤리나 충효 사상도 체제 수호를 위해 스스로 가져다 씀으로써 논리의 모순을 가져왔다는 문제도 드러난다.

---

37) 방형찬, 「선군혁명문학은 주체사실주의문학발전의 높은 단계이다」, 『조선문학』, 2003.3, 15쪽.
38) 이 글에서는 불멸의 총서 중 「총검을 들고」, 「강계정신」, 「비약의 나래」 등 호평하며 대표작으로 설명하기도 했다.

# 5. 체제 수호 위기 극복 담론 변화 양상의 의미

본 연구는 김일성 사후 북한문학담론을 시기별로 분류하여 분석하였고, 김일성 사후 북한문학담론은 전체적으로 체제 수호 위기를 극복하기 위한 방안 모색에 초점이 맞추어져 왔음을 밝혔다.

북한은 김일성 사망(1994) 이후 3~4년 동안의 유훈 통치 기간을 거치면서 1960년대부터 있어 왔던 수령형상문학을 수령후계자 형상으로까지 넓혀 갔다. 1997년 김정일 체제를 공식적으로 발족하기 전후를 즈음하여서는 '고난의 행군 시기'라고 새롭게 명명하고, 붉은 기 사상, 강성대국 이론을 생산하게 되었다. 과거 김일성이 고난의 과정을 통해 혁명을 이루듯 고난의 충성을 유구한 것이다. 이후 1999년 무렵 부터는 선군혁명에 관련된 구호와 사상 수립 등을 통해 대내외적 호전성을 문화예술 전반에 걸쳐 새로운 담론으로 형성하였다.

수령형상문학은 수령후계자 형상으로 폭을 넓혔다. 이전과의 차이는 수령형상문학론이 수령영생문학, 수령추모문학, 단군문학, 태양(민족)문학 등의 용어로 변형되어 있다는 점이다. 수령형상 담론은 수령결사옹위 정신을 구현하여 수령과 후계자의 절대적인 영역을 확보하는데 일익을 담당한다. 고난의 행군 극복 담론의 주요내용은 혁명적 낙관주의와 자력갱생의 정신이다. 이 시기에 대두된 붉은 기 문학과 강성대국 문학, 그리고 태양민족문학 등은 북한의 사회주의 체제의 유지의 일환으로 제기된 것으로 보인다. 선군혁명문학론은 위기 극복을 위한 군사 중시의 전략을 문학적으로 형상한 것에 해당된다.

이 시기에도 북한문학담론에서는, 문학을 각 시기의 주요 정치적 문제를 해결하는 도구로 사용해, 문학이 인간의 참모습을 발견하여야 함을 외면했다. 특히 김일성 사후 문학 담론은, 김정일 체제로의 안착을 도모하고, 국제적 분쟁 문제 해결을 위한 수단으로 동원되고 말았다. 더구나 이 시기 창안된 수령 영생문학, 붉은 기 문학, 강성대국 문학, 선군혁명문학 등에는 김정일과 군인만이 존재했다는 비판을 면할 수 없다. 거기에는 그토록 오랜 세월 말로만이라도 존중했던 노동자도 농민도 없었다. 인간이란 어떤 존재이며 어떻게 살아야 하는가 하는 근본적인 문학의 질문조차 외면되어 버렸다.

유훈통치 시기는 우리의 전통이었던 부모 사후 3년 상을 연상시키는데, 이 시기 문학 담론은 김일성에서 김정일로의 체제 이행을 교묘하게 달성하는 기제로 작용했다. 수령 영생문학 담론에서는 유교의 효 사상을 이용하며 자신의 불투명하던 입지를 굳혀 나갔고, 붉은 기 문학과 강성대국 문학 담론 등에서는 충의 사상을 젊은이들에게 강요해 홍위병을 양성하려 했다. 선군문학 담론에서는 호전성을 드러내기도 했다. 체제의 성공적인 이행을 위해 북한이 철저히 비판했던 유교 논리와 충효 사상을 다시 끌어다 사용한 점 등도 북한 문학 이론의 전체적 모순을 감지하게 했다.

# 참고문헌

김성수, 「김정일 시대 문학에 대한 비판적 고찰: 선군(先軍)시대 "선군혁명문학"
의 동향과 평가」, 『민족문학사연구』, 민족문학사학회 민족문학사연구소,
2005.

_____, 「선군 사상의 미학화 비판: 2002년 전후 북한문학에 나타난 작가의식과
글쓰기 양상 변모양상」, 『민족문학사연구』, 민족문학사학회 민족문학사
연구소, 2008.

김재용, 「탈냉전 분단구조와 '고난의 행군' 이후 북의 문학」, 『한국근대문학연구』
제15호, 한국근대문학회, 2007.

김주현, 「김정일 시대 『조선문학』에 나타난 북한문학의 특질」, 『어문논집』 제38
집, 중앙어문학회, 2008.3.

김진환, 「강성대국 건설의 장기적 과도기 전략: 선군정치」, 『민족21』, 통권 제8호,
(주)민족21, 2001.11.

노귀남·김성수 외 편집, 『김정일 『주체문학론』 북한자료집』 I, 경남대학교 극동문
제연구소, 2004.

노귀남, 「김정일 시대의 북한문학: 사회주의 강성대국 건설과 관련하여」, 『북한문
학의 이해』 2, 청동거울, 2002.

리현길, 『위대한 령도자 김정일 동지의 사상 리론』 1~4, 평양: 사회과학출판사,
1996.

백과사전출판사, 『조선대백과사전(22)』, 평양: 백과사전출판사, 2001.

사회과학원 주체문학연구소, 『총대와 문학』, 평양: 사회과학출판사, 2004.

오창은, 「'고난의 행군' 시기 북한 문학평론 연구」, 『한국근대문학연구』 제15호,
한국근대문학회, 2007.

윤기덕, 『수령형상문학』, 평양: 문예출판사, 1991.

이종석, 『새로 쓴 현대 북한의 이해』, 역사비평사, 2000.

이화여자대학교 통일문학연구원 편, 『북한문학의 지형도 2: 선군 시대의 문학』,

청동거울, 2009.

『조선문학』과『문학신문』에 실린 논문은 본문에서 열거된 논문 목록으로 대신함.

# 경희극 〈산울림〉에 나타난 웃음의 특질과 체제선전 기능

박영정

## 1. 북한 연극과 감성의 정치학

1970년대의 '연극 혁명' 이후 북한 연극은 이른바 '〈성황당〉식 연극'으로 획일화되어 있다. 더욱이 모든 공연이 국립연극단과 지방의 시·도 예술단, 중앙 기관·단체 및 시·도 예술선전대, 영화촬영소 등 소수의 예술단체에 제한되어 있어 당국의 통제를 벗어난 자유로운 활동이 보장되어 있지 않다. 그보다 오히려 체제 선전의 도구로서 기능하도록 환경이 조성되어 있다고 해야 할 것이다. 무대에서 대중을 직접 접촉하는 공연예술은 정서적 감화력이 크기 때문에 북한 예술계의 '주력 부대' 역할을 담당해 왔다. 그 중에서도 특히 '노래'는 북한 권력의 통치에 직접적으로 활용되어 '음악정치'라는 용어까지 탄생시켰다. 스토리가 있는 무대예술 분야에서도 연극이 아닌 가극이 북한 예술계를 리드하였다.

북한 연극의 '본보기' 작품으로 평가 받는 국립연극단의 혁명연극

〈성황당〉이 1978년에 무대화되었는 데 비해, 혁명가극 〈피바다〉는 1971년 첫 공연이 이루어져 북한 무대예술에서 '본보기 중의 본보기' 역할을 하고 있다. 주체예술에서 화술 중심의 연극이 노래 중심의 가극에 밀려 '주변 장르화'하는 현상에는 주체미학 안에 내재된 '감성의 정치학'이 작동하고 있는 것으로 추정해 볼 수 있다. 연극에 비해 가극은 정서가 응집되어 있는 노래와 음악을 기반으로 사건이 전개되므로 개별 인간에 대한 내면적 탐구나 사회 현실에 대한 비판적 천착보다는 무대 위에 외면화되어 흐르는 감정의 응축된 흐름이 중요시된다고 볼 수 있다. 이러한 흐름 속에서 북한에서 가극 발전에 비해 연극의 지체 현상이 나타난 것이 아닌가 추정된다.

북한 연극은 크게 혁명연극 〈성황당〉 이전의 연극과 이후의 연극으로 나누어 볼 수 있다. 〈성황당〉 이전의 북한 연극에는 일제강점기 이래 형성된 연극의 '관행'이 남아 있는 반면, 〈성황당〉 이후의 북한 연극은 이른바 〈성황당〉식으로 '정비'되어 있다. 〈성황당〉식 연극에서는 다장면(多場面) 구성, 흐름식 입체 무대미술, 방창의 활용 등 형식면에서 변화가 두드러지는데, 이도 따지고 보면 혁명가극 〈피바다〉에서 성취된 성과를 연극분야에 '적용'한 것에 지나지 않는다. 실제 1970년대 이래 북한 연극은 가극에 비해 두드러진 성취가 없었다. 국립연극단을 비롯한 공연단체의 연극 공연이 없었던 것은 아니지만 주목 받을 만한 성과를 얻지는 못했다. 5대 혁명연극인 〈성황당〉, 〈혈분만국회〉, 〈딸에게서 온 편지〉, 〈3인 1당〉, 〈경축대회〉가 북한 연극의 거의 전부라 할 수 있을 정도이다.

오늘날 북한 연극에서 대중적 인기가 높은 것은 경희극(輕喜劇)이다. 우리에게는 그 용어조차 낯설지만, 북한에서는 가극 못지않은 인기를 누리고 있다. 원래 경희극은 대중에게 널리 알려진 영화 예술인들이 출연하여 가벼운 웃음 속에 대중을 교화하고, 결속시키는 기능을 해 왔으나 지난 2010년 국립연극단이 경희극 〈산울림〉을 공연하면서 새로운 '지위'를 얻게 된다. 김정일의 지시로 준비한 지 4개월

만에 무대에 올린 국립연극단의 〈산울림〉은 '김일성상'을 수상하였으며, 2010년 4월 27일 첫 공연에서 2012년 10월 5일 500회 공연에 이르기까지 40만 관객을 기록하였다.[1]

경희극 〈산울림〉의 서장(국립연극극장, 2012)

사실 창작의 자유가 없는 북한에서 웃음을 주조로 한 희극 장르가 발전한다는 것은 의외의 일이다. 북한 내 정치를 소재로 하는 정치 풍자는 물론 세태풍자도 성립할 수도 없는 사회가 북한이기 때문이다. 북한의 예술은 '지도자'의 통치를 찬양하거나 '지도자' 또는 사회주의 덕분에 인민이 행복을 누리는 '지상낙원'을 묘사하여 그를 뒷받침하는 내용에 제한되어 있다. 북한 연극의 주인공들은 '숭고한 사명의식'을 가지고 당의 정책을 실현하는 데 앞장서는 '일군'(간부)이나 군인들이다. 따라서 북한 연극에는 웃음보다는 비장미나 숭고미가 어울려 보인다.

그런데 재미있는 것은 5대 혁명연극 가운데 〈성황당〉, 〈딸에게서 온 편지〉, 〈3인 1당〉, 〈경축대회〉의 네 작품이 웃음을 주조로 한 희극에 속한다는 점이다.[2] 그뿐만이 아니라 예술선전대 등의 경제선동 활동에서는 촌극이나 재담, 만담 등이 상시적으로 공연되고 있다. 최근의 경희극 열풍까지 고려하면, 북한 연극에서 웃음을 주조로 한 희극이 중심적인 갈래의 하나로 자리 잡고 있다고 볼 수 있다. 북한 연극에서 웃음이 갖는 정치적 의미 또는 효과는 경희극의 역사적 전개 과정을 보면 어느 정도 확인해 볼 수 있다. 경희극은 우리에게 생소한 장르이지만 북한에서는 '천리마시대'부터 '선군혁명시대'에 이르기까지 시대적 요구를 수용하면서 '발전'하는 양상을 보이고 있기 때

1) 《노동신문》, 2012.10.6.
2) 이에 대해서는 박영정, 「북한 5대혁명연극에 나타난 웃음과 희극성」, 『웃음문화』 5, 2008, 109~134쪽 참조.

문이다.3)

북한 연극에서 '경희극'이란 희극(喜劇)의 한 갈래로서 동지적 비판에 기초한 '가벼운 웃음'이 주조를 이루고 있는 양식이다.4) 북한에서 경희극이 발전하게 된 데에는 '풍자극'과 달리 사회비판 또는 체제비판의 위험성은 거세된 채, 현실 긍정의 기반 위에서 사회주의 체제를 강화하는 데 기여하는 구조를 가지고 있기 때문이다.5) 즉, 경희극은 북한 사회에 특유한 연극 장르로서 가벼운 웃음을 통해 대중을 교양함으로써 궁극적으로 체제 순응적인 감성 체계를 재생산하는 데 기여하는 연극이라 할 수 있다.6)

이 글에서는 북한 경희극을 대표하는 작품인 리동춘의 〈산울림〉을 대상으로 거기에 나타난 웃음의 특질과 체제선전의 기능을 살펴보고자 한다. 또한 1960년대의 〈산울림〉과 2010년대 〈산울림〉의 비교를 통해 경희극에 나타난 '시대정신'의 반영 양상도 함께 살펴볼 것이다.

---

3) 박영정, 「북한 경희극 연구」, 『어문론총』 38호, 2003, 181~215쪽.
4) 북한 경희극의 사전적 개념에 대해서는 사회과학원 주체문학연구소, 『문학예술사전(상)』, 과학백과사전종합출판사, 1988, 182쪽 참조.
5) 박영정, 앞의 글, 187쪽.
6) 북한 연극의 장르론은 가극이나 영화, 텔레비전 드라마 등 광의의 극예술 장르에 공통으로 적용되고 있다. 예를 들어 영화의 장르구분에서 희극영화를 경희극영화와 풍자영화로 나누고 있는데, 그 기본 개념 및 원리는 모두 연극에서 파생된 것이라 할 수 있다. 김영, 『희극영화와 웃음』, 문학예술종합출판사, 1993.

## 2. '천리마시대' 경희극 〈산울림〉과 인간 개조

북한 경희극의 출발점은 1961년에 공연된 리동춘(1925~1988)[7]의 〈산울림〉(전4막)이다.[8]

리동춘(1925~1988)은 해방 이후 북한에서 활동한 대표적 극작가로 1925년 8월 25일 황해남도 해주시 광석동(리순철은 황해북도 사리원시 하동, 리건일은 봉산군으로 기록)에서 태어났으며, 해방 직후 사리원의 '효종극단'에서 배우 생활을 시작하여 황해도 도립극장 과장 등을 거치는 가운데 〈인민의 힘〉(1948) 등 습작기를 지내고, 1955년 배우 생활을 그만 두고 전업 극작가로 나서게 된다. 1960년부터 사회안전부(현재의 인민보안부) 창작실 작가로 있으면서 희곡과 시나리오를 작성하였다. 대표작으로 〈위대한 힘〉(1957), 〈산울림〉(1961), 〈어머니〉(1962), 〈서희 장군〉(1963), 〈우리의 어머니〉(1968) 등이 있다. 혁명연극 〈성황당〉과 〈딸에게서 온 편지〉의 대본작업을 담당하였으며, 1972년 '김일성상'을 수상하였다. 경희극 〈산울림〉은 사회안전부(당시) 소속 작가로 있을 때 발표하였다.

경희극 〈산울림〉은 리동춘의 창작희곡으로 1961년 원산연극단에 의해 초연되었다. 〈산울림〉은 지방 극단의 공연이었음에도 이례적으로 초연 당시인 1961년 10월 김일성이 관람한 바 있고, 1962년에는 김정일이 관람한 것으로 알려져 있다. 김정일은 "작품이 경희극에서 새로운 경지를 개척하였고, 누구나 다 지금까지 거둔 성과에 자만할 것이 아니라 계속 혁신, 계속 전진해 나가야 한다는 자각을 가지게 하는 작품"으로 평가한 것으로 전해진다.[9]

---

7) 리동춘에 대한 전기적 사실은 다음 자료를 참조하여 작성하였다.
   기사, 「극작가 리동춘」, 『조선예술』 2000년 제1호, 61~62쪽.
   리순철, 「리동춘과 경희극 〈산울림〉」, 『조선문학』 2010년 제8호, 40~41쪽.
   리건일, 「창작 활동과 경희극 〈산울림〉의 극작술적 특성」, 『학보(어문학)』, 김일성종합대학출판사, 2011.1.
8) 기사, 「력사적인 첫 경희극 작품」, 《노동신문》, 2010.4.28.

1961년에 발표된 리동춘의 경희극 〈산울림〉의 줄거리는 다음과 같다.

패기와 의욕에 넘친 20대의 청년 황석철은 '당이 제시한 알곡 100만 톤 생산' 목표 달성을 위해 강 건너 범바위산을 개간하여 옥토로 만들자는 파격적인 제안을 한다. 그러나 협동농장의 관리위원장 리송재와 작업반장 리달수 등 기성세대들은 조선시대에는 유배지로 버려져 있던 이 산골 마을이 평야지대 못지않게 잘 살게 된 '사회주의 현실'에 만족하면서 황석철의 제안을 '잠꼬대'와 같이 허황된 공상에 불과하다고 비웃는다. 돌각담을 들추어내 경작 면적을 넓히거나 같은 땅에 3혼작이나 4혼작을 하면 충분하다는 것이다. 그런데 황석철의 제안에서 '계속 혁신, 계속 전진'의 '혁명정신'을 발견한 리당위원장 함락주는 황석철의 제안이 실현될 수 있도록 적극 힘을 실어 준다. 함락주는 황석철에게 혼자 힘으로만 조합을 혁신하려 하지 말고 당위원회를 활용하여 군중의 지지를 받으며 사업을 해야 하며, 특히 '군중 속에 들어가 민청원들을 발동시켜 보라'는 조언을 한다. 이후 마을의 고령자인 서로인의 도움을 받고 또 마을 민청원들의 협력 속에 범바위산 개간이 이루어진다.

그런데 이번에는 장마로 불어난 강물 때문에 범바위산 개간 농토의 김매기가 제때에 이루어지지 못하게 되는 새로운 문제에 봉착하게 된다. 리송재와 리달수는 마을 사람들의 안전을 위해 왕복 60리 길을 돌아가려고 하는데, 함락주와 황석철, 최기선 등 세 청년이 강을 직접 건너갈 수 있는 '묘안'을 마련한다. 누군가 밧줄을 가지고 수영으로 강을 건넌 다음 강 양쪽에 밧줄을 묶어 놓으면 수영을 못하는 마을 사람들도 모두 강을 건널 수 있게 한다는 것이다. 강 이쪽에는 최기선이 밧줄을 잡고 있고, 함락주와 황석철이 물살을 헤치고 강 건너편에 도달하여 마침내 마을과 범바위산이 밧줄로 연결된다. 작품

---

9) 위의 기사.

은 리송재와 리달수를 포함 모든 마을 사람들이 그 밧줄을 잡고 강을 건너가는 것으로 끝을 맺는다.

조선작가동맹 중앙위원회 평론분과위원회의 명의로 발표된 경희극 〈산울림〉에 대한 평론에서는 1960년대 초 극작가 리동춘이 〈산울림〉 창작을 위해 강원도 내 어느 협동농장을 취재하는 과정을 소개하고 있다.

작가는 마식령을 넘어 심산유골인 강원도 법동군 어유리 봉화협동조합(당시)을 찾아갔다. 원산에서 살구꽃을 보고 갔는데 이곳에는 아직 눈이 산을 덮고 있었다. 그러나 이 곳 조합원들은 벌방보다 앞서 눈을 헤치고 감자파종에 일떠서고 있었다. 작가는 흥분했고 감격했으나 며칠 후에 실망했다. 극적 소재를 찾지 못했던 것이다. 뭐니뭐니해도 극문학의 기본은 갈등이였기 때문이다.

작가는 밤에는 조합원들의 집을 찾아 갈등을 찾기 위해 분망했었다. 나중엔 그 갈등을 찾기 위해 유도식 이야기도 해 보았으나 허사였다.

작가는 생활의 진실을 외곡해서라도 꾸며 보자는 도식적인 틀이 머리를 들기 시작한다는 것을 자각하며 놀라지 않을 수 없었다. (…중략…)

이 과정에 처음에는 발견하지 못 했던 것을 감촉하게 되었다. 그것은 일부 조합원들 가운데 자만자족하는 요소들이 엿보였던 것이다. 여기에 작가의 극적 흥미가 쏠리게 되었다. 그것도 그럴 것이 해방 전에는 말할 것도 없고 해방 후에도 지대의 제한성과 특히는 일부 나쁜 놈들의 책동으로 하여 이곳 농민들은 오래동안 적지 않은 피해를 받아왔다.

그러나 이런 나쁜놈들이 청산되고 위대한 수령님의 강원도 현지교시와 청산리 정신, 청산리 방법의 철저한 구현으로 하여 이곳 조합은 이만하면 세상 부럽지 않다는 경지에 이르렀다는 것이다.

그러나 그런 사상은 계속 혁신, 계속 전진하라는 당의 사상과는 저촉되는 것이였다. 더욱이 더 살기 좋은 지상락원을 건설하려는 절대다수의 사람들과 특히 새로 배치되여 온 제대군인들의 사상과 엄연히 배치되고 있었다. 작가는 지금껏 모색하며 탐구하던 갈등의 실마리를 찾게 되었던 것이다.

이러저러한 낡은 사상 잔재들이 춤과 노래와 웃음 속에서 살고 있는 락천적인 새 인간들의 부단한 혁신의 사상 앞에서 슬며시 혹은 돌발적으로 꼬리를 감추고 있었다. 이것이 생활이었다.

작가는 바로 여기에 극적 소재가 있다는 것을 감수하였고 웃음과 랑만이 차 넘치는 우리 시대의 생활을 희극으로 처리할 것을 결심하였던 것이다.[10]

작가 리동춘이 현실 속에서 새롭게 발견하게 된 '갈등의 실마리'가 경희극이라는 작품의 양상과 어떻게 연결되었는지 밝히고 있는 부분이다. 해학적 형식, 즉 경희극을 통해 생활 속에 숨어 있는 '낡은 사상 잔재'들을 들추어내고 가벼운 웃음을 통해 교정해 나가는 작가의 희극적 전략이 있었다는 것이다.

경희극 〈산울림〉에는 부정적 인물이 존재하지 않는다. 모든 등장인물들은 당의 지침을 달성하고자 노력하고 있으며, 당에 대해 비판하거나 부정하는 인물은 없다. 작품에서 비판적으로 그려지는 것은 자신들의 경험만 믿고 현실에 안주하려는 기성세대들(관리위원장 리송재와 작업반장 리달수로 대표됨)의 '소극성과 보수주의'이다. 작품에서는 부정 인물에 대한 적대적 비판의 웃음이 아니라 어떤 인물이 지닌 '낡고 부정적 측면'에 대한 동지적 비판의 성격을 띤 웃음이 주조를 이루고 있다. 그래서 이 작품을 경희극의 원조라고 부른다. 천리마 시대의 북한은 이미 '계급적 적대가 청산된 사회'이므로 연극에서도 신랄한 풍자는 존재하지 않게 된 것이며, 그럼에도 '계속 혁신'이 필요하므로 낡은 사고방식을 청산하고 '새로운 인간'으로 거듭나는 과정을 그린 작품이 주조를 이루고 있다. 경희극 〈산울림〉에서는 관리위원장 리송재가 그 대표적 인물이다.

---

10) 조선작가동맹 중앙위원회 평론분과위원회, 「경희극 〈산울림〉은 선군시대 문학예술을 대표하는 기념비적 걸작」, 『조선문학』 2010년 제10호, 62쪽.

리송재는 알곡 증산이라는 당 정책에 대해 누구보다 앞장서 실현하고자 하는 인물이지만, 밭머리 돌각담을 정리하여 경작지를 늘리거나 3혼작을 하여 알곡 증산을 하자는 현실적 방안에 안주한 채, 강 건너 범바위산을 개간하자는 석철의 제안은 공상에 지나지 않는다고 단정해 버린다. 또한 그 땅을 개간한다 하더라도 장마철에 강을 어떻게 건너다니면서 김을 매겠느냐고 하면서 석철에게 고무풍선처럼 날아다닐 생각을 말고 발을 땅에 붙이고 다니라고 충고를 한다. 나아가 리송재는 석철을 교양개조하라는 임무를 금단에게 맡기기까지 한다. 작품에서 리송재는 산간벽지에서 농민들의 생활을 향상시키기 위해 애쓰고 있으며, 농민들을 아끼고 사랑하는 '훌륭한' 관리일군으로 설정되어 있다. 그러나 과거에 비해 몰라보게 달라진 현실에 자만자족하여 소극성과 보수주의에 사로잡혀 있다는 데 그의 희극적 성격이 있다. 즉, 주관적으로는 당의 증산 정책 관철에 일치된 입장을 가지고 있지만, 그 실천 방법에 있어서 낡은 사고를 벗어나고 있지 못하는 점이 그의 경희극적 결함이라 할 수 있는 것이다. 범바위산을 개간하자는 석철의 제안을 공상으로만 생각하여 오히려 말썽부리지 말라며 타이르는 부분, 황석철을 '낙후분자'로 판단하고 금단에게 그를 개조하라는 과업을 주는 부분, 농장원들을 편히 쉬게 하면서도 휘황한 성과를 꿈꾸는 부분에서 그의 희극적 성격은 두드러진다.[11]

송　재　(돌처럼 굳어져 생각에 잠겨 있다.)
서로인　(송재가 진 짐을 만져 보며) 그런데 이게 다 뭔가?
송　재　(그 말에는 대답 없이 강 건너를 바라보며 혼자말로) 내가……
　　　　내가 정말 보수주의자 아닌가…….
서로인　보습이 어쨌다구?
송　재　보습에 녹이 쓸었단 말이웨다.

---

11) 박영정, 앞의 글, 190쪽.

사이.

서로인  위원장, 그리구 섰지 말고 이 줄을 좀 지켜 주게나.
송  재  줄이구 뭐구 가만 계십시오. 나도 건너가야겠쉬다. (짐을 벗기
        시작한다.)
서로인  (도와 준다.) 이건 좀 아닌가?(딸랑딸랑 쳐본다.)
송  재  가는 사람들 길 더디겠쉬다. 소리 내지 마십시오.
석  철  (등장. 차렷 자세로) 관리위원장 동지! 강 건너에서 전원 대기
        하고 있습니다. 어서 가셔서 작업 지시를 해 주십시오.
송  재  좋소. 가기요. (짐을 풀어 나무에 걸고 석철과 함께 강둑을 내
        려선다.)
서로인  여보게들 우리 관리위원장 건너가네. 위원장, 떨어지지 않게
        단단히 잡으라구.
송  재  (소리) 네.

　　"동무들 " 하는 송재 소리 "관리위원장 동무" 하는 조합원들의 소리,
노래 소리가 산울림으로 하여 더욱 고조된다. 날이 개이고 해가 솟는다.
강 저편을 바라보는 서로인의 백발이 바람에 휘날린다.

　　　　　　　　　　　　　　　　　　　　　　　　— 막 —12)


　　개간된 범바위산에 김을 매기 위해 마을사람들이 강을 건너가는
〈산울림〉의 마지막 장면이다. '녹슨 보습'에 자신을 비유한 리송재가
자신의 '보수성'을 깨닫고 먼저 건너가 있던 황석철 및 마을사람들과
합류함으로써 '새로운 인간'으로 거듭 태어나는 장면을 연출하고 있
다. 강을 사이에 두고 리송재와 마을사람들이 주고받은 소리들이 '산
울림'이 되어 울리는 가운데 막이 내린다. '소극성과 보수주의'에 사

_____

12) 리동춘, 〈산울림〉, 『장막희곡』, 조선문학예술총동맹출판사, 1963, 164쪽.

로잡혀 있는 관리위원장 송재가 웃음 가운데 스스로 각성하여 개조되는 과정을 그린 것이 경희극으로서 〈산울림〉의 특징이라 할 수 있을 것이다.

리동춘의 〈산울림〉은 "사회주의 제도가 수립된 이후 천리마시대에 맞는 극형태를 새롭게 발전시키는데 크게 기여한 작품이며 우리 근로자들을 계속혁명, 계속전진의 사상으로 교양하는 데 이바지한 성과작의 하나"13)라는 평가를 받고 있다. 이는 일단 사회주의 체제가 수립된 이후에도 잔존하는 체제 내부의 온갖 부정적인 것을 비판하고 교정하는데 경희극의 유용성이 있음을 말하는 것이다. 정치적으로 사회주의 정권이 수립되었음에도 불구하고 사회 구성원 개개인은 아직까지도 체제에 적합한 '새로운 인간형'으로 변화하지 못한 있는 현실에서 가벼운 웃음을 통해 낡은 사고의 인간을 변화시켜 나가는 경희극이야말로 북한 당국의 요구에 적절히 부응할 수 있는 연극 유형이었다고 볼 수 있다.14)

## 3. '새로운 대고조 시대' 경희극 〈산울림〉과 군중 동원

2010년 4월 경희극 〈산울림〉이 국립연극단에 의해 재창조되어 무대에 올랐다. 국립연극단이 50년이 지난 이 작품을 갑자기 공연한 데에는 2009년 12월 11일 김정일의 특별 지시가 있었기 때문이다.15) 이후 약 4개월의 준비 끝에 4월 26일 공연을 올렸으며, 이후 4월 29일부터 9월 27일까지 북한 전역의 10개 도시를 순회하면서 총 180여 회 공연에 21만여 명의 관객을 동원하는 북한 연극사상 초유의 기록

---

13) 문학예술종합출판사 편, 『문예상식』, 문학예술종합출판사, 1994, 274쪽.

14) 박영정, 앞의 글, 192쪽.

15) 손광수, 「김일성상 계관작품 경희극 〈산울림〉의 극작술 특징」, 『조선예술』 2010년 제12호, 28쪽.

을 세웠다.[16]

또한 첫 시연을 관람한 김정일은 "선군시대 문학예술을 대표하는 또 하나의 기념비적 걸작"이라며 높이 평가하고, 경희극 〈산울림〉에 '김일성상'을 수여하면서, "인민군대도 보고 청년들도 보고 일군들도 보고 온 나라의 모든 근로자들이 다 보게 해야 한다"며 전국 순회공연을 지시했다고 한다. 북한에서 모든 공연 활동은 개인 예술가나 개별 극단의 자유로운 의지에 따라 만들어지지 않는다. '〈산울림〉 열풍' 역시 북한 당국, 보다 직접적으로는 김정일 북한 국방위원장에 의해 기획된 국가 프로젝트라 할 수 있다.

왜 이 시기에 다시 1960년대의 〈산울림〉인가. 무엇보다 지금의 북한 사회가 과거 '천리마 시대의 대고조'를 되살리고자 하는 시대적 요청을 안고 있다는 점이다.[17] 2010년 당시 북한은 '2012년 강성대국 진입'이라는 국가 목표 달성을 위해 '올인'하고 있었다. 이는 선군정치를 표방한 김정일 시대의 국가 목표이기도 하지만, 김정은 시대에도 이어지고 있다. 2009년부터 본격화한 이 국가 프로젝트는 '150일 전투'니 '100일 전투'니 하는 방식으로 국가동원체제를 풀가동하는 양상을 띠고 있다. 2009년부터 북한은 '새로운 대고조'의 시기로 설정하고 '총력전'을 펼치고 있는데, '대고조'라 함은 대규모의 국가동원체제를 통해 강성대국 건설에 매진해 나간다는 점이고, '새롭다'는 것은 과거 천리마 시대의 '대고조'와 차별화된다는 점을 의미한다. 특히 북한에서는 "혁명적 군인정신과 과학기술을 강력한 추동력으로 하는 대고조"이며, "선군의 기치 밑에 다져놓은 강력한 토대와 잠재력에 의거하여 일으켜나가는 대고조"라는 점을 강조하고 있다. 이러한 상황에서 1960년대 초 초연되었던 '천리마시대의 경희극'

---

16) 박영정, 「경희극 〈산울림〉 열풍과 대고조 시대의 북한연극」, 『플랫폼』 제3호, 2011, 25쪽.
17) 2009년 이후 북한의 '새로운 대고조 운동'이 제2의 천리마운동에 연결되어 있다는 부분에 대해서는 김보근, 「북한의 2009 천리마운동과 강성대국 전략」, 『통일정책연구』 제18권 1호, 2009, 89~117쪽 참조.

〈산울림〉을 재창조하여 대대적인 전국 순회공연을 기획한 것은 '천리마시대 대고조'의 분위기를 오늘에 되살려 북한 주민들을 '강성대국 건설'에 동원하기 위한 정치적 목적 때문이라 할 수 있다. 한 마디로 '강성대국 건설을 향한 대고조 시대'의 북한 연극을 대표하는 작품이 경희극 〈산울림〉인 셈이다.

5개월에 걸쳐 전국의 10개 도시를 대대적으로 순회하면서 공연을 전개한 것은 국립연극단에게는 그 자체가 하나의 '군중동원 전투'였던 것으로 보인다. 5월의 해주에서 9월의 청진까지 60여 명의 국립연극단 순회공연단은 극장에서의 〈산울림〉 공연만이 아니라 현지 경제선동 활동에도 적극 나섰다고 한다.

목적지에 도착하면 공연준비부터 서두르고 공연활동과정의 짬시간들에는 각계층 근로자들을 대상으로 하여 경제선동과 군중문화사업을 벌려 나가는 이들의 열정적인 화선식 예술활동은 공연에 못지 않은 큰 반향과 감화력을 불러일으켰다. 편대 성원들은 극장에서만이 아니라 절세의 위인들의 불멸의 령도업적이 깃들어 있는 황해남도 벽성군 서원협동농장, 황해북도 사리원시 미곡협동농장, 평안남도 안주시 송학협동농장을 비롯한 농업전선의 포전들과 김책제철련합기업소와 백두산선군청년발전소건설장과 같은 경제건설의 주요 전투장들에 나가 경제선동, 화선오락회무대를 펼쳐 대중을 대고조 진군에로 힘있게 고무추동하였다.[18]

특히 량강도 혜산시에서 공연할 때에는 백두산 기슭의 삼지연군을 찾아가 〈산울림〉의 주요 장면을 형상한 소품 공연을 하는 등 북한식 '찾아가는 문화활동'을 선보이기도 하였다.

경희극 〈산울림〉의 순회공연에는 지역의 다양한 계층들이 관객으로 참여하였다. 중앙에서는 텔레비전과 신문을 통해 〈산울림〉 공연

18) ≪노동신문≫, 2010.10.2.

을 대대적으로 소개하고, 『조선예술』이나 『조선문학』 등 전문잡지에
는 공연대본을 연재하는 등, 전국가적으로 공연 홍보에 나섰다. 공연
이 이루어지는 지역에서는 도당위원회가 주도하여 관람 계획 및 관
람 후 '실효 투쟁'을 조직하였다.

　　대고조의 시대에 사는 사람이라면 누구나 자기의 것으로 받아들일 수
있는 경희극 명작을 보기 위하여 로동자, 농민들과 지식인들, 청년학생들
과 군인들, 문학예술부문 창작가, 예술인들을 비롯하여 각계층 인민들이
모여들었다. 공연이 진행될 때면 온 도가 〈산울림〉 관람 열기로 들끓었
다. 한 번도 성차지 않아 두 번, 세 번 보는 관람자들이 있는가 하면 일생
에 다시 없을 기회를 놓치지 않기 위해 수백리 먼 길을 달려와 공연시간
을 기다리는 사람들로 려관들과 극장들은 여느 때 없이 흥성거리였다.[19]

　　공연을 관람한 지역에서는 관객들도 단순히 공연의 관람에 그치지
않고, 〈산울림〉을 따라 배운다는 '실효투쟁'을 적극적으로 조직하고
있다. 공장이나 농장에서 '〈산울림〉의 주인공과 나'라는 주제 속에
다양한 '실효모임'이 조직되었으며, 현지 예술선전대, 기동예술선동
대, 예술소조 들에서는 "경희극 〈산울림〉의 명장면들과 명대사들을
반영한 선동작품들을 창작하여 경제선동활동을 벌렸으며 명작의 실
효모임을 그대로 공연작품으로 형상하여 대중을 격동시켰다"고 한
다. 또한 "군인가족예술소조와 공장기동예술선동대, 예술소조들의
공연무대에 경희극 〈산울림〉의 대목들을 형상한 작품들이 인기 있
는 종목들로 오른 사실들은 이번 지방순회공연의 감화력과 실효투쟁
의 생활력을 보여주는 뚜렷한 실증으로 된다"고 평가 받고 있다.
　　1961년 〈산울림〉과 2010년 〈산울림〉의 작품 내용은 거의 동일하
다. 4막으로 구성된 이야기 전개 구조도 크게 다르지 않다. 2010년

---

19) 《노동신문》, 2010.10.2.

국립연극단의 〈산울림〉은 가능하면 1960년대의 원작을 최대한 충실하게 반영하려 노력한 것으로 보인다. "천리마시대 인간들의 고상한 정신세계와 그들의 숭고한 리상, 불굴의 투쟁력을 생동한 생활화폭과 진실한 성격형상으로 감명 깊게 보여주고 있다"[20]는 평가처럼 그 시대의 재현 자체가 〈산울림〉이 2010년대 북한 사회에 던지는 의미가 크기 때문이다. 〈산울림〉은 천리마 시대를 잘 그려냄으로써 "새 시대, 선군시대의 요구와 지향에 맞는 높은 사상예술성으로 하여 사회의 모든 성원들을 주체형의 혁명가로 키우며, 온 사회를 주체사상의 요구대로 개조하는 데서 위력한 사상적 무기로 될 뿐만 아니라 우리 군대와 인민의 사상 교양의 훌륭한 교본"이라는 평가를 받았다. "락천적이며 생활 긍정적인 명랑한 색조로 일관된 천리마시대의 행복한 생활 그대로를 진실하게 반영함으로써 사람들에게 사회주의 본태를 뜨겁게 감수하도록 하고 있다"는 것이다. 특히 "초보적인 성과에 만족하여 이제는 더 앞을 내다볼 줄 모르며 낡은 경험에만 사로잡혀 청년들의 창발적 계기와 혁명적인 열정, 그들의 꿈과 리상을 리해하지 못하며 오히려 그것을 자기도 모르게 가로막는 사람들"을 '교양 개조'할 수 있다는 것을 보여 주고 있다고 평가한다.[21]

그런데 경희극 〈산울림〉의 재창조를 연극 전문단체인 국립연극단에서 담당하면서 연극성의 복원이라는 새로운 성취를 얻게 된다. 전체 2시간 30분 정도의 장막극을 1시간 40분 정도로 응축하면서 원작에 있는 에피소드 일부를 과감하게 생략하면서 작품의 중심축을 강화하였다. 원작에 없는 서장과 종장을 추가하여, 서장에서는 석철 혼자의 외침으로 시작한 개인 산울림이 종장에서는 마을사람들의 합창의 산울림으로 울리도록 마감하는 등 원작의 내용을 그대로 유지하

---

20) 전수철, 「시대와 더불어 만사람의 가슴에 메아리치는 〈산울림〉」, 『조선예술』 2010년 제8호, 50쪽.

21) 조선작가동맹 중앙위원회 평론분과위원회, 「경희극 〈산울림〉은 선군시대 문학예술을 대표하는 기념비적 걸작」, 『조선문학』 2010년 제10호, 59쪽.

면서도 무대연출에서는 연극성을 강화하였다.

또한 전환막을 사용하여 장면 전환을 흐름식으로 전개하는 '〈성황당〉식 연극' 원리를 효과적으로 적용하고 있다. 원작에서는 제2막과 제4막의 도입부에 들어 있던 장면을 2010년 〈산울림〉에서는 각각 제1막과 제3막의 끝부분에 전환막을 내리고 진행되도록 변경하였다.

2010년 〈산울림〉 공연에서는 사실적이고 자연스러운 연기형상이 강화되었고, 조명 형상에서도 희극적 효과를 높이는 등 전반적인 무대 연출에서 연극성이 강화되었다.[22] 또한 주인공들의 성격과 정황이 희극적으로 설정된 부분, 희극적 요소들이 심각한 것과의 '호상교차'를 통해 인간개조 사업의 모범을 보여 준 부분, 과장의 수법을 세부에 효과적으로 활용한 부분 등 '희극 형식 발전에서 혁신적인 성과'를 가져왔다는 평가를 받고 있다.[23]


## 4. 경희극 〈산울림〉과 '시대정신'

경희극은 풍자희극과 달리 근본적인 과오가 아닌 실수나 오해에 의해 형성된 희극적 정황이 가벼운 웃음 속에 극의 결말에서 해소되고, 희극적 주인공은 '동지적 비판' 속에서 자신의 잘못을 교정하는 것으로 마무리되는 연극 유형이다. 따라서 경희극에서 희극적 주인공은 낡은 사고를 벗어버리고 새로운 인간으로 다시 태어나는 개과천선의 과정을 거치게 된다. 이는 '인간 개조'를 중심 과제로 삼았던 1960년대 북한사회의 '천리마운동'의 테마와 자연스러운 일치를 보

---

22) 김철호, 「인물의 성격을 생동하게 살려낸 인상 깊은 연기 형상」, 『조선예술』 2010년 제9호, 55~56쪽.
　　김봄, 「인물의 성격과 생활을 생동하게 보여준 찬신한 연기 형상」, 『조선예술』 2010년 제10호, 30쪽.
　　송경호, 「인상 깊은 조명 형상: 서로인의 집 장면」, 『조선예술』 2010년 제10호, 31쪽.
23) 조선작가동맹 중앙위원회 평론분과위원회, 「경희극 〈산울림〉은 선군시대 문학예술을 대표하는 기념비적 결작」, 『조선문학』 2010년 제10호, 60~61쪽.

인다. 리동춘의 〈산울림〉에서 북한 경희극의 역사가 시작된 것도 그러한 맥락에서 읽을 수 있겠다.

2010년 국립연극단의 경희극 〈산울림〉은 보다 적극적으로 '새로운 대고조 시대'의 정치적 요구를 반영하고 있다. 특히 '강성국가' 건설과 연계되어 대규모 군중동원의 '바람잡이' 역할을 경희극 〈산울림〉이 담당하였다. 비판적 요소가 거세된 경희극의 웃음은 관객으로서 북한 주민들을 교화하는 기능을 넘어 국가사업에 군중을 동원하는 기제로까지 활용되고 있다.

웃음은 노래와 함께 북한 예술의 정치적 기능을 극대화하는 감성의 요소로 작동하고 있다고 볼 수 있다. '음악정치'란 표현을 빌어본다면 '웃음정치'라는 표현도 가능할 만큼 북한에서는 경희극을 체제선전의 도구로 효과적으로 활용하고 있다고 할 수 있다.

리동춘의 경희극 〈산울림〉은 북한 경희극의 시초라는 점에서 북한 연극사에서 높이 평가 받고 있는 작품이지만, 최근 국립연극단에 의해 재공연 되면서 새롭게 평가받고 있다. 개별 작품으로서의 평가만이 아니라 경희극 장르 자체의 위상을 높였다고 할 수 있다. 2010년 국립연극단의 〈산울림〉 재공연은 북한 연극 장르 내에서 오랫동안 주변적 유형으로 존재하던 경희극 장르를 단번에 북한 연극의 정점에 놓이게 만들었다.

# 참고문헌

강 진, 『주체극문학의 새 기원』, 문학예술종합출판사, 1996.

김광현, 「경희극적 작품은 우리 생활 발전의 힘있는 사상적 무기」, 『조선예술』
   1974년 제5호.

김보근, 「북한의 2009 천리마운동과 강성대국 전략」, 『통일정책연구』 제18권 1호,
   2009.

김 봄, 「인물의 성격과 생활을 생동하게 보여준 참신한 연기 형상」, 『조선예술』
   2010년 제10호.

김 영, 『희극영화와 웃음』, 문학예술종합출판사, 1993.

김철호, 「인물의 성격을 생동하게 살려낸 인상 깊은 연기 형상」, 『조선예술』 2010
   년 제9호.

리건일, 「창작 활동과 경희극 〈산울림〉의 극작술적 특성」, 『학보(어문학)』, 김일
   성종합대학출판사, 2011.1.

리동춘, 〈산울림〉, 『장막희곡』, 조선문학예술총동맹출판사, 1963.

리순철, 「리동춘과 경희극 〈산울림〉」, 『조선문학』 2010년 제8호.

문학예술종합출판사 편, 『문예상식』, 문학예술종합출판사, 1994, 274쪽.

박영정, 「북한 경희극 연구」, 『어문론총』 38호, 2003.

_____, 「경희극 〈산울림〉 열풍과 대고조 시대의 북한연극」, 『플랫폼』 26, 2011.3.

_____, 「북한 5대혁명연극에 나타난 웃음과 희극성」, 『웃음문화』 5, 2008.

사회과학원 주체문학연구소, 『문학예술사전』(상), 과학백과사전종합출판사, 1988.

사회과학원 주체문학연구소, 『문학예술사전』(중), 과학백과사전종합출판사, 1991.

손광수, 「김일성상 계관작품 경희극 〈산울림〉의 극작술 특징」, 『조선예술』 2010
   년 제12호.

송경호, 「인상 깊은 조명 형상: 서로인의 집 장면」, 『조선예술』 2010년 제10호,
   31쪽.

안희열, 『문학예술의 종류와 형태』, 문학예술종합출판사, 1996.

윤재근·이상호·박상천, 『북한의 문화정보』II, 고려원, 1991.

이상우, 「극양식을 중심으로 본 북한 희곡의 양상」, 『한국극예술연구』 11, 2000.

전수철, 「시대와 더불어 만사람의 가슴에 메아리치는 〈산울림〉」, 『조선예술』 2010년 제8호.

조선작가동맹 중앙위원회 평론분과위원회, 「경희극 〈산울림〉은 선군시대 문학예술을 대표하는 기념비적 걸작」, 『조선문학』 2010년 제10호.

제2부

# 북한문예의 '주체'들

# 북한의 혁명연극: 담론과 실천

: 인물(人物), 연기(演技), 무대(舞臺)를 중심으로

김정수

## 1. 담론과 감각

북한은 김정일의 지시로 1978년 연극 〈성황당〉을 제작한 후 〈성황당〉을 모범으로 1984년부터 1988년까지 〈혈분만국회〉(1984.4), 〈3인 1당〉(1984.5), 〈딸에게서 온 편지〉(1987.3), 〈경축대회〉(1988.1)를 완성한다. 이 4편의 작품은 〈성황당〉(1978)과 함께 5대 혁명연극으로 지칭되며 김정일의 예술업적을 칭송할 때 대표 작품으로 언급되어 왔다. 따라서 남한 연구자의 북한 연극 관련 연구에서 혁명연극에 연구가 비교적 일찍 진행된 것은 일면 자연스러운 현상이라 하겠다.[1] 혁명연극은 북한이 앞장서서 선전하는 예술이며 그에 따라 관련 자료가 다른 연극에 비해 상대적으로 풍부하기 때문이다. 그런데 혁명연극을 다룬 선행 연구들이 북한의 문예정책에 초점을 맞춤으로써 '공연적'

---

1) 김정수, 「북한 연극계에서 제기된 청산대상 연기에 관한 연구: 해방직후부터 한국전쟁 이전까지를 중심으로」, 『정신문화연구』, 한국학중앙연구원, 2010, 48쪽 참조.

관점에서의 연구가 현재까지 유보되고 있다는 점이 주목된다.

그 이유는 무엇일까? 무엇보다 예술 관련의 북한 연구가 예술전공자보다는 정치, 사회, 문학 전공자에 의해 진행된 것을 가장 주된 이유로 들 수 있다. 공연물은 비평의 직접적인 대상인 공연예술로서의 연극이 갖는 변별적 특징과 그 메커니즘을 정확히 알고 있을 때 공연으로서 분석될 수 있기 때문이다.[2] 특히 연극은 종합예술로써 연기, 무대, 관객, 음악, 희곡 등이 어울려 빚어내는 하나의 공연물이므로 메커니즘에 대한 인식이 필수인 것이다. 그렇다면 현재는 선행연구의 도움으로 북한의 문예정책이나 보다는, 문예정책이 무대 위에서 어떻게 구현되었는지에 관한 연구가 진행되어야 하지 않을까?

이 질문이 이 글의 출발점이다. 이 글은 〈성황당〉을 제외한 4편의 혁명연극에 대한 공연적 관점의 연구, 즉 이데올로기를 빗겨 감성적 차원에서 남북한의 소통을 촉진할 수 있는 극중 인물, 연기, 무대적 관점에서 혁명연극을 분석하고자 한다. 이를 위해 혁명연극 4작품이 창작된 시기의 문예담론을 간략히 검토하여 이 시기 문예정책의 핵심이 무엇인지를 구명할 것이다. 일반적으로 이 시기 북한 문예정책의 핵심은 조선민족제일주의로 알려져 있다. 북한은 해방 직후부터 문학예술에서 민족성을 언급해왔으며, 특히 민족성은 해방기와 1980년대에 각별히 강조되었다.[3] 보다 치밀한 연구를 위해서는 북한에서

---

2) 김형기, 「연극비평에 관한 연극학적 고찰: 대상, 역사, 기능과 형태를 중심으로」, 『동시대 연극비평의 방법론과 실제』, 연극과인간, 2009, 14쪽.

3) 북한의 민족문화정책으로는 해방기에 「보물, 고적, 명성, 천연기념물 보존령」(1946.4.29), 「보물, 고적, 명승, 천연기념물 보존령 시행규칙」(1946.4.29), 「보물, 고적, 명승, 천연기념물 보존령 시행수속」(1946.4.29), 「조선물질문화유물조사보존위원회에 관한 결정서」(1946. 11.1), 「민족문화유산을 잘 보존하여야 한다」(1949.10.15), 1950년대에 「력사 유적과 유물을 잘 보존할데 대하여」(1958.4.30), 1960년대에 「력사 유적과 뮤물보존 사업에 대한 당적 지도를 강화할데 대하여」(1964.9.16), 1970년대에 「민족문화유산계승에서 나서는 몇가지 문제에 대하여」(1970.2.17), 「민족문화유산을 옳은 관점과 립장을 가지고 바로 평가 처리할데 대하여」(1970.3.4), 1980년대에 「문화유물보존관리사업을 강화할데 대하여」(1985.7. 11), 「력사 유적과 유물을 발굴 복원하는 사업을 잘할데 대하여」(1987.6.7), 「조선민족제일주의 정신을 높이 발양시키자」(1989.12.28), 1990년대에 「민족문화유산을 옳게 계승발전시키기 위한 사업을 더욱 개선강화할데 대하여」(1993.12.10), 「조선민주주

의 민족의 개념과 민족담론에 대한 통시적 고찰이 필요할 것이다. 그러나 그 자체가 또 하나의 주제이자 연구이므로 그 중요성을 기억하며 후속 연구로 남겨두고자 한다. 이 글은 이데올로기적 함의를 우회하여 공연물 자체의 분석에 집중함을 밝혀둔다. 이를 위해 북한자료센터 소장의 〈3인1당〉, 〈혈분만국회〉, 〈딸에게서 온 편지〉, 〈경축대회〉의 DVD 자료를 일차적으로 탐색할 것이다. 물론 30여 년 전의 공연을 현재의 시점에서 볼 때 평가의 객관성을 유지하는 것은 어려울 수 있다. 연기양식이나 무대장치 등에서 본 연구자가 갖는 현 시점의 미학적 관점이 개입될 수밖에 없기 때문이다. 현재의 시점에서 본다면 대부분의 30여 년 전의 공연은 양식과 기술면에서 뒤쳐진 공연으로 읽히기 쉬울 것이다. 이를 방지하기 위해 북한 문헌을 적극적으로 활용하고자 한다. 혁명연극이 공연되는 당시 북한의 평론가와 관객에게 공연은 어떻게 인식되었으며, 어떤 의미로 다가왔는지를 섬세하게 고찰한다면 객관적 분석에 접근할 수 있기 때문이다. 이와 더불어 이 글은 논의가 진행되는 과정에서 이론적이거나 관념적인 용어는 최대한 배제할 것을 밝혀둔다. 연극은 창작자(배우)와 수용자(관객)의 입장에서 지극히 시청각적이고 물리적인 예술이기 때문이다. 본문은 등장인물, 연기, 무대에 초점을 두어 진행될 것이며 이 과정에서 등장인물은 어떠한 배경과 특성을 갖는가, 배우는 어떻게 말하고 움직였는가, 무대는 어떠한 기법으로 제작되었는가에 답하며 전개될 것이다. 북한의 혁명연극을 감각적 측면에서 분석하는 이 글이 남한과 북한이 대화하려는 하나의 시도에, 서로의 특징에 대한 이해에 기여하기를 기대한다.

---

의 인민공화국 문화유물보호법」(1994.4.8)이 있다.
1980년대 북한의 민족주의는 폐쇄적 정책으로 고립된 북한의 존립 모색을 위해 방어적·저항적 성격을 갖게 된다. 외부사상의 여과막으로 민족주의를 전면에 내세워 독자생존의 방향을 모색한 것이다. 이에 맞추어 민족적 자부심을 확산시키기 위해 민속명절이 부활되었으며, 민족 문예 전문 공연단체가 신설되었고, 민족가극 〈춘향전〉이 새로운 가극의 전형으로 나타났다. 전영선, 『북한 민족문화 정책의 이론과 현장』, 역락, 2005 참조.

## 2. 문예담론: 주체와 민족

1980년대 북한의 문예담론에서 주목할 것은 단연 1986년 7월 15일 김정일의 「주체사상교양에서 제기되는 몇가지 문제에 대하여」이다.[4] 김정일은 주체사상과 민족을 관련지으며 주체사상의 중요성을 강조한다. 그렇다면 주체사상이란 무엇일까?

> (…상략…) 주체사상은 자주적으로 살며 발전하려는 인간의 사회적 본성에 맞게 자연과 사회와 인간을 철저히 개조하여 사람들을 세계와 자기 운명의 완전한 주인으로 만들며 인류의 영원한 행복과 번영의 길을 밝혀주는 가장 완벽한 혁명 학설입니다. (…중략…)
>
> 물질세계에서 주인의 지위를 차지하는 것은 자연이 아니라 인간입니다. 물질세계에서 인간은 유일하게 자주적 존재입니다.… 인간은 자연의 변화발전 법칙을 과학적으로 인식한 데 기초하여 자연을 자기요구에 맞게 개조하고 그것을 자기에게 복무하도록 만들어나가는 세계의 힘있는 주인입니다. 인간은 (…중략…) 자기운명을 자주적으로, 창조적으로 개척해 나가려는 사회적 존재입니다.[5]

김정일에 의하면 주체사상의 핵심은 자주성이다. 그는 동물이 자연의 한 부분이라면, 인간은 자연(환경)을 인식하고 그 환경을 자신의 의지에 따라 바꾸고 변화시키는 존재라고 설명한다. 인간은 자신의 운명을 창조해나가는 세계의 주인이며 사회적 존재라는 것이다. 물론 김정일이 주체사상을 최초로 주장한 것은 아니다. 주체사상에 대한 거의 동일한 설명이 1972년에 발견되기 때문이다. 1972년 9월 일본 ≪마이니치신문≫에서 김일성은 주체사상이란 "한마디로 말하여

---

4) 김정일, 「주체사상교양에서 제기되는 몇가지 문제에 대하여」, 『김정일 주체혁명위업의 완성을 위하여』 5권, 평양: 조선로동당출판사, 1988, 447~471쪽.

5) 위의 글, 447~471쪽.

혁명과 건설의 주인은 인민대중이며 혁명과 건설을 추동하는 힘도 인민대중에게 있으며, 자기 운명의 주인은 자기 자신이며 자기 운명을 개척하는 힘도 자기 자신에게 있다"고 설명한 바 있다.[6] 김정일은 김일성의 주체사상을 그대로 이어간 것이다. 중요한 것은 그 맥락이 무엇이든 최근의 탈북인 역시 주체사상이 무엇이냐는 질문에 주저 없이 "내 운명의 주인은 나 자신"이라는 사상이라 답한다는 점이다.[7] 그렇다면 1970년부터 최근까지 북한에서 주체사상은 인간의 자주성, 즉 내 운명의 주인은 나 자신이라 믿는 철학임은 분명할 것이다. 그런데 흥미로운 것은 동일한 글에서 '우리민족제일주의'라는 표현이 발견된다는 점이다.

(…상략…) 세계혁명 앞에 우리당과 인민의 첫째가는 임무는 혁명의 민족적 임무인 조선혁명을 잘하는 것입니다. 우리나라혁명에 충실하자면 무엇보다도 자기민족을 사랑하고 귀중히 여길 줄 알아야 합니다. 나는 이런 의미에서 우리민족제일주의를 주장합니다. 우리민족이 제일이라고 하는 것은 결코 다른 민족을 깔보고 자기민족의 우월성만을 내세우라는 것이 아닙니다.…내가 우리민족제일주의를 주장하는 것은 자기민족을 가장 소중히 여기는 정신과 높은 민족적 자부심을 가지고 혁명과 건설을 적극적으로 해나가야 한다는 것입니다. 자기민족을 깔보고 남을 맹목적으로 숭배하는 사람들은…주인다운 태도를 가질 수 없습니다.

김정일은 주체를 실현하기 위한 하나의 방편으로 우리민족제일주의를 제안하는 것이다. 그는 연이어 우리민족제일주의란 먼저 자기민족을 사랑하고 귀중하게 여기는 것, 민족에 대해서 높은 자부심을 갖는 것이라 설명한다. 남의 문화를 맹목적으로 숭배하는 것은 결국 주인의식에 위배된다는 것이 그의 주장인 것이다. 북한에서 김정일

---

6) 정성장, 『현대 북한의 정치: 역사·이념·권력체계』, 한울, 2011, 96쪽.
7) 김봄회(가명), 본 연구자와의 인터뷰, 보이스레코더 녹음, 동국대학교, 2009.5.

의 지침은 경전 그 이상인바, 주체사상과 민족은 80년대 북한문예계에서 핵심 코드로 부상할 수밖에 없는 것이다. 그렇다면 연극에서 주체와 민족성은 어떻게 실천되어야 했을까? 다음 글은 이에 대한 단서를 제공한다.

> 문학예술작품창작에서 조선민족제일주의를 구현한다는것은 우리 인민의 고유한 생활감정과 정서에 맞는 민족적형식에 인류사상발전의 최고봉을 이루는 주체사상을 담는다는것을 의미합니다. (…중략…)
> 조선사람에게는 조선음악이 제일이고 조선화가 제일이고 조선춤이 제일입니다. 문학예술부문에서는 우리 민족의 고유한 특성과 풍습을 무시하는 현상을 없애고 철저히 조선민족제일주의정신에 튼튼히 의거하여 우리 인민의 비위와 정서, 지향과 요구에 맞는 우리 식의 작품을 창작하여야 합니다. (…중략…)
> 소설과 영화, 연극, 미술, 무용을 비롯한 다른 문학예술작품에서도 (…중략…) 우리 당의 주체사상을 구현한 민족적인것을 들고나가야 (…중략…)[8)]

김정일은 조선민족제일주의를 구현한다는 것은 곧 문학예술작품에서 민족적 형식을 담는 것이라고 주장한다. 여기서 민족적 형식이란 전체적 맥락을 보면 우리 고유의 생활감정, 음악과 그림 등의 '전통적'요소와 연관됨을 알 수 있다. 일례로 그는 같은 글에서 음악부분에서 조선민족제일주의를 구현하려면 민요를 발전시켜야 한다고 주장한다. 그 이유는 우리나라의 민요는 우리 인민의 민족적 정서와 생활감정에 맞는 대표적인 예술의 한 종류이기 때문이라는 것이다. 그는 더 나가 우리 민족의 우수성을 거듭 강조하며 '우리 민족은 예

---

8) 김정일, 「작가, 예술인들 속에서 혁명적 창작기풍과 생활기풍을 세울데 대하여」, 조선로동당 선전부 책임일군들 및 문학예술부문 일군들과 한 담화, 1987.11.30; 『김정일선집』 (9), 조선로동당출판사, 1997, 87쪽.

로부터 정의감이 강하고 진리를 사랑하며 의리를 귀중히 여기고 동정심이 많으며 례절이 밝고 겸손한 품성'을 지녔다고 까지 역설한다. 민족에 대한 강조가 감지되는데, 2년 후인 1989년 12월에 발표된 김정일의 「조선민족제일주의정신을 높이 발양시키자」는 이와 관련하여 주목을 요한다.

민족성은 민족이 계승하는 전통에 체현되며 그에 기초하여 높이 발양됩니다. 따라서 전통을 무시하는것은 결국 민족성을 무시하는것으로 됩니다.

전통을 계승하는데서 가장 중요한것은 영광스러운 항일의 혁명전통을 계승하고 구현하는것입니다.(…중략…) 우리는 우리 민족이 창조한 민족문화 유산과 전통을 오늘의 사회주의현실에 맞게 계승발전시킴으로써 민족적형식에 사회주의적내용을 담은 민족문화를 더 잘 건설하며 우리 인민의 고유한 민족성을 잘 살려나가야 하겠습니다.9)

이 글은 북한의 연극이 주체와 민족에 관련하여 어떻게 전개될지를 잘 말해준다. 김정일은 명백히 전통을 계승하면서 항일의 혁명정신을 계승하라고 지침을 내린 것이다. 연이어 그는 민족의 전통을 그대로 답습하지 말고 오늘의 현실에 맞게 발전시킬 것을 당부하며 예술작품의 형식에서 민족성을 유지하고 사회주의적 내용을 담으라고 강조한다. 물론 이러한 담론의 배경은 북한 외부의 정치적 변화와 관련 있다. 동구 사회주의가 붕괴되던 1989년 말 조선민족제일주의의 강조는 분명 외부의 위기를 극복하기 위한 방편이기 때문이다. 극단적으로 말하면, 외부의 변화로부터 체제를 지키기 위해 민족주의를 내세워 생존의 방향을 모색했다고 할 수 있다. 그러나 본 글이 주목하고자 하는 것은 주체와 민족이 담론으로 내세워진 배경이 아니라,

---

9) 김정일, 「조선민족제일주의정신을 높이 발양시키자」, 조선로동당 중앙위원회 책임일군들 앞에서 한 연설, 1989.12.28; 『김정일선집』(9), 조선로동당출판사, 1997, 462~463쪽.

그 담론에 의해 공연의 실제에서 무엇이 어떻게 전개 되었는가 이다.

1980년대에 완성된 혁명연극 〈혈분만국회〉, 〈3인1당〉, 〈딸에게서 온 편지〉, 〈경축대회〉에서 김정일의 문예담론은 어떻게 구체화되었을까? 다음절에서 밝혀보기로 한다.


## 3. 공연에서의 실천양상: 인물(人物), 연기(演技), 무대(舞臺)

### 1) 현재적 자주성과 결함 있는 주인공

김일성과 김정일이 주장하는 주체철학은 자기 운명의 주인은 자기 자신임은 앞에서 언급한 바 있다. 그렇다면 이 같은 철학과 작품은 어떻게 이어질까? 자기 운명의 주인이 자신이라는 철학을 담은 작품이란 곧 외부의 어떤 시련에도 굴하지 않는 인물, 주제, 소재의 구현을 짐작케 한다. 국립연극단이 공연한 〈혈분만국회〉는 주인공 리준이 독립을 위해 만국평화회의에 참석하지만 미국의 배신으로 뜻을 이루지 못하고 자결하는 내용이다. 작품을 보면 〈혈분만국회〉는 리준의 독립운동뿐 아니라 미국의 배신에 방점을 두고 있음이 확인된다. 북한의 "주인공인 애국지사 리준의 우여곡절에 찬 운명을 통하여 외세의존은 망국의 길이라는 진리를 심오히 밝혀"낸 작품이라는 설명을 참고할 때,10) 〈혈분만국회〉는 확실히 미국에 대한 반감을 의도한 국가기획이었음이 재확인된다. 그렇다면 북한의 관객은 어떻게 보았을까? 북한 관객 리대철의 글을 보기로 한다.

혁명연극 ≪혈분만국회≫는 국권회복을 이룩하기 위한 참다운 길을 찾지 못하고 몸부림치던 리준이가 큰 나라에 기대를 걸고≪만국평화회의≫

---

10) 『조선중앙년감』, 1985.

에 참가하였으나 뜻을 이루지 못하고 배를 가르는 피의 력사적교훈을 통하여 자주성을 위한 투쟁에서 무엇을 믿고 어떻게 투쟁해야 하는가 하는 문제에 심오한 예술적해답을 주고있다. 다시 말하여 연극은 외세의존은 망국의 길이며 오직 자주정신만이 나라의 자주권을 지킬수 있다는 심오한 진리를 밝히고 있다.[11]

리대철에 의하면 〈혈분만국회〉가 의미 있는 작품인 이유는 역사의 교훈을 통해 자주성을 위해 투쟁하기 위해서 무엇을 믿어야 하는가에 대한 해답을 제시해 주기 때문이라는 것이다. 주목할 것은 〈혈분만국회〉의 중요성은 미국의 형상을 통하여 제국주의자들의 위선에 절대로 속지 말아야 하며 환상과 기대를 갖지 말아야 한다는 점을 밝혀냈기 때문이라는 점이다. 그들의 표현에 의하면 '미제국주의의 위선'을 폭로한 공이 큰 것이다. 이 작품의 배경은 1900년대 초 일제 강점기이다. 적대적 대상으로 일본이 등장함은 쉽게 이해할 수 있는데 굳이 적대적 대상에 미국을 놓은 이유는 무엇일까? 또 다른 북한 관객의 관평은 이 질문에 대한 단서가 될 수 있다.

나는 혁명연극 ≪혈분만국회≫를 보면서 (…중략…) 미일제국주의는 결코 독립을 선사하지 않는다는것과 자기 힘을 믿지 않고 남에 대한 환상을 가지면 인간이 비극적운명을 면치 못하며 민족이 망국노가 된다는 진리를 다시한번 절통하게 느끼였다. (…중략…)

오늘 미제국주의자들은 범죄적인≪두개조선≫조작책동에 집요하게 매달리면서 남조선에서 무너져가는 식민지통치를 유지하며 되살아난 일본군국주의를 본격적으로 끌어들이기 위한 책동을 더욱 악랄하게 감행하고 있다. (…중략…)

미일제국주의자들의 공모결탁에 의한 조선침략이 감행된 때로부터 많

---

11) 리대철, 「력사의 교훈을 통하여 자주의 진리를 밝힌 불멸의 화폭: 혁명연극 ≪혈분만국회≫에 대하여」, 『조선예술』 1984년 제6호, 4쪽.

은 세월이 흘렀다. 이 기간세대는 수없이 바뀌였지만 혁명의 과녁은 결코 변하지 않았다.[12]

관객 안종두는 〈혈분만국회〉를 보면서 '오늘'과 관련지어 평을 한 다. 오늘도 미제국주의자들이 남한을 통치하고 있다는 것이다. 북한 문화예술지도부 장국범 역시 이와 맥을 같이 한다. 그는 〈혈분만국 회〉가 시대와 역사의 진리를 깊이 밝혀주었다고 상찬하면서 "오늘 남조선의 전두환사대매국역적은 피맺인 력사에서 교훈을 찾을 대신 에 우리의 공명정대한 3자회담제한을 한사코 반대하면서 나라를 미 제의 식민지로 전락시키고 분렬에로 이끌어가고" 있으며, "일제의 식민지통치하에서 신음하던 남조선인민들은 오늘은 또다시 미제의 군화밑에서 굴욕과 천대를 받으며 신음하고 있다"고 주장한다.[13] 이 주장의 시비를 가리는 것은 본 연구의 목적이 아니다. 본 연구가 주 목하는 것은 〈혈분만국회〉가 북한에서 의미 있는 이유는 동시대의 남북한과 남미관계를 폭로하기 때문이라는 점이다. 흥미로운 것은 〈3인1당〉에서도 이 같은 맥락이 발견된다는 점이다. 〈3인1당〉은 조 선말기의 당쟁을 주제로 하고 있다. 전체적으로 배우의 희극적 연기 가 돋보이며 〈혈분만국회〉와 같이 주적은 직접적으로 보이지 않는 다. 그런데 북한의 김동범은 〈3인1당〉의 당쟁 해결방안을 '김일성 중 심의 단결'로 결론짓는다.

위대한 수령님을 단결의 중심으로 높이 모시였기에 우리 나라는 분렬 과 파쟁으로 얼룩졌던 비운의 력사에 종지부를 찍고 조선혁명의 고질적 암으로 되어오던 종파를 뿌리채 뽑아버릴수 있었으며 친애하는 김정일동 지의 현명한 령도가 있었기에 오늘 우리 인민은 위대한 수령님을 중심으

---

12) 평양 제2사범대학 학부장 안종두, 「(반향) 세대는 바뀌였어도 혁명의 과녁은 변하지 않
    았다」, 『조선예술』 1984년 제7호, 67~68쪽.
13) 문화예술부 지도부 장국범, 「외세의존은 망국의 길이다」, 『조선예술』 1984년 제7호, 69쪽.

로 하는 하나의 사회정치적 생명체가 되어 오직 혁명승리의 한길을 따라 힘있게 전진하고 있다. 혁명연극은 (…중략…) 목숨보다 귀중한 단결의 전통에 대하여 깊이 알게 해주며 일군들에게 혁명적 의리와 충성의 한마음을 안고 일하며 살도록 힘있게 고무해주고 있다.14)

홍국원은 과거 분열로 얼룩진 역사가 현재 김일성에 의해서 단합되었으며 김일성과 김정일의 훌륭한 지도가 있었기에 북한은 하나의 길로 전진하고 있다고 말한다. 그리고 〈3인1당〉은 이 점을 잘 말해주고 있다는 것이다. 실상 영상으로는 〈3인1당〉과 김일성을 연관시키는 것은 무리이다. 하나의 풍자극일 뿐이다. 그럼에도 북한은 굳이 김일성과 연관시키는 것이다. 그렇다면 국권회복이나 당쟁이 소재가 아닌 혁명연극 〈딸에게서 온 편지〉(1987)는 북한에서 어떻게 읽혀질까? 〈딸에게서 온 편지〉〈딸에게서 온 편지〉는 딸이 보낸 편지를 읽지 못하는 아버지가 소박하고 희극적으로 그려지는 작품이다. 교원 엄정희의 글을 보기로 한다.

나는 혁명연극 ≪딸에게서 온 편지≫를 보고 실로 깊은 감동을 받았다. (…중략…)
현시대는 고도로 발전된 과학기술의 시대이다 (…중략…) 나는 자라나는 새세대들에게 인류가달성한 과학과 기술을 배워줄 사명을 지닌 교원으로서 혁명하는 사람에게 있어서 학습을 첫째가는 의무로 내세울데 대한 당의 요구를 얼마나 깊이 관철했는가를 돌이켜보게 된다. (…중략…)
혁명연극 ≪딸에게서 온 편지≫는 나에게 이러한 량심적가책을 안겨주면서 나의 본신혁명과업인 후대교육사업에서 성과를 거두기 위하여 우선 자신의 실무능력부터 높여야 하겠다는 결의를 다지게 한다.
그럴 때만이 내가 가르치는 학생들에게 더 많은 지식을 심어줄수 있을

---

14) 홍국원, 「(관평) 력사의 교훈으로 단결의 진리를 깨우쳐주는 명작: 혁명연극 ≪3인1당≫에 대하여」, 『조선예술』 1984년 제11호, 15~16쪽.

것이며 온 사회의 인테리화방침 관철에 힘있게 이바지할수 있을 것이다.15)

교원 엄정희는 동시대를(1980년대) 고도로 발전된 과학기술의 시대로 보고 있다. 북한은 1980년대에 과학과 기술교육을 강조한 바 있다. 〈딸에게서 온 편지〉는 동시대의 '배워야 한다'는 교훈과 맞물려 있는 것이다. 그럼으로써 북한 인민은 '주체사상을 높여나감으로써 어버이수령님과 친애하는 지도자동지를 충성으로 높이 우러러 모시기 위하여 억세게 싸워'16) 나가야 하는 것이다. 그렇다면 주체사상, 즉 자주성은 1980년대 북한의 선결과제와 존재전략에 맞닿아 있는 동시대적 자주성이라 하겠다.

이와 더불어 재미있는 것은 주인공의 조건이다. 〈혈분만국회〉는 역사물의 일종으로 이 작품에 대한 『조선예술』(1984.6)의 극찬은 작품의 위상을 충분히 대변한다. 그런데 흥미로운 것은 북한에서 바라보는 이 작품이 우수한 이유는 주인공인 독립운동가의 약점을 그대로 노출시켰기 때문이라는 것이다.

혁명연극 《혈분만국회》는 정당하게도 리준의 사상적 및 계급적 제한성과 혁명전통의 계선밖에 놓이는 선행한 시기의 독립운동의 약점을 력사적사실 그대로 해부학적으로 보여줌으로써 우리 혁명의 력사적뿌리이며 만년초석을 이루고있는 항일혁명전통의 위대성을 가슴뜨겁게 느끼게하였다.17)

이같이 리대철은 〈혈분만국회〉가 우수한 작품인 이유로 독립운동

---

15) 김형직사범대학 교원 엄정희, 「(반향) 배움에 대한 참다운 교훈」, 『조선예술』 1987년 제8호, 55~56쪽.
16) 문화예술부 지도부 장국범, 앞의 글, 69쪽.
17) 리대철, 앞의 글, 7쪽.

가의 약점 노출을 든다. 일반적으로 그려지는 주인공의 영웅적 행동이나 뛰어난 책략이 아니라 약점의 노출이 우수한 작품을 만들었다는 것이다. 그렇다면 김일성 주도의 항일운동의 위대성을 돋보이게 하기 위해서, 김일성 주도의 항일운동 작품과(혁명전통물) 김일성이 주도하지 않는 항일운동 작품은(일반 역사물) 구분되어야 하는 것일까? 다행스럽게 이 질문에 대한 답이 될 수 있는 글이 발견된다. 다음은 리령의 주장이다.

> (…상략…) 만일 일반력사물창작에서 (…중략…) 그의 반일애국사상이나 불굴의 의지 등을 일면적으로 강조하면서 그의 풍격을 마치 위대한 수령님께 무한히 충직하였던 항일혁명투사처럼 높여놓는다면 과연 어떤 결과를 가져오겠는가.
> 두말할 것도 없이 그렇게 될 때에는 일반력사물과 혁명전통물의 계선이 모호해질뿐아니라 혁명전통에 수령의 혁명력사와 인연이 없는 것이 끼여들수있으며 혁명전통의 순결성을 보장할수 없는 엄중한 후과까지 가져올수 있다.[18)

이같이 리령은 항일혁명 역사물과 일반 역사물을 확연히 구분한다. 동시에 그는 일반역사물에서 주인공의 능력과 풍격은 절대로 김일성과 동일선상에 있어서는 안 된다고 강조한다. 김일성이 등장하기 이전의 항일운동은 그 나름의 의미가 있지만 한계를 지니고 있으며 작품은 그 점을 분명히 밝혀야 한다는 것이다. 그렇지 않으면 김일성 주도의 항일운동이 순결성과 위대성을 훼손 받는다는 것이다. 혁명연극에 등장하는 인물들은 김일성과 같이 완전한 인간이 아닌 반드시 결함 있는 인간이어야 하는 것이다. 물론 김일성의 위대함을 강조하기 위해서이다. 이같이 북한에서 혁명연극의 자주성이라는 주

---

18) 리령, 「혁명전통물과의 계선을 똑바로 긋고 형상하는 것은 일반력사물창작의 근본요구」, 『조선예술』 1984년 제7호, 46쪽.

제는 동시대적 자주성이며 등장인물의 기본조건은 김일성의 탁월한 지도력을 강조하기 위해 용감하고 애국적이지만 김일성보다 의식수준이 낮아야 하며 한계가 있는 인물인 것이다.

## 2) 현실적·개성적·운문적 화술의 연기

북한은 주체를 강조하는 동시에 공연에서의 민족적 정서와 현대적 미감을 강조한다. 그렇다면 연극의 꽃이라고 할 수 있는 연기(演技)에서 이 요소는 구체적으로 어떻게 실천되었을까? 영상자료로 확인할 때 〈혈분만국회〉에서 전개되는 북한 배우의 연기는 부분적 과장은 있으나 비교적 현실적이며 사실적이다. 그런데 이것은 수차례의 시행착오를 거쳐 완성된 연기라는 다음 글이 흥미롭다. 작업 초반에 주인공 리준을 구축하면서 실수를 범했다는 리령의 글을 보기로 한다.

> 우리는 리준의 (…중략…) 용감한 애국적거사를 지나치게 과대평가하면서 그의 애국적인 성격일면만을 부각하는데로 형상을 집중시키려는 연출적인 의도를 세우고 그것을 배우에게 요구하였다.
> 또한 연출작업에서 생활속에 발을 붙인 주인공을 그린것이 아니라 (…중략…) 사회적인 관계속에서만 주인공의 성격을 추구하려고 하였다.[19]

연출가 리단은 작업 초반 리준의 인물구축에서 살아있는 인간보다는 애국적인 성격만을 지나치게 부각하였다고 고백한다. 즉, 현실성이 결여되고 영웅적 일면이 극히 강조된 비현실적 인간으로 리준은 작업 초반에 구축된 것이다. 그런데 현실적 인물 구축이 현대성이라는 북한의 주장이 주목된다. 다음 글을 보기로 한다.

---

19) 인민배우 리단, 「산 인간성격의 창조와 연출가의 자세」, 『조선예술』 1984년 제6호, 69쪽.

문학예술작품이 력사적사실을 반영함에 있어서 력사주의적원칙과 현대성의 원칙을 지킨다는 것은 력사적 인물과 사건을 과장하거나 왜소화함이 없이 해당시기에서의 그의 긍부정적측면을 정확히 고찰하면서 그것을 우리 시대의 요구를 해결하는데 이바지하도록 하는 견지에서 분석평가하고 현대적미감에 맞게 그린다는 것을 의미한다.[20]

이같이 김정일은 현대성의 원칙이란 '인물이나 사건을 과장하지 않는 것' 이라고 주장한다. 인물에 대한 정확한 관찰과 구현이 현대적 미감에 맞는 것이라는 것이다. 그렇다면 현실에 있음직한 인물이 전개하는 연기, 보다 구체적으로 과장되지 않는 화술과 움직임은 무엇일까? 현재의 시점에서 〈혈분만국회〉의 연기를 평하면 북한이 선전할 정도의 연기라 말하기는 어렵다. 주인공 리준은 리단의 주장에도 불구하고 화술의 음조와 음색에서 영웅적 과장이 배어있기 때문이다. 그러나 30년 전인 1984년에 제작되었음을 고려하면, 다음의 상찬은 어느 정도 인정할 수 있다.

(…상략…) 말형상에서 배우는 처음부터 타고난 기성인물의 위치에 선도도한 인물의 말투로 형상한것이 아니라 일제에게 주권을 빼앗긴 울분과 설음으로 땅을 치며 통곡도 하고 하늘에다 대고 웨쳐도 보는 존재없는 우국지사로서의 말로 진실하게 형상하였다.(…중략…)
배우는 땅속까지 잦아질듯 척 늘어진 몸자세와 다 풀리고 김빠진 낮은 목소리바탕에 깊은 들숨을 몰아내쉬는 한숨소리와 함께 울분섞인 소리, 느린 속도의 억양으로 대사를 형상함으로써 막전 뒤생활과 그의 심리세계를 인상적으로 부각시켰다.[21]

---

20) 장영, 「력사물창작에서 인물의 전형화 문제: 혁명연극 ≪혈분만국회≫를 중심으로」, 『조선예술』 1984년 제9호, 69쪽.
21) 조창종, 「시대와 인물의 성격에 맞는 우수한 화술형상: 혁명연극 ≪혈분만국회≫의 화술형상에 대하여」, 『조선예술』 1984년 제6호, 63쪽.

이 글은 〈혈분만국회〉 이전의 연기와 이후의 연기를 알게 해 주는 중요 자료이다. 북한 연극에서는 일반적으로 배우가 애국지사를 도도한 목소리와 장중한 움직임 등으로 연기한 듯 보인다. 그런데 영상으로 볼 때 〈혈분만국회〉에서 주인공 리준의 화술은 도도함은 벗어난다. 배우는 호흡을 이용하여 한숨소리, 울분 섞인 소리, 느린 소리 등을 구사하는데 이로써 사실적 화술에 접근하고 있다. 화술은 물론 움직임과 함께 가게 된다. 사진을 통해 몸동작을 보기로 한다.

옆의 사진은 1장의 장면은 아니지만 살펴볼 가치가 충분하다. 이 장면은 리준이 국권회복에 대한 희망을 잃고 땅을 치며 통곡하는 장면이다. 배우는 무대에서 영웅적 모습으로 앉아 있지 않는다. 사진과 같이 영상에서도 바닥에 비

스듬히 주저앉아 현실성을 강조한다. 리준의 옆에 있는 두 인물 역시 리준을 향해 비스듬히 앉음으로 초점을 몰아주어 전체적인 장면이 자연스러워지는데 일조한다.

이같이 비교적 다양한 화술 시도와 입체감을 주는 연기의 전개는 아내와의 대화 장면에서도 일부 드러난다. 리준의 역을 맡은 배우 김용범은 아내와의 대화 장면에서도 북한의 표현에 의하면 '소리빛갈', 남한의 표현에 의하면 '음색'을 활용한다. 배우는 음색에 적합한 떨림(vibration)을 활용하는데 화술에서 음조·떨림·볼륨의 활용은 연기의 기본인바, 북한 배우 김용범 역시 이 같은 화술의 기술을 활용하여 현실감을 증가시킨다. 화술의 기술을 사용하는 것은 주인공에 한정되지 않는다. 북한은 서대감역을 맡은 한진섭 역시 다채로운 화술을 전개했다고 주장한다. 연로한 한진섭은 '자신의 연로한 생리적 특성을 오히려 역인물의 성격에 맞게 통일시키면서 3장 서대감의 집 장면에서 대청마루의 술상을 마주하고 술을 마시며 하는 대사를 탁

하게 갈린 듯한 낮은 목소리바탕에 울음 섞인 말투로, 왜놈에게 국권을 빼앗긴 울분을 상감마마의 처지를 동정하는 감정으로 형상함으로써 임금에게 ≪충성≫다하는 그의 계급적 본질을 잘 표현'하였다고 한다.[22] 실상 연기에 대한 평가는 주관성이 개입될 수밖에 없다. 영상으로 확인할 때, 이 장면에 대한 북한의 칭송은 다소 과장된다고 하겠다. 그러나 한진섭이 비교적 다채로운 소리를 활용하는 것은 인정할 수 있으며 작품의 제작 시기를 고려할 때 '다채로움' 그 자체만으로도 주목받을 수 있었음을 이해할 필요가 있다. 다양한 화술과 움직임은 곧 인물의 개성과 연관될 터, 개성적 인물구축은 특히 〈3인1당〉에서 돋보인다.

옆의 사진은 〈3인1당〉의 한 장면이다. 사진에서 알 수 있듯이 세 정승의 움직임은 현실적/사실적이라기보다는 과장된 움직임이다. 작품 자체가 풍자극이기에 연극적 과장은 전제되어 있었을 것이다. 그런데 그 연극적 과장이 인물의 적합성에 맞추어 개성 있게 구현되었다는 점을 주목할 필요가 있다. 영상으로도 개성 있는 인물구축이 확인되는데, 북한 역시 그 점을 높이 평가하고 있음이 확인된다. 다음은 홍국원의 글이다.

혁명연극 ≪3인1당≫에서 세 정승은 외형적 특징에서나 기질에서 완연히 구별되는 독특한 개성의 소유자들이다.
박정승은 체구부터가 곰같이 우람하게 생긴것처럼 행동도 우둔하고 무지막지하다. 칼부림과 완력을 좋아하는 그는 언제나 그것으로 하여 희극적인 행동을 낳게 되며 그것 때문에 망하고만다.

22) 위의 글, 63쪽.

문정승은 체구부터 박정승과 대조된다. 수수대처럼 키가 껑두룩하고 강마른 것이 겉으로는 왕족계렬의 가문이라고 점잔을 피우고 허세를 부리지만 속은 묵은 여우처럼 간교하고 생쥐처럼 약삭바르기가 그지없다.

그리고 최정승은 난쟁이처럼 키가 작은 것이 사냥개처럼 검질기며 머리끝부터 발끝까지 교활성과 표독성으로 꽉 차있다.[23]

박정승·문정승·최정승은 모두 권력을 탐하는 유형화된 인물이다. 그런데 이 작품에서 배우들은 인물이 유형화 되었다고 해서 인물들을 천편일률적으로 구축한 것이 아니라 생동감 있게 구축하려 노력한 것이다. 북한은 작업 초반에는 산 인간의 움직임이 아니라 '게발 놀리듯하던 괴이한 손동작과 발동작 같은 비진실한' 행동들이 있었다고 한다.[24] 그러나 영상에는 이런 모습이 보이지 않고 있다. 그렇다면 배우들은 초반의 부족함을 극복하고 현실감 있는 연기를 완성했다고 하겠다. 공연에는 절대적인 사실성은 존재하지 않는다. 무대에서는 상대적인 사실성만이 존재한다는 사실을 고려할 때, 풍자극이라는 일정한 양식 내에서의 진실한 연기는 그 양식의 현실감을 관객에게 전달하게 된다. 따라서 혁명연극 〈혈분만국회〉와 〈3인1당〉에서 배우는 근거 없는 과장을 피하여 개성 있고 믿을 수 있는 연기를 전개했다는 북한의 자찬은 객관성을 획득한다. 북한의 현대적 미감이라는 문예담론은 현실적이고 개성적 화술과 움직임으로 실현된 것이다. 그런데 또 다시 주목할 것은 현실적 화술이 민족적 정서와 조우한다는 점이다. 〈혈분만국회〉에서는 다음과 같은 대사가 있다.

아, 인제야 조선의 앞날에 려명이 비껴오기 시작하는 구나.

23) 홍국원, 「(관평) 력사의 교훈으로 단결의 진리를 깨우쳐주는 명작: 혁명연극 ≪3인1당≫에 대하여」, 『조선예술』 1987년 제11호, 16쪽.
24) 「(좌담회) 당의 독창적인 문예리론을 지침으로 삼고: 혁명연극 ≪3인1당≫창조성원들과의 좌담회」, 『조선예술』 1987년 제11호, 31쪽.

헤쳐갈 망망대해 천리련듯 아득하니

가슴속엔 시름만이 파도처럼 밀려왔네

돛을 달고 노저으며 어기영차 힘을 내니

찾아온 이 기슭엔 꽃향기만 불어오네.

대사 자체가 산문적이라기보다는 운문적으로 구사되어 3/4조, 4/4조의 시조를 연상케 한다. 실상 이 같은 대사 구사는 민족적 정서를 강화할 때 극작가가 자주 사용하는 방식이다. 일례로 해방 이후 남한의 극작가 유치진 역시 우리 민족의 정서를 살리기 위해 〈춘향전〉의 대사에서 운문성을 수용한 바 있다.[25] 이 경우 대사에 맞추어 배우는 자연스럽게 리듬을 타게 되는데 리준도 이 장면에서 대사의 일부분은 가락에 맞추어, 일부분은 더 나가 노래처럼 읊는다. 물론 미세하여 그 차이가 금방 포착되지는 않지만 몇 번 반복하여 들어보면 미세하게 달라진다는 것을 알 수 있다. 뿐만 아니라 대사의 어미가 고어로 처리되어 있는데 이 대사 역시 배우 화술의 운문성을 더욱 강화시켜 준다. 북한 역시 이 점을 높이 평가하고 있다.

뿐만 아니라 배우들의 화술형상에서는 말의 끝맺음억양처리에서도 시대맛을 잘 보여주었다.

말의 맺음억양처리는 말의 뜻과 감정, 민족적정서를 나타내는데서 아주 중요하다. 맺음억양처리에서 시대맛을 더욱 돋굴수 있는것이다.

아무리 작가가 이전시대에 맞게 ≪한숨만 쉬시옵니까,≫≪념려되옵니다≫,≪하나이다≫등과 같은 맺음말로 대사를 써놓았다 해도 말소리에 억양을 살려붙이는 배우화술형상에서 지금 사람들이 말하듯 한다면 비록 옷은 옛날옷을 입었다 해도 말에서 그 시대맛을 생동하게 느낄수 없게 되는 것이다.[26]

---

25) 『극예술』 5권, 22쪽.

26) 조창종, 앞의 글, 64쪽.

이같이 조창종은 대사의 어미가 고어적으로 처리되었음을 강조한다. '-옵니까', '-옵니다', '-하나이다' 등으로 어미가 처리되어 배우는 이 대사에 자연스럽게 고어적 억양을 붙이며 그것이 민족적 정서를 나타내는 핵심이라는 것이다. 사소해 보이지만, 공연의 실제에서 어미의 처리는 배우의 연기에 지대한 영향을 미친다. 연극배우 전무송의 말을 들어보기로 한다.

> 사극은 어떤 틀이 있다구 (…중략…) '그랬느니라'이런단 말이야. '했냐'가 아니라. 그러니까 말이 리듬을 타고 템포가 느려질 수밖에 없지. 풀어서 하고, 그러다보니까 동작까지도 말의 리듬과 템포에 따라서 움직여야 한단 말이야.[27]

남한 배우 전무송은 대사 자체가 사극의 어조로 씌어져 있을 경우에 배우는 자연스럽게 사극적 어조를 구사하게 된다고 전한다. 물론 리듬과 템포도 이에 따라 재 조절되는 것이다. 북한 배우 역시 예외일수는 없을 터, 배우 김용범은 '-옵니까', '-옵니다', '-하나이다' 등의 대사를 비교적 운율적으로 전개하고 있다. 이것은 김정일의 지침대로 공연의 형식, 특히 연기에서 민족성을 수용한 극명한 예가 될 것이다. 따라서 민족성은 배우들의 연기에서 현실적·개성적·운문적 화술로 실현되었다고 말할 수 있겠다.

### 3) 조선화 기법의 무대, 민족적 의상과 소도구

북한은 무대에서도 주체와 민족적 미감을 강조한다. 잘 알려져 있듯이 북한에서 1978년 〈성황당〉이 창작되었을 때 특히 무대가 주목을 받았다. 북한은 김정일의 뛰어난 미적 감각과 탁월성에 의해 무대

---

27) 전무송, 본 연구자와의 개인인터뷰, 2006.11.24, 화정동 제노 커피숍.

자체가 이동하는 '흐름식 무대'를 구현하였다고 주장한다. 이후 북한에서 모든 무대는 〈성황당〉을 모범으로 움직이고 흐르게 제작되어야 했다. 그렇다면 1980년대의 혁명연극의 무대제작에서도 움직이는 장치는 기본이 되었을 터, 본 장에서는 움직이는 무대 이외에 민족성과 관련하여 어떤 기법이 무대에 적용되었는지를 살펴보고자 한다. 먼저 〈딸에게서 온 편지〉의 무대를 보기로 한다. 이 작품은 1920년대 우리 농촌을 배경으로 한다. 영상 1)은 움직이는 공연을 캡처함으로써 선명하지는 않지만 전체적 분위기를 감지하기에는 부족하지 않을 것이다.

북한의 국립극장은 대형무대이며 프로시니엄 양식에 속한다. 무대

영상 1)

자체가 폭과 깊이가 충분하므로 대형구조물이나 원근감을 주는데 유리한 무대인 것이다. 옆의 영상에서 알 수 있듯이 무대는 기본적으로 원근감을 주면서 단을 세우는 등 입체감을 고려하여 제작되었다. 그런데 눈에 띄는 것은 무대 상수와 하수의 나무 자체가 중심을 향해 곡선을 그리고 있다는 점이다. 따라서 전체적으로 부드러우면서 강하지 않은 느낌을 주고 있다. 또한 영상으로 보는 색상이기에 확신 할 수 없지만 색감 자체는 갈색과 짙은 청록색을 섞은 듯 하며 부분적으로 채도가 높아 선명함이 드러나고 한다. 주목할 것은 북한은 이 같은 기법을 조선화 기법이라고 설명한다는 것이다. 조선화 기법이란 북한의 성두원에 따르면 "모든 장면들을 구성하고 있는 장치물들과 배경들이 선명하고 간결"한 것이며 "부드럽고도 연하면서도 명료한 색채"가 그 특성이다.28) 이 설명의 시비를 가리는 것은 본 연

---

28) 성두원, 「≪피바다≫식무대미술의 우월성을 과시한 무대화폭: 혁명연극 ≪혈분만국회≫의 무대미술에 대하여」, 『조선예술』 1984년 제6호, 62쪽.

구의 목적이 아니다. 주목할 것은 북한은 선명함과 부드러움을 민족적인 것으로 규정하고 그것을 장치의 색상과 나무의 선으로 무대 위에서 구현하였다는 점이다.

또 다른 작품 〈혈분만국회〉의 무대를 보기로 하자. 조선화 기법을 설명한 성두원은 〈혈분만국회〉의 무대에 대해 다음과 같이 극찬한다.

> 민족수난의 비극을 말해주듯 캄캄한 하늘에 먹장구름이 드리운 가운데 광화문의 커다란 륜곽을 보이게 하고 그앞을 억사철사로 묶이운 애국투사들의 행렬이 일제놈들에게 끌리여가는 서장으로부터 시작하여 주인공 리준의 집장면을 거쳐 조선식, 왜식, 양식이 뒤섞인≪태평관≫료정장면과 이사한 리준의 집, 그리고 기준이 안해와 리별하는 한강 나루터의 장면을 비롯하여 헤그의 호텔장면에 이르기까지 연극의 기본장면들과 사이장면들은 모두 리준이 활동하고 생활하는 대상과 환경, 시가노가 조선을 현실그대로의 형식으로 보여주면서 그것이 생활과 극의 흐름을 타고 자연스럽게 전개되는 과정에 인물의 성격이 조형적으로 부각되도록 하고 있다. 따라서 이 연극의 무대미술은 무대를 고착된 몇 개의 장면으로 설정하고 거기에 인물들의 생활과 극의 흐름을 억지로 복종시킴으로써 극조직을 억제할뿐아니라 인물들의 행동을 구속한 낡은 형식의 무대미술과는 근본적으로 다르다.29)

성두원은 〈혈분만국회〉의 무대가 조선의 현실을 그대로 보여주었다는 점을 극찬한다. 리준의 집, 태평관, 한강 나루터, 호텔 장면들에 관한 설명인데 영상으로 보면 상당한 규모의 무대장치와 사실성이 확인된다. 무대는 장소가 변함에 따라 사실성을 극대화하여 보는 재미와 제작년도를 고려할 때 일정부분 감탄을 낳게 한다. 각 장면에 대한 사진을 다 열거하는 것은 좁은 지면으로는 불가능하기에 『조선

---

29) 위의 글.

예술』에 실린 〈혈분만국회〉의 사진을 제시하기로 한다.

사진 1)

사진 2)

사진 3)

앞의 사진은 순서대로 태평관, 호텔, 리준의 집이다. 기본적으로 무대는 웅장하며 사실적 재현에 애를 썼다. 장치와 소도구를 역사성을 고려해 제작하고 공간구성에서 원근감이 나도록 무대를 넓고 깊게 쓰며, 2장인 서울 태평관 장면은 2층으로 구성되어 인물의 입체적 움직임을 가능하게 한다. 또한 만국평화회의가 열리는 회의장은 군중 신에 적합한 구조를 갖기에 무대의 웅장함과 사실성은 분명하다. 그러나 조선화의 민족적 특성을 발견하기는 어려운데 흥미로운 것은 북한은 이 무대에서도 민족적 특성을 강조한다는 점이다.

이 연극의 무대미술은 또한 의상, 공예, 건축등 민족미술의 우수한 형식들을 시대와 인물의 성격에 맞게 널리 리용함으로써 형상전반에 민족적 특성이 진하게 발양되었다. 특히 장치미술에서는 자연풍경과 사회상을 반영한 배경그림들과 건축구조물들을 무대물로 재현함에 있어서 민족미술의 좋은 특징들이 잘 부각되였다. 장치물 및 의상, 소도구들이 력사주의적원칙에서뿐만이 아니라 우리 시대 인민들의 사상감정에 맞게 현대성의 원칙에서 옳게 형상되였다.30)

북한의 관점에서 〈혈분만국회〉의 무대를 읽어보면 민족성이란 무대 자체뿐 아니라 소도구, 의상, 공예, 건축에도 적용되는 것이다. 〈3인1당〉의 무대미술 역시 민족성을 갖는 것은 "고도로 세부화, 공예화하여 무대장치물과 의상, 소도구들이 력사적 구체성과 생활적 진실성을 믿음직하게 담보하고 무대예술의 민족적 특성을 보다 진하게 살려"주었고,31) 왕궁장면 역시 "세공화된 건축 및 단청무늬, 정각과 담정들의 돌기와들, 립체화된 석등, 아름드리나무, 정승들의 흉패, 무사들의 투구와 칼에 새겨진 무늬와 수놓아진 공예품같은 정교한

---

30) 위의 글.
31) 「(좌담회) 당의 독창적인 문예리론을 지침으로 삼고: 혁명연극 《3인1당》창조성원들과의 좌담회」,『조선예술』 1987년 제11호, 33쪽.

소도구들은 무대미술의 민족적 특성을 뚜렷이 보여"주었기 때문이라는 것이다.32) 그렇다면 북한이 주장하는 무대미술에서의 민족성이란 조선화 기법뿐 아니라 장면의 분위기, 소도구, 의상의 고증적 제작도 포함되는 것이다. 고증적 제작이 민족성이라면 주의할 것은 북한이 의미하는 민족성이 반드시 조선적 집, 의상, 소도구에 한정되는 것이 아니라는 점이다. 김수룡의 글을 보기로 한다.

> 의상, 소도구형상에서는 다음으로 민족적특성도 옳게 살리는것이 중요하다.
> 혁명연극 ≪경축대회≫에서 사이고는 어느때든 가보로 내려온다는 군도를 몸에서 떼놓지 않으며 장소에 고려없이 찍히면 칼을 뽑아들고 위세를 뽐낸다.
> 이것을 통하여 사람들은 일제의 취약성과 략탈성, 칼부림을 즐기는 야마도민족의 야수적기질을 엿보게 되는것이다.33)

김수룡은 의상과 소도구에서 민족적 특성을 살릴 것을 강조하면서 〈경축대회〉를 예로 들어 설명한다. 주목되는 것은 일본인의 특성을 살리기 위해 군도를 제작하였는데, 이것이 민족적 특성을 옳게 살렸다는 설명이다. 그렇다면 북한이 주장하는 민족성이란 조선적 특징에만 한정되는 것이 아님이 다시 한 번 분명해진다. 적어도 공연에서의 민족성이란 각 나라의 특성에 맞는 의상과 소도구의 제작이 되는 것이다. 실상 이것은 민족성이라기보다는 시대상의 반영이라고 보는 것이 보다 적합할 것이다. 김수룡 역시 같은 글에서 '의상, 소도구형상에서는 우선 당시 시대상을 진실하게 반영하는것이 중요하며, 사람들의 옷차림이나 물건들에 새겨진 력사의 흔적들을 정확히 찾아내

---

32) 위의 좌담회.
33) 김수룡, 「의상, 소도구에 비낀 시대의 특징과 민족적 특성」, 『조선예술』 2008년 제2호, 55쪽.

여 그 특징을 선명하게 보여주어야만 인물을 시대의 전형으로 진실하게 그려낼수 있다'고 강조한다. 이후 그는 민족성과 시대상을 혼합하여 글을 전개한다. 김수룡의 주장은 다소 초점이 모호하지만 분명한 것은 북한에서 민족성은 조선적 특성의 구현뿐 아니라 각 나라의 특성에 적합한 무대, 의상, 소도구의 제작까지 포함하는 보다 넓은 개념으로 통용된다는 점이다. 그렇다면 민족성과 공연의 무대는 조선화 기법의 무대장치, 우리나라를 비롯하여 각 나라의 특성을 반영한 의상과 소도구의 제작으로 실천되었다고 말할 수 있겠다.

## 4. 한계를 안은 다양성

북한에서 혁명연극이 창작되는 시기의 창작원리는 1986년의 「주체사상교양에서 제기되는 몇 가지 문제에 대하여」, 1987년의 「작가, 예술인들 속에서 혁명적 창작기풍과 생활기풍을 세울데 대하여」, 1989년의 「온 사회에 문화정서생활기풍을 세울데 대하여」와 「조선민족제일주의정신을 높이 발양시키자」에 기인한다. 김정일은 이 글을 통해 자기 운명의 주인은 자신이라는 주체철학, 조선의 사람에게 조선음악·조선화·조선춤을 보여줄 것, 민족적 형식에 사회주의적 내용을 담을 것을 강조했다. 이 담론은 물론 곧 연극계에 수용된다.
연극계는 주체사상과 민족성의 결합을 최대과제로 안으면서 공연의 내용과 양식에서 변화를 보였다. 1980년대 중반 완성된 혁명연극 〈혈분만국회〉, 〈3인1당〉, 〈딸에게서 온 편지〉, 〈경축대회〉는 희곡의 주제와 소재로 자주성을 중심에 놓았다. 이 자주성은 동시대와 연관된 '동시대적 자주성'이어야 했다. 북한에서 연극은 기본적으로 동시대의 인민에게 교훈을 주어야 하기 때문이다. 주목할 것은 이 주제를 구현하는 주인공은 어떠한 경우에도 결함 있는 인물이라는 점이다. 항일투쟁을 하는 애국지사라고 해도 김일성이 등장하기 이전의 애국지사는 사상의 한계가 있어야 김일성의 업적이 순결성을 유지하기 때문이다. 수령형상에 대한 북한의 강렬한 의지는 희곡에서 한계와 결함 있는 인물의 구축을 독려한 것이다.

연기(演技)에서는 민족성의 담론을 수용하며 현실적·개성적·운문적 화술이 전개되었다. 김정일은 반복하여 민족성을 고수하되 현대의 미감에 맞을 것을 요구했고, 현대적 미감은 곧 현실적·사실적 연기로 수렴된 것이다. 연기는 불필요한 과장을 삼가 해야 했고, 이는 곧 개성 있는 인물구축으로 이어졌다. 배우들은 호흡을 이용하여 한숨소리, 울분 섞인 소리 등의 사실적 화술을 발화했고 이에 맞추어 움직임 역시 다양해졌다. 음색과 음량의 다양성이 인물의 개성화에 직접적인 영향을 미친 것이다. 이외 배우들은 대사의 어미처리에 민족성을 극대화하여 적용한다. 대사 자체가 시조적 리듬으로 구사되었고 이에 따라 운율적인 화술전개를 실현한 것이다. 무대 역시 민족성의 지침을 적극적으로 수용한다. 무대배경은 선명과 간결, 부드럽고 명료한 색채를 특징으로 하는 조선화 기법을 적용하여 제작되었고 장치·의상·소도구 등은 민족의 특성과 시대상을 반영하여 구현되었다.

이 같은 창작 형식이 민족의 정서에 부합하는지, 공연 미학적으로 가치가 있는지에 대한 판단은 각자의 몫이다. 민족적 정서와의 적합성 여부를 가리는 것은 본 연구의 목적이 아니다. 일례로 북한이 주장하는 조선화 기법의 그림은 우리의 전통에 부합할 수도, 부합하지 않을 수도 있다. 그러나 그 성과와 별도로 혁명연극에 나타나는 다양성은 주목할 필요가 있다. 김정일이 1970년대부터 강조한 조선화 기법과 흐름식 무대가 북한 연극을 일정부분 획일화시킨 것은 사실이다. 또한 김일성 우상화를 위해 연극의 등장인물을 반드시 결함 있게 구축해야 한다는 지침 역시 인물의 고정화를 유도한 것도 사실이다. 그러나 주요 작품에 등장하는 인물의 배경 자체가 다양함으로써 이 같은 약점은 다소 완화된 것으로 보인다. 1990년대 중반 이후 선군시대 연극의 등장인물이 모두 군인으로 획일화된 것을 감안하면 애국지사, 민족주의자, 평범한 농부 등 혁명연극의 다양한 주인공은 연극 자체를 다채롭게 장식하는 일등 공신이었던 것이다. 1980년대의 혁명연극은 상대적이기는 하지만 확실히 한계를 안은 다양성이 돋보인다고 하겠다.

# 참고문헌

『조선중앙년감』 1980~1995.

김정일, 「작가, 예술인들 속에서 혁명적 창작기풍과 생활기풍을 세울데 대하여」, 조선로동당 선전부 책임일군들 및 문학예술부문 일군들과 한 담화, 1987.11.30, 『김정일선집』(9), 평양: 조선로동당출판사, 1997.

_____, 「온 사회에 문화정서생활기풍을 세울데 대하여」, 조선로동당 중앙위원회 책임일군들과 한 담화, 1989.1.5, 『김정일선집』(9), 평양: 조선로동당출판사, 1997.

_____, 「조선민족제일주의정신을 높이 발양시키자」, 조선로동당 중앙위원회 책임일군들앞에서 한 연설, 1989.12.28, 『김정일선집』(9), 평양: 조선로동당출판사, 1997.

_____, 「주체사상교양에서 제기되는 몇가지 문제에 대하여」, 『김정일 주체혁명위업의 완성을 위하여』 5권, 평양: 조선로동당출판사, 1988.

성두원, 「≪피바다≫식무대미술의 우월성을 과시한 무대화폭: 혁명연극 ≪혈분만국회≫의 무대미술에 대하여」, 『조선예술』 1984년 제6호.

조창종, 「시대와 인물의 성격에 맞는 우수한 화술형상: 혁명연극 ≪혈분만국회≫의 화술형상에 대하여」, 『조선예술』 1984년 제6호.

인민배우 리단, 「산 인간성격의 창조와 연출가의 자세」, 『조선예술』 1984년 제6호.

리대철, 「력사의 교훈을 통하여 자주의 진리를 밝힌 불멸의 화폭: 혁명연극 ≪혈분만국회≫에 대하여」, 『조선예술』 1984년 제6호.

리 령, 「혁명전통물과의 계선을 똑바로 긋고 형상하는 것은 일반력사물창작의 근본요구」, 『조선예술』 1984년 제7호.

평양 제2사범대학 학부장 안종두, 「(반향) 세대는 바뀌였어도 혁명의 과녁은 변하지 않았다」, 『조선예술』 1984년 제7호.

문화예술부 지도부 장국범, 「외세의존은 망국의 길이다」, 『조선예술』 1984년 제7호.

장 영, 「력사물창작에서 인물의 전형화 문제: 혁명연극 ≪혈분만국회≫를 중심으로」, 『조선예술』 1984년 제9호.

리대철, 「특색있는 불멸의 예술적화폭: 혁명연극≪딸에게서 온 편지≫에 대하여」,
     『조선예술』 1987년 제8호.

김형직사범대학 교원 엄정희, 「(반향) 배움에 대한 참다운 교훈」, 『조선예술』 1987년
     제8호.

엄정희, 「(좌담회) 당의 독창적인 문예리론을 지침으로 삼고: 혁명연극 ≪3인1당≫
     창조성원들과의 좌담회」, 『조선예술』 1987년 제11호.

홍국원, 「(관평) 력사의 교훈으로 단결의 진리를 깨우쳐주는 명작: 혁명연극≪3인
     1당≫에 대하여」, 『조선예술』 1987년 제11호.

_____, 「(좌담회) 당의 독창적인 문예리론을 지침으로 삼고: 혁명연극 ≪3인1당≫
     창조성원들과의 좌담회」, 『조선예술』 1987년 제11호.

김수룡, 「의상, 소도구에 비낀 시대의 특징과 민족적 특성」, 『조선예술』 2008년
     제2호.

김정수, 「북한 연극계에서 제기된 청산대상 연기에 관한 연구: 해방직후부터 한국전
     쟁 이전까지를 중심으로」, 『정신문화연구』 제33권 제2호, 2010, 48~70쪽.

정성장, 『현대 북한의 정치: 역사·이념·권력체계』, 도서출판 한울, 2011.

전영선, 『북한 민족문화 정책의 이론과 현장』, 역락, 2005.

김형기, 「연극비평에 관한 연극학적 고찰: 대상, 역사, 기능과 형태를 중심으로」,
     『동시대 연극비평의 방법론과 실제』, 연극과인간, 2009.

김봄희(가명), 본 연구자와의 인터뷰, 보이스레코더 녹음, 동국대학교, 2009.5.

전무송, 본 연구자와의 개인인터뷰, 2006.11.24, 화정동 제노 커피숍.

DVD/VHS (북한자료센터) 〈3인1당〉, 〈혈분만국회〉, 〈딸에게서 온 편지〉, 〈경축
     대회〉

# 북한 희곡의 수령형상

: 「승리의 기치따라」를 중심으로

박덕규·김미진

## 1. 북한의 연극과 수령형상

'수령형상'은 북한의 문화예술 창작에 있어 가장 핵심이자 필수개념의 하나다. 주체문예이론의 창시자 김정일이 대학시절(1960년 12월)에 연극 〈조국 산천에 안개 개인다〉를 감상 지도하는 과정에서 "수령을 형상하는 것은 혁명적문학예술부문 앞에 나서는 중요한 과업"[1]이라고 말한 것에서 보듯이 북한에서는 일찍부터 이 개념이 중시되어 왔다.

1967년 조선로동당이 주체사상을 기반으로 한 유일체제를 지도이념으로 채택하고 이를 바탕으로 정치이념을 문학을 통해 실천하는 4·15문학창작단에서 일찍이 '자연발생적으로 창작되었고 조직적이지 못했던' 수령형상문학을 비판하면서 보다 체계적인 수령형상문학

---

1) 안희열, 「비범한 예지로 수령형상창조의 원리를 밝히시여」, 『조선문학』 2000년 제9호, 13쪽.

이 대두되었다. 이때부터 수령형상은 '공산주의 인간학의 최고 전범으로서 인물 묘사 중 가장 높은 지위'로 강조되고 북한의 문화예술에서는 "수령의 형상을 창조하는것이 새로운 혁명문학 건설에서 핵으로, 첫째가는 중요한 과업"[2]으로 인식되었다. 이에 따라 북한은 1960년대 이후 전 시기에 걸쳐 문학과 영화를 비롯한 모든 문화예술 장르에서 수령형상을 창조하는 것으로써 '수령에게 충성하고 인민의 지향에 보답'하는 일련의 성과를 얻어왔다.

북한에서 수령형상문화예술이 발달한 만큼 그동안 북한 문화예술에 대한 연구 또한 상당 부분 '수령형상미학'에 초점이 맞추어져 왔다. 특히 문학과 영화 부문에서의 연구는 매우 진전된 형태로 진행 중이다. 그러나 장르적 특성상 자료 수집이 쉽지 않은 연극 등 공연 분야에서의 연구 성과는 그 중요성에 비해 상대적으로 빈약하다.[3] 따라서 이 글은 비교적 연구가 활발히 진행되지 못했던 북한 연극계에서의 수령형상의 양상을 고찰함으로써 수령형상연극이 가지는 특징을 조망하는데 일차적인 목적을 둔다.

6·25전쟁이 막바지인 1953년 전사 박창기의 활약상과 전시 상황 중 '최고사령관동지'의 모습을 담은 연극 〈승리의 기치따라〉는 1968년 초연되고 1970년대 후반 연극혁명 과정에서 '〈성황당〉식 혁명연극'으로 개작되어 재공연된 북한의 대표적인 혁명연극의 하나다. 다른 혁명연극이 그러하듯 이 작품의 수령형상미학 또한 북한 연극에 나타나는 수령형상의 정신과 방법, 특징을 지니지만 개작 이후 '〈성

---

2) 김정일, 「4·15문학창작단을 내올데 대하여: 조선로동당 중앙위원회 선전선동부 영화과 일군들과 한 담화 1967년 6월 30일」,『김정일 선집』1, 평양: 조선로동당출판사, 1992, 243쪽.

3) 북한의 수령형상연극에 대해 작품을 구체적으로 예로 들어 기술한 예가 아주 없는 것은 아니다.『조선문학』2009년 제9호에 실린 안희열의 논문을 인용하며 연극 〈조국 산천에 안개 개인다〉를 언급한 글로는 김관웅의 「북한 주체문학시기 수령형상문학의 전근대성」(『비평문학』제20호, 한국비평문학회, 2005.5)이 있으며, 1990년대 '김정일 형상 연극'을 소개하고 있는 글로는 박영정의 「1990년대 북한 희곡의 개관」(『한국극예술연구』제14집, 한국극예술학회, 2001.10)이 있다.

황당〉식 혁명연극'에 의한 수령형상의 첫 작품[4]이라는 평가를 받고 있어 더욱 특별한 주목의 대상이 된다. 이 작품에 대한 구체적인 분석을 통해 북한 연극 이해의 실증적인 토대를 마련하려는 것이 이 글의 둘째 목적이다.

## 2. 수령형상문학과 수령의 의미

북한은 주체사상을 바탕으로 한 유일체제를 고수하고 있는데, 이 정점에 바로 '수령'이 자리한다. 북한은 "수령의 사상을 지도적 지침으로 하여 혁명과 건설을 수행하며 수령의 사상과 명령, 지시에 따라 전당, 전국, 전민이 하나와 같이 움직이는"[5] 사회이다. 이런 사회에서 문화사회 전반에 걸쳐 모든 것을 이룩한 전지전능한 신과 같은 인격체가 된 수령에 대해 인민대중들은 극단적이고 지속적으로 충성을 강요받게 된다. 수령에 대한 이러한 전면적인 '개인숭배' 아래 수령 가계(家系)의 혁명전통 수립이 이루어지는데, 이 과정에서 문화예술 전반에 걸쳐 수령형상 작품이 창작되고, 교육 현장에서는 수령과 그 가계의 혁명 전통, 혁명 역사 등을 가르치는 이른바 '우상화 교육'[6]이 시행된다.

북한의 정치체제에 지대한 영향을 끼친 소련에서는 스탈린에 대한 우상화 정책이 일관되게 유지되다가 그가 사망한 1953년에 이르러 권력을 승계한 흐루시초프에 의해 그의 성과와 그에 대한 개인숭배

---

4) 류만, 「수령형상창조에 관한 우리 당의 주체적문예리론을 폭넓고 깊이있게 구현한 혁명적대작」, 『조선예술』 1993년 제8호, 18쪽.

5) 사회과학원 철학연구소, 『철학사전』, 평양: 사회과학출판사, 1985, 388쪽.

6) '김일성 유일사상 확립 시기(1966~1972)'인 1966년부터 정치사상교육의 일환으로 김일성 유일체제의 정착을 위한 교육이 시행되었다. '경애하는 수령 김일성 대원수님 어린시절', '위대한 수령 김일성 대원수님 혁명활동', '위대한 수령 김일성 동지 혁명력사' 등과 같은 일명 '김일성 과목'이 그 대표적인 예다. 김미진, 「북한의 정치사상교육 양상 고찰」, 『한국문화기술』 제14호, 한국문화기술연구소, 2012.12, 7쪽 참조.

가 부정되기 시작한다. 그러나 북한에서는 김일성 사후에도 그에 대한 수령 우상화가 지속되고 있으며, 수령형상 작업 또한 김일성에서 김정일로 이어지는 세습을 통해 계속 강화되었다. 이는 북한 유일체제의 지배이데올로기인 주체사상의 결속을 위한 강력한 수단으로 작용되었음을 알 수 있다. 특히 김일성 유일체제 아래 세습을 통해 일찍이 후계자의 지위를 확보한 김정일이 2대에 걸쳐 최고 권력자로 군림하고 있으며 그에 대한 충성도 세습적으로 이어지고 있어 다른 여느 사회주의 국가의 수령 우상화에 비해 더욱 각별한 수령형상의 면모를 띠게 된다.

북한 사회에서 신격화된 존재로 그 누구도 범접할 수 없는 대상인 '수령'은 '혁명적 수령관'과 '사회정치적 생명체론'으로 그 정체성이 규정되어 있다. 혁명적 수령관에서 "수령·당·대중이라는 프롤레타리아 독재체계 속에서 수령이 차지하는 지위와 역할을 규명"한바, "수령은 인간 유기체의 모든 활동을 조절통제하는 뇌수와 같은 존재로서 인민대중의 최고 뇌수"[7]이다. 북한에서 수령에 대한 이 같은 의미 규정이 가능한 것은 오랜 유교적 관습을 바탕으로 '어버이수령-어머니당-대중'을 하나의 대가정으로 엮고 이를 사회정치적 규정 안에서 혈연적 관계로 확장한 '혁명적 대가정론' 때문이다. 혁명적 수령관에 따라 대중은 어버이 수령에게 끝없는 충성과 효성을 다해야 하고, 수령은 이민위천(以民爲天)을 바탕으로 한 인덕정치를 펼쳐야 한다.[8] 이로부터 사회정치적 집단의 중심인 수령의 영도 아래 개인의 혁명적 의리와 동지애가 이루어지고[9] 개인의 생명보다 어버이 수령, 어머니당, 대중이 사회정치적인 혈연관계로 맺어진 북한식 가치관이 탄생하는데, 이것이 '사회정치적 생명체론'이다. 혁명적 수령관과 사회정치적 생명체론을 바탕으로 한 북한의 수령에 대한 숭배

---

7) 이종석, 『새로 쓴 현대북한의 이해』, 역사비평사, 2000, 213쪽 참조.
8) 위의 책, 218쪽 참조.
9) 위의 책, 219쪽 참조.

현상은 정치, 경제, 사회, 문화 등 모든 분야에서 가장 중요한 과업이자 의무로 여겨지는데, 그 두드러진 정신이자 실천방안이 바로 문화예술에서의 '수령형상의 창조'이다.

그런데 여기서 사회주의 국가에서의 수령형상 창조는 당대의 수령을 대상으로 하지 않는다는 사실을 인식할 필요가 있다.

로동계급의 첫 수령들인 맑스와 엥겔스에게는 생전에 그들을 형상한 문학이 없었다. 그들이 서거한지 몇십년이 지나 20세기에 들어서서 ≪맑스≫가 나왔다. 생전에 형상작품을 남긴 로동계급의 수령은 레닌이다. 그런데 레닌을 형상한 문학작품도 그의 활동의 말기에 나왔으며 그 대부분은 역시 그의 서거후에 나왔다.

(… 중략 …)

모든 수령형상작품들은 대체로 수령의 활동의 말기이거나 특히는 그들의 서거후에 창작되는것이 일반적현상이다. 하지만 우리 나라에서만은 수령이 혁명활동을 시작하던 초시기에 수령형상작품이 창작되였다.[10]

위에서 보듯이, 공산주의의 창시자인 마르크스와 엥겔스에 대한 숭배 작업은 그들이 사망한 지 수십 년이 지난 뒤에 평전 발간으로 구체화되었다. 소련 공산혁명의 완성자 레닌을 형상화한 작품도 그의 말년부터 나오기 시작해 대부분은 사후에 발표되었다. 이는 일반적인 역사를 통해서도 보편적인 일이다. 이를테면 조선시대 국왕의 국정을 편년체로 기록한 『조선왕조실록』은 그 국왕의 사후에 편찬된 것이다. 왕조 시대의 국왕에 비견되는 유일체제의 수령은 혁명 활동을 벌이는 과정에서 일정한 공적을 쌓으며 대중의 신망을 획득해 지도자로 공인을 받고 나아가 수령에 지위에 올라 절대 권력을 가지게 된다. 수령도 마찬가지로 혁명 활동을 이어가는 과정에서 대중의 충

---

10) 윤기덕, 『수령형상문학』, 평양: 문예출판사, 1991, 74~75쪽.

성과 믿음을 얻어 공식적인 지도자로 추앙되는 것이며, 그의 활동 역사를 기록한 기록물이나 작품들은 그의 정치적 활동이 마감된 이후에 만들어지기 마련이다.

그러나 북한에서는 김일성이 권력자로 부상한 직후부터 그를 형상화한 작품들이 쏟아지기 시작했다. '최대의 충성심을 가지고 최상의 수준에서 수령을 정중하고 숭엄하게 표현해야 하며, 수령의 위대성과 고매한 풍모를 인민대중과의 관계에서 빛나게 드러날 수 있도록 창작한다'는 수령형상의 원칙은 북한의 경우 당대 김일성은 물론이고 대를 이은 김정일을 대상으로 하면서도 뚜렷하게 견지되고 있다.

## 3. 희곡 「승리의 기치따라」의 수령형상 양상

### 1) 작품의 내용과 '수령' 캐릭터

현재까지 북한의 자료들을 통해 밝혀진 수령형상연극은 〈뢰성〉(1946), 〈조국산천에 안개 개인다〉(리종순, 1960), 〈보천보의 홰불〉(집체, 1967), 〈승리의 기치따라〉(집체, 1968), 〈혁명의 새아침〉(집체, 1971), 〈위대한 전환〉(집체, 1973) 등 총 여섯 편이다.[11]

북한 최초의 수령형상연극은 〈뢰성〉[12]이며, 전후 시기의 첫 수령형상작품은 리종순의 〈조국산천에 안개 개인다〉[13]이다. 먼저 『조선

---

11) 국내에서 공식적으로 북한의 자료를 이용할 수 있는 '통일부 북한자료센터'에는 수령형상연극의 실황 자료가 없으며, 다만 희곡의 전문을 활용할 수 있는 작품으로 「승리의 기치따라」와 「위대한 전환」 단 두 편이 있다. 「조국산천에 안개 개인다」의 경우는 중학교 5학년 문학교과서에 실린 제2막 제4장과 제5장이 전부이다.

12) 안광일, 「첫 수령형상연극 ≪뢰성≫ 창조에 깃든 사연」, 『조선예술』 2005년 제9호, 21~22쪽.

13) "전후 우리의 희곡문학에서 경애하는 수령님의 영상을 직접 모신 첫작품으로서 희곡문학발전에서는 물론 전반적인 문학발전에서 참으로 커다란 의의를 가졌다."(사회과학원 문학연구소, 『조선문학사(1959~1975)』, 평양: 과학백과사전출판사, 1997, 29쪽)

예술』1993년 제8호와 2005년 제9호에서 '첫 수령형상연극'이라고 언급된 〈뢰성〉은 보천보전투에서 김일성과 항일유격대원들이 보여준 투쟁 활동을 그린 총 3막 5장의 희곡이다. 전후 시기 최초의 수령형상연극인 리종순의 〈조국산천에 안개 개인다〉는 1936년 가을부터 보천보전투 직전까지의 항일혁명투쟁 시기를 시대적 배경으로 하고 있는 총 4막 9장의 장막희곡이다.

보천보전투를 그린 〈보천보의 홰불〉은 '보천보전투승리기념탑' 제막을 기념하며 창작된 작품이다.[14) 〈혁명의 새아침〉은 1927년 봄부터 1928년 가을까지 길림을 배경으로 김일성이 진행했다고 하는 초기 혁명 활동을 형상한 작품이며, 〈위대한 전환〉은 항일무장투쟁을 전개하는 과정에서 '혁명운동발전에서의 위대한 력사적 전환'을 이룩한 모습을 담고 있다.

이 글에서 다루는 「승리의 기치따라」는 김일성 유일체제가 확립되어가던 시기인 1968년에 천리마국립연극극장에서 공연된 연극 〈승리의 기치따라〉의 희곡으로, 1970년대 후반에 있었던 연극혁명 과정에서 '〈성황당〉식 혁명연극'으로 개작되었다.[15) 전쟁이 막바지로 치닫고 있던 1953년 봄을 시대적 배경으로 박창기와 그의 가족이 최고사령관 김일성의 보살핌을 받으며 385고지 탈환의 막바지 전투를 치르는 과정을 담은 이 작품은 총 7장으로 구성된 장막극이다. 작품의 각 장에 해당하는 구성은 다음과 같다.

1장: 전선동부의 한 사단지휘부를 찾은 최고사령관은 부대원들에게 미국의 '새 전략'에 대응하기 위한 '385고지 탈환 작전'을 지시한다. 이 작전에 참가하게 된 사단지휘부 소속 전사 박창기는 최고사령관이 5년 전 우연히 만난 세포위원장 박길명의 아들이다. 박길명이 적군에게 죽었다는 것을 알게 된 최고사령관은 창기에게 기관단총을 주며 원수를 갚으라고

---

14) 위의 책, 315쪽.
15) 본고는 개작되지 않은 1968년의 작품을 기본 텍스트로 삼는다.

전한다.

2장: 박창기를 비롯한 사단지휘부 소속 전사들이 작전을 수행하기 위해 385고지와 잇닿은 무명고지의 갱도에 간다. 여기서 여동생이 최고사령관의 도움으로 만경대혁명학원에 다니게 되었다는 소식을 접하게 된 창기는 최고사령관의 은혜를 충성으로 갚을 것을 맹세한다. 창기는 385고지 공격에서 적화구를 격파하기 위해 앞장서서 돌진하다 심한 부상을 입게 된다.

3장: 최고사령관은 군단장들과 다음 전투를 위한 작전 지시를 하면서 화학섬유연구집단을 지도하는 강학수와 함께 전쟁이 끝나기 전에 시험생산공장을 지어 승리에 대한 신념을 가진 사람들의 사업방법을 보이라고 지도한다. 그 와중에 창기의 부상 소식을 접한 최고사령관은 박창기를 반드시 살려야 한다며 병원에 전화를 한다.

4장: 최고사령관이 병원에 전화를 해주었다는 소식을 전해듣고 감격한 창기는 죽음과의 싸움에서 기적적으로 살아난다. 부상을 당한 창기를 제외한 다른 사령부 전사들은 또 한번 385고지 탈환에 나서 전투를 벌인다.

5장: 미국 대통령 별장을 배경으로 미 대통령 아이젠하워, 미 국방장관 닉슨, 미 침략고문단장 씬, 미 국무장관 덜레스, 미 합동참모본부 회장 등이 모여 한반도에서 벌어지고 있는 전쟁에 대한 이야기를 나눈다. 여기에서는 북조선의 공격에서 수세에 몰린 이들이 정전협정 결의를 서두르는 것으로 묘사되어 있다.

6장, 7장: 385고지 전투와 미군의 후퇴 장면이 그려지고, 창기는 죽지 않고 살아서 돌아가 승리의 열병식 현장에 참석해 최고사령관을 만나 감격스러워 한다. 최고사령관은 박창기의 가족들에게 그간의 노고를 치하하고 '전쟁 동무들'에게는 자립적 민족경제의 토대를 축성하고 '나라의 방위력을 철벽으로 꾸려가며, 자주·자립·자위적인 사회주의를 건설할 것'을 천명한다.

「승리의 기치따라」가 창작되던 1960년대 후반은 주체사상을 바탕으로 한 김일성 중심의 유일체제가 확립되는 시기로, 사회 전반에서 광범한 개인숭배 현상이 고조되고 있었다. 이 작품에서도 김일성 개인이 지니는 높은 덕목이 찬양되고 있음은 물론이다. 이처럼 북한에서는 유일체제의 공고화와 더불어 유일사상의 확립을 위해 문학부문에서 "수령을 형상한 문학 새로운 혁명 문학이라고 지칭하며 이러한 새로운 혁명문학을 건설하자"[16]고 주장되고 있었으며, 이에 따라 문학예술 부문의 작가들이 작품에서 당의 유일사상을 구현하는데 가장 기본이 되는 것을 '수령형상의 창조'로 삼았다.

많은 대중을 한 장소에 모아놓고 상연을 하는 연극과 같은 공연예술작품은 선전선동의 효과가 높아 사상의 주입이 비교적 쉬운 장르이다. 특히 수령형상 연극의 경우, 김일성이라는 캐릭터가 주요인물로 등장하는 것만으로도 공연을 관람하는 사람들에게는 감정적 동요를 일으켜 선동의 효과를 극대화할 수 있는 특징이 있다. 이런 작품들에서 수령을 형상화하는 방법은 여러 가지다. 우선 "한없이 겸허하고 소탈한 품성, 끝없이 인자한 인품을 가졌으며 아량있는 포용력과 넓은 도량, 고결한 혁명적 동지애와 의리로 일관되여있는 인민에 대한 가장 뜨거운 사랑을 지닌 자애로운 어버이"[17]와 같이 모습으로 묘사하는 것이 그 한 가지 방법이다. 또 하나는 "위대한 리론가이시고 탁월한 군사전략가이시며 위대한 민족의 영웅이시라는 인식을 사람들의 가슴속에 깊이 심어주"[18]는 방법이다. 수령형상방법으로 이외에 여러 가지 특징을 찾을 수 있는데[19] 「승리의 기치따라」의 경우특히 위 두 가지 방법 즉, 인자한 지도자로서의 수령형상과 탁월한

16) 김정일, 「새로운 혁명문학을 건설할데 대하여: 조선작가동맹 중앙위원회 위원장과 한 담화 1966년 2월 7일」, 『김정일 선집』 1, 평양: 조선로동당출판사, 1992, 112쪽.

17) 윤기덕, 앞의 책, 167쪽 참조.

18) 위의 책, 171쪽 참조.

19) 김정은의 논문에서는 혁명전설을 통한 수령의 형상을 자애로운 장군, 하늘이 낸 명장, 탁월한 장수, 일본이 두려워하는 인물, 비범한 탄생과 어린 시절 등 다섯 가지로 유형화했다. (김정은, 「김일성 사후 북한 혁명전설의 수령형상화 연구」, 이화여대 대학원 석사논문, 2009.)

군사전략가로서의 수령형상이 주목되고 있다.

## 2) '인자한 지도자'로서의 수령형상

이 유형은 앞서 밝힌 대로, 혁명적 대가정론에 입각한 '어버이'로서의 수령의 모습이 잘 드러나는 형상 방법이다. 수령의 인자함과 소탈한 품성을 묘사해서 대중에게 수령은 어버이와 같이 편안한 존재이라는 것을 부각시키도록 하는 효과를 주는 것이다. 「승리의 기치따라」의 초반부는 전쟁이 일어나기 전을 다루고 있다. 최고사령관동지는 잠시 들른 어느 마을에서 만난 마을 세포위원장 박길명과 그의 가족들에게 어버이와 같은 한없는 인자함과 자애로움을 베푼다.

> 김씨: 4년전이였네, 수상님께서 우리 이 산골마을로 오셔서 죽은 저 애 애비에게 이 산골마을이 살아나갈 길을 하나하나 가르쳐주셨네. 바로 이 소나무아래서… (사이) 그때 수상님께서 가르쳐주신대로 해서 우리 이 산골마을이 얼마나 잘 살게 되였나.
> (… 중략 …)
> 최고사령관동지: (늙은 소나무를 발견하시고) 음, 이 소나무가 그냥 있군. (소나무 밑으로 가시며) 난 48년 여름에 이 마을에 들린 일 있었소.
> (… 중략 …)
> 최고사령관동지: (회상하시며) 참, 그때 늙은 어머님을 모신 박길명이라는 세포위원장이 있었는데 그 동무가 아직 있는지 모르겠소. 그 동무가 목축을 발전시키는데 아주 큰 일을 했소.
>
> (제1장, 15~16쪽)[20]

위 장면의 대화들은 세포위원장 박길명의 어머니이자 박창기의 할

---

20) 집체작, 「승리의 기치따라」, 『조선예술』 1969년 제11호. (이후 인용되는 본 작품의 대사 및 지문은 장과 쪽수만 표기함.)

머니인 '김씨'가 몇 해 전 최고사령관이 마을에 들러 지도해 준 것을 회상하는 내용과 그로부터 40여 년 뒤 최고사령관동지가 같은 장소에 도착해 그 마을에 들른 48년 전의 일을 생각하며 김씨와 박길명의 안부를 묻는 내용을 보여준다. 최고사령관동지가 조그만 마을에서 살고 있는 주민들이 잘 살 수 있도록 지도해 주었으며 시간이 지나서도 그들을 기억해 주는 이 같은 모습에서 수령의 인자함이 강조된다. 다음에 인용하는 대사에서도 이러한 모습이 계속 드러난다.

> 김씨: 수상님!
> 최고사령관동지: 어머님! 반갑습니다. 이렇게 어머니를 다시 만나니 반갑습니다. 인민군대를 돕느라고 얼마나 수고를 하십니까. (손을 잡으시고) 손이 말이 아닙니다.
> 순애: 수상님!
> 최고사령관동지: 아, 순애로구나, 컸구나. 어머니, 길명동무도 잘 있습니까?
>
> (제1장, 19쪽)

최고사령관동지는 박창기의 여동생 순애를 반겨주고 김씨를 '어머님' 혹은 '어머니'라고 부르며 손을 잡아주고 있다. 이어 박길명의 아들인 창기에게 기관단총을 선물한 최고사령관동지는 김씨의 집에서 하루밤 묵고 가겠다고 한다. 수령은 이처럼 인자하고 예의 바른 아들의 이미지로 부각되고 있는 것이다.

한편, 전쟁 중임에도 인민들에게 풍요로운 삶을 누릴 수 있도록 세심하게 살피는 장면도 보인다.

> 최고사령관동지: 폭격에 피해를 입은 저수지 부근 농민들에게 식량과 의류를 보내주었습니까? … 잘했습니다. 일체 무상으로 나누어주십시오. 그들에게 조그마한 불편도 없도록 잘 돌봐주어야 합니다. … (제3장, 26쪽)

최고사령관동지: 난 얼마전에 강원도 마식령 어느 한 마을에 가서 아들과 며느리를 원쑤의 손에 잃은 늙으신 어머니 한분과 그의 손녀를 만난 적이 있었소. 나는 그 어머니를 만나고 돌아와서 며칠밤 잠을 자지 못했소. 그들에게 좋은 옷을 입혀야겠소. 그런데 우리 나라에는 경지면적이 제한되어 있고 목화가 잘되지 않소. 이런 형편에서 나라의 풍부한 원료로 주체적인 화학섬유공업을 발전시켜야겠소. (제3장, 28쪽)

이 둘은 전쟁 중 피해를 입은 인민들의 고통을 해소해 주기 위해 최고사령관이 다방면으로 노력하고 있는 모습을 보여주는 장면들이다. 특히, 두 번째의 대사는 화학섬유연구집단을 지도하는 일꾼인 강학수와 나눈 대화의 일부로, 최고사령관은 농촌에 살고 있는 사람들이 "경지면적이 제한되어 있고 목화가 잘되지 않"는 열악한 형편을 알려주며 전쟁 중이지만 하루빨리 그들의 형편이 나아질 수 있도록 연구 사업을 진행하라고 독려한다. 최고 지도자로서 오직 인민을 격정하며 인민을 위해 지도하는 최고사령관의 모습에서 자애로운 어버이의 모습이 나타난다.

이뿐만이 아니라 이 작품 곳곳에서는 수령의 자애로운 모습과 인정 넘치는 수령의 모습이 등장하는데, 창기의 여동생 순애를 만경대혁명학원을 다닐 수 있게 해 준 것이나 창기가 심각한 부상을 당해 병원에서 사경을 헤매고 있을 때 반드시 살아야 한다는 의지를 심어주기 위해 격려의 전화를 하고 또 직접 병원에 들르는 모습들이 그런 것이다. 이러한 '자애로운 장군'으로서의 수령의 형상은 앞 2장에서 밝힌 '자신에게 충성을 다하는 인민들에게 이민위천의 정신으로 인덕정치를 펼치는 수령의 자세'와도 결부된다.

## 3) '탁월한 군사전략가'로서의 수령형상

이 유형은 군대의 최고 지휘관 혹은 명장으로서 수령의 모습을 형상화하는 것을 의미한다. 수령이 항일혁명전투부터 6·25전쟁까지 모든 혁명전투를 '승리'로 이끈 장수라는 사실을 드러내면서 최고사령관의 혁명전통에 관한 당위성을 보장받고 대중들에게 존경받는 인물로 그 성격이 견고해지는 효과도 누리는 방법이다.

다음은 '탁월한 군사전략가'로서의 수령의 면모를 보여주는 한 장면으로, 최고사령관이 군단장들과 전쟁에 대한 작전을 구상하는 대목이다.

> 최고사령관동지: (··· 중략 ···) 최고사령부의 전략적의도는 (작전지도를 가리키시며) 여기 유성남쪽 방향의 약한 고리를 뚫고 적의 종심깊이 진출하자는것이요. 이렇게 되면 좌우측의 적들은 부득이 패주하지 않을 수 없게 될것이요. 바로 이때에 동무네 군부대들에서는 패주하는 놈들을 추격 섬멸하면서 여기 15키로이상 뚫고들어가 이 계선을 차지한 다음 신속히 방어로 넘어가야 하오.
>
> 군단장 1: 알았습니다.
>
> 최고사령관동지: 바로 이때 동무네 주력부대들은 여기 지형상 유리한 송백산일대를 차지하고 공방전으로 시간을 쟁취한 다음 자기의 방어지점으로 즉시 철수해야 하오.
>
> 군단장 2: 알았습니다.
>
> 최고사령관동지: 이렇게 되면 놈들은 수많은 군사력을 동원하여 필사적으로 반격해올것이 틀림없소. 바로 이때 우리는 이미 축성해놓은 이 방어선에서 놈들을 모조리 소멸하자는것이요.
>
> (제3장, 25쪽)

이 대화는 대반타격전을 앞두고 최고사령부에서 최고사령관이 장령들과의 작전을 지시하고 있는 한 장면이다. 최고사령관은 군단장 및 장령들과 작전을 토론하기보다 작전을 지시하고 명령하는 절대적인 지휘권을 가진 인물로 그려진다. 주변 인물들의 역할을 최소화하고 탁월한 전략전술가로서의 수령의 모습을 극대화한 것이다.

한편 등장인물의 대사를 통해 최고사령관이 뛰어난 장수로서의 면모를 갖추었다는 것을 형상화하는 장면도 있다. 이것은 극중에서는 미군의 대사를 통해서 드러나지만 실제는 작품의 창작가에 의해 기술된 신화화된 인물형상이다. 김일성이 "항일혁명투쟁을 벌이는 과정은 진실과 과장, 왜곡이 뒤섞여져 만들어진 신화"21)인데, 이런 신화화된 수령의 형상은 개인숭배와 우상화 정책 등으로 모든 작품들에 스며들어 있다.

아래의 인용은 제5장 미국 대통령의 별장에서 미국의 대통령과 장수들이 김일성의 비범한 어린 시절에 대해 이야기를 나누는 장면이다.

썬: 김일성장군은 열네살이란 어린 나이에 벌써 혁명을 시작했고 20대 청년시절에 장군이 되였습니다.

일동: 열네살때?!

썬: 믿어지지 않는 사실입니다. 전설같은 이야기입니다. 그의 천재적인 전략은 벌써 빨찌산시기부터 널리 알려졌습니다. 소위 정예군이라고 위용을 자랑하던 일본의 100만관동군이 청년 장군 김일성사령관의 손우에서 그의 뜻대로 놀리다가 종래는 패망하고 말지 않았습니까.

(… 중략 …)

썬: 트루맨도, 맥아더도, 릿치웨이도 그 위대한 힘을 당해내지 못했습니다. 심지어 대통령각하의 신공세까지도…

아이젠하워: (말을 못하고 돌아선다.)

(제5장, 35쪽)

---

21) 이종석, 앞의 책, 436쪽.

'남조선 미제 침략군 고문단장'인 씬은 적군의 수장인 김일성의 능력을 '천재적인 전략'이라고 치켜세우며, 트루먼과 맥아더와 같은 미군의 장군들도 그의 '위대한 힘'을 당해내지 못했다고 말하고 있다. 이 말은 그의 위대한 힘에 대항해 싸워서 승리할 수 없으니 더 이상 전쟁을 하지 말고 정전협정을 하는 게 낫다는 의미를 내포한다. 이렇듯 수령의 탁월한 군사적 능력은 미군 수뇌부가 높이 인정해서 겁을 먹을 정도라는 사실이 부각되고 있는 것이다.

## 4. 혁명연극으로의 개작

1968년에 공식 공연된 연극 〈승리의 기치따라〉는 연극혁명의 전개에 따라 1993년 '〈성황당〉식 혁명연극'[22]으로 개작된다. 개작의 이유는 "이전 작품에서는 수령님의 위대성을 깊이 형상하지 못하고 단순히 위대한 수령님께서 계시어 우리 인민군대와 인민은 반드시 승리한다는 확고한 신심을 소박하게 이야기"하는 것에만 머물러 있었기 때문에 "수령의 위대성을 격에 맞게 감동적으로 형상하려면 조국

---

22) 1928년 작품인 항일혁명연극 「성황당」의 개작으로부터 시작된 북한의 연극혁명 과정에서, 항일혁명연극을 발굴해 방창과 흐름식입체무대미술과 같은 새로운 연출형상을 가미해 새롭게 창작해낸 작품들을 '〈성황당〉식 혁명연극'이라고 일컫는다.

의 운명을 판가리하는 준엄한 전쟁환경에 어울리는 무게있는 형상과 제를 긴장한 극적정황속에서 제기"[23]하기 위해서라고 밝혀져 있다. 이로써 개작된 연극 〈승리의 기치따라〉는 '〈성황당〉식 혁명연극'에 의한 수령형상의 첫 작품으로서 남다른 지위를 얻는다.

개작된 작품에서는 『조선예술』에 수록된 다수의 논문들을 통해 박창기가 '박성남'으로 이름이 바뀌었으며, '강석' 연대장과 '서인호'라는 인물이 새롭게 등장한 것을 알 수 있다.[24] 또한 "이전의 작품에서 설정되여있던 단 하나의 적진장면인 미국의 ≪아이젠하워지휘부≫는 극적으로 잘 물려있지 않을뿐아니라 장면자체도 진실치 않으므로"[25] 해당 장을 없앴다고 한다.

한편 '〈성황당〉식 혁명연극'으로 정의되는 작품들은 '방창'과 '흐름식입체무대미술'과 같이 연출적인 측면에서 두드러진 특징을 보인다. 〈승리의 기치따라〉 역시 '〈성황당〉식 혁명연극'으로 개작되면서 새로운 연극 형상 요소들을 도입하였는데, 개작 작품의 일부가 실린 『조선예술』의 평론[26]을 살펴보면 음악적인 요소가 두드러지게 나타나고 있는 것을 알 수 있다. 1969년에 창작된 희곡에서는 창기가 최고사령관의 도움으로 순애가 만경대혁명학원에 다닐 수 있게 되었다는 소식을 접한 장면에서 이찬의 혁명송가 「김일성장군의 노래」가 흘러나온다.

△ ≪김일성장군의 노래≫ 은은히 들려온다.
△ 창기, 창호 최고사령관동지의 초상화를 오래도록 우러러본다.

---

23) 강진, 『주체극문학의 새 기원』, 평양: 문학예술종합출판사, 1996, 94~95쪽 참조.
24) 이에 관한 글은 『조선예술』 1993년 제8호에 다음과 같이 실려 있다. 류만, 「수령형상창조에 관한 우리 당이 주체적문예리론을 폭넓고 깊이있게 구현한 혁명적대작」, 18~20쪽; 리몽훈, 「창작적주견은 어디서 생기는가」, 21~23쪽; 리지영, 「주인공 강석의 성격을 바로 찾기까지」, 24~25쪽.
25) 강진, 앞의 책, 99쪽.
26) 김철휘, 「수령형상연극과 특색있는 연극음악: 혁명연극≪승리의 기치따라≫」, 『조선예술』 1996년 제10호, 30~32쪽.

△ 사이

창기: … 순애야, 우리 이 은덕을 백번 죽어두 잊지 말자! (… 중략 …)
이런 행복은 아무나 느껴볼수 있는 건 아니라고 생각해요. 우리 조선인민
만이 느껴보는 행복일거예요.

(제2장, 22쪽)

이찬의 혁명송가 「김일성장군의 노래」는 대표적인 수령형상 작품
으로서 창기가 수령에게 은혜를 받고 감동에 찬 장면에서 이 노래가
흘러나오면서 수령에 대한 극적 감정을 고조시키는 효과를 낸다. 하
지만 개작되면서, 단순한 음향효과로서의 음악이 아닌 극적 감흥과
정서를 고조시키기 위한 노래가 삽입되는데, 이것이 바로 '〈성황당〉
식 혁명연극'의 대표적 형상요소인 '방창'이다.

최고사령관동지: 아, 순애로구나, 컸구나. 어머니, 길명동무도 잘 있습
니까? (김씨 고개를 숙이고 말을 못한다.)
김씨: 수상님! (하고 더 말을 못한다.)
최고사령관동지: (생각에 잠기신다.)
순애: 아버지는 후퇴때 미국님돌에게… 그때 어머님도 같이 돌아가셨
어요.
(… 중략 …)
최고사령관동지: (긴 사이) … 동무가 바로 길명동무의 아들이였군.
김씨: 수상님! 이애를 제 애비 원쑤를 갚게 빨리 전선에 내보내주십시
오.
최고사령관동지: (부관에게서 기관단총을 받아 창기에게 준다.) 이 총
을 받소. 이걸 가지고 마을사람들의 원쑤를 갚으시오!
(… 중략 …)
최고사령관동지: (김씨에게) 어머님! 오늘은 제가 어머님댁에서 하루

밤 묵고 가겠습니다.

(… 중략 …)

최고사령관동지: 어머니! (두손을 잡아 일으키신다.) … 어머니, 저애들을
잘 키워서 아버지의 뜻을 잇도록 해야겠습니다. 먼저 가서 기다리십시오.

(제1장, 19~20쪽)

제2장에서는 전선 길에 바쁘신 시간을 내시여 친히 박성남전사의 할머
니 김씨를 만나주신 수령님께서 적들에게 희생된 그의 아들소식을 들으
시고 못내 가슴아파하시며 희생된 아들을 대신하여 그의 가족에게 크나
큰 믿음과 사랑을 안겨주시는 속에 가사방창으로 된 부주제가가 풍만한
정서적 색깔을 가지고 울리게 하고 있다.

포화속에 꽃들은 그 모습 사라졌어도
사람들의 가슴엔 행복이 넘쳐흐르네
인민의 아들되여 안기여주신 사랑
장군님 그 사랑 한없이 자애로워라[27]

위의 첫째 인용문은 개작 이전의 작품 중 제1장에 속하는 내용인
데, 최고사령관이 박창기의 마을에서 박길남의 죽음 소식을 듣고 그
의 가족들을 위로하는 장면이다. 위의 두 번째 인용문은 첫 번째 인
용문의 개작된 내용이다. 개작 이전의 작품에서는 대사와 지문만으
로 수령이 인민에게 베푸는 인정적인 측면이 나타나지만, 개작된 작
품에서는 길었던 장면이 방창으로 압축되어 전달된다. 이 작품에서
의 위의 방창 대목은 박성남과 김씨가 느끼는 수령의 배려와 인자함
을 극대화시키기 위한 극적 장치라 할 수 있다.

방창은 무대 밖에서 들려오는 노래인데, "무대에서 재현되는 이러

---

27) 위의 글, 30쪽.

저러한 사건들과 인물들의 심리, 행동에 대한 관중의 평가를 그들의 심리와 의지, 생활의 논리와 성격이 논리에 맞게 능동적으로 재조직함으로써 관객의 이해와 관심을 통일적인 방향에로 지향시킬 뿐 아니라 그들 전체를 극 생활의 적극적인 참여자로 만들며 무대와 관객을 하나의 정서적흐름에 뜨겁게 융합"[28]시키는 기능을 한다.

이와 비슷한 상황으로 개작 이전의 작품 제4장의 내용이 개작된 작품에서도 보이고 있다. 심한 부상을 당한 박창기가 병원에서 사경을 헤매고 있는 장면과 박창기를 위해 직접 병원을 찾는 수령의 모습을 형상한 것이 개작된 작품에서는 "친히 입원실에까지 들리시여 의식을 잃고 누워있는 박성남전사의 상태를 알아보시고 이마도 짚어보시며 불러도 대답없는 그의 이름을 애타게 부르"[29]는 장면으로 묘사된다. 그리고 이어지는 장면에서 가사방창으로 된 부주제가가 나오게 된다.

> 푸른 꿈 안고서 병사는 쓰러졌어도
> 따사로운 그 사랑이 가슴에 흘러넘쳐라
> 장군님 이어주신 삶의 숨결 가슴에 안고
> 언제면 언제면 소생의 봄을 맞으랴[30]

이처럼 연극에서의 방창은 인물의 내면세계를 보다 효과적으로 부각시켜 줄 뿐 아니라 대사로만 진행되는 극의 흐름에 생동감을 부여해 줄 수 있는 장치로 사용된다. 앞에서 인용한 두 편의 가사를 통해 알 수 있었듯이 개작 전의 작품에서는 대사로만 전달되던 것이 대사와 방창이 공존하는 형태가 되면서 개작 이전에 비해 입체감이 두드러져 보인다. 북한 연극에서의 방창 혹은 연극음악은 "진실한 사실주

---

28) 김준규, 『〈피바다〉식가극의 방창에 관한 연구』, 평양: 사회과학출판사, 1984, 152쪽.
29) 김철휘, 앞의 글, 30쪽.
30) 위의 글, 30쪽.

의적연기로 연극의 립체성을 확고히 담보"[31]하는 역할을 담당하고 있는 셈이다.

## 5. 유일체제의 고수와 수령형상화

지금까지 북한 연극에서의 수령형상미학을 희곡 「승리의 기치따라」의 분석을 중심으로 살펴보았다. 북한은 주체사상을 기반으로 한 유일체제를 통치이념으로 삼고 있는데, 이 유일체제는 최고의 권력자 1인에게 모든 것이 집중된다. 앞선 언급에서처럼 유일체제의 정점에는 '수령'이 존재하는 것이다. 북한에서는 이 수령에게 절대적인 충성을 다하며 사회 모든 것의 기원이 수령에서부터 행해지고 이루어진다고 여기고 있다. 이러한 기저에는 유일체제를 고수하기 위한 북한 사회의 노력이 있었는데, 그 중 가장 두드러진 현상이 바로 '수령형상의 창조'이다. 북한에서의 수령형상은 체제를 고수하기 위한 최적의 수단으로서, 한 인간의 신화화·영웅화에서 비롯된 개인숭배 현상이 문화예술작품 내에서 표출되도록 하였는데 그것이 수령의 형상을 창조하는 것으로 이어진 것이다.

항일혁명투쟁 과정과 전쟁 때 보여주었다고 하는 탁월한 전략가로서의 수령의 모습이 수령형상문학의 주된 소재가 되는데 이 과정에서 수령은 비범한 어린 시절을 보내고, 탁월한 능력을 가진 인물로 등장한다. 이러한 것은 '영웅 스토리의 전형'을 띠는 것인데, 북한에서의 수령에 대한 형상화는 정치적인 정당성 확보를 위한 "사실과 기억, 허구가 뒤섞인 끝에 그 전체를 역사적 사실로 믿게끔 만드는 신화화 장치 구실"[32]을 한 것으로도 볼 수 있다. 하지만 수령형상문

---

31) 강진, 『≪성황당≫식혁명연극리론』, 평양: 문예출판사, 1985, 248쪽.

32) 김성수, 「2010년의 북한 문학예술, 어떻게 볼 것인가: 수령론·선군(先軍)문예의 강박증과 리얼리즘」, 『한국문화기술연구소 제16집 전국학술대회 발표 자료집』, 한국문화기술

학은 대를 걸쳐 이어지고 있으며 앞으로의 체제 유지를 위해서도 김정일이 후계자에 있을 당시처럼 후계자 우상화 작업으로 진행될 것이다. 한 장소에 많은 사람들을 모아 선전선동의 효과를 누릴 수 있는 연극과 같은 장르에서는 수령형상 창조 작업의 효과가 여느 장르 이상으로 크기 때문에 제작비와 공연 장소의 제약 등 여러 제한에도 불구하고 계속해서 제작, 개작 공연될 것이다.

수령형상문학이나 수령형상영화는 많이 창작되었고 그에 따른 평론도 상당수 발표되었다. 그러나 공연예술이 갖는 제약성 탓으로 연극부문은 다른 장르에 비해 양이 많지 않다. 이에 따라 국내의 연구도 다른 장르에 비해 수령형상연극에 관한 것은 성과가 많지 않다. 따라서 본고의 연구는 주로 희곡 작품과 북한 제일의 문학예술잡지인 『조선문학』과 『조선예술』을 바탕으로 이루어질 수밖에 없었다. 또한 희곡 작품이 실제 공연된 영상물이나 기타의 수령형상연극에 대한 희곡을 국내에서 구할 수 없어 폭넓은 분석 및 결론 도출에 한계가 있었다는 것을 아쉬움으로 남긴다. 하지만 북한 문학예술의 창작적 기초가 되는 '수령형상' 작품들 가운데 연극 작품들을 깊이 있게 이해하는 후속 연구가 이어지기를 기대한다.

---

연구소, 2010.12, 55쪽.

# 참고문헌

## 1. 기본 자료

집체작, 희곡 「승리의 기치따라」, 『조선예술』 1969년 제11호, 평양: 문예종합출판사.

## 2. 참고 자료

강 진, 『≪성황당≫식혁명연극리론』, 평양: 문예출판사, 1985.

_____, 『주체극문학의 새 기원』, 평양: 문학예술종합출판사, 1996.

김관웅, 「북한 주체문학시기 수령형상문학의 전근대성」, 『비평문학』 제20호, 한국비평문학회, 2005.5.

김성수, 「2010년의 북한 문학예술, 어떻게 볼 것인가: 수령론·선군(先軍)문예의 강박증과 리얼리즘」, 『한국문화기술연구소 제16집 전국학술대회 발표자료집』, 한국문화기술연구소, 2010.12.

김정은, 「김일성 사후 북한 혁명전설의 수령형상화 연구」, 이화여대 대학원 석사논문, 2009.

김정일, 『김정일 선집』 1, 평양: 조선로동당출판사, 1992.

김준규, 『〈피바다〉식가극의 방창에 관한 연구』, 평양: 사회과학출판사, 1984.

김철휘, 「수령형상연극과 특색있는 연극음악: 혁명연극 ≪승리의 기치따라≫」, 『조선예술』 1996년 제10호, 평양: 문예종합출판사, 1996.

류 만, 「수령형상창조에 관한 우리 당의 주체적문예리론을 폭넓고 깊이있게 구현한 혁명적대작」, 『조선예술』 1993년 제8호, 평양: 문예종합출판사, 1993.

리몽훈, 「창작적주견은 어디서 생기는가」, 『조선예술』 1993년 제8호, 평양: 문예종합출판사, 1993.

리지영, 「주인공 강석의 성격을 바로 찾기까지」, 『조선예술』 1993년 제8호, 평양: 문예종합출판사, 1993.

김미진, 「북한의 정치사상교육 양상 고찰」, 『한국문화기술』 제14호, 한국문화기술연구소, 2012.12, 7쪽.

박영정, 「1990년대 북한 희곡의 개관」, 『한국극예술연구』 제14집, 한국극예술학
　　회, 2001.10.

사화과학원문학연구소, 『조선문학사(1959~1975)』, 평양: 과학백과사전출판사,
　　1997.

사회과학원 철학연구소, 『철학사전』, 평양: 사회과학출판사, 1985.

안광일, 「첫 수령형상연극 ≪뢰성≫ 창조에 깃든 사연」, 『조선예술』 2005년 제9
　　호, 평양: 문예종합출판사, 2005.9.

안희열, 「비범한 예지로 수령형상창조의 원리를 밝히시여」, 『조선문학』 2000년
　　제9호, 평양: 문예종합출판사, 2000.9.

이종석, 『새로 쓴 현대북한의 이해』, 역사비평사, 2000.

# 불후의 고전적명작 가요의 음악적 지향

배인교

## 1. 불후의 고전적명작 가요의 의미

북한에서 불후의 고전적명작은 "시대와 력사를 두고 내려오면서 불멸의 가치와 고전적의의를 가지는 명작"이라는 의미를 갖는다. 그리고 이어 "위대한 수령 김일성동지께서와 위대한 령도자 김정일동지께서는 영생불멸의 주체사상과 주체적문예사상을 빛나게 구현한 불후의 고전적명작들을 수많이 창작하시여 참다운 인민적이며 혁명적인 문학예술의 본보기를 마련"하였다[1]고 한다.

불후의 고전적 명작으로 익히 알려진 『피바다』를 위시한 혁명가극과 〈성황당〉을 비롯한 혁명연극에 대한 연구는 그간 남한 연구자들에 의해 다수 진행된 바 있다. 그러나 〈반일전가〉, 〈조국광복회 10대 강령가〉, 〈축복의 노래〉, 〈조국의 품〉, 〈조선아 너를 빛내리〉와 같은

---

[1) 사회과학원, 『DVD 문학예술사전』, 2006.

불후의 고전적명작 가요들에 대해서는 이렇다 할 연구가 진행되지 않았다. 북한에서 불후의 고전적명작 가요는 북한 가요의 중심축이며 창작가들 모두가 본받아야 할 작품이기에 이들 가요에 대한 연구는 현대 북한 가요음악 연구의 시발점이 될 수 있을 것이라 사료된다.

이에 북한 가요의 모범으로 칭송받는 김일성과 김정일에 의해 창작되었다고 하는 가요의 간단한 음악분석과 함께 북한 음악계에서의 평가를 살펴봄으로써 북한 가요가 지향하는 바가 무엇인지 고찰해 보고자 한다.

## 2. 불후의 고전적명작 가요의 종류와 성립 시기

김일성과 김정일에 의해 창작된 불후의 고전적명작 가요에 대한 논의를 진행하기에 앞서 김일성 작 가요와 김정일 작 가요의 종류를 살펴볼 필요가 있다. 북한의 여러 악보집을 검토해 보면 불후의 고전적명작 가요는 김일성의 것이 먼저 완성된 것으로 보인다. 김일성이 창작한 가요들은 대체로 항일무장투쟁시기에 만들어졌기에 그의 노래는 혁명가요로 분류되기도 한다. 그런데 1971년에 출판된 『혁명가요집』2)에는 불후의 고전적 명작이라는 명칭이 붙어있지 않았으나 김일성 작(作)의 가요로 알려진 〈조국광복회 10대강령가〉, 〈조선인민혁명군〉, 〈반일전가〉, 〈사향가〉, 〈〈토벌〉가〉, 〈피바다가〉의 6곡이 수록되어 있다. 이에 비해 2005년에 출판된 『혁명가요집』3)에는 〈조선의 노래〉 〈꽃 파는 처녀〉, 〈사향가〉, 〈피바다가〉, 〈가련한 신세〉, 〈반일전가〉, 〈조국광복회 10대강령가〉, 〈조선인민혁명군〉이 불후의 고

---

2) 조선로동당 중앙위원회 당력사연구소, 『혁명가요집』, 평양: 문예출판사, 1971.
   1971년에 출판된 『혁명가요집』은 1959에 출판한 『혁명가요집』의 내용을 부분적으로 정리하고 새로 수집한 혁명가요를 보충한 것이라고 한다.
3) 최석 편, 『혁명가요집』, 평양: 문학예술출판사, 2005.

전적 명작으로 표기되어 있어 불후의 고전적 명작에 대한 명칭을 부여한 시기에 의문을 갖게 된다. 뿐만 아니라 같은 책에 수록된 〈〈토벌〉가〉에는 불후의 고전적 명작 칭호를 붙이지 않아 주목된다.

또한 1960년대 출판된 『천리마시대의 노래』[4])와 일본 조총련계에서 출판된 『우리노래 100곡집』[5])에는 불후의 고전적명작 가요가 한 곡도 수록되어 있지 않으며, 1971년에 출판된 『조선의 노래』[6])에도 불후의 고전적명작 가요가 한 곡도 수록되어 있지 않아 1971년 무렵에는 불후의 고전적 명작이라는 단어 자체가 사용되지 않았음을 알 수 있다.

이에 비해 1975년의 『조선명곡집 2』[7])에는 불후의 고전적명작 가요 중, 김정일이 지은 것으로 알려진 〈충성의 노래〉에 아무런 명칭 없이 수록되어 있으며, 1977년의 『조선명곡 600곡집』[8])에는 〈피바다가〉와 〈토벌가〉에는 "불후의 고전적명작 ≪피바다≫ 중에서 혁명가극≪피바다≫에 나오는 노래"라고 적고 있으며, 〈꽃파는 처녀〉는 "불후의 고전적명작 ≪꽃파는 처녀≫를 각색한 혁명가극 ≪꽃파는 처녀≫ 중에서"로, 〈어디에 계십니까 그리운 장군님〉은 "혁명가극 ≪당의 참된 딸≫ 중에서"라고 명시해 놓았으나 노래 자체를 따로 떼어서 불후의 고전적명작 가요로 분류해 놓지는 않았다.

1980년대 출판된 악보를 보면, 1982년에 출판된 『조선음악전집 1』[9])에는 김일성 작 가요는 〈가련한 신세〉가 빠진 8곡과 김정일 작 가요 8곡 중 〈축복의 노래〉, 〈조국의 품〉, 〈조선아 너를 빛내리〉 3곡만 실려 있고, 1983년에 출판된 『조선음악전집 2』[10])에는 〈나의 어머니〉

---

4) 조선문학예술총동맹, 『천리마시대의 노래』, 평양: 조선문학예술총동맹출판사, 1963.
5) 조선청년사, 『우리노래 100곡집』, 동경: 조선청년사, 1965.
6) 문예출판사, 『조선의 노래』, 평양: 문예출판사, 1971.
7) 문예출판사, 『조선명곡집』 2, 평양: 문예출판사, 1975.
8) 문예출판사, 『조선명곡 600곡집』, 평양: 문예출판사, 1977.
9) 문예출판사 편집부, 『조선음악전집』(1), 평양: 문예출판사, 1981.
10) 문예출판사 편집부, 『조선음악전집』(2), 평양: 문예출판사, 1983

한 곡만 수록되어 있다.

이후 1994년에 출판된 『조선가요 2000곡집』[11]에는 불후의 고전적 명작이라는 칭호를 붙여서 김일성 작 가요 9곡, 김정일 작 가요 8곡을 수록하였으며, 1995년에 출판된 『조선의 노래』[12]에는 김일성 작 가요로 〈가련한 신세〉가 빠진 8곡과 김정일 작 가요 8곡이 수록되어 있다.

그리고 2002년에 출판된 『조선노래대전집』[13]에는 불후의 고전적 명작 가요 중 김일성 작 《〈토벌〉가》가 빠진 8곡과 김정일 작의 8곡이 수록되어 있으며, 2005년에 출판된 『백두밀림에서 부른 노래』[14]에는 불후의 고전적 명작으로 〈조선의 노래〉, 〈사향가〉, 〈반일전가〉, 〈피바다가〉, 《〈토벌〉가》를 수록하였다.

이를 보면, 불후의 고전적 명작은 북한에서 김일성 유일체제가 성립된 1967년 이후 수령의 위대성을 찬양하기 위한 작업의 결과 탄생된 것임을 짐작하게 한다. 또한 김정일 작의 불후의 고전적명작 가요는 1980년대 형성되기 시작하여 늦어도 1994년 전에는 8곡으로 완성되었음을 알 수 있다(〈표〉 참조).

한편, 북한의 조선작곡가동맹중앙위원회 기관지인 『조선음악』과 조선문학예술총동맹의 기관지인 『조선예술』에 수록된 불후의 고전적명작 가요에 대한 기사를 찾아보면, 북한에서 김일성과 김정일이 창작한 가요에 대해 '불후의 고전적 명작'이라고 칭한 첫 번째 글은 『조선예술』 1973년 12호에 실린 「혁명적투지와 필승의 신념을 안겨주는 혁명의 노래: 불후의 고전적명작 〈반일전가〉에 대하여」이다. 이 글이 수록된 이후 80년대까지는 5개에 불과하였으나 이후 기사의 수는 점점 늘어 2008년까지 29개로 크게 확대되는 양상을 볼 수 있다.

---

11) 문학예술종합출판사, 『조선가요 2000곡집』, 평양: 문학예술종합출판사, 1994.
12) 예술교육출판사, 『조선의 노래』, 평양: 예술교육출판사, 1995.
13) 문학예술출판사, 『조선노래대전집』, 평양: 문학예술출판사, 2002.
14) 김정회 편, 『백두밀림에서 부른 노래』, 평양: 금성청년출판사, 2005.

<표 1> 김일성 작 불후의 고전적명작 가요의 종류와 악보 수록 양상

| 곡명 | 1971 조선의 노래 | 1971 혁명 가요집* | 1977 600 곡집** | 1982 조선음 악전집 | 1994 2000 곡집 | 1995 조선의 노래 | 2002 조선노래 대전집 | 2005 혁명 가요집 | 2005 백두 밀림 |
|---|---|---|---|---|---|---|---|---|---|
| 꽃파는 처녀 | × | × | ○ | ○ | ○ | ○ | ○ | ○ | × |
| 반일전가 | × | ○ | × | ○ | ○ | ○ | ○ | ○ | ○ |
| 사향가 | × | ○ | × | ○ | ○ | ○ | ○ | ○ | ○ |
| 조국광복회 10대강령가 | × | ○ | × | ○ | ○ | ○ | ○ | ○ | ○ |
| 조선인민 혁명군 | × | ○ | × | ○ | ○ | ○ | ○ | ○ | × |
| 조선의노래 | × | × | × | ○ | ○ | ○ | ○ | ○ | ○ |
| 피바다가 | × | ○ | ○ | ○ | ○ | ○ | ○ | ○ | ○ |
| 가련한신세 | × | ○ | ○ | × | ○ | × | ○ | ○ | × |
| 토벌가 | × | ○ | ○ | ○ | ○ | ○ | × | ○*** | ○ |

\* 불후의 고전적 명작이라는 표기가 없음.
\*\* 가요에 불후의 고전적 명작 표기가 없으나 혁명가극에는 불후의 고전적 명작 표기 있음.
\*\*\* 《〈토벌〉가》에 불후의 고전적 명작 표기 없음.

<표 2> 김정일 작 불후의 고전적명작 가요의 종류와 악보 수록 양상

| 곡명 | 1975 조선명곡집2 | 1982~83 조선음악전집 | 1994 2000곡집 | 1995 조선의 노래 | 2002 대전집 |
|---|---|---|---|---|---|
| 나의 어머니 | × | ○ | ○ | ○ | ○ |
| 대동강의 해맞이 | × | × | ○ | ○ | ○ |
| 어디에 계십니까 그리운 장군님 | × | × | ○ | ○ | ○ |
| 조국의 품 | × | ○ | ○ | ○ | ○ |
| 조선아 너를 빛내리 | × | ○ | ○ | ○ | ○ |
| 진달래 | × | × | ○ | ○ | ○ |
| 축복의 노래 | × | × | ○ | ○ | ○ |
| 충성의 노래 | ○* | × | ○ | ○ | ○ |

\* 불후의 고전적 명작이라는 표기 없음

또한 김정일 작 가요는 1989년 8월에 〈어디에 계십니까 그리운 장군 님〉에 대한 글을 시작으로 모두 23회의 기사가 작성되었다. 뿐만 아 니라 김일성 작 가요는 9곡 중 6곡인 〈꽃파는 처녀〉, 〈반일전가〉, 〈조선의 노래〉, 〈피바다가〉, 〈조국광복회 10대강령가〉, 〈사향가〉에 대한 해설이 실려 있는 반면, 김정일 작 가요는 8곡 모두 해설을 수록하고 있어 눈길을 끈다. 1970년대부터 2009년까지 『조선예술』에 수록된 불후의 고전적명작 가요에 대한 글을 정리하면 〈표 3〉과 같다.

〈표 3〉『조선예술』에 수록된 불후의 고전적명작 가요 관련 기사

| 『조선예술』 기사 제목 | 저자 | 년 호 |
|---|---|---|
| 혁명적투지와 필승의 신념을 안겨주는 혁명의 노래: 불후의 고전적명작 〈반일전가〉에 대하여 | 김선재 | 1973.12 |
| 부르면 부를수록 들으면 들을수록 깊은 사색에로 이끌어가는 혁명의 노래: 불후의 고전적명작 〈꽃파는 처녀〉를 각색한 혁명가극 〈꽃파는 처녀〉에 나오는 노래 〈꽃파는 처녀〉에 대하여 | 박윤경 | 1974.05 |
| 주체의 조국과 더불어 영생하는 노래: 불후의 고전적명작 〈조선의 노래〉에 대하여 | 김성칠 | 1976.07 |
| 불후의 고전적명작 〈조선의 노래〉를 친히 지으시고 보급하시는 혁명의 위대한 수령 김일성동지 | | 1978.01 |
| 불후의 고전적 명작 반일전가 | | 1994.08 |
| 조국과 민족을 구원한 불사의 노래: 불후의 고전적명작 혁명가요 〈반일전가〉에 대하여 | 홍선화 | 1996.03 |
| 수난의 피바다를 투쟁의 피바다로: 불후의 고전적명작 혁명가요 〈피바다가〉에 대하여 | 홍선화 | 1996.07 |
| 주체조국건설의 찬란한 강령을 밝히시여: 불후의 고전적명작 혁명가요 〈조국광복회 10대강령가〉에 대하여 | 문중식 | 1996.08 |
| 항일혁명투쟁과 더불어 길이 전할 불멸의 노래: 불후의 고전적명작 〈조국광복회 10대강령가〉에 대하여 | 리성미 | 1997.05 |
| 조국광복의 성전에로 힘있게 불러일으킨 불후의 고전적명작: 불후의 고전적명작 〈사향가〉에 대하여 | 리동철 | 1997.08 |
| 위대한 태양이 주신 사랑의 노래: 불후의 고전적명작 〈사향가〉에 대하여 | | 2001.04 |
| 다함없는 흠모, 불타는 신념: 불후의 고전적명작 〈어디에 계십니까 그리운 장군님〉에 대하여 | 백도식 | 1989.08 |
| 충성과 효성으로 일관된 불후의 고전적명작 가요의 사상주제적 특성 | 리영우 | 1990.02 |
| 주체의 혁명위업을 빛내여 나갈 강철의 의지와 신념을 새기신 충성의 노래: 불후의 고전적명작 〈조선아 너를 빛내리〉에 대하여 | 안병윤 | 1990.02 |
| 충성과 효성으로 일관된 불후의 고전적명작 가요의 음악형상적 특성 | 리영우 | 1990.08 |
| 만대에 길이 빛날 위대한 업적에 대한 장엄한 메아리: 불후의 고전적명작 〈충성의 노래〉에 대하여 | 유승호 | 1991.02 |
| 민족적 존엄과 긍지에 대한 불멸의 노래: 불후의 고전적명작 〈묘향산 | 최윤식 | 1991.03 |

| | | |
|---|---|---|
| 가을날에〉에 대하여 | | |
| 불후의 고전적명작 〈조국의 품〉에 깃든 이야기 | 박명선 | 1994.04 |
| 불요불굴의 공산주의혁명투사 김정숙동지를 그리는 흠모의 명곡: 불후의 고전적명작 〈나의 어머니〉에 대하여 | 홍병학 | 1994.11~12 |
| 영원한 충성의 메아리로 울려퍼질 신념의 노래: 불후의 고전적명작 〈충성의 노래〉에 대하여 | 박혜숙 | 1995.04 |
| 혁명가의 한생을 빛나게 살도록 이끌어 주는 불멸의 노래: 불후의 고전적명작 〈진달래〉에 대하여 | 최윤관 | 1995.09 |
| 불후의 고전적명작 가요 〈충성의 노래〉를 부를 때마다 | 문중식 | 1996.01 |
| 불후의 고전적명작 가요 〈조선아 너를 빛내리〉 창작에 깃든 사연 | 홍선화 | 1996.02 |
| 영원한 그리움의 노래: 불후의 고전적명작 가요 〈어디에 계십니까 그리운 장군님〉에 대하여 | 박보영 | 1996.04 |
| 장군님의 안녕은 나라의 행복: 불후의 고전적명작 가요 〈축복의 노래〉에 대하여 | | 1996.06 |
| 주체의 노을을 온 누리에: 불후의 고전적명작 가요 〈대동강의 해맞이〉에 대하여 | | 1997.01 |
| 영원한 그리움의 노래: 불후의 고전적명작 가요 〈어디에 계십니까 그리운 장군님〉에 대하여 | | 2000.05 |
| 대동강과 더불어 불멸할 명작 | | 2000.07 |
| 세대를 이어 부를 수령숭배의 송가: 불후의 고전적명작 〈어디에 계십니까 그리운 장군님〉에 대하여 | 김정란 | 2000.05 |
| 김정숙어머님을 칭송한 첫 송가 불후의 고전적명작 〈나의 어머니〉 | 좌련희 | 2001.07 |
| 조국에 대한 철학적문제를 해명한 불후의 고전적명작 〈조국의 품〉 | | 2001.09 |
| 불후의 고전적명작 〈어디에 계십니까 그리운 장군님〉의 선률리듬적 특성 | 천효광 | 2005.02 |
| 불후의 고전적명작 〈어디에 계십니까 그리운 장군님〉의 정서적색갈에 대하여 | 신효경 | 2007.03 |
| 불후의 고전적명작 〈어디에 계십니까 그리운 장군님〉 선률의 조식화성적 특성 | 신효경 | 2007.04 |
| 불후의 고전적명작 〈어디에 계십니까 그리운 장군님〉의 선률의 구조형식에 대하여 | 신효경 | 2007.05 |

## 3. 김일성 작 가요: 5음조식

앞 장에서 검토한 바와 같이 김일성 작 불후의 고전적명작 가요는 수록된 악보집에 따라 〈〈토벌〉가〉와 〈가련한 신세〉가 서로 들고남이 있다. 따라서 이 절에서 분석하게 될 김일성 작 가요에는 이 둘을 모두 포함시켜 〈가련한 신세〉, 〈꽃파는 처녀〉, 〈반일전가〉, 〈사향가〉, 〈조국광복회 10대강령가〉, 〈조선의 노래〉, 〈조선인민혁명군〉, 〈〈토벌〉가〉, 〈피바다가〉를 모두 분석 대상으로 삼도록 하겠다.

〈가련한 신세〉는 1990년대에 출판된 『문학예술사전』에는 항목이 설정되어 있지 않은 곡이었으나, 2006년 『문학예술대사전』에 김일성이 항일혁명투쟁시기에 창작 보급한 불후의 고전적 명작이라고 설명하고 있다. 이 노래는 혁명가극 〈한 자위단원의 운명〉의 주제가로 사용하고 있으며, 가사는 "일제통치의 암담한 시기 의지 할 곳없이 모든것을 빼앗겼고 단란한 가정을 꾸릴 소박한 소원마저 짓밟힌 우리 인민의 기막힌 처지[15]"를 담고 있으며, 2절로 되어 있다. 아래 제시된 악보 〈가련한 신세〉를 보면, 이 곡의 조성은 F장조이나, 음계의 구성음은 "도-레-미-솔-라"의 5음을 사용하고 있어, "평이하고 유순한 민족적선률에 바탕[16]"을 둔 노래로 평가하고 있음을 확인할 수 있다. 박자는 3/4박자이며, 한 악절이 두 번 반복하는 두도막형식[17]의 단순한 구조(A-A)를 지니고 있다.

그런데 이 노래의 악보를 보면 일제강점기에 윤심덕이 불러 유행했던 대중가요 〈사의 찬미〉가 떠오른다. 〈사의 찬미〉는 루마니아의 작곡가 이바노비치가 작곡한 〈도나우강의 잔물결〉이라는 곡에 김우

---

15) 사회과학원, 앞의 사전.
16) 위의 사전.
17) 남한에서는 일반적으로 노래의 형식을 말할 때 '도막'이라고 쓰며, 북한에서는 '부분'이라고 쓰고 있다. 따라서 본문에서 한 도막, 두 도막이라 쓴 것은 필자가 악보를 분석한 후 쓴 것이며, '1부분', '2부분'이라고 쓴 것은 북한의 서술을 인용한 것임을 밝힌다.

진이 가사를 붙인 곡이다. 아래의 악보에서 보듯이 〈가련한 신세〉와 〈사의 찬미〉는 조성이 F장조와 E♭단조로 서로 다르나, A-A의 두도막형식이라는 점과 비교악보의 것처럼 선율선의 흐름이 일치하는 부분이 많아 북한에서 많이 행해졌던 일종의 '노래 가사 바꿔 부르기' 형태로 추측된다.

악보 1. 〈가련한 신세〉

악보 2. 〈가련한 신세〉와 〈사의 찬미〉 선율비교

〈꽃파는 처녀〉는 1930년대 오가자에서 창작된 노래이며, 혁명가극 〈꽃파는 처녀〉의 주제가로 알려져 있다. 이 노래의 조성은 A♭장조이나, '도-레-미-솔-라'의 5음 구조에 아래 음역대가 확장된 형태를 취하고 있다. 그리고 곡의 형식을 보면, A-A의 반복하는 두도막형식의 곡이다. 이 노래에 대한 평가를 살펴보면, 먼저 『조선예술』에서는 "민요 5음조식과 항일혁명가요의 음조적특성들이 잘 살려져 있으며, … 노래의 민족적특성을 강화하고있을뿐만아니라 선률의 평이성을 보장하고 있다. … 이와 같이 노래 〈꽃파는 처녀〉는 간결하고 평이한 형식속에 철학적인 깊은 내용을 담고있을뿐만아니라 민족적인 정서와 특색을 잘 살림으로써 인민적이며 통속적인 가요창작의 훌륭한 귀감[18]"이라고 평가하였다. 또한 『문학예술사전』에서는 "매우 통속적이고 평이하며 생활적이면서도 사색적이다. … 그 형상적내용들이 모두 고유조선말로 소박하게 표현되고있기때문에 민족적정서와 색

---

18) 박윤경, 「부르면 부를수록 들으면 들을수록 깊은 사색에로 이끌어가는 혁명의 노래: 불후의 고전적명작 〈꽃파는 처녀〉를 각색한 혁명가극 〈꽃파는 처녀〉에 나오는 노래 〈꽃파는 처녀〉에 대하여」, 『조선예술』 1974년 제5호, 46~49쪽.

채가 풍만하게 흐르고있으며 … 노래는 5음조식을 이루고있으며 매우 부드럽고 아름다우면서도 밝고 유순하며 애절한 정서로 차있다. … 노래는 높은 시적 및 음악적형상과 커다란 감화력, 생활력으로 하여 우리 나라 혁명적가요예술의 귀중한 전통으로, 본보기로 된다[19]”고 하였다.

〈반일전가〉는 1935년 1월에 창작되었다[20]고 알려져 있다. 이 노래의 가사는 전체 6절이며, C장조에 6/8박자의 곡이다. 그리고 A-A의 두도막형식의 곡이나 북한에서는 복합악절형식으로 구성되었다고 하였다. 『조선예술』에서 3회나 거론된 〈반일전가〉에 대해서는 일제에 항거하는 주제와 혁명적 낙관주의가 간결하고도 통속적이며 진실하고도 개성적인 선율에 담겨있다고 평하고 있다. 또한 유순하고 부드러운 민족적 형식을 잘 살렸으며, 6/8박자의 민족장단과 5음계적 대조식을 바탕으로 하여 민족음악의 특징을 가지고 있다[21]고 하였으나, 실제 음악에 사용된 음계는 “도-레-미-파-솔-라”의 6음 음계여서 5음계에서 변형된 형태를 갖는다. 이 외에 『문학예술사전』에는 “가요는 평이하고 생활적인 어휘들로 구성된 풍부하고 뜻깊은 가사와 간결하고도 사색적인 선률형상으로 하여 통속성과 철학성을 결합한 혁명적서정가요의 빛나는 모범으로 된다[22]”고 하였다.

---

19) 사회과학원, 앞의 사전.
20) 홍선화, 「조국과 민족을 구원한 불사의 노래: 불후의 고전적명작 혁명가요 ≪반일전가≫에 대하여」, 『조선예술』 1996년 제3호, 13~15쪽.
21) 김선재, 「혁명적투지와 필승의 신념을 안겨주는 혁명의 노래: 불후의 고전적명작 〈반일전가〉에 대하여」, 『조선예술』 1973년 제12호, 38~40쪽.
22) 사회과학원, 앞의 사전.

악보 3. 〈꽃파는 처녀〉

악보 4. 〈반일전가〉

〈사향가〉의 가사는 모두 3절로 이루어져 있다. 노래의 조성은 F장조이며, 음계는 '도-레-미-솔-라'에 아래로 음역이 확대된 형태를 취하고 있고, 4/4박자의 박자구조를 갖는다. 전체 곡은 17마디이나 가사의 형태로 보아 각 절마다 4마디+10마디+3마디/ 6마디+8마디 +3마디 / 10마디+4마디+3마디로 구성되어 있어 불규칙한 형식을 가지고 있다.

〈사향가〉는 김일성이 항일무장투쟁시기에 창작한 노래로 알려져 있으나, 이 노래는 20세기 초에 정사인이 작곡한 〈추색(秋色)〉과 같은 곡으로, 이 곡을 홍난파가 1916년에 출판한 『통속창가집』에 〈내 고향을 이별하고〉로 수록하였으며, 1925년에 음반으로도 발표되었다[23]고 한다. 악보를 보면 〈추색〉은 전체 18마디이고 〈사향가〉는 17마디를 갖고 있으나[24], 선율 진행은 동일한 것을 볼 수 있다.

북한의 설명에 의하면, 이 노래의 가사에 항일혁명투사들의 숭고한 사회주의적 애국주의사상과 꿈결에도 잊지 못할 조국산천과 부모형제들 유서 깊은 만경대에 대한 절절한 그리움과 조국해방의 불타

---

23) 이강숙·김춘미·민경찬, 『우리 양악 100년』, 현암사, 2001, 109쪽.
24) 위의 책, 110~111쪽.

는 념원이 감명깊게 반영[25]되어 있다고 하며, "5음조식에 기초하여 이루어진 가요의 곡조는 긴 호흡으로 류창하게, 정서적으로 흐르면서 한없이 맑고 깨끗하며 숭엄하고 구성진 선률형상을 이루고있으며 랑만적인 색조가 매우 짙다. ≪화≫ 대조의 4/4박자로 된 가요는 불규칙적인 3개의 악단으로 된 독특한 악절형식을 이루고 있다. 이것은 가사의 시행에 따르는 자유롭고 진실한 감정토로를 조건지으며 선률진행을 자연스럽게 해주고있다"[26]고 하였다.

그런데 『조선예술』 1990년 9호의 "〈사향가〉에 깃든 사연"에서 1976년 6월 하순 음악무용이야기 〈락원의 노래〉를 창작하던 시기에 "친애하는 지도자동지께서는 근엄하신 안색으로 수령님께서 부르시던 〈사향가〉의 가사를 고증하여 보내주시였다"[27]고 한 것으로 보아 지금의 사향가 가사가 1976년 무렵에 완성된 것임을 알 수 있다. 이 기사에서 의문스러운 것은 당시에 김일성이 생존해 있었음에도 불구하고 김정일이 고증하여 가사를 보냈다는 것이며, 이런 점으로 미루어 볼 때 불후의 고전적명작 가요의 형성과정이 자연스럽지 않음을 짐작하게 한다.

〈조국광복회 10대강령가〉는 북한에서 당정책가요의 모본으로 평가받고 있으며, 1936년 12월에 창작되었다고 한다. 〈조국광복회10대강령가〉는 조국광복회 10대강령을 널리 알리기 위해 만든 노래이므로 가사는 모두 10절에 이른다. 곡은 F장조에 '도-레-미-솔-라'의 음구조를 갖는다. 그리고 2/4박자의 박자구조를 갖으면서, 곡의 형식은 A-B의 두도막형식을 취한다.

이 노래는 '도-레-미-솔-라'의 5음 음계를 가지며, 밝고 명랑한 정서와 생기 있고 역동적인 리듬에 기초하여 흐르면서 가요의 사상

---

25) 과학백과사전종합출판사, 『문학예술사전』(중), 평양: 과학백과사전종합출판사, 1991, 191쪽.
26) 사회과학원, 앞의 사전.
27) 박명선, 「(숭고한 충성심을 지니시고) ≪사향가≫에 깃든 사연」, 『조선예술』 1990년 제9호, 5~7쪽.

적 내용을 설득력 있게 표현하고 있다고 하였다. 또한 심오하고 뜻 깊은 사상적 내용을 간결하고 활달한 선율에 담아 특색 있게 통속적으로 형상함으로써 항일유격대원들과 인민들의 혁명위업에 대한 정당성과 필승의 신념, 혁명적 낙관주의 정신을 생동하게 표현하고 있으며, 인민성과 통속성이 잘 갖춰진 곡으로 평가[28]하고 있다.

악보 5. <사향가>

악보 6. <조국광복회10대강령가>

〈조선인민혁명군〉은 1934년 3월 반일인민유격대의 조직체계를 개편하고 조선인민혁명군으로 편성한 후 군가로 창작한 노래[29]라고 알려져 있다. 가사는 모두 8절로 되어 있다. 악보를 보면, 이 곡의 조성은 C조이나 음계는 '레-미-솔-라-도'를 사용하고 있고, 음계의 중간음인 '솔'음으로 종지하고 있으며, 2/4박자의 행진곡풍의 곡임을 알 수 있다. 그런데 북한에는 이 노래와 같은 선율의 곡이 이 곡 외에 혁명가요인 〈모두다 나서자〉, 〈모두다 반일전으로〉, 〈반일가〉, 〈소년군가〉가 있으며, 모두 선율은 같되 가사는 다르다. 한편, 이 노래와 같은 선율의 곡으로 일본의 군가인 〈日本海軍〉이라는 곡이 있다. 민

---

28) 사회과학원, 앞의 사전.
29) 위의 사전.

경찬의 연구에 의하면, 〈日本海軍〉이라는 곡은 大和田建樹 작사, 小山作之助 작곡으로 러일전쟁이 발발하기 직전인 1904년에 발표된 군가이며, 요나누끼장음계로 되어 있지만 일본의 민요를 바탕으로 만들었기 때문에 종지음이 '솔'이 되었다고 하였다. 그리고 러일전쟁 때 한반도에 들어와 보급되어 무의식적으로 따라 부른 것이 구전되면서 독립군가에 이른 것[30]으로 보인다고 하였다. 그런데 북한에서는 일본에 항거하는 군대의 노래에 일본의 군가를 사용하고 있음에도 불구하고 불후의 고전적 명작이라는 칭호를 부여하였다. 그리고 가사에서는 혁명적 호소성과 전투성이 보장되어 있고, 선율은 가사의 내용을 음악적으로 훌륭하게 표현하고 있으며, 악곡의 요소요소에 나타나는 이강음은 해당 가사의 음조와 유기적으로 결합되면서 선율리듬진행의 단조로움을 피하게 하고 새로운 활력을 부여하며 전반적인 음악형상에 약동하는 생기와 기백을 더하여 주고 있다[31]고 하여 항일과 반일을 주장하는 북한 음악에서의 일제청산문제가 제기된다.

악보 7. 〈조선인민혁명군〉

악보 8. 〈日本海軍〉

---

30) 민경찬, 「북한의 혁명가요와 일본의 노래」, 『한국음악사학보』 제20집, 1998, 134~135쪽.
31) 사회과학원, 앞의 사전.

〈조선의 노래〉는 항일아동혁명가요 중 하나이며, 이 노래는 김일성이 어릴 때 지은 노래라고 한다. 노래의 가사는 3절로 이루어져 있다. 곡의 조성은 E♭장조이나 '도-레-미-솔-라'의 5음 음계를 사용한다. 박자는 2/4박자이며, A-A의 2 도막형식으로 되어 있다. 〈조선의 노래〉는 "새날소년동맹원들과 백산청년동맹원들, 반일부녀회원들을 망라하는 연예선전 대원들, 아니 나라 잃은 겨레의 가슴마다에 애국의 붉은 피를 끓게 하고 조국광복을 기어이 이룩하고야말 확고한 혁명적 의지와 신념, 밝은 미래를 안겨주었다[32]"고 하면서 "노래의 선률은 밝고 명랑하면서도 부드럽고 우아하며 아름답고 랑만적인것이 특징이다. 노래의 선률은 대조식성격의 5음조식에 바탕을 두고있으므로 매우 밝고 지향적이며 친숙한 감을 준다[33]"고 하였다. 또한 "8소절로 된 악절을 그대로 반복하여 하나의 곡조를 이루는 간결하고 평이한 형식구조와 매우 참신하고 인상적인 선율형상으로 하여 그 누구나 다 부르고 외우기 쉬운 통속적이며 대중적인 명곡창조의 모범[34]"이라고 평가하였다.

악보 9. 〈조선의 노래〉

---

32) 박명선, 「(정론) 만경대 언덕에서 부르는 노래」, 『조선예술』 1992년 제4호, 12쪽.
33) 사회과학원, 앞의 사전.
34) 위의 사전.

〈〈토벌〉가〉는 1990년대에는 불후의 고전적 명작이라고 하였으나 2000년대에는 불후의 고전적 명작이 아닌 혁명가요로 칭해지는 곡이다. 이 노래의 가사는 모두 6개절이며, 세 개의 악구를 갖는 작은 세도막형식이나 북한에서는 세 개의 악단을 갖는 하나의 악절로 구성되어 있다고 하였다. 이 곡의 조성은 C장조이며, 음계는 '도-레-미-솔-라'의 5음 음계를 사용하고 있다. 박자는 3/4박자의 곡이다. 북한에서는 5음 조식에 기초하여 민족적 정서가 짙은 곡이라고 평가하고 있다.

〈피바다가〉는 불후의 고전적 명작 〈피바다〉의 주제가이며, 1930년대 조선의 참상과 일제에 대한 적개심, 복수의 투지와 새 사회건설에 대한 지향이 표현된 노래[35]로 3절로 이루어져 있다. 이 노래의 박자는 6/8박자이며, 조성은 B♭장조이나 아래 음역이 확대된 '도-레-미-솔-라'의 5음 음계를 사용하고 있고 종지음은 음계의 중간음인 '도' 음이다. 전체 11마디로 이루어진 노래로, 북한의 설명으로는 불균형적인 두 개의 악단을 가진 하나의 악절로 구성되어 있다고 하고 있으나, a-b-c로 이루어진 작은 세도막 형식의 악곡으로 볼 수 있다. 이 노래는 거대하고 심오한 사상 감정을 생동하고도 간결하게 함축된 명가사와 명선율에 담아 가장 진실하고 통속적이며 특색 있게 표현한 것으로 하여 수많은 혁명가요들 중에서도 특출한 자리를 차지한다고 하면서, 가사는 통속적이고 운율적인 명가사의 본보기이고, 노래의 곡조는 민요조식인 평조에 바탕을 두고 있으면서도 그 표현적 특성을 노래의 심오한 사상정서적 내용에 맞게 살림으로써 지금까지의 그 어떤 5음계 조식의 노래에서도 찾아볼 수 없었던 강렬한 정서적 색채와 극적 긴장성, 거창한 폭을 형상하였을 뿐 아니라 박자와 리듬도 민족성과 시대성이 결합된 혁명적인 노래를 창조하는데 기여하고 있다[36]고 보았다.

---

35) 위의 사전.
36) 홍선화, 「(평론) 혁명가극의 주제가와 그 중추적역할: 혁명가극 〈피바다〉의 주제가에 대

악보 10. 《토벌》가

악보 11. 〈피바다가〉

　　지금까지 살펴본 김일성 작 불후의 고전적명작 가요에 대한 분석 양상을 표로 정리하면 다음의 〈표 4〉와 같다.

표 4. 김일성 작 불후의 고전적명작 가요의 음악 분석

| 곡명 | 조성 | 음계 | 박자 | 절가 | 형식 | 비고 |
|---|---|---|---|---|---|---|
| 가련한 신세 | F장조 | 도-레-미-솔-라 | 3/4 | 2절 | 두도막형식 (A-A) | 〈사의찬미〉와 유사 |
| 꽃파는 처녀 | Aᵇ장조 | 솔-라-도-레-미 | 8/9 | 2절 | 두도막형식 (A-A) | |
| 반일전가 | C장조 | 도-레-미-파-솔-라 | 6/8 | 6절 | 두도막형식 (A-A) | 6음 음계 곡이나 북한에서는 5음계적 대조식에 바탕한다고 함 |
| 사향가 | F장조 | 도-레-미-솔-라 | 4/4 | 3절 | 불규칙 17마디 | 〈추색〉과 동일곡 |
| 조국광복회 10대강령가 | F장조 | 도-레-미-솔-라 | 2/4 | 10절 | 두도막형식 (A-B) | |
| 조선인민 혁명군 | C조 | 레-미-솔-라-도 | 2/4 | 8절 | 한 도막형식 | 〈일본해군〉과 동일곡 |
| 조선의 노래 | Eᵇ장조 | 도-레-미-솔-라 | 2/4 | 3절 | 두도막형식 (A-A) | |
| 토벌가 | C장조 | 도-레-미-솔-라 | 3/4 | 6절 | 작은 세도막형식 (a-b-c) | |
| 피바다가 | Bᵇ장조 | 도-레-미-솔-라 | 6/8 | 3절 | 작은 세도막형식 (a-b-c) | |

* 음계에서 음영 처리된 음은 종지음이다.

하여」, 『조선예술』 1994년 제3호, 16~17쪽.

위의 표 4에 나열한 김일성 작 불후의 고전적명작 가요에서 보듯이 이 노래들에서 사용된 음계는 서양식 조성표로 적힌 것과는 달리 모두 5음 음계의 곡이다. 5음 음계는 전 세계에 보편적으로 나타나는 펜타토닉 스케일이며, 민족음악(ethnomusic)에서 많이 보이는 음계이다. 우리나라도 예외는 아니어서 한국 전통음악의 음계를 5음 음계로 규정하고 있다. 그런데 보편적으로 나타나는 5음 음계라 할지라도 5음 사이의 음정관계는 민족마다 그리고 동일 민족이라 할지라도 지역마다 다르게[37] 나타난다. 따라서 한국 전통음악이나 신민요, 창가, 뽕짝음악에 5음 음계가 사용되었다 할지라도 "도레미솔라"와 "레미솔라도", "미솔라도레", "솔라도레미", "라도레미솔"은 모두 다른 음계가 되며, 종지음도 음계마다 서로 다르다.

위의 표 4에서 보듯이 김일성이 창작했다고 하는 불후의 고전적명작 가요에 사용된 음계는 세 종류이다. 이 중 〈조선인민혁명군〉은 일본곡과 동일한 음악이고, 〈반일전가〉는 6음 음계를 사용하는 곡이므로 논의에서 제외하면 "도레미솔라"와 "솔라도레미" 두 개만 남는다. 논자에 따라 이 두 음계가 같은 것으로 보아서 이 둘 모두를 "도레미솔라"로 쓰기도 하며, 이렇게 음계를 적을 경우 요나누끼장 음계와 음계상으로는 차이가 없어 보인다. 그러나 "도레미솔라" 음계는 일본의 요나누끼장 음계이고, "솔라도레미"음계는 창부타령조의 선율이 서양음악이나 창가의 영향을 받아 만들어진 변형태의 음계이다.

"솔라도레미"의 음계는 종지음인 '도'음의 아래 음역에서 '솔'음과 '라'음이 빈번하게 사용되고, 다섯 음이 순차적으로 상행하거나 하행하는 선율진행을 보여서 전통민요인 창부타령조와 같으나 음악의 종지음이 음계의 중간음인 점만 다르다. 이러한 음계와 종지음, 그리고

---

37) 예를 들어 한국 전통음악 중 궁중음악에서 보이는 평조는 각 음 사이의 음정관계가 장2도 단3도 장2 장2도이며, 계면조는 단3도 장2도 장2도 단3도로 이루어진다. 또한 경기민요에는 궁중음악에서 보이는 평조음계와 계면조음계가 다 보이며, 경상도민요에서는 단3도 장2도 단3도 장2도, 황해도와 평안도민요에서는 장2도 단3도 장2도 단3도의 음정이 보인다.

선율형을 가진 민요는 1920년대 영화 〈아리랑〉에서 선보인 〈아리랑〉이 유일하다. 지금도 애창하고 있는 〈아리랑〉의 일부를 서양식 솔미제이션으로 불러보면 "솔라솔라 도레도레 미레미도라 솔라솔라 도레도레 미레도라솔라 도레도도"이며, 이렇게 적혀진 솔미제이션에서 위의 '도'음으로 종지하는 "솔라도레미"음계의 설명을 재확인할 수 있다. 이에 비해 요나누끼장 음계는 종지음인 '도'음의 아래 음역에서 대체로 음이 출현하지 않으며, 음의 순차진행보다는 도약진행이 많이 나타난다.

이러한 설명을 김일성 작 가요에 적용하여 보면, 표 4에서 보듯이 〈꽃 파는 처녀〉만이 신민요 아리랑과 비슷한 모습을 가지고 있으며, 외국곡인 〈다뉴브강의 푸른 물결〉을 변형시킨 〈가련한 신세〉와 정사인이 작곡했다는 〈사향가〉, 그리고 〈조국광복회10대강령가〉, 〈조선의 노래〉, 〈〈토벌〉가〉, 〈피바다가〉는 모두 요나누끼장 음계를 갖는다.

그런데 북한의 경우 그들이 설명하고 있는 민요조식체계에서 "도레미솔라"음계는 제I-5음조식이며, 이것의 변형이 제IV-5음조식인 평조음계로 상정[38]하고 있다.

---

38) 배인교, 「북한 고등중학교 민요 교육의 음악적 고찰」, 『한국민요학』 제35집, 2012, 70~71쪽; 송광철·김미빈·김군일·조태봉, 『음악(고등중학교 제3학년용)』, 평양: 교육도서출판사, 2001 재인용.

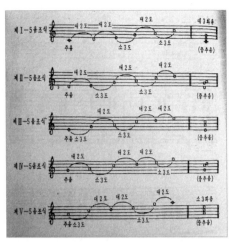

악보 12. 2001년 출판 고등중학교 3학년 음악교과서 수록
북한 민요의 5음조식

　북한의 이러한 접근방식은 전통음악의 선법을 이해하지 못한 오류
이다. 북한에서 말하는 제IV-5음조식인 평조음계가 원형이며 제I-5
음조식은 일본의 요나누끼장 음계이다. 그리고 번복하지만 한국전통
음악에서 보이는 "솔라도레미"음계의 '도'음종지형은 일제강점기에
일본을 통해 수입된 일본의 창가나 서양음악의 영향으로 만들어진
음계이다.

　김일성이 창작한 다수의 노래가 일본식 음계를 사용하고 있고, 일
본음악의 노가바인 곡이 있음에도 불구하고 "위대한 수령님께서는
항일의 20성상 문학예술을 혁명투쟁의 강위력한 무기로 삼으시고 수
많은 불후의 고전적 명작들을 친필하시고 공연활동을 몸소 벌리시면
서 주체적인 문예사상을 창시하시여 우리 문학예술의 빛나는 혁명전
통을 이룩하시였다"[39]고 하는 설명이 적용될 수 있는지 의문이다.

　이와 더불어 〈가련한 신세〉와 〈사향가〉, 〈조선인민혁명군〉은 기존
의 선율에 가사만 새로 지어 부른 노래임에도 불구하고 불후의 고전

---

39) 박명선, 「(정론) 만경대 언덕에서 부르는 노래」, 『조선예술』 1992년 제9호, 13쪽.

적 명작이라 칭하는데 비해 김일성이 지은 시 〈묘향산의 가을날에〉
에 설명순과 홍순애가 작곡한 노래40)에는 불후의 고전적 명작이라
는 칭호가 붙지 않아 의문이다.


## 4. 김정일 작 가요: 인민성과 통속성

1980년대 만들어지기 시작하여 늦어도 1990년대 초에 8곡으로 완
성된 김정일 작 불후의 고전적명작 가요는 김일성 작 불후의 고전적
명작과 함께 가요 창작가들이 보고 배워야 할 모범적인 가요로 칭송
받고 있다.

김정일 작 불후의 고전적명작 가요 중 〈나의 어머니〉는 김정일이
친모인 김정숙을 그리며 지은 노래라고 한다. 노래는 모두 3절로 이
루어져 있으며, C단조의 6/8박자로 된 노래는 A-B의 구조를 갖되 B
부분이 확대된 두도막형식으로 보이나 북한의 문학예술사전들에는
1부분형식(악절)으로 구성되었다고 쓰고 있다. 이 노래에 대한 조선
예술의 기사를 살펴보면, 이 곡이 처음 불린 것은 1960년 7월이라고
하며, "가사가 담고 있는 높은 사상성이 완벽한 음악선률적형상과 훌
륭히 결합된것으로 하여 명작은 우리 시대의 혁명적음악예술 특히
항일의 녀성영웅 김정숙동지를 칭송한 송가의 참다운 본보기"이고,
"위대한 공산주의혁명투사이며 항일의 녀성영웅이신 김정숙동지께
드리는 우리 인민의 첫 충성의 송가"이며 그 송가가 김정일에 의해
창작되었다는 점이 음악사적 의의를 갖는다고 평가41)하였다. 또한
이 노래는 "아름답고 고상하며 유순하고 참신한 선률형식의 간결성

---

40) 2002년에 문학예술출판사에서 출판된 『조선노래대전집』에는 설명순이 작곡한 노래와
   홍순애가 작곡한 노래 두 곡이 수록되어 있다.
41) 좌련희, 「김정숙어머님을 칭송한 첫 송가 불후의 고전적명작 ≪나의 어머니≫」, 『조선예
   술』 2001년 제7호, 42~43쪽.

과 통속성으로 하여 우리 시대 명곡의 하나[42)]"라고 하였다.

〈대동강의 해맞이〉는 김정일이 1960년 7월 대동강의 해맞이를 보면서 주체혁명위업을 완수하려는 의지를 담아 지은 곡이라고 하며, 가사는 모두 3절이다. 노래는 E♭단조의 6/8박자로 된 노래이다. 악곡의 형식을 보면, A-B의 구조를 갖는 두도막형식의 곡이며, 북한에서도 2부분형식으로 구성되었다고 하였다. 한편, 〈대동강의 해맞이〉는 위에 서술한 바와 같이 1960년에 창작된 곡이라고 하나 1980년대 출판된 『조선음악전집』에는 악보가 수록되어 있지 않고 1990년대에 출판된 『문학예술사전』에도 항목 자체가 없어 1990년대 이후에 불후의 고전적 명작으로 포함된 가요로 보인다. 한편, 『조선예술』에는 "부드러우면서도 률동적인 정서적호흡과 잘 밀착된 리듬조성, 선률진행에서 동도진행과 순차진행, 반음계적보조음진행과 가벼운 조약진행을 자연스럽게 결합하여 정서적발현을 크게 하면서도 그 정서가 한없이 맑고 깨끗하고 부드럽게 하여 주는 이 노래야말로 명곡의 극치"[43)]라고 평가하였다.

악보 13. 〈나의 어머니〉

악보 14. 〈대동강의 해맞이〉

---

42) 사회과학원, 앞의 사전.
43) 미상, 「대동강과 더불어 불멸할 명작」, 『조선예술』 2000년 제7호, 19쪽.

〈어디에 계십니까 그리운 장군님〉은 혁명가극 〈당의 참된 딸〉제2장 3경의 태백산병동장면과 제3장 4경의 꿈 장면에서 불리는 노래이며, 가사는 모두 4절로 이루어져 있다. 힘들고 험난한 적후에서 김일성 수령을 마음속 깊이 흠모하는 여전사의 마음을 그리고 있다고 한다. 노래의 조성은 C단조이며, 6/8박자의 곡으로, A-A'의 구조를 갖는 두도막형식의 곡이다. 이 노래는 김일성과 김정일에게 충성하는 군대와 인민의 사상과 결사옹위정신이 잘 반영된 명곡으로 추앙받고 있는 노래인데, 특히 리듬형을 독특하게 사용하고 있다고 하였다. 즉, 6/8박자에서 쓸 수 있는 기본 리듬형들이 다양하게 이용되고 있으며, 이러한 리듬형의 배열이 비반복적으로 이루어져서 상호 대조적으로 교차되고 있는데, 다른 곡들이 악단 단위로 리듬이 반복적으로 구사되는 것과는 다르게 진행되는 점이 특성이라고 평가[44]하였다. 또한 "가사의 시행과 음절에 맞게 선률적음들이 조화롭게 일치되고 순탄하게 흐름으로써 유순하고 아름다운 우리 음악의 정서와 인민들의 생활감정을 훌륭히 구현하고 있다[45]"고 하였다.

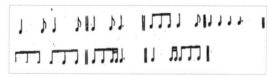

악보 15. 〈어디에 계십니까 그리운 장군님〉에 사용되는 선율 리듬형

〈조국의 품〉의 창작시기를 살펴보면, 『문학예술사전』에는 김정일이 1952년 8월 최고사령부에 있을 때 창작한 곡이며, 1952년 12월 31일 설맞이 모임에서 처음 공개되었다고 하는데, 1952년은 김정일이 11세가 되던 해이며, 한국전쟁기간에 해당한다. 노래는 F장조의 3/4

---

44) 천효광, 「불후의 고전적명작 ≪어디에 계십니까 그리운 장군님≫의 선률리듬적 특성」,
    『조선예술』 2005년 제2호, 27~28쪽.
45) 사회과학원, 앞의 사전.

박자로 된 노래이며, 가사는 3절이고, A-A'의 구조를 갖는 두도막형식(북한에서는 2부분형식)의 곡이다. 『문학예술사전』에 소개된 해설을 살펴보면, 가사는 인민들의 정서에 맞는 동요적인 운율과 생활적인 어휘들을 잘 살려 아름답게 시화함으로써 친근감을 주며 매우 사색적이고 깊은 여운을 준다고 하였다. 그리고 『조선예술』에는 "들을수록 사색이 깊어 지고 부를수록 가슴 뜨거워 지는 선률은 정서적색채가 티없이 맑고 순결하면서도 바다처럼 넓고 깊은것으로 하여 사람들로 하여금 더 듣고 더 부르고 싶어 지게 하는 명곡이다. (…중략…) 따뜻한 봄빛처럼 밝고 유정한 정서적색채, 부드럽고 유순하면서도 랑만과 열정으로 충만된 선률은 아름답고 뜻 깊은 가사와 훌륭히 밀착되여 들을수록 생신한 정서적향기를 안겨 주며 조국에 대한 심오한 사색과 뜨거운 열정에 휩싸이게 한다"고 하면서 주체적인 가요예술의 빛나는 귀감이라고 평가[46]하였다.

악보 16. 〈어디에 계십니까 그리운 장군님〉

악보 17. 〈조국의 품〉

〈조선아 너를 빛내리〉는 김정일이 1960년에 지었다는 노래이다. 노래는 3절로 이루어져 있으며, 가사에는 주체의 위업을 계승완성하

---

46) 미상, 「조국에 대한 철학적문제를 해명한 불후의 고전적명작 ≪조국의 품≫」, 『조선예술』 2001년 제9호, 7~8쪽.

려는 김정일의 의지와 수령에 대한 충실성, 조국과 인민에 대한 사랑이 구현되어 있다고 한다. F장조의 6/8박자로 된 노래이다. 악곡의 형식을 보면, 마지막 악구가 축소된 세도막형식의 곡으로 보이나, 북한에서는 2부분형식이라고 하였다. 또한 "해당 조식의 5음에서 유연한 리듬을 타고 전개되는 첫 부분의 선률은 아름답고 부드러운 곡선을 그리며 (…중략…) 선률은 평이하고 깊이가 있으면서도 아름답고 숭엄한 감정을 불러일으키고있[47]"다고 하였다.

〈진달래〉는 김정일이 1962년에 창작한 노래라고 한다. 이 곡은 김정일의 친모인 김정숙에 대한 그리움을 담아 지은 노래라고 하며, 가사는 모두 3절로 이루어져 있다. 노래는 G단조의 4/4박자로 된 노래이며, 3악구의 12마디이나 a-b-b'의 구조를 갖는 작은 세도막형식의 곡이나 북한에서는 2부분형식이라고 하였다. 이 노래는 "봄의 서정과 같이 잔잔한 리듬을 타고 흐르는 곡조는 유순한 선률진행을 이루고 부드럽고도 절절하게 울리면서 (…중략…) 가사의 심오한 철학성과 소박하면서도 아름다운 선율형상[48]"을 갖고 있소 인민들의 사랑을 받고 있다고 한다.

---

47) 사회과학원, 앞의 사전.
48) 위의 사전.

악보 18. 〈조선아 너를 빛내리〉

악보 19. 〈진달래〉

〈축복의 노래〉는 한국전쟁시기에 김일성의 안녕을 축복하며 지어 부른 노래라고 하니 김정일이 11살 전후에 지은 곡이 되며, 모두 3절로 이루어져 있다. 이 곡은 F장조의 6/8박자로 된 노래이며, A-B의 구조를 갖는 두도막형식(북한에서는 2부분형식)으로 이루어져 있다. 그리고 이 노래는 가사의 시적형상이 "밝고 절절하면서도 부드러운 서정적인 선율과 결합되어 뜨겁게 안겨오고 있다[49]"고 하였다.

〈충성의 노래〉는 김정일이 1970년에 지은 노래라고 하며 김일성에 대한 흠모의 마음을 가사 3절에 담고 있다고 한다. A장조의 4/4박자로 된 노래는 음계의 제 5음인 '솔'음을 못갖춘마디의 약박으로 설정하고 도약 후 순차적으로 하행하는 선율진행을 보이고 있다. 이 노래는 품위 있는 음악형상, 민족적색채의 풍만성, 형식의 평이성과 통속성 등이 잘 갖추어진 노래[50]로 평가받고 있으며, 악곡의 형식은 A-B의 두도막형식이다.

---

49) 위의 사전.
50) 위의 사전.

악보 20. <축복의 노래>        악보 21. <충성의 노래>

지금까지 살펴본 김정일 작 불후의 고전적명작 가요에 대한 분석
양상을 표로 정리하면 다음의 표와 같다.

표 5. 김정일 작 불후의 고전적명작 가요의 음악 분석

| 곡명 | 조성 | 음계 | 박자 | 절가 | 형식 | 창작시기 | 선율적 특성 |
|---|---|---|---|---|---|---|---|
| 나의 어머니 | C단조 | 7음 음계 | 6/8 | 3절 | 두도막형식<br>북: 1부분형식 | 1960년 | 간결성 통속성 |
| 대동강의 해맞이 | E♭단조 | 7음 음계 | 6/8 | 3절 | 두도막형식<br>북: 2부분형식 | 1960년 | 정서가 맑고 부드러움 |
| 어디에 계십니까<br>그리운 장군님 | C단조 | 7음 음계 | 6/8 | 4절 | 두도막형식<br>북: 2부분형식 | 1970년대 | 유순하고 아름다운 정서,<br>인민들의 생활감정구현 |
| 조국의 품 | F장조 | 7음 음계 | 3/4 | 3절 | 두도막형식<br>북: 2부분형식 | 1952년 | 부드럽고 유순하면서도<br>랑만과 열정으로 충만된<br>선율 |
| 조선아 너를 빛내리 | F장조 | 7음 음계 | 6/8 | 3절 | 세도막형식<br>북: 2부분형식 | 1960년 | 아름답고 부드러운 곡선,<br>선율은 평이 |
| 진달래 | G단조 | 7음 음계 | 4/4 | 3절 | 작은세도막형식<br>북: 2부분형식 | 1962년 | 부드럽고 유순한 선율진<br>행. 소박 |
| 축복의 노래 | F장조 | 7음 음계 | 6/8 | 3절 | 두도막형식<br>북: 2부분형식 | 1950년대 | 밝고 절절하면서도 부드<br>러운 서정적 선율 |
| 충성의 노래 | A장조 | 7음 음계 | 4/4 | 3절 | 두도막형식<br>북: 2부분형식 | 1970년 | 민족적 색채, 통속성 |

위의 표 5에서 보듯이 김정일이 창작한 가요는 모두 7음 음계의
곡이며, 가요의 통속성을 담보하는 절가형식이고, 두도막형식의 곡
이 많다. 또한 김일성의 가요에서와는 달리 선율을 설명할 때 간결함

·맑음·밝음·부드러움·유순함·소박함과 같은 '조선의 미감'을 적용시켜 설명하고 있었다.

김정일 작 불후의 고전적 명작에 대한 북한의 평가 중에는 곡 해설에서 벗어나 전체를 아우르는 내용을 담고 있는 리영우의 글이 눈에 띈다. 리영우는 1990년 『조선예술』 2호와 8호에 "충성과 효성으로 일관된 불후의 고전적명작 가요의 사상주제적특성"과 "충성과 효성으로 일관된 불후의 고전적명작 가요의 음악형상적특성"이라는 글에서 김정일 작 가요에 대한 북한 음악계의 평가와 해석을 달아 놓았다.

리영우[51])는 "불후의 고전적명작 가요들은 (···중략···) 위대한 수령님만을 믿고 일심단결의 기치따라 주체혁명위업의 완성을 위하여 힘차게 전진할 때 승리와 영광이 있다는 진리를 심오하게 밝혀주는 혁명적인 송가이며 그 어느 력사에서도 있어보지 못한 새롭고 독특한 기념비적명곡들"이라고 하였다. 그는 이 가요들이 수령의 안녕과 관련된 문제를 가요음악발전사상 처음으로 주제로 제시하고 음악적 완벽성을 이룩한 모범이라고 하였으며, "조국=수령"이라는 철학적 해명을 제시하였다고 보았다. 또한 주체혁명위업의 계승문제를 제기하고 예술적으로 형상함으로써 혁명발전의 필연적 요구를 반영한 혁명적인 가요의 고전적 본보기가 되었다는 점을 명시하고 있다.

또한 김정일 작 불후의 고전적 명작에 대한 음악적 평가를 보면, 리영우는 불후의 고전적명작 가요는 북한의 가요음악 창작의 고전적 본보기가 되는 기념비적 명곡이라고 칭송하고 있다. 그가 제시한 음악형상적 특성은 모두 네 가지 있다. 첫 번째는 선율형상의 철학적 심오성이라고 하면서 선율의 시작인 동기에 철학적 깊이가 담겨있다고 보았다. 두 번째로는 민족적 선율을 바탕으로 하고 있음을 명시하면서 "민족적선률을 바탕으로 하여 음악을 창작하는것은 사회주의적민족음악건설에서 우리 당이 확고히 견지하고있는 일관한 방침"

---

51) 리영우, 「충성과 효성으로 일관된 불후의 고전적명작 가요의 사상주제적특성」, 『조선예술』 1990년 제2호, 13쪽.

임을 밝혔다. 세 번째로 선율이 인민적인 통속성을 빛나게 구현하고 있으며, 네 번째로 형식적인 면에서도 절가형식을 잘 사용하여 인민 대중이 이해하기 좋고 쉬우면서도 선율 형상이 풍부하고 다양한 서술적 가능성을 가지고 있는 2부분형식을 기본으로 하고 있음을 강조[52]하였다.

그러나 실제 김정일이 창작한 가요를 분석을 해 보면 두 번째의 특정으로 제시한 민족적 선율을 바탕으로 작곡된 것이라는 주장에는 수긍이 가지 않는다. 민족적 선율은 기본적으로 전통음악에서 사용된 5음 음계와 5음간의 선율진행 등을 바탕으로 하여야 하는데, 김정일이 창작한 가요는 모두 7음 음계를 사용하고 있기 때문이다. 그럼에도 불구하고 북한에서 민족적 색채가 강하다거나 민족적 선율을 바탕으로 음악을 창작하였다고 보는 이유는 북한에서 제시하고 있는 조선 사람들의 미감, 즉 부드럽고 유순하며, 맑고, 밝은 정서가 곡에 반영되어있다고 보기 때문일 것이다. 이러한 북한에서 제시한 북한 인민들의 미감은 김정일이 창작했다는 가요의 선율에 모두 적용되며, '조선인의 미감'이 내재하기 때문에 명곡의 조건인 인민성과 통속성 역시 그의 창작 가요에서 찾아볼 수 있다.


## 5. 북한 가요의 지향과 한계

지금까지 북한 가요음악 창작의 고전적 본보기가 되는 기념비적 명곡인 불후의 고전적명작 가요에 대하여 음악 분석과 함께 북한에서의 평가 양상을 검토해 보았다. 다른 예술장르의 불후의 고전적 명작이 김일성의 것만 있는 것과는 달리 불후의 고전적명작 가요에는 김일성 창작의 노래와 함께 김정일이 창작한 작품 8곡이 존재한다.

---

52) 위의 글.

창작자가 다른 두 부류의 가요는 음악의 외적 형식이 절가형식, 즉 유절형식이라는 점과 내적 형식이 대체로 두도막형식을 취하고 있는 점에서는 유사한 면이 있다. 그러나 이 둘에는 여러 면에서 차이가 있다. 먼저 창작자가 다르고, 창작시기가 1930년대와 1960년대로 30년의 시간적 차이가 존재한다는 점이다. 또한 음악적으로는 김일성 창작의 곡들은 거의 모두 5음 음계를 사용하나, 김정일 창작의 곡들은 모두 서양식 7음 음계로 작곡되어 있다.

북한에서 불후의 고전적명작 가요는 북한 가요의 모범이 되는 작품이며, 모든 창작가들이 배우고 견지해야 할 작품이다. 한편, 김정일은 1990년대 초반 자신의 예술이론서 중 『음악예술론』에서 명곡의 조건을 설명해 놓았다. 즉, 명곡의 기저에는 가사에 사상적 깊이를 느낄 수 있고, 선율에서는 민족성과 인민성, 통속성을 느낄 수 있어야 한다는 것이다. 그리고 북한에서는 이러한 명곡의 조건에 가장 잘 부합하는 노래로 불후의 고전적명작 가요를 제시하고 있다. 즉, 명곡의 모범이 바로 불후의 고전적명작 가요인 것이다. 그리고 이러한 명곡의 조건을 제시한 후 향후 모든 북한 가요는 명곡이 될 수 있도록 창작가들에게 요구하고 있다.

불후의 고전적명작 가요의 주제를 보면, 김일성 작의 경우 항일무장투쟁시기에 만들어진 것들이기에 그들이 말하는 사상적 깊이는 내재되어 있다고 볼 수 있다. 또한 김정일 작 가요들은 북한의 가요음악사에서 처음으로 수령의 안녕을 제시하였으며, 주체혁명위업의 계승문제를 담고 있다고 표방한 만큼 사상적 깊이를 담보하고 있다. 다음으로 선율에서 민족성과 인민성, 통속성을 견지하고 있어야 하는데, 김일성 창작의 가요에서는 민족적 선율과 5음 음계의 사용으로 민족성을 구축한 반면, 김정일 창작의 가요는 민족적 선율보다는 인민성과 통속성, 즉 절가의 형태를 갖춘 두도막형식과 인민들이 좋아할 만한 선율진행, 그리고 쉽게 따라 부를 수 있도록 만들어졌다는 점에서 명곡의 조건과 일치하고 있다. 즉, 북한의 관점에서 볼 때 김일성 창작의 가요에서는 민족적 형식을, 김정일 창작의 가요에서는 북한 인민의 현대적 미감이 적용되었다고 볼 수 있으며, 이러한 민족적 형식과 현대적 미감을 북한 가요 창작가들에게 요구하고 있기 때문에 북한 가요의 본보기와 모범이 된다.

그러나 선율에서의 민족성과 인민성, 통속성은 부르기 쉽고 전하기 쉬운 단순한 음악이 될 가능성이 매우 높다. 즉, 부르기 어렵거나 가사가 많거나 독특한 악절 형식을 갖는 곡은 만들어 낼 여지가 적게된다. 결국 현재 북한의 가요는 이러한 단순한 형태의 노래가 전체 가요 부문을 장악하게 되었으며, 예술적인 기교를 사용하거나 복잡하고 어려운 형태의 노래는 지양하는 일련의 과정을 거쳤음을 알 수 있다.

뿐만 아니라 김일성 작 가요에 보이는 음계는 5음 음계를 사용하고 있다고는 하나 한 곡을 제외한 나머지 모두 전통음악의 5음 음계가 아닌 일본식 요나누끼 장음계이며, 〈조선인민혁명군〉은 일제의 군가이기도 하여서 김일성 작 가요에서 민족성을 담보하고 있다고 말할 수 있을지 의문이다. 이러한 일본식 음계에 대한 무비판적 사용은 1945년 이후 현재까지 지속적으로 만들어 보급하고 있는 민요풍의 노래에도 그대로 적용53)되어 나타난다. 즉, '뽕끼'가 다분한 노래가 양산되고 있는 것이다. 그럼에도 불구하고 북한에서 김일성 창작의 불후의 고전적명작 가요와 민요풍 노래를 민족적 음계를 사용한 노래라고 평가하고 있는 부분은 음악부분에서의 일제청산이 이루어지지 못한 북한 음악계의 한계라고 할 수 있다.

---

53) 배인교, 「북한 '민요풍 노래'에 나타난 민요적 전통성」, 『한국음악연구』 제52집, 2012 참조.

# 참고문헌

## 1. 단행본

과학백과사전종합출판사, 『문학예술사전(중)』, 평양: 과학백과사전종합출판사, 1991.

김정회 편, 『백두밀림에서 부른 노래』, 평양: 금성청년출판사, 2005.

문예출판사, 『조선의 노래』, 평양: 문예출판사, 1971.

_____, 『조선명곡집 2』, 평양: 문예출판사, 1975.

_____, 『조선명곡 600곡집』, 평양: 문예출판사, 1977.

문예출판사 편집부, 『조선음악전집 (1)』, 평양: 문예출판사, 1981.

_____, 『조선음악전집 (2)』, 평양: 문예출판사, 1983.

문학예술출판사, 『조선노래대전집』, 평양: 문학예술출판사, 2002.

문학예술종합출판사, 『조선가요 2000곡집』, 평양: 문학예술종합출판사, 1994.

사회과학원, 『DVD 문학예술대사전』, 2006.

송광철·김미빈·김군일·조태봉, 『음악 (고등중학교 제3학년용)』, 평양: 교육도서출판사, 2001.

예술교육출판사, 『조선의 노래』, 평양: 예술교육출판사, 1995.

이강숙·김춘미·민경찬, 『우리 양악 100년』, 현암사, 2001.

조선로동당 중앙위원회 당력사연구소, 『혁명가요집』, 평양: 문예출판사, 1971.

조선문학예술총동맹, 『천리마시대의 노래』, 평양: 조선문학예술총동맹출판사, 1963.

조선청년사, 『우리노래 100곡집』, 동경: 조선청년사, 1965.

최 석 편, 『혁명가요집』, 평양: 문학예술출판사, 2005.

## 2. 논문

김선재, 「혁명적투지와 필승의 신념을 안겨주는 혁명의 노래: 불후의 고전적명작 ≪반일전가≫에 대하여」, 『조선예술』 1973년 제12호.

리영우, 「충성과 효성으로 일관된 불후의 고전적명작 가요의 사상주제적특성」, 『조선예술』 1990년 제2호.

_____, 「충성과 효성으로 일관된 불후의 고전적명작 가요의 음악형상적특성」, 『조선예술』 1990년 제8호.

민경찬, 「북한의 혁명가요와 일본의 노래」, 『한국음악사학보』 제20집, 1998, 125~157쪽.

미  상, 「대동강과 더불어 불멸할 명작」, 『조선예술』 2000년 제7호.

_____, 「조국에 대한 철학적문제를 해명한 불후의 고전적명작 ≪조국의 품≫」, 『조선예술』 2001년 제9호.

박명선, 「(숭고한 충성심을 지니시고) ≪사향가≫에 깃든 사연」, 『조선예술』 1990년 제9호.

_____, 「(정론) 만경대 언덕에서 부르는 노래」, 『조선예술』 1992년 제4호.

박윤경, 「부르면 부를수록 들으면 들을수록 깊은 사색에로 이끌어가는 혁명의 노래: 불후의 고전적명작 ≪꽃파는 처녀≫를 각색한 혁명가극 ≪꽃파는 처녀≫에 나오는 노래 ≪꽃파는 처녀≫에 대하여」, 『조선예술』 1974년 제5호.

배인교, 「북한 고등중학교 민요 교육의 음악적 고찰」, 『한국민요학』 제35집, 2012, 61~94쪽.

_____, 「북한 '민요풍 노래'에 나타난 민요적 전통성」, 『한국음악연구』 제52집, 2012, 63~82쪽.

좌련희, 「김정숙어머님을 칭송한 첫 송가 불후의 고전적명작 ≪나의 어머니≫」, 『조선예술』 2001년 제7호.

천효광, 「불후의 고전적명작 ≪어디에 계십니까 그리운 장군님≫의 선율리듬적 특성」, 『조선예술』 2005년 제2호.

홍선화, 「(평론) 혁명가극의 주제가와 그 중추적역할: 혁명가극 ≪피바다≫의 주제가에 대하여」, 『조선예술』 1994년 제3호.

_____, 「조국과 민족을 구원한 불사의 노래: 불후의 고전적명작 혁명가요 ≪반일전가≫에 대하여」, 『조선예술』 1996년 제3호.

제3부

___

# 이데올로기의 각인
## : 여성, 아동, 재일조선인 이미지

# 선군시대 북한 농촌 여성의 형상화 연구

오창은

## 1. 선군시대 북한 농촌 여성의 위치

2000년대 초의 북한 소설에서는 '선군시대' '선군사상' '선군정치'가 중요한 담론으로 제기되고 있다. 선군시대는 김일성 주석 사망 이후 김정일 국방위원장의 통치체제가 이뤄진 이후의 시대를 지칭한다. 이 용어는 인민군대를 중심으로 "수령결사옹위정신, 결사관철의 정신, 영웅적 희생정신"을 구현한다는 의미를 담고 있다.[1] '선군사상, 선군정치'는 김정일의 통치이념으로 '인민군대의 영웅성'을 강조하는 '군대 우위'의 정치이념이다. 북한에서는 선군정치가 1995년 1

---

[1] 이 어구는 '선군시대'를 논의하면서 반복적으로 등장한다. 한정길은 다음과 같이 이에 대해 설명한다. "오늘 우리 시대는 우리 군인들의 혁명적군인정신 다시말하여 수령결사옹위정신, 결사관철의정신, 영웅적 희생정신을 닮아가는 선군시대이다. 오늘 혁명군들에 구현되고 있는 주체사상적내용은 경애하는 장군님의 위대한 선군사상과 령도를 충성으로 받들어나가는 우리 군인들과 인민들의 감정정서로 되고 있으며 커다란 고무적기치로 되고있는 것이다."(한정길, 「선군시대 혁명군가들에 구현된 사상예술적특성」, 『조선예술』 2004년 제12호, 56쪽)

월 1일 '다박솔 중대'를 김정일 국방위원장이 현지 지도한 것에서 시작되었다고 주장하고 있다.[2]

남한의 연구에 의하면, '선군정치'라는 용어가 처음 사용된 것은 1997년 12월 12일자 『로동신문』에서라고 한다.[3] 이후, 본격적으로 선군정치에 대한 의미규정이 이뤄지기 시작했다. 1999년 6월 16일자 『로동신문』에 '선군정치'는 "△인민대중중심의 인민적 정치 △ 군대이자 당이고 인민이자 국가라는 혁명철학에 기초 △ 주체적인 힘으로 앞길을 개척해나가는 자주적 정치 △혁명의 미래를 담보하는 선견지명 있는 정치 △ 제국주의와의 사상적 대결, 군사외교적 대결, 정치외교적 대결을 승리에로 이끄는 필승의 담보 △ 사회주의사회의 튼튼한 밑뿌리를 마련하는 위력한 무기 △ 사회주의 건설의 원동력 등"으로 요약되어 있다.[4] '선군'에 대해 연구한 진희관은 "선군정치 용어의 등장은 97년이며 체계적으로 설명된 것은 1999년도 6월부터라 할 수 있지만, 북한은 그 시원을 1995년으로 상향 조정하여 사후 설명하고 있[5]다고 보았다. '선군사상'은 이러한 논의에 비춰볼 때, '주체사상을 김정일 시대에 맞춰 적용한 새로운 사상'으로 김정일 국방위원장의 지도체제를 의미하는 상징적 용어라고 할 수 있다.

주목할 부분은 선군시대의 이면에는 '고난의 행군'이라는 어두운 그림자가 도사리고 있다는 점이다. '고난의 행군'은 김일성이 항일 혁명시기에 어려움 겪었던 시절을 일컫는 용어였다. 김일성의 조선 인민 혁명군은 일본군을 피해 1938년 12월부터 1939년 3월말까지 혹한의 동절기에 100여 일 동안 행군해야 했다. 그 이동 경로는 남패자에서 압록강 연안국경의 북대정자에 이르렀다. 당시 일본제국주의 조선관동군은 '동기토벌'을 진행 중이었는데, 이때가 김일성이 항일

---

2) 「정론: 선군혁명 천만리-제1편 다박솔언덕에서」, ≪로동신문≫ 2001년 12월 15일.

3) 정성장, 「김정일 시대의 정치체제 특징 연구」, 통일부 2003년도 정책연구과제, 2003, 18쪽.

4) 진희관, 「북한에서 '선군'의 등장과 선군사상이 갖는 함의에 관한 연구」, 『국제정치논총』, 제48집 1호, 2008, 378쪽.

5) 위의 글, 397쪽.

운동기간 중 직면한 가장 큰 위기의 순간이었다. 북한에서는 '고난의 행군'을 시대적 위기, 정세의 위기를 일컫는 용어로 사용한다. 여기에는 아이러니하게도 낭만성이 깃들어 있는데, '고난의 행군'을 극복한 이후에 승리가 기다리고 있다는 낙관주의가 내재해 있다.[6] 1990년대의 고난의 행군은 1994년 7월 8일 김일성 사망과 1995년 여름부터 연이어 발생한 자연재해로 인한 극심한 식량난을 일컫는다. 1990년대 중후반의 북한문학에는 '고난의 행군'이 북한 주민의 생활에 어떤 영향을 미쳤는가에 대한 직접적인 언급이 드물었다. 구호의 차원에서 논의가 이뤄지는 정도였다. 하지만, 2000년대 북한문학에서는 '고난의 행군'에 대한 직접적인 회고가 등장한다. 굶주림의 고통은 가혹한 것이었다. 2000년대 북한문학 작품에서 '굶주림의 현장'이 사실적으로 그려지고 있다는 점은 주목할 만하다. 일종의 금기를 환기함으로써, 현실을 긍정하려는 의도성이 텍스트 속에 새겨져 있기 때문이다.

'고난의 행군'과 '선군시대'는 짝패의 형상을 하고 있다. 북한의 논문에서도 이 부분은 확인할 수 있는데, 전상찬은 '선군시대 단편소설문학'을 '고난의 행군'과 연결해 논의했다. 그는 "우리 조국이 가장 어려운 시련의 고비를 넘어야 했던 ≪고난의 행군≫, 강행군시기에 결사관철의 정신을 발휘한 인간전형들은 례외없이 자력갱생, 간고분투의 혁명정신의 소유자들"[7]이라며 '선군'을 강조했다. 이는 '고난의 행군'을 극복하는 과정에서 일종의 비상체제로 제기된 것이 '선군시대'임을 증언하는 것이다.

본 논문이 관심을 갖는 것은 '선군시대'의 이면이다. 북한사회의 공식담론인 '선군시대'를 다각도로 읽어내기 위해서는 거시적 관점

---

6) 문학예술사전 편집집단 편집, 『문학예술사전』(상), 평양: 과학백과사전종합출판사, 1988, 188~189쪽.
7) 전상찬, 「선군시대 단편소설문학에 형상된 주인공들의 성격적 특징」, 『조선어문』 제1호, 2003, 13쪽.

이 아닌 미시적 접근을 통해 구체화할 필요가 있다. 전체만을 보려고 하면, 보는 이의 의도와는 상관없이 실제로는 아무것도 보지 못하는 것으로 이어질 수도 있다. 타자로서의 북한사회의 현재를 이해하기 위해서는 오히려 그 대상을 미시화해 세밀히 봄으로써 전체를 주체의 관점에서 재구성하려는 노력이 요구된다. 이를 위해 논자는 북한의 '농촌' '여성'을 논의의 대상으로 한정하려 한다. 북한의 농촌이 논의의 대상이 되는 것은 '고난의 행군'이라는 식량난이 이곳에서 시작되었기 때문이다. 자연재해로 인해 식량난이 발생했지만, '고난의 행군' 이후 북한 사회에서는 농촌 생산성에 대한 관심이 고조되었다. 그런 의미에서 농촌 생산성 향상 문제는 선군시대의 핵심적이 쟁점으로 부각되었다. 더불어, 농촌여성을 주목한 이유는 체계의 위기 속에서 상대적 약자인 여성들의 정체성이 어떤 변화를 겪는가를 파악하기 위해서다. 김재용은 1990년대 북한 여성소설을 1) 슈퍼우먼 콤플렉스, 2) 민족문제 갇힌 여성문제, 3) 여성 정체성의 탐색으로 특징지은 바 있는데, 이와 대비해 2000년대 농촌여성의 형상화가 어떤 특징을 갖고 있는가도 살펴보려 한다.[8]

그간 남한문학에서는 '북한문학 속 여성'에 관한 연구가 여성 연구자를 중심으로 비교적 활발하게 전개되었다. 김현숙은 북한문학 형성기에서 1980년대까지 시기를 연구대상으로 북한문학 속 여성을 연구했다. 이 연구를 통해 김현숙은 북한 여성인물들이 "남성에 의해 주도되는 간접적인 상태, 남성에 의해서 사회나 국가 그리고 김일성과의 관계로 이어지는 하위 인물들로 그려지고 있다"[9]는 연구 결과

---

8) 김재용은 1990년대 여성소설을 중심으로 '여성문제가 국가나 민족의 문제와 맺는 관계'를 분석했다. 그는 1990년대 여성소설의 특징을 1) 슈퍼우먼 콤플렉스와 국가주의에 포획된 여성의식, 2) 민족환원주의와 진정한 연대의 좌절, 3) 현모양처의 탈피와 여성적 정체성 찾기로 계열화했다. 특히, 세 번째 경향에 주목하면서 "여성 정체성 찾기가 결코 민족이나 국가로 환원되지 않는다는 점"에 주목했다. 이는 1990년대 초 북한소설에서 여성문제가 상대적으로 자율성을 지닌 영역에서 논의되고 있음을 징후적으로 보여준다는 의미를 내포한다(김재용, 「북한문학에서의 여성과 민족 그리고 국가」, 『분단구조와 북한문학』, 소명출판, 2000, 250~259쪽).

를 제시했다. 이주미는 해방 직후부터 1961년까지 북한소설 작품을 대상으로 북한의 여성문제를 연구했다. 이를 통해 북한 여성의 삶이 "여성 자신의 정체성에 주목하기보다는 국가의 생산성을 향상시키는 일에 집중되어 있다는 점"10)을 발견할 수 있었다고 한다. 최영석은 여기서 더 나아가 근대국가 형성의 프로젝트 과정 속에서 여성의 재현문제를 다루면서, "북한의 여성상은 매우 두드러진 자발성·당당함과, 강력한 가부장적 예속 하의 이중 구속이라는 두가지 모순된 측면이 번갈아 나타"11)난다고 했다. 비교적 최근 연구인 이상경과 임옥규의 논의도 눈길을 끈다. 이상경은 '북한의 공식 여성 정책과 북한 여성의 생활현실과의 갈등'을 문학 작품을 통해 추적했다. 그는 역사적 관점에서 북한 여성의 생활을 고찰한 후, '고난의 행군' 이후 오히려 "공식적인 것, 남성적인 것, 기존의 것들에 대해 심각한 질문을 던지는"12) 본격적인 여성문학의 가능성이 엿보인다고 했다. 임옥규도 '고난의 행군' 이후 시기인 1997년부터 2006년까지의 『조선문학』 작품을 대상으로 북한문학에 나타난 여성·모성·조국애를 검토했다. 그는 최근에는 "전체주의가 아닌 개인주의적 면모"도 드러나고 "여성의 사회적 위상도 향상"13)되는 경향을 보인다고 분석했다. 이들 연구 경향을 종합해 볼 때, 북한문학 속에 형상화된 여성상은 국가의 공식담론체제에 포섭되어 있으면서도, 여성 정체성과 개인주의적 면모를 보이는 경향으로 변화하고 있음을 알 수 있다.

리창유의 주장에 의하면, 선군시대에 요구되는 북한문학의 과제는

---

9) 김현숙, 「북한문학에 나타난 여성인물 형상화의 의미」, 『여성학논집』 제11집, 1995, 189쪽.
10) 이주미, 「북한문학을 통해 본 여성 해방의 이상과 실제」, 『한민족문화연구』 제8집, 2001, 43쪽.
11) 최영석, 「여성 해방과 국가적 기획: 북한 문학에서의 여성 재현」, 『현대문학의 연구』 23, 2004, 316쪽.
12) 이상경, 「북한 여성 작가의 작품에 나타난 여성 정체성에 대한 연구」, 『여성문학연구』 제17호, 2007, 379쪽.
13) 임옥규, 「'고난의 행군' 이후 북한문학에 나타난 여성·모성·조국애 양상: 『조선문학』 (1997~2006)을 중심으로」, 『여성문학연구』 제18호, 2007, 362쪽.

"수령형상소설들과 선군의 현실에서 제기되는 절실하고도 의의있는 문제들을 반영한 훌륭한 작품들을 보다 많이 써"14)내는 것이라고 한다. 이를 위해서는 문학적으로 형상화의 문제가 중요하게 제기될 수밖에 없다. 북한문학에서 형상화는 "인간의 사상감정과 생활흐름의 합법칙적 과정을 생활 그대로 표현하는 론리"를 가져야 한다고 본다. 여기서 논리는 "구체적 생활에 바탕"을 두고서 "행동과 사건, 성격발전"이 이뤄지는 것을 의미한다.15) 따라서, 형상화의 원리를 분석하기 위해서는 주체가 생활과 맺는 관계를 파악할 필요가 있다. 2000년대 북한 농촌 여성의 형상화에서도 마찬가지 논의가 가능하다. 주체가 처해 있는 생활의 흐름을 파악한 후, 그 속에서 북한 농촌 여성의 형상화가 어떤 이념형에 의해 이뤄지고 있는가를 살필 필요가 있는 것이다. 형상화와 관련해 관심을 가질 부분은 2000년대 북한 농촌 여성이 처해 있는 '생활의 흐름'이고, 그 흐름 속에서 주체에게 합법칙성이라는 이데올로기로 강제되는 '선군시대'라는 담론이다.16) 북한 문학에 나타난 인물 형상화를 통해 북한이 처해 있는 생활의 구체적 현실을 분석할 수 있다. 북한 문학 이론에서 형상화의 문제는 생활의 흐름과 긴밀하게 밀착되어 있다. 형상화에 대한 논의를 통해 인물의 사상감정(전형)과 생활의 문제(선군시대)의 조응 방식을 살필 수 있을 것으로 기대된다.

더불어, '선군시대'를 페미니즘적 관점에서 접근할 수도 있다. 페미니즘 연구자들은 여성과 군사주의의 관계를 크게 두 가지 관점으

---

14) 리창유, 「선군시대의 요구와 작가의 탐구정신: 지난해 하반년도 『조선문학』 잡지에 실린 단편소설들을 두고」, 『조선문학』 2008년 제3호, 22쪽.

15) 한수은, 「형상의 논리와 진실성」, 『조선어문』 제1호, 2000, 13쪽.

16) 전이련은 선군시대 여성의 역할에 대해 다음과 같이 언급하고 있다. "우리 녀성들은 경애하는 장군님의 선군혁명로선을 높이 받들고 녀성군인으로서 총대를 직접 틀어 쥐고 조국보위초소에 서 있으며 총 잡은 군인의 영원한 길동무—녀성혁명가의 영예를 빛내이며 남편과 한 전호가에서, 그리고 병사들의 다심한 친어머니, 친누이가 된 심정으로 그들을 물심량면으로 원호하면서 선군시대의 참다운 생활을 창조해 가고 있다." (전이련, 「선군시대 녀성들의 생활을 반영한 가사문학의 사상주제적특성」, 『조선어문』 제1호, 2003, 15쪽.)

로 구분한다. 첫 번째 관점은 효과의 측면에서 군사주의의 영향을 논한다. 군사주의가 여성의 삶이나 일상에 미친 영향을 중시하는 것이다. 두 번째 관점은 군사주의의 동력으로서 성별 문화가 작동하는 방식에 관해 논한다. 이 입장은 남성가부장제를 중시해, 젠더가 군사주의의 생산과 실천을 가능하게 하는 양상을 분석하려 든다.[17]

논자는 북한 문학의 현재를 성적(gendered) 측면에서 가늠해 보고, 선군시대에 북한 여성이 처해 있는 상황을 살펴볼 것이다. 기본적으로 선군이라는 용어는 군대를 앞세운 것이고, 군사주의적 성격을 지닌 것이다. 그렇다고 볼 때, 선군시대는 '남성성'이 강조되는 시대임을 의미한다. 이전까지 사회주의국가에서 국가를 바라보는 관점이 성 중립적(gender neutral)이었다면, 북한사회가 주창하는 '선군시대'는 '남성성'을 선명히 드러내는 것이라는 점에서 눈길을 끈다. 이러한 시기에 여성의 위상과 역할이 문학 속에서 어떻게 형상화되고 있으며, 이것이 북한의 공식담론 체계와 길항하는 양상을 논하고자 한다.


## 2. '고난의 행군'에 대한 기억들

조인영의 "한 녀인에 대한 추억"[18]은 '고난의 행군'에 대한 직접적 회고를 담고 있다는 측면에서 사회적 사건이 어떤 방식으로 여성(개인)의 일상에 개입하는가를 보여준다.

협동농장경영위원회 기사장인 '나'가 '만평틀'의 '토양분석표'를 보고 놀라는 장면에서 소설은 시작된다. 만평틀은 '내'가 7~8년 전에 연호농장 기사장을 하면서 관리하던 곳으로, 그곳의 "유기질 함량이 예상외로 높"게 나와 있었기 때문이다. 그 연유를 캐던 '나'는 만평틀이 변음전 어머니의 노고가 깃든 곳이라 '변음전틀'이라고 불리고 있

---

17) 정희진, 『페미니즘의 도전』, 교양인, 2006, 246~247쪽.
18) 조인영, 「한 녀인에 대한 추억」, 『조선문학』 2005년 제9호.

음을 알게 된다. 이를 계기로 '나'는 10여 년 전 연호 마을의 상황을 기억 속에서 끄집어낸다. 이 소설은 바로 이 부분에서 '고난의 행군'에 대한 기억의 서사화로 이어진다. 그 당시 '나'는 연호농장에서 기사장으로 있었는데, 농장 총회에서 "땅하고만 씨름하지 말고 사람의 심금을 울리는 일군"이 되어달라는 비판을 받게 된다. 그 비판이 달갑지만은 않았지만, 평소에 눈에 띠지 않던 "키가 자그마하고 체소한 가냘픈 인상의 모판관리공 녀인"이 "짜내는 듯한 모기 목소리"로 비판한 것이었기에 신중히 대할 수밖에 없었다. 모판 관리공 연인들의 목소리를 대변해 힘겹게 '나'를 비판한 여인이 바로 변음전이었다. 이때부터 '나'는 태도를 바꿔 "책에서 본 유모아 몇 대목쯤 잊지 않고 있다가 휴식참에 이야기" 하는 등 인간적인 면모를 보이려고 노력했다. '나'는 '고난의 행군'이 시작되면서 무엇보다 여인들의 수고가 많아졌다는 사실을 다시 한 번 확인한다. 여인들은 끼니 걱정에, 농사 걱정, 비료와 농사 물 걱정까지 하면서 수척해진 모습을 보였다. '나'가 증언하는 '고난의 행군' 시기에 겪은 고통은 다음과 같다.

행길로 몇걸음 옮기다가 바람막이바자너머로 변음전의 모습을 눈주어 보던 나는 내 눈을 의심하며 잠간 걸음을 멈추었다. 보온나래 두루마리를 안고 걸어가던 그는 무척 힘에 겨운듯 눈을 꼭 감고 서있다가 다시 걸음을 떼는것이였다. 때식을 변변히 들지 못하는 모양이였다. 그 모습을 목격한 나의 마음은 아릿하였다.

관리위원회에서 알아보니 그는 분배식량을 적지 않게 탔다고 했다. 그런데 령길도로관리원인 남편과 한직장에 다니는 로동자세대들이 식량난을 겪게 되자 고루 나눠주었다고 했다.

아니 식량을 퍼주고나면 어떻게 한해농사를 짓는단말인가. 나는 은근히 민망스러운 생각까지 들었다. 하지만 자기보다 이웃을 먼저 생각하는 그 갸륵한 마음씨에 고개가 숙어졌다.[19]

끼니를 굶었던 현실에 대한 직접적인 언급은 1990년대 북한문학에서는 좀처럼 찾아보기 힘들다. 그런데 "한 녀인에 대한 추억"은 끼니를 잇지 못해 걸음을 제대로 걷지 못하는 여인의 형상을 직접적으로 제시하고 있다. 그것도 농사에 모범적인 변음전 여인이 행길에서 "무척 힘에 겨운듯 눈을 꼭 감고 서있다가 다시 걸음을 떼는것"으로 묘사되어 있다. 그가 이렇듯 굶게 된 사연은 '노동자 세대들에게 식량을 나눠' 주었기 때문이다. 이 진술의 이면에는 '고난의 행군' 당시 노동자들이 농민들보다 고통스러웠다는 사실이 자리하고 있다. 즉, 농민들이 끼니를 잇지 못하는 노동자들을 위해 음식을 나눠줘야 했던 것이다.

2000년대 초순경까지만 해도 '굶는 노동자·농민'에 대한 직접적인 진술은 드물었다. '고난의 행군' 시절의 식량난은 일종의 금기로 간주되었기에, 굶주림에 대한 직접적인 진술보다는 우회적으로 고통을 에둘러 표현했다. 예를 들면, 김성희의 "룡산의 메아리"[20]는 다음과 같이 '고난의 행군' 시기의 어려움을 조심스럽게 기술하고 있다. 룡산목장은 전쟁 때 피난 온 사람들이 이룬 곳으로, 처음 이곳이 생길 때는 달구지 한 대 없고 돼지우리 하나 변변히 갖추지 못 했었다. 이 룡산목장이 모두의 헌신 속에서 종축기지로까지 발전했다. 그런데 한때 풍성했던 '룡산'이 '고난의 행군에 이은 강행군'으로 돼지 숫자가 급격히 줄었다. 급기야 룡산목장에서도 "닥쳐올 현실에 대처하여 돼지 대신 염소, 게사니, 오리 등 풀 먹는 짐승으로 바꾸"자는 의견이 제기된다. '나'와 차옥 언니를 비롯한 사양공들이 "처음 한발자국씩 양보하다가 차츰 모든 것을 잃게 될것이 아닌가"라면서 종축돼지를 줄이는데 반대한다. 둘의 반대에 사람들은 "사람도 먹을 것이 없어 쩔쩔 매는데 돼지는 뭘 먹인다구 저래?"라며 반발하기까지 했다. 한때 대표적인 종축기지 역할을 했던 룡산목장이 위기에 처한 상황이

---

19) 위의 글, 41쪽.
20) 김성희, 「룡산의 메아리」, 『조선문학』 2001년 제5호.

그대로 드러난다. 하지만, 이 소설에서도 "농장대학 졸업생이고 당원"이면서 "일 잘하고 인물 잘 난" 차옥 언니의 헌신적인 노력으로 종축돼지들이 지켜지고, 결국 도민일보에 "풀과 고기를 바꾸는 길에서"라는 기사가 게재되는 성과를 낸다. "룡산의 메아리"에서도 '고난의 행군'으로 인해 어떤 고통을 겪었는가가 '종축돼지 감축'이라는 비유적 사건으로 표현되어 있는 것이다.

그렇다면, 2005년에 발표된 "한 녀인에 대한 추억"에 이르러 '고난의 행군' 시절의 어려움이 직접적으로 진술될 수 있었던 이유는 무엇일까?

이즈음에는 '고난의 행군'이 과거로 기억된다. 이는 '고난의 행군'이 동시대의 사건이 아니라, 기억의 대상이 되었음을 보여준다. 고통의 현장으로부터 멀어졌을 때, 그 고통은 과거로 회상될 수 있다. 현재까지 지속되고 있는 고통은 직접적으로 진술되기 보다는 비유적으로 회피된다. 그러한 회피로부터 비교적 자유로워진 시기를 2005년 즈음으로 볼 수 있다.

그런 의미에서 2005년 즈음에 이르러서야 북한사회는 '고난의 행군'에 대한 고통스러운 기억, 혹은 공포로부터 객관적 거리를 유지할 수 있었던 것으로 보인다. 그 공포를 상대화할 수 있게 됨으로써 '고난의 행군' 시기에 변음전 여인의 형상이 영웅적으로 재현될 수 있는 것이다. 변음전 여인의 아버지는 토지개혁 때 '달배미논'을 분여 받았지만, 전쟁시기에 숨지고 말았다. 이러한 사연이 있었기에 변음전 여인은 '고난의 행군' 시기에도 헌신적으로 논을 보살펴 '왕가물'에도 불구하고 '모판과 논자리를 잘 관리'해 냈다. 변음전 여인은 "땅과 곡식을 대함에 있어서 뭇사람들과의 류다른 예린 정서"[21]를 갖고 있었던 것이다. 소설은 변음전 여인의 헌신성을 기리기 위해 '만평틀'을 '변음전틀'로 고쳐 불러 기리고 있다. 변음전 여인의 각별한 헌신

---

21) 앞의 글, 43쪽.

성은 '고난의 행군' 시기의 위기 극복을 상징적으로 형상화한 것일 뿐만 아니라, 지금까지 지속적으로 환기되는 '고통의 기억'인 것이다.

변음전 여인의 형상은 국가기구에 의해 '총동원 체제'에 포박된 북한 여성의 상황을 보여준다. 전시와 같은 험난한 시기에, '농업 생산성 증대를 위해 헌신'한 자에게 '영웅의 명예'가 주어진다. 이는 어떤 의미에서 '여성=영웅(남성)'이 되는 길을 예증하는 것이기도 하다. 여성이 남성과 동일자가 됨으로써 위기극복을 이뤄낼 수 있다는 상상은 여성을 '남성으로 젠더화'하는 것과 같다. 국가기구의 위기 상황에서 여성의 젠더적 개별성은 용인되지 않는다. 국가가 위기 담론을 통해 '국민 총동원'을 주창할 때, 그것은 국가기구가 처해 있는 실재하는 위기이기도 하지만, '새로운 통합'의 기회일 수도 있다.22) 그 전환의 지점이 2005년 즈음이었음을 "한 녀인에 대한 추억"을 통해 확인할 수 있다. 북한의 정치는 '고난의 행군'이라는 위기담론을 환기함으로써 '선군시대'라는 새로운 통합의 기회를 마련하고 있다. 즉, 2000년대 북한 권력기구의 통치 방식을 '농촌여성의 형상화' 방식에서 확인할 수 있는 것이다.

## 3. 공포와 강박, 그리고 사로잡힌 여성들

그렇다면, '고난의 행군'은 북한 주민의 일상에 어떤 영향을 미쳤을까? 생산력 향상과 일상생활 사이에서 갈등하는 한 처녀의 형상에서 그 상처를 확인할 수 있다.

---

22) 민족주의와 사회통합의 관계를 조지 모스는 다음과 같이 표현했다. "모든 국민을 아우른다고 주장함으로써 민족주의는 고결함이 광범위한 합의를 얻어내는 것을 도왔던 것이다. 이제 민족주의라는 새로운 종교는 계급과 상관없이 사생활을 인정하고, 거기에 의미를 부여할 것을 약속했다. 경제적 위계와 사회적인 위계는 계속해서 유지되고 더욱 강화되었지만, 모든 사람들은 새로운 국가의 성원이라는 동등한 지위를 부여받았다. 아무리 비천하고 가난한 자라고 할지라도 말이다."(조지 모스, 서강여성문학연구회 옮김, 『내셔널리즘과 섹슈얼리티』, 소명출판, 2004, 315쪽)

윤경찬의 "넓어지는 땅"[23)]에도 '고난의 행군' 시절의 식량난에 대한 언급이 나온다. 소설 속에서는 '고난의 행군' 시기에 작업반장으로 선출된 진옥은 "자기들이 농사를 잘 짓지 못해 나라의 형편이 더 어려워졌다"는 죄의식으로 자책한다. 그러면서 "얼마나 많은 시련이 생활을 위협했던가, 통강냉이로 끼니를 에우고 그것마저 떨어진 집들을 위해 크지 않은 식량자루를 덜어 내던 그때를 생각하면 자다가도 소스라쳐 일어나 벌로 나가군"[24)] 했다고 진술했다. 문제는 처녀반장 진옥이 '고난의 행군' 시절의 트라우마(trauma)로 인해 자신에게 온 사랑마저도 거부한다는 데 있다.

토지정리 사업을 위해 동원된 '불도젤 책임운전수 강철호'는 진옥에게 호감을 갖고 접근한다. 철호는 '품이 적게 들면서도 실적을 올릴 수 있는 도로 옆의 기본포전을 거부'하고 '제일 구석진 막대골에서 불도젤의 첫 동음을 올리자고 제기'할 정도로 적극적인 인물이다. 하지만, 진옥은 '고난의 행군' 이후 "어떻게 하나 농사를 잘 지어서 어려운 시기를 이겨내자. 그전처럼 생활의 즐거움을 향유할 권리가 나에겐 없다"라고 되뇌면서 일에만 몰두한다. 진옥의 얼굴에서는 "청춘의 발랄한 웃음과 생신한 기운이 점점 사라지고 대신 걱정스러운 표정"만이 떠날 줄을 모른다. 강철호는 진옥의 이러한 각박한 태도에 일침을 가한다.

≪동무말처럼 제가 현실에 겁을 먹었는지는 모르겠지만 어쨌든 나에겐 생활을 즐길 여유가 없어요. 제 본문을 다한 그때에 가선 나도 남들처럼 노래도 부르고 춤도 추겠지만 지금은 그럴수 없어요. 이건 … 제 운명이랍니다.≫

≪운명이라구요?≫

강철호는 기가 막힌 어조로 처녀의 마지막말을 되풀이했다. 언제나 싱

---

23) 윤경찬, 「넓어지는 땅」, 『조선문학』 2001년 제10호.
24) 위의 글, 48쪽.

글벙글하던 그의 얼굴이 순간 엄해졌다.

≪동무 생활의 모든 것을 스스로 희생시키면서 농사일만 걱정하며 사는걸 장하게 생각하는 모양인데 똑똑히 알아 두시오. 그렇게 〈고달프게 살면서 자기 본분을 다하려 한다〉는 그건 어리석은 영웅성입니다. 오늘의 현실이 어려운건 사실이지만 동무처럼 인간적인 아름다움마저 희생시키면서 가까스로 지탱해야 할 정도는 아니지요. 우리 세상은 미래를 확신하는 가장 강하고 아름다운 인간들이 건설했고 그런 사람들에 의해서 굳건해 지지요. 그런데 동무 어떤 〈운명〉에 대해 말하려는거요.≫[25]

진옥은 '시대의 고난'을 극복하기 위해 '일꾼'으로서 최선을 다하려는 태도를 취한다. 그의 일하는 태도는 땅을 "알달복달 다루"는 것과 같다. 생활을 즐길 여유마저 갖지 못한 진옥의 모습은 각박하다. 그 각박함을 견뎌내기 위해 진옥은 "제 운명이랍니다"라는 표현까지 사용한다. 하지만, 강철호는 이에 대해 분명한 반박을 가한다. 그가 보기에 진옥의 태도는 "인간적인 아름다움마저 희생"시키면서 "가까스로 지탱"하는 것에 지나지 않는다. 그러한 버팀은 '미래'에 대한 낙관적 태도와는 거리가 멀다.

2000년대 북한 농촌 여성의 생산성 향상에 대한 노력은 여러 작품에서 확인할 수 있다. 2000년대 북한문학의 대표적 수작으로 꼽히는 변창률의 "영근이삭"은 개성적인 인물 '홍화숙'을 내세워, 개인의 이익과 국가의 이익이 만나는 지점을 긍정적으로 형상화하고 있다. 사회주의적 윤리에 기초한 평균주의적 노동평가를 반대하는 홍화숙의 태도가 이전에는 비판을 받았겠지만, "새로운 경제관리체제" 아래에서는 긍정적으로 평가받고 있다.[26] 이는 농촌 생산성을 향상하기 위해 요구되는 새로운 인간형에 대한 형상화로 볼 수 있다. 그래서 김재용은 이 작품에 대해 "새로운 경제관리체제 속에서 실리를 추구하

---

25) 위의 글, 51쪽.
26) 변창률, 「영근이삭」, 『조선문학』 2004년 제1호, 55쪽.

면서도 협동경리를 유지할 수 있는 새로운 방도에 대한 모색의 흔적이 농후"하다고 평가했다.[27]

"넓어지는 땅"은 "영근이삭"에 비해 훨씬 강박적이다. 이는 "넓어지는 땅"이 '고난의 행군'으로부터 자유롭지 못한 2001년에 발표되었고, 또 2002년 7·1조치 시행 이전의 작품이기 때문으로 유추할 수 있다. 그럼에도, 강철호는 진옥의 조급한 태도가 변화하는 시대 상황과 맞지 않다고 비판한다. 이는 강철호의 다음과 같은 언급에서 분명히 드러난다.

≪…사실 지금 우리 농촌엔 토지정리보다 더 절박한 일도 많고 당면한 농사문제만 해도 한두가지가 아니지요. 그러나 당에서는 모든 난관을 무릅쓰고 토지정리에 물질적, 로력적 투자를 아끼지 않고 있습니다. 왜냐면 그것이 우리 농촌을 공산주의 리상촌으로 꽃 피워 이 땅에 강성대국을 건설하시려는 장군님의 원대한 구상을 실현하는 사업이기때문이지요. 경애하는 장군님께서는 이것이 바로 미래를 확신하는 공산주의자들의 일본새라고 하시면서 토지정리 사업은 농촌에 남아 있던 봉건사회의 유물을 청산하고 이 땅을 로동당 시대의 토지, 사회주의 토지로 되게 하는 위대한 혁명이라고 하시였지요. 정말이지 우리가 하고 있는 토지정리는 단순히 땅만 넓히는 자연과의 투쟁이 아니라 〈고난의 행군〉을 겪으며 일시나마 좁아지고 어두워졌던 일부 사람들의 마음까지 넓혀서 래일에 대한 신심과 락관을 든든히 심어 주는 변혁이라고 할 수 있지요.…≫[28]

강철호의 진술은 처녀반장 진옥을 향해 있다. '생활을 사랑할 줄 모르'는 진옥은 '고난의 행군'이 가한 고통에서 벗어날 줄 모르는 비관적 인물이다. 이러한 비관적 태도를 극복하지 못하면, '강성대국'의 내일이 없다고 강철호는 강조한다. 강철호의 목소리는 개별적인

---

27) 김재용, 「7·1신경제관리체제 이후의 북의 문학」, 『실천문학』 가을호, 2005, 148쪽.
28) 윤경찬, 「넓어지는 땅」, 52쪽.

발화이기보다는 '당의 정언'에 가깝다고 볼 수 있다. 이 소설에서 강철호는 땅크병 출신의 제대군인이고 군토지 건설사업소 '불도젤 운전수'로 설정되어 있는데, 이는 선군시대 노력영웅의 형상화한 것이다. 이러한 강철호의 강직한 태도에 매료되어 진옥이 "사랑, 그것은 벅차고 참된 생활의 거세찬 격류 속에서 미래를 확신하는 강의한 인간들만이 느낄 수 있는 환희의 분출이다"라는 사실을 깨닫게 된다.

이 소설은 두 가지의 내포적 의미를 갖고 있다. "넓어지는 땅"은 '고난의 행군' 시절의 어려움에 대한 기억이 얼마나 북한 주민의 일상에 깊이 각인되어 있었나를 간접적으로 드러낸다. 진옥은 "자다가도 소스라쳐 일어나 벌로 나가군"하는 강박증에 시달린다. 그는 스스로 "≪고난의 행군≫시기를 잊었는가고 준절하게 꾸짖으며 살아 왔었다"[29]라고 할 정도로 자기암시적이다. 이렇다 보니, "행복한 시절에 대한 눈물겨운 자기 부정"을 통해 일상이 영위되고 있다. 이는 '사랑에 대한 부정'이며, '공포가 일상을 견디게 하는 상황'에 대한 진술이기도 하다. 여기서 주목할 부분은 여성의 성적 가치 판단이 어떤 사회적 환경 속에서 영향을 받고 있는가이다. 제프리 윅스는 "성적 가치는 폭넓은 사회적 가치들과 분리되기 어려우며, 그 사회적 가치 역시 천차만별이다"[30]라고 했다. 그런 의미에서 우리가 주목할 부분은 진옥의 선택 자체가 아니라, 그의 선택에 영향을 미치고 있는 집단적 가치이다. '고난의 행군' 이후 개인적 애정마저 자발성에 의해 통제되고 있는 양상은 비극적이다. 이는 북한 사회의 내면화된 공포의식이 이 소설에 투영되어 있음을 보여준다.

다음으로 소설의 문제해결 방식을 살펴볼 필요가 있다. 강철호는 선군시대를 대표하는 남성 화자라고 할 수 있다. 그는 분명한 목소리로 당의 의도를 진옥을 포함한 대중들에게 전달한다. 그는 '고난의 행군' 이후 비관적 태도를 갖고 있는 이들에게 '래일에 신심과 락관'

---

29) 위의 글, 48쪽.
30) 제프리 윅스, 서동진·채규형 옮김, 『섹슈얼리티: 성의 정치』, 현실문화연구, 1999, 173쪽.

을 심어주기 위해 '토지정리 사업'을 벌이고 있음을 분명히 한다. 당의 목소리가 '땅크병 출신의 제대군인'인 강철호에 의해 전달된다는 것은 '선군시대'의 상징성을 드러낸다. 이는 당의 목소리가 남성의 목소리이며, 현재 북한사회가 군인들(혹은 제대군인들)에 의해 문제해결이 이뤄지고 있음을 드러내는 것이라고 할 수 있다.

선군시대에 인민군대가 위기에 처한 농촌을 구하는 모습은 관습적일 정도로 반복적으로 등장한다. 김명익의 "백로떼 날아든다"[31]에서도 농업생산성을 향상시키기 위해 노력하는 정연순이 등장한다. 그녀는 농업대학을 졸업한 후 '도농촌경영위원회'에 배치 받았지만, 고향땅 연백벌에서 농업혁신을 이뤄내기 위해 작업반장으로 일한다. 연순은 논에 감자를 심어 이모작을 해 내려고 고군분투한다. 겨우 관리위원회를 설득해 감자를 심었지만, 갑작스럽게 내린 눈으로 농사를 망칠 위기에 직면한다. 이때 갑자기 '삽자루를 둘러멘 인민군전사들이 구보로 달려와' 눈을 치워줌으로써 감자농사를 도와주는 극적 상황이 전개된다. 이 정황은 오로지 인민군대만이 위기에 처한 농업을 구할 수 있다는 상징성이 가미된 것이고, '선군시대'의 이념을 문학작품에 과도하게 적용하려한 의지 과잉이 낳은 개연성의 결여이기도 하다. "넓어지는 땅"에서 당의 입장을 대변하는 저돌적 인물인 강철호가 '땅크병 출신의 제대군인'인 것도 '선군시대'의 이념을 현장에서 구현하는 구체적 인물 형상으로 볼 수 있다.

그런 의미에서 농업생산성 향상에서 농촌 여성은 주체적 위치에 서 있지만[32], 결정적 순간에는 인민군대나 제대군인의 도움을 필요로 하는 주변부적 인물로 급격히 하강하기도 한다. 이는 소설 형상화

---

31) 김명익, 「백로떼 날아든다」, 『조선문학』 2005년 제8호.

32) 여성의 주체적 위치가 대지와의 교감을 통해 형성되는 독특한 소설이 "정향꽃"이다. 이 작품은 쌍둥이 엄마 애숙이의 농사일에 대한 애정이, 대지에 대한 사랑으로 이어지는 과정을 낭만적으로 서술한다. "정향꽃"은 여성과 대지를 동화시킴으로써 '민족주의적 낭만성' 독특한 문체로 표현하고 있어 주목할 만하다(김형수, 「정향꽃」, 『조선문학』 2006년 제4호).

에서 '선군시대'의 이념이 과도하게 적용됨으로써, 여성의 주체성이 훼손되는 경향을 보이고 있음을 나타낸다. 앞에서도 언급했듯이, 1990년대 북한의 일부 소설에서 여성이 국가와 민족의 이데올로기적 호명으로부터 상대적으로 자유로운 인물로 형상화되는 경우도 있었다. 하지만, '고난의 행군'을 겪고 난 이후, 일종의 총동원체제에 직면해서는 '여성 정체성'에 대한 독자적 논의가 약화되는 경향이 확연히 드러나고 있다.[33] 이는 '선군시대'에 남성성에 대한 이데올로기적 강조가 이뤄짐으로써 '젠더로서의 여성'이 국민총동원 체제에 복속되는 양상이 가중되고 있다는 사실을 반증한다.


## 4. 혁신에 대한 열망과 이념형 여성인물

김영선의 "불길"[34]은 선군시대에 부응하는 헌신적 여성상을 제시한 작품이다. 구세대와 새로운 세대의 대립, 여성과 남성의 갈등을 축으로 낡은 것과 새로운 것의 대결까지 얽혀 있어 흥미로운 서사적 흐름을 형성한다.

소설 화자이며 기자인 '나'는 샘골마을에서 로력영웅칭호를 받은 류근혁을 취재하는 과정에서 그와 정이 들었다. 류근혁은 '조국해방전쟁시기 1211고지에서 영웅적으로 싸웠던 인물'로, '거지골'로 불리던 샘골마을을 "집집마다 세칸짜리 온돌방에다 현대적인 세간들이 그쯘하게 갖추어진 마을"로 바꿔냈다. '나'는 류근혁이 세상을 떠난

---

33) 우에노 치즈코는 '국민국가와 젠더'에 관해 흥미로운 언급을 하고 있다. "이것은 '국민화'와 '젠더'의 '경계의 정의'를 둘러싼 물음, 즉 '국민'이 남성성을 모델로 정의되었을 때 '총동원 체제'와 '성별영역 지정'의 딜레마를 어떻게 해결할 것인가를 둘러싼 두 가지 방법의 해결 가능성을 암시한다. 결론부터 이야기하자면 '참가형 integration'과 '분리형 segregation'이라고 해도 좋을 것이다. 오해가 없도록 말해 두면 양쪽 다 '2류 시민'이라는 한정된 틀 안에서 진행되었다는 것은 말할 필요도 없다." (우에노 치즈코, 이선이 옮김, 『내셔널리즘과 젠더』, 박종철출판사, 1999, 25쪽.)

34) 김영선, 「불길」, 『조선문학』 2005년 제5호.

이후로는 샘골마을을 방문할 기회가 없었다. 그러던 차에 사촌동생 결혼식 때문에 이웃동네에 왔다가 샘골마을을 일부러 시간을 내서 방문하게 된다.

'내'가 샘골마을을 다시 방문해야겠다는 생각을 갖게 된 것은 우연히 열차에서 신대승을 만났기 때문이다. 신대승은 '류근혁이 애착을 가지고 키우던 총각분조장'이었다. 신대승은 '나'에게 류근혁의 딸 은아가 작업반장으로 일하면서 "아버지가 수십년간 이루어놓은 것들을 모조리 뒤집어 엎는다"면서 깊은 우려를 표명했다. 신대승과 류은아의 갈등이 예사롭지 않다는 사실을 간파한 '나'는 류근혁과의 정리를 생각해 진상을 파악하려 나선다.

처음 소설은 신대승의 입장에서 사건의 전달이 이뤄진다. 신대승은 '나'에게 '자신이 신분조장에서 시대에 뒤떨어진 구분조장이 된 사연'을 이야기한다. 밭이랑을 정리하는데서 대승은 은아와 의견 충돌이 있었고, 다음에는 최뚝을 없애는 데서 입장이 갈리면서 대판 싸우기까지 했다. 최뚝은 밭두둑에 난 길을 지칭한다. 은아는 "최뚝은 네 땅, 내 땅을 가르던 낡은 사회의 유물"이기에 아예 없애버리고 거기에 곡식을 심어 낟알 한줌이라도 보태자고 주장한다. 이에 반해 신대승은 농사에는 때가 있다면서 반대했다. 신대승이 보기에 지금은 "강냉이모를 옮기고 한쪽으로 빈포기를 찾아 보식해야 하는, 고양이 손이라도 빌려써야" 할 만큼 바쁜 때이다. 이때에 최뚝을 없애는 일에 매달리다가는 자칫 농사의 때를 놓칠 수 있다는 것이다. 신대승의 내심에는 류은아가 제대한 지 몇 해 밖에 안 되고, 또 농장대학에 다닌 지 이제야 3년 남짓 밖에 안 되었기에 서툰 반장으로 간주하는 태도가 자리하고 있었다. 신대승의 반발에도 불구하고 은아는 최뚝을 몽땅 뒤집어엎고 거기에 강냉이를 심어버린다. 이때 신대승은 "잘 못했다는 생각보다도 모욕 받은 아픔이 더 크"게 느껴졌다.

'나'에게 이런 사연을 전하던 신대승이 농장일 때문에 자리를 비우자, '나'는 다른 각도에서 이 사건에 접근하려고 취재를 시작한다. 먼저, 축산분조를 방문해 신대승과 류은아의 갈등을 객관적인 위치에 있는 초옥이 어머니를 통해 전해 듣게 된다. 은아가 돼지우리를 헐어 버리겠다고 나섰을 때, 작업반원들은 은아 반장의 겸손치 못한 처사에 불만이 가득했다고 한다. 돼지우리는 은아의 아버지인 류근혁의 공적이 깃들어 있는 곳이며, 그 돼지우리 덕을 샘골마을 사람들은 톡톡히 보아왔다. 그런데 은아가 아버지의 공적을 부정하는 듯한 태도를 보이자, 샘골 사람들이 쑥덕거린 것이다. 은아와 대승의 첨예한 대결 현장을 초옥이 어머니는 다음과 같이 재현해낸다.

≪돼지우리를 왜 헐지 못해 몸살이요?≫
≪낡았어요.≫
≪낡았다. … 어째서? …≫
대승은 입귀를 일그러뜨리며 ≪흥.≫하고 코웃음을 쳤다.
은아는 꼿꼿해진 눈길을 대승에게 견주며 또박또박 그루를 박듯 말했다.
≪두벌농사를 대대적으로 하자면 헐어버리고 다시 지어야 해요.≫
대승은 뒤짐을 짓고 천천히 은아의 앞뒤를 빙 돌았다.
≪동무는 저 돼지우리에 아버지의 땀이 얼마나 슴배여있는지 알기나 하오? 그래서 우리 작업반사람들이 저 돼지우리를 보며 어떤 각오를 다지는지 알기나 하오?≫
한참후에 약간 갈린 듯 한 은아의 목소리가 대승의 귀전을 쳤다.
≪저도 알고있어요. 그래서 헐어버리자는거예요.≫[35]

신대승은 돼지우리의 상징성 때문에 허무는 것을 무작정 반대한 것은 아니었다. 연중 가장 바쁜 영농기에 최뚝 허는 문제와는 차원이 다른 대공사인 '돼지우리 새로 짓는 문제'를 추진하는 것에 대해 비판한 것이다. 신대승은 류근혁의 권위를 빌려와 "우리 작업반은 류근

---

35) 위의 글, 33쪽.

혁작업반장이 있을 때부터 한번도 알곡생산계획을 드틴 적이 없는 작업반"이었음을 강조한다. 이에 대응하는 류은아의 태도 또한 결연하다. 류은아는 "제가 바로 류근혁의 딸이라는걸 명심하세요"라고 외치면서 청년동맹원들과 돼지우리를 몽땅 헐어버리고 만다.

은아와 대승의 대립은 북한사회가 현재 추구하려는 혁신의 방향을 상징적으로 나타내는 것으로 해석이 가능하다. 노력영웅이었던 류근혁의 혁명적 전통을 어떤 방식으로 계승하는 것이 올바른가에 대한 첨예한 대립이 신대승과 류은아의 갈등 사이에 갈무리되어 있다. 신대승은 혁명전통을 이어감으로써 좀 더 온건한 작업반 운영을 주장하고 있는 반면, 류은아는 근본적인 혁신을 통해 류근혁의 뜻을 계승하려 한다. 이 둘은 모두 '류근혁이 만들어낸 전통'을 자기주장의 정당성으로 내세운다. 신대승은 류근혁과 함께 일해 온 경륜을 내세우고 있는 반면, 류은아는 "제가 바로 류근혁의 딸"이라는 사실을 직접적으로 제시한다. 은아의 주장은 북한사회에서 지도자의 권위가 어디에서 나오는가를 보여주는 상징적 진술로도 읽을 수 있다. 혈연관계를 우선시하는 태도가 '류근혁-류은아'의 연속성에 대한 승인에 나타나 있다. 또한, 보다 근본적인 차원에서 이 작품은 류근혁의 뜻을 계승할 수 있는 이는 "시대의 요구"에 따라 "부단히 전진하고 혁신"하는 사람이라고 주장하면서, 대담한 결단을 해 나가는 류근혁의 딸 류은아를 후계자로 규정한다.

2000년대 북한 농촌 여성 소설에서 '부녀(父女)'의 관계가 혁명적 전통의 계승 관계로 자주 등장한다. 앞에서 언급한 김명익의 "백로떼 날아든다"의 주인공인 정연순은 구름봉 작업반장이었던 아버지 정태봉의 뜻을 잇는 혁명적 일꾼으로 그려져 있다. 또, 김성희의 "룡산의 메아리"의 화자인 별이의 아버지도 "목장의 초창기 지배인"으로 설정되어 있다. 무엇보다 주목할 작품이 박경철의 "이 땅은 넓다"[36]

---

36) 박경철, 「이 땅은 넓다」, 『조선문학』 2008년 제10호.

이다. 이 작품의 주요인물인 류순애는 "불길"의 은아처럼 당찬 여성 인물이다. 류순애는 류만식의 외동딸로서, 그만이 진정 "혁명적 군인 정신"을 지니고서 "최대한의 실리"를 얻을 수 있다는 '후계자적 자부심'을 강하게 갖고 있다. 이러한 혁명적 전통 속에서 순애는 '논에다 콩을 심는 혁신적 시도'를 성공적으로 이끌어낸다.

그렇다면, "불길"에서 신대승과 류은아의 갈등이 어떤 방식으로 해결되었을까. 그 해결과정에 대한 진술은 신대승의 집에서 이뤄진다. 항상 류은아 편에 서 있었던 초옥이가 신대승과 결혼한 후 단란한 가정을 이루고 있는 것이다. 초옥과 대승이 맺어질 수 있도록 주선한 것은 바로 은아였다. 초옥은 '나'에게 그때의 사정을 조목조목 설명한다. 신대승의 우려와는 달리 돼지우리를 헐고 새롭게 짓는 데는 단지 스무날이 걸렸을 뿐이었다. 청년동맹원들이 저녁마다 돼지우리공사장에서 일해 공기를 단축시킴으로써 영농기의 바쁜 일손에 지장을 주지 않게 한 것이다. 신대승이 또한 "은아동무의 일솜씨는 아버지때부터 물려받아 내려오는 것이라고 하는데 무슨 일이든 그를 당하는 사람이 없습니다"라면서 결국 승복하고 만다. 신대승은 최뚝 없앤 곳에서 강냉이가 800키로나 수확되고, 돼지우리 또한 입체식으로 현대적이면서도 돼지를 곱은 더 기를 수 있게 지어진 것에 감탄한다. 두벌 농사를 하자면 모든 것이 두 배가 되어야 한다는 은아 반장의 주장이 관철된 것이다.

이 소설은 은아에 대한 오해에서 시작되어, 은아 반장의 행위가 옳았음을 증명하는 방식의 결말로 나아간다. '나'에게 사건을 진술하는 사람도 처음에는 신대승이었다가, 다음에는 사료 관리책임자인 초옥이 어머니이고, 다시 초옥을 거쳐 신대승으로 넘어가면서 정보의 조합이 이뤄지는 양상을 띤다. 이 소설의 묘미는 바로 여기에 있다. 독자들은 기자인 '나'가 수집하고 조합해낸 정보를 통해 은아의 영웅적 면모에 점차 동화되어 간다. 더구나 초기에 신대승을 통해 접했던 내용이, 소설의 결말에서는 판이하게 다른 반전으로 이어짐으로써 서사적 긴장이 지속된다.

소설의 대미에서 신대승은 "저기 기러기떼 길잡이처럼 맨 앞에서 호미질을 하고 있는 처녀가 은아반장입니다"라고 말하며 존경심을 한껏 표현한다. 작가 또한 '나'의 목소리를 빌려 "낡고 뒤떨어진 모든 것을 불사르며 강성대국건설에로 줄기차게 내달리는 선군시대의 참된 지휘관!"으로 은아 반장을 호명한다. 그러면서, 후대들은 앞선 세대가 이루어놓은 공적을 현상유지나 해서는 안 되고 대담하고 크게 혁신해나갈 때만이 참된 계승이 이뤄진다고 진술한다.

"불길"에는 이상적인 농촌여성의 형상이 직접적으로 제시되어 있다. 은아는 제대군인이며, 노력영웅 류근혁의 딸이자, 새로운 세대를 대표하는 젊은 여성반장이다. 그는 신대승에게 "치마두른 반장"이라고 다소 경멸적인 호명을 받기도 하고, 작업반원들에게도 '아버지의 공적을 무시하는 겸손치 못한 젊은 반장'으로 불린다. 하지만, 은아는 류근혁의 업적을 현상유지 하는 것이 아니라, '선군시대의 요구'에 맞게 혁신을 통해 농업 생산성을 배가시키는 성과를 낸다. 이 작품은 2000년대 북한문학의 이념이 지향하는 바가 무엇인가를 여실히 보여준다. 선군시대의 표상으로서 제대군인인 은아는 역시 제대군인출신의 열정적인 리청년동맹비서와 함께 청년동맹원들을 동원해 혁신을 주도했다. 더불어 은아는 스스로를 "제가 바로 류혁근의 딸이라는 사실을 명심하세요"라며, 자신이야말로 류혁근의 혁명적 의지를 제대로 계승할 수 있는 존재임을 확언한다. 이는 '김일성-김정일-김정은'으로 이어질 새로운 후계체제에 대한 문화적 정당화 작업으로 읽을 수도 있다.

농업 생산성의 배가에 여성이 적극적으로 동참하고, 또 동원되는 양상은 이채롭다. 이는 그만큼 북한의 농촌 사회에서 여성의 위치가 당당함을 증언하는 것이고, 다른 한편으로는 북한 여성이 '남성과 차이 없이' 생산성 향상에 동원되고 있음을 드러내는 것이기도 하다. 그 '차이 없는 여성'은 바로 북한문학이 표상하는, 혹은 그리고자 하는 이념형이다. 하지만, 그리고자 하는 것이 바로 실재하는 것이라고 할 수는 없다. 이 간극 속에서 북한문학의 이데올로기적 기능이 도출된다. 선군시대를 옹호하는 여성은 '동원된 참가'를 수락한 것이며, 생산성의 혁신을 선한 것으로 바라보는 생산력주의를 자기화한 것이라고 할 수 있다. 그런 의미에서 북한 여성의 '선군시대'에의 참여는 '이데올로기로적 젠더의 형상'을 하고 있다고 평가할 수 있다.

## 5. 선군시대의 위기담론과 여성의 자발적 동원

북한의 대표적인 문학이론가인 김정웅은 이전시기 사회주의 문학에서 로동계급을 혁명의 주력군으로 내세웠다면, 선군혁명문학은 "내세우고 형상하여야 할 기본주인공은 선군시대의 혁명의 주력군-인민군대"라고 했다.[37] 이러한 분명한 선언에도 불구하고, 그는 사회주의 문학과 선군혁명문학의 관계를 봉합하고 있다. 인민군대가 주인공이면서도 선군시대에 맞게 형상화만 된다면 농업근로자나 지식인도 주인공이 될 수도 있다는 것이다. 여성은 농업근로자로서 농업생산성 강화를 위한 과업을 수행하는 '선군시대'의 구현자로 형상화되어 있다. 이들 여성농업근로자는 제대군인이나 인민군대의 도움을 통해서 그 과업을 완수하는 경우가 많다. 그런 의미에서 선군시대 농촌여성은 농업생산력 증대의 주인공이면서도, 인민군대에 의존하는 '선군시대'의 조력자로 형상화되어 있다.

2000년대 북한 문학에서 형상화된 농촌 여성을 통해 북한 사회가 처해 있는 현실을 다음 몇 가지를 계열화해 이해할 수 있다. 이는 형상화의 논리에서 주체가 처해 있는 상황을 계열화한 것이기도 하다.

첫째, '선군시대'의 이념으로 제시되어 있는 '선군사상, 선군정치'

---

37) 김정웅, 「선군혁명문학에서 주인공문제」, 『조선어문』 제3호, 2004, 8쪽.

가 북한 농촌 여성을 형상화한 소설에서는 뚜렷한 내용성을 띤다기보다는 '고난의 행군'에 대한 고통스러운 기억, 공포와 연결되는 경우가 많다. 이 공포의 기억이 '생산력주의'에 대한 강박으로 구현되어 있다. 김성희의 "룡산의 메아리"나 윤경찬의 "넓어지는 땅"은 여성이 주도해 생산력 증대를 이뤄내야 하는 농촌풍경을 그렸다. 이들은 모두 '고난의 행군'의 아픈 기억을 통해 농업생산력 강화라는 과업에 대해 강박증적으로 반응한다. 2005년에 발표된 조인영의 "한 녀인에 대한 추억"에 이르러서야 '고난의 행군'에 대한 회고적 진술이 이뤄진다. 이는 2000년대 중반 즈음에야 북한사회는 '고난의 행군'에 대해 객관화할 수 있는 여유를 갖게 되었음을 나타낸다.

둘째, 2000년대 농촌 여성 형상에서 간과하지 않아야 할 부분은 북한 여성이 '공적 세계'에서 당당한 농업근로자이기는 하지만, '사적 세계'에서는 가정이나 연애 등이 억압된 약소자라는 사실이다. 농업근로 영웅으로서 공적 영역에만 헌신하려드는 변음전 여인의 형상이나("한 녀인에 대한 추억"), 연애 감정을 애써 외면하려드는 진옥의 형상("넓어지는 땅")이 그 대표적인 예이다. 사생활이 보장되지 않는 공적 세계는 인간 삶의 비정상성을 간접적으로 드러낸다. 그것은 개인의 내밀한 감정보다는 전체성을 중시하고 있음을 보여주는 것이고, '사적 자유'가 보장되지 않음을 나타내는 것이기도 하다. 사적 자유에 대한 억압이 많은 부분에서 '고난의 행군'에 대한 공포스러운 기억을 환기하며 이뤄지고 있다는 사실은 북한 사회가 처해 있는 불행한 현실을 증언한다. 더불어, 1990년대 북한 여성소설에서 '국가와 민족으로 환원되지 않는 여성 정체성 찾기'가 이뤄졌던 반면, '고난의 행군'을 겪고 난 이후인 2000년대 여성 소설에서는 '국민총동원체제'에 준하는 여성의 젠더적 동원이 이뤄지고 있음을 확인했다. 여성은 '선군시대'의 이념에 따라 '남성성'을 일상화하거나, '젠더적 재구성' 작업을 해야 하는 상황에 처해 있다. 이는 북한문학이 강박처럼 '남성성'의 신화에 포박되어 있음을 증명한다.

셋째, '선군사상, 선군정치'의 이념에는 새로운 후계체제에 대한 상징적 서사가 자리 잡고 있다. 그 대표적인 예로 김영선의 "불길"을 거론할 수 있다. 이 작품은 북한의 후계체제 구축과 관련해 징후적 독해가 가능하다. 주요인물인 은아는 노력영웅칭호를 받은 류근혁의 딸로 등장해 '샘골마을'을 새롭게 부흥시킨 뛰어난 인물로 형상화되어 있다. 은아는 제대군인이며, 새로운 세대를 대표하는 젊은 여성반장이다. 아버지 류근혁의 뜻을 받들면서, 아버지보다 더 뛰어난 성취를 이끌어내는 류은아의 형상은 후계구도와 관련해 북한 사회의 이념적 지향을 보여준다.

주목할 부분은 북한문학에 나타난 여성의 정체성의 재구성이 '자발적 동원'의 외양을 띠고 있다는 점이다. 이를 통해 체제의 위기가 '국민의 성격'을 '남성성'(선군시대)으로 고착화하는 양태 속에서 여성의 지위가 상대적으로 하락하고 있음을 알 수 있다. 1946년 '북조선의 남녀평등권 대한 법령'이 발표된 이후, 북한은 사회주의 이념에 따라 여성의 지위에 대한 보장이 이뤄졌다.[38] 그러나 가부장적 국가질서 속에서 '여성성'은 상대적으로 위축되는 양상을 보여 왔다.

국가기구는 '총동원체제'라는 비상선포를 통해 일상을 지배한다. 비상상황에서 지배당하는 일상은, 바로 비정상적 일상을 당연시하는 태도로 이어지기 마련이다. 그 일상화된 비상상황 속에서 북한 여성의 자발적 동원이 이뤄지고 있다. 그렇기에, '고난의 행군'이라는 위기 국면 이후 북한 여성들의 '자발적 동원' 속에서 여성은 점차 '2등 국민화'되는 징후를 보이고 있다.

현재를 추동하는 힘으로 과거의 상처가 동원되고 있는 사회는 불행하다. 현실에 기반 해 현재와 미래를 가늠할 수 있을 때, 즉 과거로부터 자신을 객관화할 수 있을 때라야 안정된 일상이 가능하다. 그런 측면에서 볼 때, '선군시대'라는 담론은 '고난의 행군'이라는 과거에

---

38) 김기옥 외, 『북한여성들은 어떻게 살고 있을까』, 대동, 1997, 18~19쪽.

포박된 담론이며, 북한사회가 아직도 일종의 위기극복을 위한 비상
체제하에 있음을 스스로 증명하는 담론이기도 하다.

# 참고문헌

김기옥 외, 『북한여성들은 어떻게 살고 있을까』, 대동, 1997.

김명익, 「백로떼 날아든다」, 『조선문학』 2005년 제8호.

김성희, 「룡산의 메아리」, 『조선문학』 2001년 제5호.

김영선, 「불길」, 『조선문학』 2005년 제5호.

김재용, 「북한문학에서의 여성과 민족 그리고 국가」, 『분단구조와 북한문학』, 소명출판, 2000.

_____, 「7·1신경제관리체제 이후의 북의 문학」, 『실천문학』 가을호, 2005.

김정웅, 「선군혁명문학에서 주인공문제」, 『조선어문』 제3호, 2004.

김현숙, 「북한문학에 나타난 여성인물 형상화의 의미」, 『여성학논집』 제11집, 1995.

김형수, 「정향꽃」, 『조선문학』 2006년 제4호.

리창유, 「선군시대의 요구와 작가의 탐구정신: 지난해 하반년도 『조선문학』 잡지에 실린 단편소설들을 두고」, 『조선문학』 2008년 제3호.

문학예술사전 편집집단 편집, 『문학예술사전』(상), 평양: 과학백과사전종합출판사, 1988.

박경철, 「이 땅은 넓다」, 『조선문학』 2008년 제10호.

변창률, 「영근이삭」, 『조선문학』 2004년 제1호.

우에노 치즈코, 이선이 옮김, 『내셔널리즘과 젠더』, 박종철출판사, 1999.

윤경찬, 「넓어지는 땅」, 『조선문학』 2001년 제10호.

이상경, 「북한 여성 작가의 작품에 나타난 여성 정체성에 대한 연구」, 『여성문학연구』 제17호, 2007.

이주미, 「북한문학을 통해 본 여성 해방의 이상과 실제」, 『한민족문화연구』 제8집, 2001.

임옥규, 「'고난의 행군' 이후 북한문학에 나타난 여성·모성·조국애 양상: 『조선문학』(1997~2006)을 중심으로」, 『여성문학연구』 제18호, 2007.

전상찬, 「선군시대 단편소설문학에 형상된 주인공들의 성격적 특징」, 『조선어문』 제1호, 2003.

전이련, 「선군시대 녀성들의 생활을 반영한 가사문학의 사상주제적특성」, 『조선어문』 제1호, 2003.

「정론: 선군혁명 천만리: 제1편 다박솔언덕에서」, 《로동신문》 2001년 12월 15일.

정성장, 「김정일 시대의 정치체제 특징 연구」, 통일부 2003년도 정책연구과제, 2003.

정희진, 『페미니즘의 도전』, 교양인, 2006.

제프리 윅스, 서동진·채규형 옮김, 『섹슈얼리티: 성의 정치』, 현실문화연구, 1999.

조인영, 「한 녀인에 대한 추억」, 『조선문학』 2005년 제9호.

조지 모스, 서강여성문학연구회 옮김, 『내셔널리즘과 섹슈얼리티』, 소명출판, 2004.

진희관, 「북한에서 '선군'의 등장과 선군사상이 갖는 함의에 관한 연구」, 『국제정치논총』 제48집 1호, 2008.

최영석, 「여성 해방과 국가적 기획: 북한 문학에서의 여성 재현」, 『현대문학의 연구』 23, 2004.

한수은, 「형상의 논리와 진실성」, 『조선어문』 제1호, 2000.

한정길, 「선군시대 혁명군가들에 구현된 사상예술적 특성」, 『조선예술』 2004년 제12호.

# 북한 회화에서
# 아동 이미지의 양태와 이데올로기적 함의

: 화집 『오늘의 조선화』(1980)를 중심으로

홍지석

## 1. 컬러 화집 『오늘의 조선화』(1980)의 아동 이미지들

북한 평양조선화보사에서 1980년에 발간한 컬러 화집 『오늘의 조선화』는 1950년대~1970년대 북한 조선화 대표작 110여 점을 망라하고 있다.[1] 같은 해에 'Pyongyang Foreign Languages Publishing House'에서 『오늘의 조선화』 영문판 *Korean Paintings of Today*를 발간하여 일본 등 외국에 보급한 것만 보아도 이 책이 북한미술에서 갖는 중요성이 얼마나 큰지를 쉽게 가늠할 수 있다. 이 화집을 펼쳐보면 특히 내용면에서 특이한 점이 발견된다. 110여 점에 달하는 전체 작품 가운데 유독 '아동'이 등장하는 그림이 많다는 점이다. 아동 소재의 그림은 20여 점으로 전체의 약 1/6에 달한다. 북한미술의 가장 중요한 주제인 '수령 형상'에는 못 미치지만 그 못지않게 중요한 '노동자 형

---

1) 이 작품들 가운데 제작 시기가 가장 앞서는 작품은 정종여의 〈5월의 농촌〉(1956), 김용준의 〈춤〉(1957)이다.

상'에 버금가는 숫자다. 또한 아동소재의 그림은 차관중 〈공연준비〉(1970), 박영숙 〈유치원어린이 건강진단〉(1970)에서 강정호 〈행복〉(1978)까지 1970년대 작품에 집중되어 있다. 이러한 사실로부터 우리는 당시 북한미술에서 '아동'이라는 주제가 매우 중요했다는 것을 알 수 있다. 예컨대 이 화집에 소개된 대부분의 아동 소재 그림들 —이를테면 〈행복〉, 〈어린 머슴의 쪽잠〉, 〈유치원 어린이 건강진단〉, 〈일자리를 얻고저〉 등—은 1987년에 북한에서 출간된 『주체미술의 대전성기』에서 주체시대를 대표하는 미술 작품으로 언급되고 있다.[2] 이러한 사실로부터 우리는 '아동'이라는 주제가 북한미술의 역사적 흐름과 문맥을 파악하는 중요한 단서임을 유추할 수 있다. 그렇다면 이 그림들에서 아동은 어떤 모습으로 묘사되었는가? 그리고 그러한 묘사가 뜻하는 바는 무엇인가? 이 글은 이러한 질문에서 출발한다.

북한미술에 등장하는 아동이미지에 대한 국내 선행 연구로는 남재윤의 「1960~70년대 북한 '주체 사실주의' 회화의 인물 전형성 연구」(2008)가 유일하다. 이 글에서 남재윤은 강정님과 홍호렬, 박영숙, 그리고 최상선의 회화 작품을 분석하여 '동그란 얼굴에 발그레한 볼, 건강한 체형에 단정한 외모'라는 북한 미술의 전형적 아동 이미지를 도출한다.[3] '짧은 하의', '꽃이나 리본으로 장식한 단발머리'(여자 어린이), '짧고 단정한 머리'(남자 어린이)는 북한 미술작품에 등장하는 전형적인 아동 이미지다. 남재윤이 보기에 이러한 전형성은 '현재에 대한 긍정', 사회의 희망과 건강한 미래에 대한 상징적인 의미'를 담고 있다.[4] 또한 그것은 긍정적 인물과 이상적 생활상을 중시하는 이른바 주체 사실주의식 인물 전형성의 대표적인 사례다.[5]

2) 홍의정, 『주체미술의 대전성기』, 조선미술출판사, 1987, 54~65쪽 참조.
3) 남재윤, 「1960~70년대 북한 '주체 사실주의'회화의 인물 전형성 연구」, 『한국근현대미술사학』 제19집, 2008, 128쪽.
4) 위의 글, 129쪽.
5) 위의 글, 131~132쪽.

남재윤의 연구는 북한미술에 등장한 아동 이미지에 대한 국내 최초의 연구라는 점에서 의의가 있다. 인물 전형성의 수준에서 북한 미술에 등장하는 아동 이미지를 파악한 것 역시 이른바 '주체 사실주의'를 파악하는데 큰 보탬이 된다. 다만 남재윤의 연구에서 아쉬운 것은 '아동'이라는 주제의 심층적, 이데올로기적 함의에 다소 피상적으로 접근하고 있다는 점이다. 주지하다시피 '아동'이라는 개념은 이른바 근대성 담론에서 남다른 비중을 차지하고 있다. 예컨대 1997년 국내에 번역, 출간되어 큰 반향을 일으킨 『일본근대문학의 기원』(1980)에서 가라타니 고진은 "아동이 객관적으로 존재하고 있다는 것은 누구에게나 자명해" 보이지만 "우리가 보고 있는 것 같은 '아동'은 극히 최근에 형성됐다"고 주장한다. 그가 보기에 '아동의 발견'은 '풍경의 발견'과 마찬가지로 근대적 주체의 내면 형성과정에서 발생한 일종의 역사적 사건이다.[6] 가라타니 고진에 뒤이어 우리 사회에는 '아동'개념의 역사적 전개 과정에 주목한 필립 아리에스, 닐 포스트먼의 논의가 본격적으로 번역 소개되었고 그 과정에서 우리는 근대와 관련된 문제적 개념으로서 '아동'개념에 이전보다 훨씬 주목하게 되었다.

이런 관점에서 보자면 북한 미술에 등장하는 아동 이미지는 일제강점기 어린이운동과 맞물려 진행된 소위 '근대적 아동의 탄생'이 해방과 한국전쟁 이후의 북한 사회에서 어떻게 계승되고 변형됐는지를 가시성의 관점에서 고찰할 수 있는 중요한 단서다. 그렇다면 근대성의 관점에서 북한 아동 이미지의 이데올로기적 함의를 다룰 수 있지 않은가. 이러한 인식에서 이 글은 북한 조선화에 등장한 아동 이미지의 함의를 해석해 보고자 한다. 이를 위한 논의의 전제로서 필립 아리에스(Philippe Ariès)의 '아동의 탄생' 담론은 매우 유용하다. 아리에스에 따르면 아동의 탄생과 근대적 가족의 등장이 맞물려 있으며, 근

---

6) 가라타니 고진, 박유하 역, 『일본 근대문학의 기원』, 민음사, 1997, 151~179쪽.

대적 가족은 사회성과 갈등관계에 있다. 이는 특히 북한과 같은 전체주의 사회에서 큰 문제가 될 것이다. 전체(사회성)를 중시하는 체제 지향성이 고립과 폐쇄, 안락감, 프라이버시를 중시하는 근대 가족의 지향성과 충돌할 것이기 때문이다. 이제 그 내용을 구체적으로 살펴보기로 하자.

## 2. 근대의 긴장: 아동 – 가족과 사회 – 전체

먼저 1960년대와 1970년대에 북한에서 제작된 두 작품을 보자. 하나는 강정님의 〈부탁〉(1966)이고 다른 하나는 조문희의 〈손녀가 배운 첫글〉(1975)이다. 이 작품들을 이해하기 위해서 우리는 남재윤의 해석을 참조할 수 있다. 남재윤은 강정님의 〈부탁〉을 이렇게 서술한다. "〈부탁〉은 공연을 앞둔 어린이의 모습을 담았다. 단아한 모습의 어머니는 무릎을 굽혀 아이에게 눈을 맞추고 격려를 보내고 있다. 곧 무대에서 바이올린 연주를 보여야 할 아이를 성원하는 어린이의 모습으로 어린이에 대한 따뜻한 지지와 애정을 표현하였다"[7] 이러한 서술은 다음과 같은 해석, 곧 "어린이를 보살피는 어른의 모습, 특히 어머니와 할머니가 아이들을 돌보는 모습이 이상적인 가정생활상으로 표현"됐다는 해석으로 이어진다.[8] 이것은 교육자로서 어머니와 할머니의 역할을 강조한 것이다. 여기에 남재윤은 후세를 공산주의적으로 교양, 육성하는 어머니의 임무와 역할을 강조한 1961년 김일성의 연설을 덧붙인다.[9] 그러나 남재윤의 해석과 달리 여기서 어머니와 할머니의 역할은 격려하고 구경하는 것으로 한정돼 있다. 그것은 돌보고 가르치고 야단치는 능동적인 교육자의 모습이 아니다. 두

---

7) 남재윤, 앞의 글, 128쪽.
8) 위의 글, 128쪽.
9) 위의 글, 128쪽. 각주 40) 참조.

작품에서 아이들의 시선은 어머니(할머니)가 아니라 다른 곳을 향한다. 더구나 아동 이미지를 등장시킨 북한 미술작품에서 '어머니'의 이미지(물론 김정일의 어머니 김정숙은 예외로 하고)를 찾는 것은 그리 쉬운 일이 아니다. 〈부탁〉에서처럼 1960년대까지는 그래도 간간히 미술작품에 등장하던 '어머니 이미지'는 1970년대에는 거의 자취를 감춘다. 이제 아동 곁에는 빈번히 할머니와 할아버지가 배치된다. 그 할머니와 할아버지는 아이와 마찬가지로 무력한 모습으로 표상된다. 〈손녀가 배운 첫글〉에서 눈이 어두운 할머니는 안경을 쓰고 손녀의 공책을 바라본다. 〈산전막에 남긴 사랑〉(김상직, 1977)에서 손자와 할아버지는 이른바 장군이 남겨두고 간 것에 감사하며 감격의 눈물을 흘린다. 이러한 양태를 어떻게 해석할 것인가? 그 단서를 우리는 필립 아리에스의 논의에서 찾을 수 있을지 모른다.

필립 아리에스에 따르면 '아동'개념은 근대에 탄생한 것이다. 물론 중세에도 아동은 존재했지만 이 시기에는 그들을 별도로 구분하지 않았던 반면 17~18세기 근대로 이행하는 과정에서 아동에 대한 관심이 아주 높아졌고 이에 따라 그들을 특별한 존재—귀엽고 순수하고 나약한 그러므로 보호와 훈육이 필요한 존재—로 구분하는 태도가 보편화됐다는 것이다. 그는 이러한 현상을 '아동의 탄생'이라고 지칭한다. 더 나아가 아리에스는 아동의 탄생과 더불어 세간과 단절된 '부모와 아이들의 고립된 집단'으로 근대적 가족이 등장했다고 주장한다.[10] 그리고 '아동'과 '근대적 가족'의 탄생은 사생활, 내밀성에 대한 요구를 증폭시켰다[11]. 그에 따르면 외부와 단절된 폐쇄적인, 그러나 안락한 공간으로서의 집-가정의 대두는 이렇게 증폭된 사생활에 대한 요구와 불가분의 관계다. 이제 가정(집)은 외부의 시선을 피할 수 있는 피난처이자 부모와 자녀의 감성적 관계가 형성되는 애정의 장소가 되었다.[12]

---

10) Philippe Ariès, 문지영 역, 『아동의 탄생』(1973), 새물결, 2003, 637쪽.
11) 위의 책, 651쪽.

여기서 주목을 요하는 것은 아리에스가 아동-근대적 가족의 탄생을 사회성의 쇠퇴와 관련지어 설명하고 있다는 점이다. 그에 따르면 근대가족은 사회성이 위축되는 것에 비례해 확대되었다. 근대적 가족의식과 사회성은 양립할 수 없으며 어느 한쪽을 희생시키지 않고서는 다른 한쪽이 발전할 수 없다는 것이다.13) 근대적 가족의식의 확대는 사회성의 약화를 초래한다. 공적 공간과 사적 공간의 확고한 분리를 전제로 하는 근대적 가족 공간-집의 등장이 그 대표적인 사례다. 이것은 가족의식과 사회성, 공적인 영역과 사적인 영역의 확고한 분리를 달가워하지 않는 사람에게는 유감스런 상황이다. 그에게 근대적 의미의 가족-집은 '절대적 프라이버시의 무덤'14)으로 보이기 때문이다.

그림 1. 조문희 〈손녀가 배운 첫글〉, 1975

그림 2. 강정님 〈부탁〉, 1966

아동-근대적 가족과 사회성의 이러한 대립 관계는 근대적 아동과

12) 김연숙, 「근대가족과 프라이버시의 탄생」, 이진경 편, 『문화정치학의 영토들』, 그린비, 2007, 353쪽.
13) Philippe Ariès, 앞의 책, 641~642쪽.
14) 김연숙, 앞의 글, 372쪽.

가족 개념이 등장하기 시작한 우리 근대기에도 하나의 문제로 대두됐다. 예컨대 우리는 일제강점기에 어린이 운동을 주도했던 소파 방정환 문학의 이중성을 이러한 견지에서 파악할 수 있다. 원종찬에 따르면 방정환 문학은 이중의 과제와 대결하고 있는데 하나는 순수한 동심을 기리는 시각에서 웃고 울고 즐기는 감성의 해방을 꾀하는 일이고 다른 하나는 오늘의 어린이는 민족의 내일이라는 시각에서 나라의 동량이 되어달라고 소망하는 일이다.[15] 하나는 개인의 해방을 다른 하나는 집단(민족)의 해방을 지향한다. 이 두 가지 요구는 쉽게 하나로 결합되기 힘들다. 그래서 원종찬은 방정환 문학의 본질을 '근대와의 긴장'으로 규정한다.[16]

근대화의 유산으로서 아동의 탄생, 그리고 그것이 함의하는 공·사의 분리가 가장 첨예한 문제로 대두된 것은 아마도 파시즘-전체주의 사회에서였을 것이다. 전체를 중시하는 체제의 지향성이 고립과 폐쇄, 안락감을 중시하는 근대 가족의 지향성과 충돌할 것이기 때문이다. 일단 나치 독일의 가족 정책이 좋은 사례가 될 것이다. 루이스 코저(Lewis A. Coser)에 따르면 나치는(적어도 초창기에는) 가족을 찬미했다. 하지만 동시에 나치는 아이들의 충성심을 두고 부모와 경쟁했다. 그래서 그들은 가족의 모든 구성원들이 체제에 종속되는 한에서 가족을 인정했다.[17] 코저는 다음과 같은 우스개를 인용하여 이러한 상황을 설명한다. "이상적인 독일 가족이란 무엇인가? 그것은 다음과 같은 가족이다. 아버지는 나치 당원이고 어머니는 나치여성동맹원이며 딸은 독일소녀단에 속해 있고 아들은 히틀러소년단에 속해 있다.

---

15) 원종찬, 『아동문학과 비평정신』, 창작과비평사, 2001, 91쪽.
16) 원종찬은 해방 후 남북한 아동문학에서 방정환이 붙잡고 있던 긴장의 끈이 끊어지고 아동문학의 흐름이 '속류사회학주의'(교육)와 '천박한 동심주의'(동심)로 양극화되는 현상에 깊은 우려를 표한다. 이런 현상은 그가 보기에 '꼭두각시의 곡예'에 지나지 않는다. 원종찬, 『아동문학과 비평정신』, 91~92쪽 참조.
17) Lewis A. Coser, 「Some Aspects of Soviet Family Policy」, *The American Journal of Sociology*, Vol. 56. No. 5, Mar. 1951, p. 432.

그들은 일 년에 단 한번 뉘른베르크에서 열리는 나치당대회에서 만난다."[18] 나치는 가부장적 가족을 강화했으나 동시에 가족 구성원 개개인을 직접 통제하는 방식으로 그것을 공격하고 약화시켰다.

스탈린 지배체제의 소련의 경우를 보자. 1930년대 중반 소련에서는 가족을 새로운 사회질서의 적으로 간주했던 기존의 견해를 수정하여 부모가 주도하는 가족 체제를 옹호하는 입장으로 선회했다. 사회 위계구조가 공고해짐에 따라 아동을 좀 더 확고하게 사회 틀에 편입시킬 필요가 생겼고 이를 부모의 권위를 확대하는 방식으로 해결하려 했다는 것이 코저의 생각이다.[19] 이때 부모는 아이에 대한 사회의 권위적 규범의 설득자로 간주됐다. 하지만 이렇게 부여된 부모, 특히 가부장의 권위는 어디까지나 제한적이었다. 소비에트는 정부권력에 대한 가부장의 종속성을 강화한다. 이와 더불어 아이들에게 이러한 종속성을 이해시키고자 노력했다. 즉, 아이들로 하여금 그들의 아버지가 실제적인 결정력을 행사하지 못한다는 이해시키고자 노력했다. 더구나 아동은 어린나이에 학교에 들어가 아버지의 권위에서 벗어나 체제의 직접적인 영향력 아래에 놓이게 된다. 나치와 소련의 사례에서 보듯 전체주의 사회에서 모든 권위는 궁극적으로 최고 권력으로부터만 나온다. 가부장이 아이들에게 권위를 갖는 것은 그가 아버지이기 때문이 아니라 그가 가족집단의 리더이기 때문이다.[20]

요컨대 나치와 소비에트는 이미 근대화 과정에서 형성된 아동과 가족을 파괴하는 대신 체제에 유리한 방향으로 적절하게 활용하고자 했다. 즉, 아동과 가족을 부각시키지만 사회성을 해치는 않는 선에서 그렇게 했다. 오히려 그들은 체제에 종속된 가부장의 권위를 이용해 개인을 사회의 총체성에 편입시키는 일종의 허브로서 가족을 활용했

---

18) Alfred Meusel, "National Socialism and the Family", *Sociological Review*, XXVIII, 1936, p. 186; Lewis A. Coser, "Some Aspects of Soviet Family Policy", p. 432에서 재인용.

19) Lewis A. Coser, 앞의 책, p. 432.

20) 위의 책, pp. 432.~433.

다.[21] 그런 의미에서 스탈린 체제의 소비에트 정부가 가부장적 가족과 가부장적 학교 체계를 동화시키고자 노력한 것은 의미심장하다. 1943년 채택된 소비에트 학교의 새로운 규범체제의 규칙 몇 가지는 다음과 같다. "교장과 교사의 명령을 묻지 말고 따른다. (…중략…) 수업시간에는 곧추선 정자세를 유지한다. 교장이나 교사가 교실로 들어올 때는 일어선다. (…중략…) 선배에게는 예의바르게, 교사나 학교직원에게 공손하게 군다."[22] 가부장이 지배하는 가족 집단에서 권위주의에 익숙해진 아이는 가부장적 학교 체제에서 권위주의를 체화할 것이다. 그리고 그것은 궁극적으로 권위적인 사회체제를 원만히 유지하는데 기여할 것이다.

이제 시선을 다시 소위 주체시대 북한으로 돌려보자. 나치 독일이나 소련과 마찬가지로 북한 역시 근대화의 유산으로서 근대적 아동과 가족을 과거로부터 물려받았다. 아리에스가 말하는 아동의 탄생, 근대적 가족의 등장이 수반하는 사생활, 내밀성에 대한 요구도 마찬가지로 물려받았을 것이다. 그렇다면 유일체제를 지향하는 주체시대 북한 지배층 역시 "근대적 가족의식과 사회성은 양립할 수 없으며 어느 한쪽을 희생시키지 않고서는 다른 한쪽이 발전할 수 없다"는 아리에스의 문제의식으로부터 자유로울 수 없었을 것이다. 이 문제를 북한 지배체제는 어떻게 해결했을까? 〈부탁〉(1966)으로부터 〈손녀가 배운 첫글〉(1975)로의 전환, 곧(아동 이미지의 동반자로서) 어머니 이미지의 탈락과 할머니 이미지의 부상은 그 단서가 아닐까. 이제 그 내용을 본격적으로 살펴보기로 하자.

---

21) 위의 책, p. 433.
22) William M. Mandel, A Guide to the Soviet Union (New York: Dial Press, 1946), p. 226. Lewis A. Coser, 「Some Aspects of Soviet Family Policy」, p. 433. 재인용.

## 3. 천진난만한 아동 이미지, 그리고 부모의 부재

그림 3 정현웅 〈누구 키가 더 큰가〉, 1963

그림 4 강만수
〈학교가 그리웁건만〉, 1975

북한 역시 과거, 구체적으로 일제 강점기 소파 방정환으로 대표되는 어린이운동으로부터 '동심'으로 대표되는 곱고 아름다우며 순수하고 천진한 아동의 이미지를 물려받았다. 북한에서 이러한 아동 이미지는 초기부터 매우 유효적절하게 도구적으로 활용됐다. 천진난만한 아동의 이미지는 그 자체로 낙관적인 장래를 상기시킨다. 따라서 아동은 소위 주체사실주의가 요구하는 주체형의 긍정적인 주인공에 잘 부합한다. 예컨대 월북화가 정현웅이 1963년에 제작한 〈누구 키가 더 큰가〉를 보자. 이 작품을 리재현은 북한에서 그려진 아동주제의 그림 가운데 가장 성공한 작품으로 평가한다. 이 작품은 리재현의 표현을 빌면 "키를 재보기 위해 서로 등을 돌려댄 두 어린 총각애를 가운데 두고 벌어지는 어린이들의 동심세계를 생활 그대로의 모습으로 일반화"[23]했다. 여기서 다섯 아이의 모습은 "참으로 깨끗하고 순결하며 맑고 명랑"[24]하다. 이렇게 순결하고 맑은 동심의 이미지는 체제를 위해 어떻게 활용될 수 있을까? 다시 리재현을 인용하면 이

---

23) 리재현, 『조선력대미술가편람(증보판)』, 문학예술종합출판사, 1999, 274쪽.
24) 위의 책, 275쪽.

작품은 감동적인데 왜냐하면 "어린 아이들의 형상을 통하여 끝없이 행복하고 즐겁고 기쁘기만한 우리 나라 사회주의 지도하에서의 인민들의 생활, 모두가 서로 돕고 이끌고 화목하게 사는 인민의 고상한 사상감정과 지향을 따듯한 애정을 불러일으키는 소재로서 재치있게 일반화했기"[25) 때문이다.

그런데 문제는 깨끗하고 순결하며 맑고 명랑한 아동이미지는 항상 유약하고 철없는, 보호와 훈육이 필요한 아동 이미지를 수반한다는 것이다. 아리에스의 말대로 '귀여워하기'는 곧 끝나고 아동의 순수함과 나약함에 대한 자각, 어른들은 아이들을 보호하고 고난을 헤쳐 나갈 수 있도록 대비시켜나가야 한다는 의무감이 뒤따른다.[26) 아리에스가 묘사하는 근대세계에서 그 자각, 그 의무감은 고스란히 부모의 몫이다. 그러나 앞서 살펴본 대로 아동을 묘사한 북한 회화에서(그 아이가 유년기의 김일성이나 김정일이 아니라면) 부모는 대부분 부재하거나 극히 위축되어 있다. 이렇게 보호와 훈육의 주체로서 부모 이미지의 부재와 약화는 고통받는 아동의 이미지와 더불어 적대적 계급 내지는 제국의 횡포를 극대화하는데 곧잘 활용됐다.[27) 예컨대 조선화 〈일자리를 얻고저〉에서 "부모를 잃고 방황하던 두 남매는 어느 광산 마을에서 일자리를 얻기 위하여 자기 몸에 맞지않는 무거운 돌을 들어보이는 눈물겨운 이야기"[28)를 펼치고 조선화 〈손녀의 소원〉에서는 "부모의 사랑을 받아보지 못한 어린것을 두고 그의 부모를 대신하여 손등이 터지고 등이 휘여지도록 궂은일 마른일 가리지 않고 일

---

25) 위의 책, 274~275쪽.

26) Philippe Ariès, 앞의 책, 523쪽.

27) 아동이미지가 부모와 분리된 채 단독으로 다소간 비극적으로 묘사된 그림은 선례가 있다. 예컨대 1930년대 이인성이 그린 일련의 아동(소년)이미지가 그렇다. 특히 부모 없이 혼자 아이를 돌보는 어린 소녀의 이미지는 일제 강점기나 한국전쟁 전후에 제작된 그림들에서 빈번히 찾아볼 수 있다. 그러나 이 그림들은 어디까지나 식민통치, 전쟁과 같은 사회현실과 직접적으로 연루된 것으로 체제안정기인 1970년대 북한에서 그려진 그림들과는 궤를 달리한다.

28) 본사기자, 「혁명적인 창작기풍, 높은 결실: 조선화 〈일자리를 얻고저〉를 두고」, 『조선예술』 1971.11, 96쪽.

하였지만 고무신 한 켤레도 살수 없는 고령의 할아버지"는 손녀의 "랭혹한 바람과 추위에 갈라터져 얼어든 빨간 손과 발가락"을 무기력하게 바라보기만 한다.29)

그림 5 리상문, 김추남 〈어린 머슴의 쪽잠〉, 1976

그림 6 강정호 〈행복〉 1978

고통받는 아이는 부모를 그리워할 것이다. "어미 양의 품에서 젖을 먹으며 행복해하는 어린 양을 보면서 자기의 서러운 처지에 우는" 조선화 〈어린 목동〉의 주인공이 그렇다. 하지만 이 아이에게는 지금 어머니가 없다. 북한문예는 환상으로서나마 어머니를 돌려주는 대신 그 자리에 조국—어머니당의 이름을 슬며시 가져다 놓는다.30) 이렇게 일종의 부모 살해가 빈번한 상태에서 아이는 좋았던 과거—어머니 품이 아니라 장래를 꿈꾼다. 부모를 잃은 아이들은 어머니 품을 그리워하는 것을 중단하고 '고무신'(손녀의 소원)이나 '학교'(학교가 그리웁건만)를 꿈꾸고 그리워한다. 이렇게 부모 품을 자의가 아니라 타의로 벗어나게 된 아이는 꿈꾼다. 그 꿈이 펼쳐지는 세계는 물론 가족이 아니다. 아동의 꿈을 묘사한 1970년대 조선화 두 작품에서 아동의 표정을 비교해 보자. 〈어린 머슴의 쪽잠〉에서 일제 강점기 "철도 들기 전에 지주집 머슴으로 끌려가 굶주림과 고역에 시달리는"31) 아

---

29) 강승국, 「소박한 꿈마저 짓밟는 계급사회의 현실」, 『조선예술』 1991년 제1호, 63쪽.
30) 심순선, 「왜 발걸음을 오래도록 멈추게 하는가: 조선화 〈어린 목동〉을 보고」, 『조선예술』 1986년 제3호, 68쪽.

이의 잠자는 표정에 비해 〈행복〉(그림 6)에서 잠자는 여자아이의 표정은 한결 밝다. "새해 설맞이공연에 출현하여 아버지원수님께 기쁨을 드린 감격을 소중히 안고 잠든"[32] 소녀인 까닭이다.

〈행복〉에서 공간을 묘사한 방식을 주목해 보자. 아리에스의 담론에서 아동의 탄생은 '부모와 아이들의 고립된 집단'으로서의 근대적 가족의 탄생, 그리고 외부의 시선을 피할 수 있는 피난처로서 사적 공간의 탄생과 긴밀하게 연관되어 있다. 그러나 이 그림에서 잠 속에 빠져든 아이는 외부의 시선으로부터 결코 자유롭지 않다. 리재현의 표현을 빌면 여기서 '따스한 공기로 가득 찬 방안'과 '창문너머 눈 내리는 수도의 밤경치[33]'는 투명한 유리창을 매개로 아주 가깝게 만나고 있다. 아이 주변에 묘사된 소품들과 주변 정황에서 아이와 아이 부모의 (따뜻한)유대를 암시하는 단서는 찾을 수 없다. 아동, 가족, 사적 공간(집)의 긴밀한 연결고리는 여기서 끊어져 있다. 대신 아동은 부모의 품이 아닌 집 밖 외부와 보다 긴밀하게 소통한다.

## 4. 근대와 봉건의 중첩: 혁명적 대가족과 어버이 수령

위에서 언급한 상징적 부모 살해는 문학보다는 미술에서 좀 더 용이할 것이다. 예컨대 내러티브를 하나의 장면에 압축해서 묘사하는 회화에서 이 일은 부모를 등장시키지 않는 식으로 간단히 해결된다. 그러나 내러티브를 시간, 공간의 축에서 장황하게 묘사하는 소설에서 이 일은 좀 더 복잡한 방식으로 해결될 것이다. 그러한 문학의 내러티브를 살펴보는 과정에서 우리는 1970년대 북한 미술작품에서 부모 이미지가 사라진 이유를 보다 명확히 파악할 수 있을 것이다.

---

31) 조선민주주의 인민공화국 편, 『오늘의 조선화』, 평양: 조선화보사, 1980, 40쪽.
32) 홍의정, 『주체미술의 대전성기』, 평양: 조선미술출판사, 1987, 64쪽.
33) 리재현, 앞의 책, 776쪽.

조선문학가동맹 기관지『조선문학』1979년 1월호에 실린 단편 〈한 가정〉은 그 좋은 사례다. 그 줄거리를 간략히 요약하면 이렇다.

주인공은 유치원에 다니는 귀여운 아들애를 둔 순정이다. 그녀는 남편이 자신보다 아들을 더 생각하는 것이 마음에 걸리지만 그것이 싫지만은 않은 평범한 주부다. 그녀도 '모범학부형'이라는 별칭이 붙을 만큼 아들을 열성적으로 사랑하기 때문이다. 그런 아들이 전국소년예술소조축전 때문에 일주일이나 떨어져 있었다. 그녀는 아들이 못 견디게 보고 싶고, 오늘은 마침 아들이 올라오는 날이다. 바쁜 통에 흔들리는 앞 이빨을 뽑아주지 못해 혹여 아이에게 덧니가 생길 것을 염려하면서 아들을 당장 만나러 가야하는 순정에게 걱정이 하나 있다. 아들이 속한 유치원의 1등을 위해 클라리넷을 사가는 일이다. 도예술단에서 악기를 모조리 사가는 통에 어렵긴 했지만 결국 구했다. 하지만 당연히 같이 가줄 줄 알았던 남편이 같이 가기를 거부하는 문제가 생겼다. 남편의 거절 사유는 이렇다 "우리만 철웅이를 만나면 다른 애들이 섭섭지 안을까? 별로 그 애에게 도움줄 일도 없는데…" 남편의 배신에 분노하며 그녀는 아이가 있는 곳에 도착했다. 오침시간이라 당장 아이를 만날 수 없다는 점수원 할머니와 실랑이 끝에 결국 그녀는 아들을 보게 된다. 하지만 아이는 섭섭하게도 어머니를 만나기를 거부하고 아이들 무리에 속하고 싶어 한다. 그 순간 그녀는 의사선생님이 이빨을 뽑아준 아이를 위해 닭고기 죽을 끓여 온 위생복 입은 여인을 만난다. 악기도 이미 준비가 끝났다. 웃음소리, 노래소리가 꽉 들어찬 것만 같은 도시의 정경을 앞에 두고 그녀는 반성한다. 이 구절은 인용할 필요가 있다.

철웅을 위해 아무것도 한 일이 없으며 이제 할 일조차도 별로 없지 않은가? 어머니인 그가 미처 관심하지 못한 일들도 어버이수령님의 따사로운 햇빛아래 온 나라가 이 같이 보살핀다. 그는 어머니로서 그처럼 아들을 사랑한다는 어머니로서 이 순간 무엇을 했으면 좋을지 또 무엇이 아들에게 필요한지 몰라 머리를 숙였다. 그렇다면 나는? …무엇 때문에 그 애를 만나려고 하는가? 그 애에게 도대체 무엇을 주려고 온밤 온하루를 가슴 태웠을까? 어머니의 사랑 때문에?! 사랑이라는 말을 붙이기에는 얼굴이 뜨거웠다. 제가 안고온 것이 사랑이라면 저들의 불같은 마음들에는 과연 어떤 엄청난 표현을 붙여야 하겠는가?[34]

그녀는 감동의 눈물을 흘리며 아들로부터 물러난다. 소설 제목 〈한 가정〉에서 '한'은 '어떤(a)' 가족이 아니라 '온(whole)' 가족이었다. 그렇게 근대적 가족과 당의 대립, 개인으로서의 한 어머니와 체제지도자로서 수령의 대립은 한쪽의 일방적인 승리로 귀결됐다. 위 단편소설에 묘사된 "아무 한 일 없고", "아무 할 일 없는" 생물학적 어머니와 아버지를 대신해 당과 수령은 아동을 왕으로 대우한다(고 선전된다). 즉, 북한체제는 '아동을 중심으로 한 근대적 가족의 탄생'과 맞물려 부모에게 부여된 모든 역할을 도맡는다. 예컨대 당은 아이의 건강과 위생을 책임진다(그림 7). 또한 아이의 교육 또한 당이 도맡는다(그림 8). 어떤 경우든 아동이 등장하는 그림에는 —우리에게 익숙한— 그 곁에서 근심하고 걱정하며 행복해하는 부모의 이미지는 배제된다. 부모의 역할은 없기 때문이다.

이것을 아리에스가 규정한 公(사회)과 私(가족)의 대립에서 전자, 곧 公(사회)의 승리로 묘사할 수 있을지도 모른다. 부모는 죽었다. 또는 배제된다. 이것은 부득이하게 근대적 가족을 유지하고 외견상 중시했던 나치나 소비에트보다 훨씬 급진적인 해결방식이다. 그런데 여기에 어떤 반전이 있다. 이 반전은 수령을 어버이 수령으로 칭하는 호칭법에 이미 내포되어 있다. 우리는 위 단편소설에서 작가가 근대가족이 해체된 자리에 대신 들어선 집단을 여전히 '한가정'으로 묘사

---

34) 안선옥, 「한가정」, 『조선문학』 1979년 제1호, 68쪽.

하는 데 주목해야 한다. 여기에는 북한 특유의 사정이 있다.

도홍열에 따르면 초창기에 해당하는 1950~1960년대 북한체제는 기존의 봉건적 가족 개념을 사회주의에 부합하는 새로운 가족 개념으로 대체하기 위해 노력했다. 예컨대 이 시기 북한에서는 '북조선남녀평등법에 관한 법령'과 '북조선 노동자 사무원에 대한 로동법령' 같이 봉건유습과 가부장제의 청산을 지향하는 제도적 노력도 찾아볼 수 있다.[35] 하지만 1960년대 후반의 진통기를 끝내고 체제 안정화에 접어든 1970년대 이후 사정이 달라진다. 이종석에 의하면 1970년대에 제시된 '혁명적 수령관'에 이어 1980년대 초에 본격화된 '사회정치적 생명체론'은 봉건가족과 사회주의가족 개념이 뒤섞인 '혁명적 대가족'을 전제로 하고 있다. 여기서 '사회정치적 생명체'란 "어버이 수령, 어머니당, 대중이 혈연적 관계에 기초해서 혁명의 주체로서 유기적으로 통일되어 '혁명적 대가족'을 이루고 있는 사회주의적 생명체다.[36] 물론 그 생명의 중심은 수령이다. 다시 이종석을 인용하면 이러한 주장에는 "개인의 생명보다 사회정치적집단의 생명을 비할 바 없이 더 귀중히 여기는 집단주의적 생명관"이 전제되어 있다.[37] 이러한 논리에 아동을 중심으로 폐쇄된 사랑의 보금자리를 구가하는 근대적 가족이 들어설 자리는 없다. 근대에 탄생한 아동, 곧 '동심'으로 대표되는 곱고 아름다우며 순수하고 천진한 아동의 표상은 여전히 유효하다. 그러나 그 곁에 있었던 생물학적 아버지와 어머니는 배제된다. 아동을 귀여워하고 보호하며 훈육시키는 주체는 어머니당, 그리고 그 뇌수로서 어버이 수령이다.

---

35) 도홍열, 「남북한주민의 가족의식 비교」, 『북한연구학회보』 제3권 제2권, 1999, 86쪽.
36) 이종석, 『새로 쓴 현대북한의 이해』, 역사비평사, 1998, 218쪽.
37) 위의 책, 219쪽.

그림 7 박영숙 〈유치원어린이 건강진단〉, 1970    그림 8 김정선 〈입학하는 날〉, 1979

사회주의적 생명체론이 추구하는 혁명적 대가족은 봉건적 가부장제의 특성들을 거의 그대로 계승한다. 대가족, 부권통치, 권위적 인물에 대한 숭배가 그것이다. 바로 이 점에서 김일성 평생의 구호가 제나라 관중의 '왕이민위천(王以民爲天)'에서 '왕'을 뺀 '이민위천'[38]이라는 봉건적 구호라는 것은 결코 우연이 아니다. 이제 예컨대 음악가가 할 일은 "경애하는 수령을 끝없이 칭송하는 우리 인민의 끝없는 충성의 바다, 사랑과 믿음, 충성과 보답의 넓고 넓은 일삼단결의 바다를 받아안고"[39] 다음과 같이 노래하는 일이다. "아 경애하는 장군님은 우리의 어버이 / 사회주의 한가정의 어버이라네"[40] 그 수령의 사랑의 힘 앞에서는 모성도 그 특유의 힘을 상실한다. 아래 시 구절을 인용하는 것으로 충분할 것이다.

이 땅의 모든 어머니들의 사랑을 합쳐도
줄수없던 그 사랑으로

---

38) 김일성 사후 출판된 그의 회상기 제목은 『이민위천의 한평생』(평양: 조선로동당출판사, 1995)이다.
39) 김광수, 「한가정, 한식솥」, 『조선예술』 1995년 제11호, 31쪽.
40) 위의 글, 31쪽.

이 땅의 모든 교육자들의 지혜를 합쳐도
줄수없던 그 사랑의 손길로
어린이들의 〈왕국〉을 펼쳐주신 어버이수령[41]

수령을 어버이라 부르는 체제에서 어버이-수령과 짝을 이루는 것은 천진난만한 아동 이미지다. 이렇게 수령과 아동이 함께 등장하는 다수의 조선화는 근대화의 산물로서 탄생한 천진난만한 아동 이미지가 극히 봉건적인 가부장 이미지와 결합된 기묘한 형태를 띤다.[42] 그 가장 극적인 장면은 1994년 김일성의 죽음에 직면하여 나온 〈아버지대원수님은 영원한 우리의 해님〉(1994, 황정균, 임명길, 김규창)에서 발견할 수 있다. 이 작품에서 영정사진을 연상시키는 김일성의 상반신 이미지는 화면의 중심에 배치되어 붉게 타오르는 노을(태양)을 배경으로 환한 미소를 짓고 잇다. 그 아래에는 아이들의 모습이 보인다. 이 작품에 대한 방수련의 묘사를 보자.

화면의 제일 웃부분에 태양을 형상하고 그 가운데 밝고 환하게 웃으시는 어버이수령님의 존귀하신 영상을 모심으로써 우리 수령님은 언제나 태양의 모습으로 우리 어린이들의 마음속에 영생하고 계신다는 것을 집약되고 함축된 조형적 형상으로 보여주고 있다. …어버이수령님의 영상은 작품에서 시각적초점을 이루고 있으며 수령님 앞으로 달려오는 어린이들의 모습은 아득히 펼쳐보인 수평구도로 전개함으로써 화면밖으로 수

---

41) 리계심, 「어린이들의 〈왕국〉에서 부른 노래」, 『조선문학』 1976년 제7호, 54쪽.
42) 물론 다른 근대 사회체제에서도 가부장의 이미지를 국가 이미지와 겹치거나 지도자가 아이들과 만나는 이미지는 아주 쉽게 찾아볼 수 있다. 그러나 대부분의 경우 근대적 체제 지도자는 개인이나 아버지의 자격이 아니라 전체 대표자의 자격으로 거기에 있다. 스탈린도 히틀러도 모택동도 직접 자신을 체제의 어버이로 규정하지는 않았다. 이에 관해서는 주체사상과 모택동 사상의 차이에 관한 이종석의 언급을 참조할만하다. 그에 의하면 김일성주의는 사상의 창시주체를 개인(김일성)으로 보지만 모택동주의는 (모택동 천재론이 고창된 문화혁명시기를 제외하면) 항상 사상의 창시주체를 '집체'로 간주하는 입장을 견지해왔다. 이종석, 앞의 책, 184쪽.

많은 어린이들이 련결되어 있다는것을 상상하게 하였다.[43]

봉건 대가족의 가장, 곧 가부장적 아버지는 권위적이다. 그는 모든 가족구성원들을 장악하고 통제하려 할 것이다. 반면 근대가족 구성원의 일부로서 아버지는 둘도 없이 소중한 존재인 아이의 건강을 염려하고 자신의 모든 자녀를 평등하게 대하려고 노력하는 (상대적으로) 탈권위적인 모습이다.[44] 이른바 어버이 수령은 이 두 가지 요구에 모두 충실해야 한다. 귀여운 아이들을 그는 깊은 애정으로 대해야 할 것이다. 그래서 그는 아이들 곁에서—심지어는 죽어서까지—항상 환하게 웃는다. 하지만 그는 철없는 아이들을 가르쳐야 한다. 그렇다면 그는 아이들을 어떤 방향으로 이끄는가. 이제부터 그 내용을 살펴보기로 하자.

## 5. 계급교양과 아동형상화

소위 주체시대, 북한에서처럼 가부장적 권위주의가 팽배한 사회에서 개인이 꿈을 실현하는 방법은 새로운 사회질서나 가족 관계의 창조가 아니라 정해진 역할의 기대치에 부응하고 가족과 사회의 인정을 확보하는 것이다.[45] 이것을 아동에 적용하자면 아동에게 부여될 내러티브는 즐거운 해방감을 만끽하게 하는 삐노끼오식 유열담(愉悅談)이 아니라 고난극복과 목적달성을 위해 용기와 희망을 주는 꾸오레식 격려담에 가까운 것이 될 것이다.[46] 그것은 나치 독일에서 체

---

43) 방수련, 「태양의 미소로 빛나는 불멸의 화폭: 선전화 〈아버지대원수님은 영원한 우리의 해님〉을 우러르며」, 『조선예술』 2008년 제4호, 8쪽.

44) Philippe Ariès, 앞의 책, 634~635쪽.

45) Jack Zipes, 김정아 역, 『동화의 정체』(1983), 문학동네, 2006, 277쪽.

46) 삐노끼오식 유열담(愉悅談)과 꾸오레식 격려담의 구분은 원종찬에게서 가져온 것이다. 원종찬, 『아동문학과 비평정신』, 72쪽.

제강화를 위해 활용된 아동 민담과 동화가 그랬듯[47] 아이들(그리고 어른들)을 사회화함으로써 궁극적으로 그들을 순종적이고 수동적인 시민으로 만드는데 기여해야 한다. 조선화 〈공연준비〉에 대한 다음 평문은 북한 아동 이미지에 투사된 체제의 기대가 어떤 것인지를 극명하게 보여준다.

> 아버지원수님께서 우리의 춤도 보아주시겠지, 어떻게 하면 원수님께 드리는 우리 꽃봉우리들의 충성의 붉은 마음을 그대로 표현할수 있을가! 주인공의 이러한 심리적 움직임은 기쁨어린 얼굴표정에서뿐 아니라 지덕체로 다져진 균형잡힌 몸매에서도 치맛자락을 매만지는 부드러운 손길에서도 따뜻이 느껴진다. 더우기 희망으로 빛나는 그의 눈동자는 끊어넘치는 충성의 심정을 집약적으로 말해주고 있다.[48]

그림 9 차관증, 〈공연준비〉, 1970

그림 10 강정호, 〈청봉의 아침〉, 1979

---

47) Jack Zipes, 앞의 책(1983), 7쪽.

48) 박창룡, 「세상에 부럼없는 우리 어린이들의 행복을 노래한 색밝은 화폭: 조선화 〈공연준비〉를 두고」, 『조선예술』 1973년 제1호, 64쪽.

또한『오늘의 조선화』에 실린 작품 가운데〈과외시간〉(김학권, 1970)과 〈다정한 동무들〉(김춘광, 1978)은 미래의 노동자에게 요구되는 일종의 동지애를 형상화한다. 이런 견지에서 보자면 우리가 주목한 북한미술의 아동 이미지들은 결국 계급교양의 도구다. 실제로 북한 평론가 황정균은 아동형상화의 목적을 "높은 문화적 소양과 정서를 가진 다방면적으로 발전된 주체형의 공산주의적 인간으로 교양육성하는"[49] 것으로 규정한다. 그럼으로써 그것은 체제가 요구하는 가치와 규범, 윤리를 세우고 그러한 가치척도에 순응하는 예의바른 인간을 길러내는데 기여한다. 이것은 아동뿐만 아니라 인민일반의 교육에도 유용하다. 어린 아동에게 교육을 목적으로 부여되는 이미지는 체제가 원하는 가치와 규범을 보다 직설적이고 선명하게 그리고 (그들의 주장에 따르면) 흥미롭게 보여줄 것이기 때문이다.[50]

아동화에서 형상을 복잡하게 벌려놓거나 반대로 재미도 없이 무의미하게 엮어놓은 것은 다 어린이들의 취미와 기호에 어긋나는 형상이다. 아동화에서 동심을 잘 살리려면 생동하고 간결한 이야기거리를 가지고 감정조직을 잘하여 특색있게 꾸려야 한다.[51]

물론 지배체제는 지금 현재의 가치와 규범뿐만 아니라 가깝고 먼 장래의 가치와 규범도 관리, 통제하기를 소망한다. 김일성의 표현을 빌자면 "조국의 미래이며 공산주의건설의 후비대이며 혁명위업의 계승자"인 어린이만큼 이러한 소망을 현실적으로 관철시키기 좋은

49) 황정균, 「미술작품에서 어린이들의 형상을 생활론리에 맞게 하자」, 『조선예술』1993년 제12호, 30쪽.
50) 사람들을 "참다운 공산주의적 인간으로 개조한다"는 인간개조론은 김일성주의가 천명하는 중요 혁명이론 가운데 하나다. 여기서 인간개조는 "인민대중이 자주적인 생활을 누릴 수 있는 사상문화적 조건을 마련하기 위하여 사람들을 발전되고 힘있는 존재로 만드는 사업"을 의미한다. 이종석, 앞의 책, 134~137쪽.
51) 리철수, 「어린이들의 심리적 특성과 아동화 창작」, 『조선예술』1999년 제11호, 67쪽.

대상, 소재는 없다. 아동은 그 존재 자체로 현실 묘사에 '전망'을 개입시키고 그럼으로써 비현실, 아직 도래하지 않은 장래를 생각하게 한다. 따라서 '아동 이미지'를 매개로 삼아 지배체제는 자신이 원하는 미래상을 투사하고 이를 체제 관리에 활용할 수 있다. 이런 관점에서 북한 아동 문학예술 담론에서 '환상성' 문제가 다뤄지는 방식은 흥미롭다.

북한 아동 문예에서는 일찍부터 '환상'이 용인됐다. 예컨대 북한 비평가 원도홍은 1977년 『조선예술』에 발표한 글에서 동화 창작에서 환상세계를 대담하게 펼칠 것을 요구한다. 그가 보기에 미래에 대한 낭만적인 황홀한 환상은 언제나 내일을 지향하는 아이들의 심리적 특성에 꼭 알맞은 예술적 수법이기 때문이다. 동화에서 환상 수법의 사용은 원도홍에 따르면 "미래의 주인공들에게 앞날에 대하여 생각하게 하며 행복하고 보람찰 미래를 앞당겨오기 위한 투쟁에 발벗고나서게 하는 불씨를 심어주는"[52] 일이다. 그러나 이렇게 용인된 환상성은 "현실의 질서와 논리를 부정하는 상상력의 실천적 형태이자 기존의 현실을 거부하고 새로운 현실을 창조하려는 고독한 작가 정신의 표명"[53]과는 거리가 멀다. 즉, 그것은 우리가 기대하는바, "지배적 가치 체계의 억압과 독선에 간접적으로 저항하는 강한 외침"[54]이 아니다. 다시 원도홍을 인용하면 주체시대 북한 아동문예에서 강조하는 환상성은 "3대 혁명이 힘있게 벌어지고 있는 영웅적이고 랑만적인 현실을 적극반영하는"[55] 환상성이다. 리우익에 따르면 아동화 형상에서 환상 수법은 어디까지나 공산주의 이상에 기초한 과학적인 환상으로 "혁명적인 현실과 결부된 창조적이며 건설적인

---

52) 원도홍, 「혁명하는 시대의 요구에 맞는 주체적 동화, 우화 문학건설의 길」, 『조선예술』 1997년 제1호, 10쪽.
53) 오생근, 「환상 문학과 문학의 환상성」, 『문학의 숲에서 느리게 걷기』, 문학과지성사, 2003, 13~14쪽.
54) 위의 책, 14쪽.
55) 원도홍, 앞의 글, 10쪽.

것"56)이다. 여기서 과학적인 환상이란 이를테면 애니메이션 〈흥겨운 들판〉에서처럼 "변모되는 농촌 현실을 과장된 동화적 환상으로 흥미 있게 보여 농촌의 천지개벽을 재미있게 보여준다"57)든가, 1960년대 후반기에 제작된 애니메이션 〈꼬마우주 탐사대원〉에서처럼 어린이들의 달나라 여행과정을 환상적으로 보여줌으로써 어린이들이 꿈과 희망을 안고 과학지식을 배워나가는데 이바지하는 방식으로 적용된다.

요컨대 북한 아동문예에서 환상은 어디까지나 체제에 기여하는 방식으로 도구적으로 활용된다. 환상세계에 파묻혀 사는 아이들은 호기심에 이끌려 상상의 나래를 펼친다. 그러나 그 펼침은 어디까지나 지배체제가 지시하는 길을 따라야 한다.

지형영화 〈깜장병아리〉에서는 우쭐대기 좋아하고 자유주의가 심한 깜장병아리의 생활을 생동하게 형상화하였다. 병아리들이 엄지닭을 따라다니면서 들놀이도 하고 벌레도 잡아먹는 생활에서 벗어나 어디론가 제멋대로 다니면서 자유주의를 부리던 깜장병아리가 까마귀를 만나 혼쌀이 나는 과정을 자연스럽게, 아주 긴박감있게 잘 형상화하였다. 우리 어린이들은 구새통안에 들어가 까마귀한테 쫓기면서 혼이 나는 깜장병아리를 보면서 자유주의란 바로 저런 결과밖에 가져올것이 없다는것을 생활을 통하여 느끼며 우쭐해서는 안되겠다고 스스로 생각하게 되는것이다.58)

이런 논리에서 환상은 해방적인 방식으로가 아니라 기만적인 방식으로 투사된다. 자이프스가 디즈니 애니메이션을 평하면서 언급했던 표현을 빌면 여기에는 어떤 청결페티시가 있다.59) 체제는 정해진 질

---

56) 리우익, 「아동화형상에서의 환상수법을 놓고」, 『조선예술』 2001년 제10호, 47쪽.
57) 김명건, 「우리나라에서 주체적 아동화의 발전」, 『조선예술』 2001년 제3호, 61쪽.
58) 차계옥, 「아동들의 심리적특성에 맞는 동화, 우화 창작을 활발히 하자」, 『조선예술』 1972년 제11호, 106쪽.
59) 자이프스에 따르면 초기 디즈니 애니메이션 〈아기돼지 삼형제〉(1933)에 등장하는 열심

서, 정해진 틀에 벗어난 산만한 것, 지저분한 것을 전혀 용납하지 않는다. 같은 맥락에서 아이들이 주어진 틀 너머를 상상할 권리, 불온하게 꿈꿀 권리는 애당초 차단된다. 아이들은 분수를 알아야 하고 집에서 멀리 떠나 방황하지 말아야 한다. 다시 화집으로 돌아와 북한체제가 아동 이미지가 구현된 매체 자체―조선화―의 논리를 어떻게 규정하고 있는지를 보자. 김정일에 따르면 조선화는 "선명하고 간결하고 섬세한 화법으로 그려지는 힘있고 아름답고 고상한 회화형식"이다. 그에 의하면 "선명하고 간결하고 섬세한 조선화화법"의 기본원리는 '함축'과 '집중'이다.60) 이렇듯 전통회화의 다양한 양태를 '함축과 집중'으로 단순화하는 논리는 '환상성' 일반으로부터 과학적이고 바람직한 환상성을 추출해내는 논리와 상통한다. 이제 화집을 펼쳐 다시 한 번 1978년 강정호가 제작한 〈선물〉을 보자. 이 작품은 '선명하고 간결하고 섬세한 화법'으로 그린 조선화다. 말 그대로 디테일 하나하나에 주의를 기울인 섬세하고 깨끗한 그림이다. 그림에서 아이는 새해 설맞이 공연에 참여하여 아버지수령에게 기쁨을 준 감격을 소중히 안고 잠들었다. 홍의정에 따르면 이 그림은 수령에게 기쁨을 주는 것을 최상의 행복으로 여기는 세 세대의 수정같이 맑고 깨끗한 마음을 보여주고 있다.61) 더 나아가 홍의정은 이 작품으로부터 오로지 수령의 안녕만을 바라는 "우리 인민의 한결같은 념원"을 발견한다.62) 이 논리를 곧이곧대로 받아들인다면 이 작품은 형식과 내용이 완전히 합일된 이상적인 사례라 할 것이다.

---

히 일하고 청결하게 생활하는 맏형돼지의 이미지는 스튜디오 일꾼들을 감독하고 워커홀릭의 모범을 보이는 디즈니 자신의 모습과 일맥상통한다. 이 애니메이션은 집나간 아이들은 돌아와야 하며 진지하고 군건한 돼지, 자신의 이익을 지킬 줄 아는 사업가 돼지만이 무한경쟁에서 살아남을 수 있다는 메시지를 전달한다. 파스텔 컬러와 선명하게 그려진 윤곽은 깨끗함의 이미지를 고조시킨다. 이렇듯 애니메이션에 투사된 디즈니의 욕망, 곧 "세상을 좀 더 깨끗하고 안전한 곳으로 만들고 싶다"는 욕망에는 청결 페티시가 상당부분 포함돼 있다는 것이 자이프스의 생각이다. Jack Zipes, 앞의 책, 366~367쪽 참조.

60) 김정일, 『미술론』, 조선로동당출판사, 1992, 97~98쪽.
61) 홍의정, 앞의 책, 64쪽.
62) 위의 책, 64쪽.

## 6. 최근의 변화들

　지금까지 1963년 작 〈누구 키가 더 큰가〉에서 1979년 작 〈선물〉까지 과거 이른바 주체시대 북한 회화에 등장하는 아동이미지를 살펴보았다. '곱고 밝고 아름다우며 천진난만한' 근대적 아동의 모습은 체제가 요구하는 미래 지향의 긍정적 주인공의 모습에 부합하며 이 때문에 북한에서는 '아동'을 형상화한 작품이 다수 제작됐다. 특히 주목을 요하는 것은 1960~1970년대 아동을 형상화한 북한회화에서 부모의 이미지가 부재하거나 그 위상이 급격히 약화되는 양상이다. 이는 아리에스가 지적한바, 근대 사회에서의 공(公)·사(私), 가족·사회의 대립에서 한쪽(公-사회)의 일방적인 승리로 해석할 여지를 제공한다. 그러나 좀 더 살펴보면 부모가 배제된 자리에 북한 미술은 (어버이)수령 이미지를 가져다 놓았다. 이로써 봉건적 가부장제와 근대적 가족의 이미지가 중첩된 기묘한 형태의 이른바 '혁명적 대가족'의 이미지가 창출됐다. 이것은 공사(公私), 내외(內外)의 갈등을 봉합하는 북한식 모델이라 할만하다.

그림 11 정숙희 〈학부형회의가 있던 날〉, 1985

그림 12 김정태
〈우리 아버지〉, 1985

그러나 1980년대 중반에 이르면 어떤 변화가 발생한다. 예컨대 1987년 발행된『조선로동당창건 40돐 기념 국가미술전람회 화첩』에는 주목을 요하는 두 편의 작품이 실려 있다. 하나는 정숙희가 그린 〈학부형회의가 있던 날〉(1985)이고 다른 하나는 김정태가 그린 〈우리 아버지〉(1985)다. 정숙희의 그림은 학부형 회의를 마치고 교문을 나서는 한 가족의 모습을 묘사했다. 여기서 성적표를 든 아버지는 자랑스러운 표정으로 딸의 성적표를 바라본다. 조금 떨어진 곁에서 기대에 미치지 못하는 성적을 받은 것으로 보이는 어린 아들이 난감한 표정을 짓고 있다. 저 뒤에는 '경애하는 아버지 김일성 원수님 고맙습니다'라는 문구가 적힌 현수막이 걸려있다. 김정태가 그린 그림은 광부인 아버지를 일터에 보내는 한 가족의 모습을 묘사했다. 어린 아들의 머리에 얹힌 아버지의 커다란 광부 작업모와 마당에 있는 장난감 트럭은 이 아동의 미래상을 선취하고 있다. 좀 더 최근인 2009년의『공화국창건 60돐 기념 국가미술전람회 화첩』에는 박명일의 〈김장철〉(2007)이 실려 있다. 박명일은 가을 김장에 나선 할아버지와 할머니, 아버지와 어머니, 어린 아들의 모습을 사진처럼 포착해 그렸다. 여기에는 외부의 시선을 상기시키는 어떤 장치도 글귀도 없다. 이로부터 우리는 1980년대 후반부터 북한미술에서 과거 1960~1970년대 배제, 또는 위축됐던 부모의 이미지가 복권되고 있다는 있음을 확인할 수 있다.

이런 관점에서 보면 북한에서 2006년 제작된 장인학 감독의 장편 영화 〈한 녀학생의 일기〉는 의미심장하다. 이 영화는 최근에 제작된 영화답게 1970년대 전후 주체시대에 정립된 여러 틀을 문제 삼고 있다. 먼저 이 영화에서는 주체시대 모범적 리더로 간주되거나 "아무 한 일 없고", "아무 할 일 없는 자"로 가시적 시야에서 사실상 밀려났던 생물학적 아버지가 새삼 부각되어 있다. 영화에서 주인공 소녀가 회의하고 염려하며 기대를 거는 아버지는 아버지-수령이 아니라 현실의 결함 많은 아버지다. 이 영화는 이런 딸과 아버지의 갈등과 화해를 그린다. 영화의 말미에서 딸은 결국 부족한 아버지를 받아들이고 따르겠다고 결정한다. 이는 김선아가 지적하듯이 딸로 대표되는 새로운 세대와 가족들의 인정과 동의가 없으면 국가-김정일-아버지 체제는 더 이상 유지될 수 없음을 시사한다.[63] 소위 선군시대 북한 체제가 사회(체제)와 아동(소녀) 사이에 일종의 허브 내지는 완충지로서 근대적 가족, 부모(특히 생물학적 아버지)를 재수용하고 있음을 암시한다고 볼 수도 있을 것이다.

그림 13 박명일 〈김장철〉, 2007

같은 맥락에서 이 영화에서 주인공 소녀가 염원하는 삶의 공간이 아파트라는 점도 주목할 만하다. 좀 더 구체적으로 논하자면 소녀는 외부의 시선으로부터 자유로운 자기만의 공간을 갖고 싶어 한다. 영화의 말미에 아버지를 받아들이고 따르겠다고 결정하는 것과 때를

63) 김선아, 「〈한 녀학생의 일기〉를 통해서 본 북한영화 관객성 연구」, 『한민족문화연구』 제34집, 2010, 359쪽.

같이하여 소녀에게는 자기만의 방이 주어진다. 과거 〈선물〉의 주인공 소녀와 달리 이 소녀는 커튼이 쳐진 외부의 시선이 차단된 안락한 (그러나 이상하게 텅 비어 보이는) 공간에서 자신만의 일기를 쓴다. 이는 고백할 내면을 갖게 된 주체의 탄생(가라타니 고진)을 상기시키기도 하고 근대적 개인이 추구하는 고립된 사적 공간(필립 아리에스)을 떠올리게 하기도 한다. 어떻든 이 영화에서 우리는 과거 북한에서 애써 끊어놓았던 아동-근대적 가족-사적 영역의 끈이 독특한 방식으로 다시 이어지고 있다는 것을 확인할 수 있다. 아동을 형상화한 최근의 북한문예에서 내밀한 사적 공간, 단란한 가족의 이미지는 마치 보상처럼, 이상처럼 비쳐 보인다. 이러한 변화에 대해서는 좀 더 많은 논의가 필요하겠지만 한 가지 분명한 것은 지금 북한에서는 전체(사회성)를 중시하는 체제 지향성과 고립, 폐쇄, 안락감, 프라이버시를 중시하는 근대 가족의 지향성의 갈등이 예전처럼 선명하고 간결한 방식으로 봉합될 수 없게 되었다는 점이다.

# 참고문헌

Jack Zipes, 김정아 역, 『동화의 정체』, 문학동네, 2006(*Fairy tales and the art of subversion*(1983)).

Lewis A. Coser, "Some Aspects of Soviet Family Policy", *The American Journal of Sociology*, Vol. 56. No. 5, Mar, 1951, pp. 424~437.

Philippe Ariès, 문지영 역, 『아동의 탄생』, 새물결, 2003(*L'enfant et la vie familiale sous l'ancien regime*(1960)).

김명건, 「우리나라에서 주체적 아동화의 발전」, 『조선예술』 2001년 제3호, 60~62쪽.

김선아, 「〈한 녀학생의 일기〉를 통해서 본 북한영화 관객성 연구」, 『한민족문화연구』 제34집, 2010, 341~374쪽.

김연숙, 「근대가족과 프라이버시의 탄생」, 이진경 편, 『문화정치학의 영토들』, 그린비, 2007.

남재윤, 「1960~70년대 북한 '주체 사실주의'회화의 인물 전형성 연구」, 『한국근현대미술사학』 제19집, 2000, 114~138쪽.

리계심, 「어린이들의 〈왕국〉에서 부른 노래」, 『조선문학』 1976년 제7호, 54~55쪽.

리우익, 「아동화형상에서의 환상수법을 놓고」, 『조선예술』 2001년 제10호, 47~48쪽.

리재현, 『조선력대미술가편람(증보판)』, 문학예술종합출판사, 1999.

박창룡, 「세상에 부럼없는 우리 어린이들의 행복을 노래한 색밝은 화폭: 조선화 〈공연준비〉를 두고」, 『조선예술』 1973년 제1호, 96~100쪽.

안선옥, 「한가정」, 『조선문학』 1979년 제1호, 61~70쪽.

원도홍, 「혁명하는 시대의 요구에 맞는 주체적 동화, 우화 문학건설의 길」, 『조선예술』 1977년 제1호, 8~10쪽.

원종찬, 『아동문학과 비평정신』, 창작과비평사, 2001.

이종석, 『새로 쓴 현대북한의 이해』, 역사비평사, 1998.

조선민주주의 인민공화국 편, 『오늘의 조선화』, 조선화보사, 1980.

차계옥, 「아동들의 심리적특성에 맞는 동화, 우화 창작을 활발히 하자」, 『조선예술』

1972년 제11호, 104~106쪽.

홍의정, 『주체미술의 대전성기』, 조선미술출판사, 1987.

황정균, 「미술작품에서 어린이들의 형상을 생활론리에 맞게 하자」, 『조선예술』
1993년 제12호, 30~31쪽.

# 북한 문학에 반영된 재일조선인 디아스포라

임옥규

## 1. 한민족 디아스포라와 재일조선인 문학

이 글은 식민지 체험과 분단의 고통 속에서 이산의 경험을 하고 있는 한민족의 역사와 현재가 문학 속에서 어떻게 표출되는지 살펴보고자 한다. 구체적으로는 북한에 형상화된 재일조선인의 문학을 고찰하여 현 시대 속에서 남북 통합정서의 가능성을 모색해 보고자 한다.

재일한인 문학은 정치적, 이념적으로 복잡한 전개양상을 띠고 있는데, 북한 문학에 소개되는 재일한인 문학은 구체적으로는 재일조선인 문학에 해당된다. 재일조선인 문학은 남한, 북한, 일본의 3자 관계 속에서 국가와 민족의 분리를 겪으며 정체성을 확인하려는 끊임없는 형태를 보인다. 이러한 문학적 형태는 역사적, 사회학적, 민족적, 문화적 현상으로 설명될 수 있다.

최근 국가와 민족의 역사에 대해 사회학적 현상으로 설명하거나 새로운 문화영역으로 설정하고자 하는 학문적 경향이 대두되고 있는데, 이러한 경향 중 한민족의 특성으로 디아스포라 담론이 논의되고 있다. '디아스포라'는 분산이라는 뜻의 그리스어로 '팔레스타인 지역 바깥으로 흩어진 유대인공동체'를 총칭하는데, 1990년대 이후 이에 대한 개념이 확장되어 사용되고 있다.

사회학자 코헨은 디아스포라의 특징에 대해 "① 강제적 자발적 형태로 모국에서 타국으로의 이동 ② 모국에 대한 집합적 기억과 신화 ③ 상상의 조국의 이상화와 그 복원, 유지, 번영을 위한 집합적 헌신 ④ 공통의 역사와 공동운명체 의식에 근거한 지속적 집단의식 형성 ⑤ 거주국 사회와의 갈등적 관계와 모국귀환운동 ⑥ 타국종족과의 감정이입과 연대감 ⑦ 다문화주의를 허용하는 거주국에서의 창조적 생활의 가능성" 등으로 개괄하였다.[1]

사프란은 디아스포라의 특징으로 "① 특정한 지원지로부터 외국의 주변적인 장소로의 이동 ② 모국에 대한 집합적인 기억 ③ 거주국 사회에서 수용될 수 있다는 희망의 포기와 그로 인한 거주국 사회에서의 소외와 격리 ④ 조상의 모국을 후손들이 결국 회귀할 진정하고 이상적인 땅으로 보는 견해 ⑤ 모국에 대한 정치적, 경제적 헌신 ⑥ 모국과의 지속적인 관계 유지" 등의 여섯 가지를 들었다.[2]

이러한 디아스포라의 의미에는 한민족의 역사적, 민족적 상황과 맞물리는 지점이 존재한다. 재외한인에 의해 생산된 한민족의 문화와 역사적, 사회적 현상에는 디아스포라의 특성이 내재되어 있다. 한민족 디아스포라에는 과거 식민지 경험과 근대 제국주의의 지배에 따른 정치적, 경제적, 문화적 트라우마가 존재한다. 그리고 이에 대한 저항과 고뇌의 산물이 문학적으로 표현되어 왔다. 한민족 디아스포라에는 한민족의 역사와 민족적 정체성에 대한 고민, 이주민들의

---

1) 임성모, 「디아스포라와 트랜스내셔널」, 최원식 외, 『동아시아의 오늘과 내일』, 논형, 2003, 103쪽.
2) 윤인진, 『코리안 디아스포라』, 고려대학교출판부, 2004, 5~6쪽.

애환이 담겨있다. 이러한 디아스포라에는 근대 '이후' 보편적인 삶의 형태로 우리 안에 자리 잡아 가고 있는 존재형식의 가능성을 탐색하는 일이[3] 포함되어야 한다는 의견도 제시되고 있다.

재외 한인은 이산, 이주, 차별, 적응, 문화변용, 동화, 공동체, 민족문화와 민족정체성 모색 등의 경험을 한다. 이러한 현상은 역사학, 인류학, 민속학, 사회학, 정치학, 경제학, 언어학 등에서 다양한 주제로 연구되어 왔다. 하지만 이러한 주제들은 서로 긴밀히 연관되어 있기 때문에 이들 간의 관계를 통합적인 시각에서 총체적으로 이해하는 것이 필요하다는 의견이 대두되었다. 이때 '디아스포라(diaspora)'는 재외한인 경험의 다양한 측면들을 포괄하면서 그들 간의 연관성을 설명할 수 있는 개념으로 적합하다고 볼 수 있다.[4] 한민족 디아스포라 문학을 통해 재외 한인의 이방인으로서의 과거와 현재에 대한 역사적 인식, 경계인으로서의 개인의 실존적 문제, 민족적 정체성의 모색 등을 살펴볼 수 있다.

기존의 한민족 디아스포라 문학 중 재일한인의 디아스포라 문학이 주목받고 있다. 재일한인 문학은 일제 식민지 시기에 조선 농민층의 몰락으로 이농민들이 일본의 노동시장에 유입됨으로써 시작되어, 1939년부터 시작된 강제 연행에 의해 그 규모가 확대되었으며, 일본의 패전 후 귀환하지 않고 잔류한 사람들에 의해 형성되었다.[5] 일본에 귀화하지 않은 재일한인은 한국계와 북조선계로 나누어지는데, 이러한 상황은 다른 나라들과 비교해 볼 때 재일한인문학에서만 살펴볼 수 있는 특이성에 해당된다. 이러한 재일한인의 디아스포라문학에 대한 연구는 많이 연구되어 왔지만 북한문학에 형성된 디아스포라 문학에 대한 연구는 드물다.

이 글에서는 그 동안 소략하게 연구되어 온 북한문학에 형성된 재

---

3) 정은경, 『디아스포라』, 이룸, 2007, 17쪽.
4) 윤인진, 앞의 책, 1쪽.
5) 정은경, 앞의 책, 27쪽.

일조선인문학에 대해 살펴보고자 한다. 재일조선인문학에는 북한 이데올로기에 동조하는 특수성과 디아스포라라는 보편적 정서가 같이 나타난다. 특히 그들이 조국으로 택한 북한에 대한 모국의식, 사회주의 귀국운동, 향수 등과 일본에서 겪는 정체성 위기 속에서의 저항과 고뇌, 조국애 등이 문학으로 표현되고 있다. 이 글에서는 북한 문학에 형상화된 재일조선인 문학을 살펴보고 디아스포라 문학으로의 가능성을 연구하고자 한다.

## 2. 북한에서의 재일조선인 문학 특성

### 1) 재일조선인 북송 귀환의 서사 재현

재일한인 사회는 이른바 '북송사업'(1959. 12~1984)이 실시된 이후 〈재일본조선인거류민단〉(이하 '민단') 계열의 '재일한국인'과 〈재일본조선인총련합회〉(이하 '조총련') 계열의 '재일조선인'이라는 구분이 생기고 일본에서는 남과 북을 지지하는 정치적 입장에 따라 재일한국인과 재일조선인으로 구분한다.[6] 북한과 연관되어 활동한 재일조선인 작가들의 활동은 다양하다. 아시아 아프리카 작가대회 도쿄대회 (1961. 3)에 조선작가동맹의 위임으로 문예동 문학부 맹원들이 참가하여 활동하고 허남기, 남시우, 강순, 김민 등이 북한 조선작가동맹 동원으로 가입하였으며 이들은 한일협정 반대 투쟁, 문예동 지방조직 강화, 다양한 신인 육성 교육 실시, 북한 문학의 일본어 번역 보급 등으로 활동하였다. 여기에는 총련계가 아닌 김윤 시인의 활동도 본격화되었다.

1960년대에는 중견 문학예술인 20여 명이 북송사업의 일환에 의해

---

6) 이상갑, 「재일조선인 문학비평의 민족문학적 의미」, 『한국언어문학』 제68집, 한국언어문학회, 2009, 411쪽.

북한으로 귀국하게 되었다.[7] 이 기간 동안 북한으로 간 재일조선인
은 9만 3340명에 이른다.[8] 북송 귀환과 관련된 재일조선인의 역사는
1990년대 이후 북한 문학에 자주 형상화된다. 이는 과거에 대한 환기
를 통해 북한의 재일조선인 정책을 옹호하려는 의도로 해석된다.

재일조선인의 북송 귀환에 대한 서사는 여러 작품에서 나타난다.
여기에는 이국땅에서 고생하다가 북한으로 귀환하면서 참다운 삶을
누리게 되었다는 기본적인 서사구조가 공통적으로 나타난다. 재일조
선인들이 귀환하여 공화국 품에서 나라와 주권의 주인으로서 자주적
이며 창조적인 생활을 누리고 있음을 강조하고 있다.[9]

「돈지갑」(강귀미, 『조선문학』 2001년 제12호)에서는 일본 땅에서 나서
자라다가 귀국선을 타고 북한에 온 지 40년이 지나 할머니가 된 '나'
의 가족사에 대한 과거 회상으로 시작한다. 1920년대에 살길을 찾아
일본에 건너가 민족수난자의 모습으로 생을 마감한 시할아버지의 돈
주머니에 대한 유래는 화자로 하여금 그 의미를 되새기게 한다. 시할
아버지는 고아의 설움, 망국의 설움을 겪은 재일조선인으로 총련 사
업에 적극적으로 참여하고 세 아들을 사회주의 조국에로 먼저 보내어
북한에서 대학을 졸업하고 성공할 수 있도록 뒷바라지를 하였다. 시
아버지가 칠순이 되었을 때 총련에서 귀국을 마련해 주었고, 나는 이

---

7) 귀국 사업에 대해서는 재일한국·조선인을 민생, 치안쪽에서 부담스럽게 여긴 일본 정부
와 노동력 부족을 해결하면서 정치 프로퍼갠더의 절호의 기회로 삼은 김일성 정권의 생
각이 인도, 인권의 이름아래 일치한 것이라고 보여져 왔다. 이 저서는 이러한 '통설'을
뒷받침하면서 그 본질에 대해 더 파헤치고 있다. 「북한으로의 엑소더스: 귀국사업의 그
림자」, 《민단신문》, 2007년 7월 4일. (텟사 모리스 스즈키 저, 『북조선으로의 엑소더스』,
《아사히신문사》, 2007에 대한 설명)

8) 모리스 스즈키 교수는 1958년 중반 재일조선인 사회에서 '귀국'을 요구하는 운동이 일어
나기 훨씬 전인 1955년 일본 외무성이 조선인들의 대규모 북한 귀국을 장려하는 문서를
작성했다고 주장한다. 일본은 1955년 북한으로 '귀국'하려는 재일조선인의 숫자를 6만
명으로 추산했다. 그러나 1956년 2월 조총련 대표들은 귀국 희망자를 1424명이라고 밝
혔다. 처음부터 일본은 조총련의 예상을 훨씬 뛰어넘는 재일교포의 대량 북송을 기획했
던 것이다. 1959년 12월부터 1984년까지 북한으로 간 재일교포는 9만 3340명에 이른다.
김기철, 「가난하고 급진적이던 재일조선인: 귀국은 인도주의를 가장한 추방」, 조선닷컴,
2010년 6월 8일.

9) 남대현, 「꿈과 현실」(수기), 『조선문학』 1998년 제10호, 문학예술종합출판사, 43쪽.

집의 며느리로 들어왔던 것이다. 시간이 흘러 공훈설계가, 박사, 부교수, 공훈과학자가 된 아들과 함께 사회주의 조국에서 살고 있는 것을 보면서 내가 어릴 적에 할머니에게서 들었던 끊임없이 돈이 생기는 신기한 돈지갑에 대한 이야기가 실현되고 있다는 생각을 한다.

이 작품 속에서는 일제의 억압과 착취, 민족적 멸시, 간토 대지진 사건으로 인한 일본인의 조선인 학살 등을 통해 조국을 떠나서는 참다운 삶을 영위할 수 없다는 것을 보여주고 있다. 고통 받고 설움 받던 재일조선인이 북한으로 와서 비로소 인간다운 삶을 영위할 수 있었음을 3대의 가족사를 통해 보여주고 있다.

「대지에 대한 이야기」(강귀미, 『조선문학』 2000년 제12호)는 북송을 자원한 총련계 학생들이 조국에서 자신의 이상을 실현하면서 살게 된다는 이야기이다. 1961년 학생들의 귀국열기가 끓고 있을 때 16살의 단신의 몸으로 귀국하게 된 '나'는 작가가 되어 김승대라는 인물을 취재하게 된다. 취재 내용은 김승대가 일본에서 겪은 인종차별에 따른 좌절을 딛고 조국에서 무사고 기관사로 노력영웅이 된 사연이다. 이 소설은 강귀미 작가의 자서전적 소설이다.

「내나라」(로정법, 『조선문학』 2002년 제9호)는 조국에 가면 소원이 무엇이든 다 풀어준다는 이야기를 믿는 한 여인의 교육관에 대한 이야기이다. 일본 총련 가나가와현 분회장의 부인 고여인은 일본에서 억척같이 살면서 여섯 아이들을 교육시키고 싶은 마음에 북송선을 타고 평양으로 들어와서 예능인으로 키워낸다. 모국으로 택한 북한에 대한 미화의 내용으로 치우쳐 있다.

「조국과 함께 있는 사람들」(남대현, 『조선문학』 1999년 제1호)과 「꿈과 현실」(『조선문학』 1998년 제10호)은 작가의 수기로 남대현의 북한으로의 귀환과정과 북한에서 이상을 실현하고 있는 모습을 소개하고 있다. 남대현은 남한에서 어렵게 살다가 아버지 남시우를 찾아 1960년 일본에 건너가 도꾜조선중고급학교에서 수학하게 된다.[10] 여기에서 조국과 수령님에 대한 깨달음으로 1964년 귀국의 뱃길(북송선)에

오르게 된다. 그는 황해 제철소에서 노동자로 일하다가 수령님의 은정 넘치는 교시로 작가가 되었고 『청춘송가』, 『태양찬가』 등의 작품을 창작할 수 있게 되었다.

재일조선인 북송 귀환의 서사는 전반적으로 역사적 체험을 바탕으로 한다는 것을 강조하며 북한에서의 성공적인 삶을 미화하는 측면이 강하다.

## 2) 모국으로서 북한 지향

해방 이후 남북의 분단은 재일한인에게도 영향을 끼쳐 민단과 총련의 분열로 이어지고 일본으로 이주한 재일한인의 국적은 한국 국적과 조선 국적으로 나누어진다. 재일한인은 식민지의 잔재가 청산되지 않은 상태에서 남북 분단을 경험하여 남과 북이라는 두 개의 조국 중 한 곳을 모국으로 선택해야 하는 기로에 섰다. 또한 동아시아 냉전체제의 형성으로 일본에서 신분이 불안정한 이방인이 되었다. 특히 북한의 경우 일본과 정식적인 국교를 맺지 않아 조선은 국적이 아니며, 하나의 역사적인 산물에 의한 기호일 뿐이라는 의견이 지배적이다.11)

식민경험과 남북의 분단, 한일수교 등의 역사적 계기는 재일한인으로 하여금 조국의 무관심과 일본의 차별과 억압을 감내해야 하는 처지로 내몰리게 하였다. 재일한인은 일본 내에서 많은 차별을 받으며 자신들의 정체성을 유지해 왔기에 한국 이름이나 한국 국적을 유지해 온 자부심이 강하다. 재일조선인은 제1세, 2세, 3세로 이어지는데, 이들의 역사는 가족, 민족, 국가의 정체성을 규정하게 된다. 재일

---

10) 남시우는 조총련 산하 조선대학 부학장을 거쳐 총장까지 지낸 시인으로 그의 교육관에 따라 남대현은 조선대학에서 북한식의 민족 교육을 받게 되었다.

11) 김용필 집중인터뷰, 「일본과 한국의 동포사회를 연구해온 일본 히토츠바시대학 사회학 연구과 오태성 씨에게 들어본다」, 《중국동포타운신문》 제158호, 2009년 9월 5일.

조선인은 3세에 이르면서 일본국적으로 귀화한 경우도 많지만 조선 국적을 유지하면서 차별과 억압을 감내하고 있는 경우도 있다. 이들은 일본 사회 내에서 자신의 정체성에 대해 많은 고민을 한다.

「제주 진주」(원정희(총련), 『조선문학』 1998년 제12호)에서는 조선인이지만 이를 숨기고 일본인 이름으로 행세하는 젊은이들의 이야기가 전개된다. 량제옥은 어려서 제주 해녀 출신인 외할머니에게서 수영을 배우고 제옥이란 이름을 받았지만 아버지의 강요로 외할머니와 헤어지게 되고 일본인 이름인 '가와무라 다다미'로 행세하게 되었다. 제옥은 같은 처지에 있는 임태호(야스히로)의 생각에 동조하지만 일본인 이름으로 전국대회에 출전하면서 외할머니에게서 수영을 배울 때 만났던 조선학교 학생인 영미와 재회하게 되고 생각에 변화가 생긴다. 제옥을 우리라고 생각해 주는 영미와 조선학교 학생들에게 제옥은 감동하게 된다.

재일조선인의 조국에 대한 긍지는 민족 정체성에 대한 자부심으로 나타난다. 「저고리: 한 재일조선인 녀학생의 수기」(강성일, 『조선문학』 1997년 제8호)에서는 영어웅변대회에 출전한 조선대학교 여학생이 웅변 내용으로 저고리에 깃든 이야기를 펼치는 것에서 시작한다. 작가는 화자를 통해 민족의상에 불과한 저고리이지만 민족적 자각과 여성의 존엄을 이야기할 수 있다는 것을 강조한다. 화자인 '문희'는 저고리를 입어 일본 학생들에게 욕을 당하게 된 '일화'를 돕게 되면서 민족의 정체성과 자부심에 대해 생각하게 된다. 여기에서 저고리의 의미는 민족의 표상이자 조선 여성의 표상을 나타낸다. 또한 "만리타향 이국의 거칠은 생활풍토 속에서 민족의 넋을 지켜나갈"(69쪽) 수 있는 매개물로 표현된다.

「마지막 배우수업」(〈총련결성 45돌 기념작품〉, 강귀미, 『조선문학』 2000년 제5호)에서는 일본에서 배우로서의 성공을 꿈꾸던 박록산이 북으로 귀국하는 가족과 헤어지는 것을 감수하지만 결국 조선인이라는 이유로 차별 받는 내용을 통해 조국의 소중함을 강조하고 있다.

박록산은 조선인의 도움으로 가족도 만들게 되고 결국 북한행을 선택하여 공훈배우가 된다. 여기에서는 재일조선인들의 비참한 생활상이 묘사되고 어릿광대로 생활할 수밖에 없는 박록산의 괴로움을 통해 자본주의 사회인 일본에 비해 사회주의 조국이 우월함을 강조하고 있다.

「음악에 대한 이야기」(강귀미, 『조선문학』 2003년 제2호)는 일본에서의 차별을 견디지 못하고 귀국한 가족의 이야기이다. 천재적인 음악 재능을 지니고 있으면서도 조국 사랑을 위해 광산노동자가 된 둘째 오빠 이야기가 주요 사연이다.

강귀미의 일련의 소설들은 자본주의 사회인 일본에서 실현되지 못하는 재일조선인의 이상이 모국인 북에서는 실현된다는 것을 주된 주제로 삼고 있다. 그의 소설들에는 자서전적 요소가 강하다.

「모성의 권리」(김혜영, 『조선문학』 1999년 제7호)에서는 어린 시절 버림받고 일본인에게 입양되었다가 파양되었던 주인공의 아픈 기억을 통해 조국이라는 큰어머니가 있어 존재하는 모성애를 그리고 있다.

이외에도 리명호의 『조국은 어머니』(문학예술출판사, 2005)는 총련 결성 50돐 기념문학작품으로 북한을 모국으로 삼아 그리움을 담고 있다.

북한문학에 반영된 재일조선인의 문학을 통해 그들이 모국으로서 사회주의 조국을 선택한 의미에 대해 생각해 볼 수 있다. 이들의 의식은 유태인의 디아스포라와 비교해 볼 수 있다. 유태인은 타지에 흩어져 있지만 선민의식 속에서 종교적, 민족적으로 우월감을 느끼고 자신들의 공통의 기원에 대해 긍지를 느낀다. 북한을 조국으로 택한 재일조선인의 디아스포라에는 암울한 현실을 벗어날 수 있는 이상향으로서의 모국에 대한 긍지와 동경이 나타난다.

## 3) 북한체제 이데올로기 수용

북한 문학에 소개된 재일조선인 관련 문학은 조총련 문학과 관련
깊다. 조총련(재일본조선인총연맹) 작가들의 창작은 북한의 이념과 창
작방법을 따르고 있으며 북한 국적의 조총련 계열 작가들은 그들 스
스로 재일조선인 작가로 부른다. 재일조선문학예술가동맹(문예동)은
1959년에 창립되어 현재까지 재일 민족문학운동을 이끌고 있다. 문
예동은『문학예술』,『조선신보』,『조대문학』,≪조선상공신문≫등을
발표하였다. 이들의 활동은 일본 내에서 한국문학의 명맥을 이었다
는 의의를 지니지만 대체로 북한식 문학 성향이 강하고 경직, 이념화
되어 일본인들이나 자유진영 독자들에게 외면당하고 자료마저 제한
되어 있다는 평을 받는다.12)

재일조선인 문학의 기관지인『문학예술』은 김일성 주체사상과 주
체문예 이론의 틀을 그대로 따르고 있다. 최근에는 문예동 결성 50돌
을 맞아『문학예술』이 복간되었다. 북한에서는 문예동에 대해13) "사
회주의적애국주의 사상으로 교양하여 수령님의 두리에 굳게 단결시
키며 조국의 자주적 통일과 그들의 민주주의적민족권리를 위한 투쟁
에로 고무추동하는 것을 기본 사명으로 한다"고 설명하고 있다. 또한
"일본인민들을 비롯한 세계각국 인민들속에 위대한 수령 김일성 동
지의 현명한 령도 밑에 활짝 꽃피고 있는 우리나라 사회주의적 민족
문화예술, 주체적예술, 혁명적 예술을 널리 소개"하는 것으로『문학
예술사전』속에서 정리하고 있다.

북한 국적을 가진 재일조선인은 한국 국적을 가진 민단 계열의 재
일한인과는 다르게 일본에서 더 심한 차별과 소외를 당한다. 민단계
열의 재일한인 작가들은 일본어로 창작하기도 하는데, 재일조선인
작가들은 조선어를 고수하고 이에 따른 문학적 형상화에 이데올로기

---

12) 이명재,「한인문학의 현황과 특성」, 문학뉴스.com, 한국문학방송, 2009.12.24, 6~7쪽.
13) 과학백과사전출판사,『문학예술사전』, 과학백과사전출판사, 출판연대미상, 794~795쪽.

를 부여한다. 이들의 작품의 특징은 시대별로 다음과 같다.

1960년대는 귀국에 대해, 1970년대에는 조국 방문에 대해 감사하는 작품들이 많은 것도 하나의 특징이다.[14] 1970년대에는 문예동 맹원들이 북한에 방문하여 창작 강습 및 교류를 증대하고 다양한 작품집을 발간하였다. 1970년대 이후에는 김일성과 함께 김정일에 대한 충성심과 흠모의 정을 노래한 작품들이 많다. 1980년대는 제일동포 1세대인 리은직, 김민, 박종상, 소영호, 서상각, 남상혁, 리량호(소설가)[15] 허남기, 남시우, 한덕수, 강순, 정화흠, 정화수, 김두권, 김윤호, 김학렬, 류인성, 오상홍(시인) 등의 작품들이[16] 있고 동포 2세대인 로진용, 손지원, 박효렬, 허옥녀, 최용진(시인) 등이 개인 시집을 냈다. 1990년대에는 공산주의 사회권이 분해되고 북한이 내외적으로 고난의 행군을 겪으면서 재일조선인들의 글쓰기에도 새로운 전환기를 맞이한다. 재일조선인 문학의 근거인 총련이 부진하였지만 량우직, 박관범, 김영곤, 정구일, 박순영, 김금녀, 리상민 등 작가와 김학렬, 김정수, 강명숙, 홍순련, 로진용, 현룡무, 리귀영, 오홍심, 오순희, 장윤식, 김리박, 정윤경, 서정인, 오향숙, 리승순 등의 시인과 김아필, 리방세, 최영진, 고봉전, 김홍수 등의 아동문학의 작가들이 많이 양성되었다. 이 중 량우직은 조총련 사업에 대한 작품을 썼다. 그의 작품인 『비바람 속에서』(문예출판사, 1991)와 『서곡』(문학예술총동맹출판사, 1995)은 민족어 교육에 대한 강조, 반미, 김일성 찬양, 남한 정부 비판 등의 내용을 담고 있다.

특기할 만한 작가인 남대현은[17] 재일조총련계 출신의 소설가로

---

14) 이상갑, 「재일조선인 문학비평의 민족문학적 의미: 조총련 문학비평의 특징과 이중 언어에 대한 인식을 중심으로」, 『한국언어문학』, 한국언어문학회, 2009, 25쪽.

15) 박종상 외, 리명호 편집, 『우리의 길』(재일조선작가단편집), 문예출판사, 1992.

16) 문예출판사 편, 『따르는 한마음: 재일조선인시집』, 문예출판사, 1992.

17) 남대현 작품 및 관련 글(재일 조선인 디아스포라 문학 연관).
남대현, 「꿈과 현실」(수기), 『조선문학』 1998년 제10호, 문학예술종합출판사.
남대현, 「조국과 함께 있는 사람들」(작가수기), 『조선문학』 1999년 제1호, 문학예술종합출판사.

북한에서 주목받고 있다. 그는 취재를 위해 1997년 12월에 일본으로 갔고 거기에서 재일작가 1세 시인 정화흠, 정화수, 그 외 오향숙, 서정인, 김정홍, 김윤호, 오상홍, 3, 4세인 김윤순, 렴수옥, 배계순, 신정훈, 리상민, 강태성 등의 총련 작가들을 만난다. 총련 작가들의 문예동 모임에서 남대현은 『태양찬가』의 창작경험을 들려주고 조선중학교 시절의 옛 친구들과 해후하면서 그들이 경험한 민족적 설움과 고통, 노력을 돌아보게 된다. 그는 여기에 모인 재총련 제3세대 작가인 리상민, 강태성에게서 창작 결의 다짐도 받는다.[18]

남대현은 『청춘송가』 이후 일본 조총련의 결성과정을 다룬 장편 『태양찬가』를 ≪불멸의 력사≫총서로 창작했고, 1994~5년 조총련의 와해 위기 극복 과정을 다룬 장편 ≪불멸의 향도≫총서 『조국찬가』를 썼다.[19] 『조국찬가』에서 김정일 시대 재일조선인 문학의 방향을 살펴볼 수 있다. 당시 김정일은 총련의 사업으로 "총련일군들이 옳은 사업방법과 사업작풍을 소유하여야 총련이 동포대중과 애국적 열의를 높이고 민족적 단합을 강화"할 것을 내세운다.[20] 이 소설에서는

남대현, 『통일련가』(장편), 문학예술출판사, 2003(초판), 2005(재판).
남대현, 『조국찬가』(장편), 문학예술출판사, 2004(≪불멸의 향도≫ 총서시리즈). 남대현, 『태양찬가』(장편), 문학예술출판사, 2006.(≪불멸의 력사≫ 총서시리즈)
고철훈, 「태양의 밝은 빛은 이국땅 멀리에도: 총서 〈불멸의 향도〉 중 장편소설 〈조국찬가〉를 읽고」, 『조선문학』 2006년 제2호, 문학예술종합출판사.
김성수, 「북한 현대문학 연구의 쟁점과 통일문학의 도정」, 『어문학』 91호, 한국어문학회, 2006.
남대현은 서울 경복중학교를 다니다가 14세 때 일본으로 건너가 도쿄 조선중학교를 졸업한 뒤, 17세 때 북한으로 건너갔다. 1973년 단편 「지학선생」을 발표하여 북한 문단에 나왔다. 북조선문학예술총동맹 산하 문예출판사 기자로 재직하던 중, 1980년 조선노동당 제6차 대회 기념 '전국문학예술작품 현상모집'에 광주민주화운동을 다룬 소설 「광주의 새벽」을 응모해 단편 부문에서 2등으로 당선되었다. 지금은 '조선문학창작사' 소속 작가로 있다. 1987년 발표한 「청춘송가」는 북한에서 가장 인기 있는 소설로, 20대 남녀들의 애정문제를 중심으로 당에 대한 충성과 인민경제의 주체화 문제를 다루었다. 1989년 3월 남북작가회담 예비회담 대표로 참석했다.(다음 백과사전 참조)

18) 남대현(1999), 위의 글.
19) 남대현은 1994년 9월부터 1995년 1월까지 김일성의 사망 이후 '고난의 행군' 시기 초에 와해 위기에 빠진 조총련의 위기 극복 과정을 다룬 장편≪불멸의 향도≫ 총서『조국찬가』를 통해 조총련과 조국 북한의 심정적 연대를 그려낸다. 김성수, 「남대현론: 남대현, 코리아 문학의 통합의 시금석」, 『북한문학의 지형도』, 이화여대출판부, 2008, 293~294쪽.

40여 년 전 총련의 앞날을 밝혀주던 김일성 수령과 현재 김정일 장군의 교시가 일치함을 강조한다. 또한 이 소설은 ≪민단≫계까지 포함한 재일동포 전부를 아우르자는 사랑의 윤리를 내세운다는 평가를 받는다.

재일디아스포라 시문학을 문학사적으로 체계화한 연구에 따르면 재일조선인 문학은 '① 공화국 창건 이후 총련이 결성되기 이전까지의 시기(1948년 9월~1955년 4월) ② 총련 결성 이후 위대한 수령님의 교시를 높이 받들고 주체를 확고히 세워 작품 창작에서 일대 개화기를 열어놓은 시기(1955년 5월~1973년) ③ 위대한 수령님과 친애하는 지도자 동지의 현명한 령도 밑에 높은 사상예술을 가진 작품을 활발하게 창작한 시기(1970년대 중반부터 1990년까지)'로 나누어진다.[21] 이에 대해서는 재일디아스포라 시문학이 주체적인 모습을 잃어버리고 북한 문학의 이념과 목표에 충실한 양상으로 변모되고 있다고 평가한다.[22]

북한체제의 이데올로기와 밀접한 연관을 갖는 재일조선인 문학은 조총련 사업을 중시하여 재일조선인에 대한 북한의 태도를 엿볼 수 있다. 한편으로는 많은 작가들이 양성되어 작가들의 디아스포라 체험, 통일에의 염원 등이 표출된 작품들을 찾아볼 수 있다.

---

20) 고철훈, 「태양의 밝은 빛은 이국땅 멀리에도: 총서 ≪불멸의 향도≫ 중 장편소설 『조국 찬가』를 읽고」, 『조선문학』 2006년 제2호, 문학예술종합출판사, 25쪽.
21) 하상일, 「재일 디아스포라 시인 남시우 연구」, 『한민족문화연구』제33집, 한민족문화연구학회, 2010, 307쪽.
(손지원, 『조국을 노래한 재일 조선 시문학 연구』, 김일성종합대학출판사, 1996, 17쪽에서 인용)
22) 위의 글, 308쪽.

## 3. 디아스포라 문학으로의 가능성

북한이 내외적으로 어려움을 겪어 고난의 행군이라 칭하던 1990년대 중반 이후부터 현재까지 『조선문학』에23) 실린 재일조선인 디아스포라 문학은 30여 편 이상이다. 시, 시초, 가사, 소설 등 문학작품들과 재일문학에 대한 평론들이 다수 존재한다. 특히 이 잡지는 특집으로 '귀국 실현 40돎을 맞으며'(1999년 12호) '총련결성 45돌 기념'(2000년 5호) '총련결성 50돎'(2005년 5호) 등을 기획하여 재일조선인 문학을 집중 소개하고 있다. 2000년대에는 6·15 공동선언의 영향으로 재일교포 1세 작가들이 총련 동포 고향방문단에 참여하는 등 통일에 대한 열기가 고조됐다. 새 세기를 맞은 문예동은 민족문학운동을 고취하고 있다.24)

### 1) 민족적 주체의식 고취

재일조선인 디아스포라 문학의 주요 특징 중 하나는 교육을 통해 조국과 개인의 정체성을 깨우치려 한다는 점이다. 재일조선인들은 조선어를 사용하여 모국어를 장려하고 있다. 조총련 문학은 조선어 창작과 민족어 교육을 강조한다.

「어머니 심정」(박종상(총련), 『조선문학』 2001년 제12호)은 남편과 사별하고 자식을 멀리 보낸 어머니가 자식을 곁에 두려고 하다가 진정

---

23) 김주팔, 「북한문학의 진수 월간문학지 『조선문학』에 대하여」, 『문화전선』 창간호, 대훈, 2005. 『조선문학』은 북한에서 가장 오래 연재되어 왔고 북한 사회의 변화양상을 대변하고 있으며 작가와 작품 경향이 다양하다. 『조선문학』은 북한의 대표적인 월간 종합문예지로 1947년에 『문화전선』이란 이름으로 창간되었고 그 후신이 『문학예술』이었다. 이 문예지는 1953년 10월에 『조선문학』이란 이름으로 재 창간되어 현재까지 월간으로 발행되고 있다. 1990년대부터는 당 정책과 슬로건, 정론과 강령 등이 지면에 많이 할애되어 정치적인 성격이 강해졌다. 그러나 북한의 북한 내 작가를 총망라한 조선작가 동맹중앙위원회 기관지로 유일한 문학잡지로 평가 받는다.

24) 문예동 16차 대회 2004.6.

으로 자식을 위한 일이 무엇인지를 깨닫는 내용이다. 교육을 못 받아 민족의 멸시를 받아온 울분을 자식들에게 물려주지 않기 위해 노력하는 재일조선인 가족의 이야기이다. 사회주의 귀국운동이 벌어지면서 민족적 자각도 높아지고 민족교육 열의가 높아진 상태에서 자식들은 자신의 정체성을 조선학교의 교육을 통해 깨닫게 된다.

「조선인 부락」(〈총련결성 45돐 기념〉, 김선환, 『조선문학』 2000년 제5호)에서는 조선인부락이 일본 정부의 조선 사람들에 대한 민족적 멸시와 차별 정책이 낳은 산물임을 밝히고 있다. 재일조선인들의 빈궁한 삶은 일본 정부의 조선인에 대한 인권과 생존권을 박탈한 것에서 기인한다. 그러나 민족교육의 위력을 실감하는 주인공이 모든 것을 극복하고 조선인학교 건설에 성공한다.

「새아침」(김선환, 『조선문학』 2003년 제2호)은 조국에서 공화국의 교수 박사 학위를 수여받게 된 재일동포교육자들의 40여 년 전 회상에서 시작된다. 당시 일본의 조선학교 폐쇄에 맞서 투쟁을 벌이던 일화를 통해 자신들을 받아준 조국에 대한 고마움을 형상하고 있다.

「소나무무늬상감자기」(강귀미, 『조선문학』 1999년 제12호)에서 화자인 '나'는 귀국하기 전까지 일본의 효고현 고배에서 살았다. 그곳에는 깍쟁이 조령감이라는 조달근이 있었다. 조달근은 돈을 모아 빚을 내가면서 도자기를 사들였다. 그 고려자기가 12세기경의 진품이라는 것이 판명되어 부르는 가격으로까지 오르게 되었다는 소식을 접했었다. 현재 '나'는 조국의 역사박물관에서 고려청자기를 발견하고 조영감 후손들의 민족성과 주체성을 지킨 모습에 감탄하고 그들을 만나러 간다.

「≪만풍년≫찬가」(〈총련결성 50돐〉 리상민(총련), 『조선문학』 2005년 제5호)는 조총련인 택시운전사 '최석두'의 실패한 삶을 통해 조국에 대한 감상을 피력하고 있다. 공화국 창건 25돌을 축하하던 대음악무용서사시인 〈만풍년〉 공연을 통해 가족과 조국에 대한 그리움을 보여준다.

「넋을 찾으라」 (박장광, 단편소설, 『조선문학』 1998년 제11호)에는 민족의 넋인 도자기를 만들고 지키려는 자매와 총련의 2세 역군인 '나'의 사연이 전개된다. 이 소설은 고려자기에 대한 자부심과 민족적 자긍심을 '나'를 통해 알게 된 선화의 안타까운 죽음을 통해 총련을 지켜나가기 위한 노력을 하자고 다짐하는 주인공의 모습을 통해 민족의 주체성을 고수하기 위한 재일조선인의 모습을 그리고 있다.

「수학려행」(김선환, 『조선문학』 1999년 제5호)에서는 아버지대의 인연과 우정이 자식대로 우연히 이어지는 에피소드를 소개하고 있다. 일본에 있는 조선대학교 졸업반인 '수정'은 졸업여행으로 평양에 갔다가 만나게 된 남자 대학생과 그의 아버지를 통해 조국의 소중함을 깨닫게 된다. 수정은 조국에 온 손님이 아니라 조선의 딸이어야 한다는 깨우침을 소중하게 간직한다.

## 2) 민족 수난사를 통한 고통과 저항의 의미

재일조선인의 유래는 1910년 한일합방 이후로 거슬러 올라 갈 수 있다. 이때는 재일조선인이 이천여 명 남짓했으나 해방 전후에는 100만 명을 넘긴 것으로 추산된다. 특히 1939년 이후 도항 저지제 폐지 후 토지에서 쫓겨난 농민들이 임시 노동자가 되어 일본으로 이주하게 되었고 일본의 노동력 동원 등에 의한 강제이주로 인해 그 수가 급속히 증가되었다. 북한에 소개된 재일조선인 문학은 주로 민족의 수난사를 통해 고통과 저항의 의미를 되새기고 있다.

「향기」(현성하, 『조선문학』 1999년 제5호)에서는 재일동포 1세대가 수난 받던 일화를 통해 고향에 대한 그리움과 반일 감정을 나타내고 있다. 재일동포 '순이'는 북해도의 조그만 민족학교 교원으로서 중앙강습에 뽑혀 교육을 받고 '만경봉' 호를 견학하게 된다. 순이는 배에서 나눠받은 사과를 맛보고 새 학기가 되어 학생들에게 '조국의 사과맛'이라는 글짓기 숙제를 내준다. 그러나 '일림'이란 학생이 숙제를

해 오지 않아 이를 기이하게 여기다가 일림이 어머니의 사연을 듣게
된다. 그 사연은 사과 맛을 보려다가 일본인 아들을 죽게 한 일림 어
머니 오빠의 실수로 온 집안 식구가 집과 고향을 잃고 남의 땅의 노
예가 된 기구한 운명의 이야기였다. 이 작품에서는 어버이 수령이 있
는 조국의 품이 사과향기처럼 영원하다는 결말을 보인다.

「채송화」(강귀미, 『조선문학』 2002년 제5호)는 일제시대에 수백만의
조선청년들이 재능과 지식은 무시당한 채 남태평양 군도의 어느 섬
으로 끌려가서 노예생활을 하다가 죽게 되는 비참한 민족사를 보여
준다.

「귀향」(〈귀국 실현 40돐을 맞으며〉 현성하, 『조선문학』 1999년 제12호)
에서는 조국의 비극적인 역사를 되돌아보고 있다. 남과 북 어디에서
도 주인다운 삶을 살 수 없어 일본으로 이주할 수밖에 없었던 주인공
의 기구한 인생이 주요 내용이다.

「벗을 찾아」(조정협, 『조선문학』 2007년 제1호)는 재일한인문학 1세
대에 속하는 김사량을 모델로[25] 삼고 있다. 이 작품은 김사량으로
추정되는 '김수민'의 죽음이 동족상잔의 비극에서 비롯되었음을 보
여주고 있다. 이 작품은 그의 죽음에 연관된 남한 노인의 회한으로
마무리된다.

「돌아온 반지」(리성식, 『조선문학』 2007년 제5호)는 정신대 할머니의
사연을 소개하여 민족사의 비극을 되짚어보고 있다. '꽃엄마'라 불린
정신대 할머니의 사연에 대한 회상식 소개로 젊은 남녀의 애절한 사
랑이 역사적 상흔으로 남는 과정을 보여주고 있다. 여기에서는 일제
군국주의로 인해 조선여성은 정신대에 끌려가고 조선남성은 군대에
강제징집되어 희생당하는 민족의 수난사가 전개된다. 이 작품은 정
신대 할머니의 절규로 마무리되는데, 이를 통해 일제의 역사적 죄악
에 대한 청산을 강한 의지로 드러내고 있다.

---

25) 유임하, 「『조선문학』 2007 분석」, 남북문학예술연구회 발표문, 2009, 3쪽.

2000년대 이후『조선문학』에서 디아스포라문학에 해당되는 재일 교포들의 글을 보면 세대 간의 의식의 변화가 느껴진다. 제1, 2세대 들은 자손들의 교육에 대해 고민하고 그들을 품어줄 수 있는 조국으로 사회주의 국가인 북조선을 선택한다. 해방 직후 일본에 남게 된 조선인 1세대들은 한글을 가르치기 위해 조선학교를 세웠다. 제3세대들은 조국 기행에 참여하여 모국의 의미를 되새긴다. 그들이 선택한 조국은 북한인데, 그 이유는 북한이 그들에게 조국의 모습과 조국의 사랑을 확인시켜주고 있다고 생각하기 때문이다.

## 3) 통일 지향의 미학적 교감

2000년 6·15 남북 공동선언 이후 남북한에서는 소재나 주제 쪽에서 통일에 관련된 문학이 많이 발표되었다. 본고에서는 북한 문단에 소개된 재일조선인의 통일지향에 대한 시각을 살펴볼 수 있다. 재일조선인은 해외동포로 살면서 조국의 분단으로 인해 차별과 소외의 경험을 하고 민족 정체성에 대한 혼란을 겪어왔다. 이러한 재일조선인의 통일에 대한 열망을 북한 문단에서도 발견할 수 있다.

조국의 통일을 바라는 시「하나」(최태순)는 "절실한 민족의 숙원에서 종자를 잡고 그것을 시대정신의 견지에서 해명하고 있다"는[26] 북한의 평가를 받는다. 이 시는 남북 정상의 평양상봉으로 체결된 6·15 남북 공동선언의 위상을 통일의 서정으로 표현하고 있다.

이제는 평양이 부르면
서울이 화답하고
대동강이 춤추면
한강이 너울너울

---

26) 최길상, 「포옹이 뜨거우쪽 심장은 사랑한다」(20세기 령마루에서 읊은 총련작가들의 조국찬가를 감상하며),『조선문학』2001년 제5호, 문학예술종합출판사, 62쪽.

백두간 천지가 설레면
한나산백록담이 출렁입니다. 27)


단편소설 「물길 백 리 꿈길 만 리」(강태성(총련), 『조선문학』 2001년
제9호)에서는 일본에서 고국이 보이는 유일한 섬인 쯔시마의 역사적
유래를 통해 조선인의 암울한 현실을 반영하고 있다. 이 작품은 조국
에 가까이 살지만 조국의 분열로 민족적 설움을 겪고 있는 쯔시마
동포들의 조국 통일 염원을 그리고 있다. 태고에는 조선반도와 하나
였다가 분리된 이 섬은 조선과 중국의 문물을 일본에 전파하는 역할
을 하였다. '조선통신사'가 일본에 첫발을 내디딘 곳도 이 섬이지만,
한편으로는 왜구의 거점이 되기도 하고 일제 식민지를 거쳐 광복 후
에는 민족차별을 당하는 곳이 되었다. 조국의 광복을 맞이하고도 고
향에 돌아갈 수 없었던 재일조선인 1세대들은 교육을 통해 자식들에
게 자부심을 실어주려 하고 통일에 대한 결의를 다진다.
　재일조선인의 통일 지향에 대한 시각은 작가의 삶에서도 발견할
수 있다. 재일조총련계 출신인 남대현의 삶은 남한에서의 유년기, 일
본에서의 청소년기를 거쳐 북한에서의 청년기 이후라는 드문 경우를
보여준다. 이러한 특이한 삶의 궤적 덕에 분단 시대 남북한 및 재일
동포 사회의 삶을 아우를 수 있는 터전이 마련되었다고 평가된다.28)
남대현은 북송된 비전향 장기수를 주인공으로 삼은 장편 『통일련가』
(2003)를 창작하였다.29) 이 작품은 북으로 송환된 비전향장기수의 실
재 삶을 취재하고 있다.
　남북한의 문학적 대결 속에서 재일조선인 문학의 또 다른 시선을
읽어내는 것은 통일문학을 바라보는 하나의 방법론이 될 수 있을 것

---

27) 위의 글, 62쪽.
28) 김성수, 「남대현론: 남대현, 코리아 문학의 통합의 시금석」, 이화여자대학교 통일학연구
　　원 면, 『북한 문학의 지형도』, 이화여자대학교 출판부, 2008, 297~298쪽.
29) 위의 글, 291쪽.

이다. 북한에 소개된 재일조선인의 문학이 북한의 창작지침과 문예 정책에 적합한 형태로 창작되는 경향도 있지만 기본적으로는 민족성 추구와 통일 지향의 주제 속에서 미적 교감이 될 수 있는 형태를 찾아볼 수 있다.

## 4. 북한에서의 재일조선인 문학의 현재적 의미

이상을 통해 북한문학과의 연관에 속에서 재일조선인 문학의 의미를 살펴볼 수 있었다. 현재 고난의 행군을 겪고 난 북한 사회의 정치, 경제적 어려움은 내부의 결속을 다지는 방향으로 강화되고 재일조선인 문학도 어느 정도 연관이 되어 반일과 민족 주체성에 대한 주제가 더욱 공고해졌다. 특히 북한을 모국으로 택한 재일조선인은 억압과 차별 속에서도 모국을 이상향으로 상정하여 모든 고통을 감내하고 있음을 문학 속에서 표출하고 있다. 이러한 재일조선인의 문학은 조국의 관심과 주체적인 삶에 대한 갈망으로 보인다.

북한문학에 형상화된 재일조선인 디아스포라에는 개인과 민족적 정체성의 위기 가운데 그들의 고뇌와 저항이 강하게 나타난다. 북한을 조국으로 생각하는 재일조선인의 디아스포라 문학은 남북 냉전체제와 외세의 개입 등으로 이데올로기적 대립이 격화되면서 남과 북이라는 두 개의 조국 중 한 곳을 택할 수밖에 없는 이들의 여정을 고단하게 보여주고 있다.

재일조선인 문학의 의의는 통일문학의 지향점을 보여준다는 것에 있다. 이들의 문학적 여정을 통해 남북 문학뿐 아니라 해외 동포 문학에 대한 발견을 할 수 있고 우리 문학과 민족의 범위를 확장시킬 수 있다.

# 참고문헌

## 1. 기본자료

과학백과사전출판사, 『문학예술사전』, 과학백과사전출판사, 출판연대미상.

남대현, 『조국찬가』, 문학예술출판사, 2004.

_____, 『태양찬가』, 문학예술출판사, 2006.

_____, 『통일련가』, 문학예술출판사, 2003.

량우직, 『비바람 속에서』, 문예출판사, 1991.

_____, 『서곡』, 문학예술총동맹출판사, 1995.

리명호, 『조국은 어머니』, 문학예술출판사, 2005.

문예출판사 편, 『따르는 한마음: 재일조선인시집』, 문예출판사, 1992.

박종상 외, 리명호 편집, 『우리의 길』(재일조선작가단편집), 문예출판사, 1992.

손지원, 『조국을 노래한 재일조선 시문학 연구』, 김일성종합대학출판사, 1996.

조선작가동맹 중앙위원회, 『조선문학』, 문학예술종합출판사, 1998.1~2001.7.

_____, 『조선문학』, 문학예술출판사, 2001.8~2007.12.

조선중앙통신사, 『조선중앙년감』, 조선중앙통신사, 1990~2008.

## 2. 논저

권은주, 「북한의 재일조선인 귀국운동에 관한 연구: 추진 목적을 중심으로」, 서강
      대 석사논문, 2006.

김석범, 유숙자, 『재일한국인문학연구』, 월인, 2000.

김성수, 「북한 현대문학 연구의 쟁점과 통일문학의 도정」, 『어문학』 91호, 한국어
      문학회, 2006.

김종회, 「남북한 문학과 해외 동포문학의 디아스포라적 문화 통합」, 『한국현대문
      학연구』 제25집, 한국현대문학회, 2008.

김환기, 「재일 디아스포라 문학의 '혼종성'과 세계문학으로서의 가치」, 『일본학보』,
      제78집, 한국일본학회, 2009.

김환기, 「재일디아스포라 문학의 형성과 분화」, 『일본학보』 제74집 1권, 한국일본
　　　학회, 2008.

박태상, 「북한소설 『서곡』 연구」, 『논문집』 제32집, 한국방송통신대학교, 2001.

＿＿＿, 「양우직의 장편 『비바람속에서』·『서곡』 연구: 북한의 재일 조총련 사업
　　　성과를 중심으로」, 『논문집』 제31집, 한국방송통신대학교, 2001.

서경식, 김혜신 옮김, 『디아스포라기행』, 돌베개, 2006.

유임하, 「『조선문학』 2007 분석」, 남북문학예술연구회 발표문, 2009.

윤인진, 『코리안 디아스포라』, 고려대학교출판부, 2004.

이명재, 「한인문학의 현황과 특성」, 문학뉴스.com, 한국문학방송, 2009. 12. 24.
　　　http://www.dsb.kr/detail.

이상갑, 「재일조선인 문학비평의 민족문학적 의미: 조총련 문학비평의 특징과
　　　이중 언어에 대한 인식을 중심으로」, 『한국언어문학』, 한국언어문학회,
　　　2009.

이영미, 「재일 조선문학 연구: 재일본조선문학예술가동맹의 소설을 중심으로」,
　　　『현대문학이론연구』 제33집, 현대문학이론학회, 2008.

이정석, 「재일조선인 한국문학 속의 민족과 국가」, 『현대소설연구』, 한국현대소
　　　설학회, 2007.

이화여자대학교 통일학연구원 편, 『북한 문학의 지형도』, 이화여자대학교출판부,
　　　2008.

＿＿＿＿＿＿＿＿＿＿＿＿＿＿＿＿, 『북한 문학의 지형도』 2, 청동거울, 2009.

임성모, 「디아스포라와 트랜스내셔널」, 최원식 외, 『동아시아의 오늘과 내일』,
　　　논형, 2003.

장사선, 「재일 한민족 문학에 나타난 내셔널리즘」, 『한국현대문학연구』, 한국현
　　　대문학회, 2007.

정은경, 『디아스포라』, 이룸, 2007.

편집자, 「북한으로의 엑소더스: 귀국사업의 그림자」, ≪민단신문≫, 2007년 7월
　　　4일자. http://www.mindan.org/kr/

하상일, 「재일 디아스포라 시인 남시우 연구」, 『한민족문화연구』 제33집, 한민족

문화연구학회, 2010.

한일민족문학여구학회 엮음, 『재일조선인 그들은 누구인가』, 삼인, 2003.

허명숙, 「민족정체성 서사로서 재일동포 한국어 소설」, 『현대소설연구』40, 한국
　　현대소설학회, 2009.

홍용희, 「재일조선인 디아스포라 시의 특성 고찰」, 『한국현대문학연구』제27집,
　　한국현대문학회, 2009.

제4부

———

# 전통의 해석과 변용

# 민족정체성 확인의 교두보, 時調

: 분단 후 북한에서의 창작 시조

박미영

## 1. 북한에서의 시조

본 연구는 북한에서 1950년 이후 창작된 시조의 전개 양상을 파악하고 그 작품들의 의미를 규명하고자 한다. 지금까지 북한의 시조 연구는 북한 문학사에서 고시조에 대한 서술 양상이 어떠하며 어떻게 변화했는가에 집중되었고, 북한에서 창작된 현대시조에 대한 관심은 거의 없었다. 따라서 본 연구에서는 창작된 시조 작품을 발굴하여 연구 대상으로 삼는다.

현대문학연구에서 북한문학을 연구하는 것이 통일을 전제로 한 '구색 맞추기'라는 용어를 사용하기도 할 정도로, 현 단계 우리 학계 전체의 발전과 우리 삶의 전진에 그리 큰 소용이 없다고 판단하기도 한다.[1] 그리고 북한 문학을 이해하는 데에는 정치인식이 선결과제

---

[1] 김성수, 「문학적 '통이(通異)'와 문학사적 통합」, 『한국근대문학연구』 19집, 한국근대문학회, 2009, 31쪽.

다. 북한 문학예술이 정치적인 문제로부터 출발하고 있으며, 정치체제의 변화가 곧 문학예술을 변화시키는 직접적인 요인으로 작용하기 때문이다.[2] 이런 상황에 미루어 볼 때 특히 분단 60여 년 동안 북한에서 발견되는 몇 편의 창작 시조가 북한문학을 이해하는 데에 어떤 의미를 지닐 것인가 생각해 보게 한다.

현재까지 한국에서는 현대시조가 계속 창작되고 있으며 재미한인·연변조선족 등에 재외 한민족에 의해서도 시조가 창작되고[3] 있다. 뿐만 아니라 인터넷 온라인, 오프라인을 통해서 영어로 시조를 창작하는 '영어시조'가 한국의 대표적인 시로 외국인들에게 인식되고 있는 현실을 감안하면[4] 시조는 문학적 유산과 계승의 차원을 넘어서 오늘날의 민족 정체성 문제에 대한 논의의 중심에 있게 된다. 이렇게 볼 때 북한에서의 창작 시조의 존재 및 존속 유무는 민족 정체성 유지의 반증자료가 될 수도 있으며, 향후 문화통합의 한 요소가 될 수 있을 것이다. 그러나 지금까지 북한에서의 현대시 전개에 대한 여러 연구에서도 창작 시조의 존재에 대한 언급조차 없다.[5]

북한 문학사에서의 고전문학 혹은 고전시가에 대한 기본적인 태도는 그들이 내세운 이념적, 미학적 태도에 종속되어 있음은 선행 연구

<hr />

2) 전영선, 「북한의 사회주의적 민족문화 건설과 '우리 식' 고전문학」, 『한국문학논총』 36집, 한국문학회, 2004, 29쪽.

3) 박미영, 「재미작가 홍언의 미국기행시가에 나타난 디아스포라적 작가의식」, 『시조학논총』 25집, 한국시조학회, 2006, 175~209쪽; 박미영, 「미주시조선집에 나타난 디아스포라 작가의식」, 『한국시가연구』 25집, 한국시가학회, 2008, 259~300쪽; 박미영, 「미주시조선집에 나타난 디아스포라 시조론」, 『시조학논총』 30집, 한국시조학회, 2009, 53~90쪽; 기청, 「도도한 민족의 抒情, 연변에 부는 時調詩 바람: 중국 조선족 시조시사 창립 10주년의 성과와 전망」, 『문학』 제36권 제2호 통권408호, 한국문인협회, 2003.2, 490~511쪽.

4) 박미영, 「D. 맥켄 영어시조 창작과 그 의의」, 『시조예술』 8집, 한국시조예술연구회, 2010, 14~30쪽; 박미영, 「미주 발간 창작영어시조집에 나타난 시조의 형식과 그 의미」, 『시조학논총』 34집, 한국시조학회, 2011, 71~110쪽; 박미영, 「야후 영어 사이트에 존재하는 영어시조 동호회 ≪sijoforum≫의 구성과 의미」, 『고전문학연구』 42집, 한국고전문학연구회, 2012, 71~109쪽.

5) 장경남, 『서정과 시창작』, 문예출판사, 1990, 262쪽; 이정예, 「북한의 노래하는 시 '가사 연구」, 『동북아 문화연구』 14집, 동북아문화연구회, 2008, 143~144쪽; 김경숙, 『북한현대시사』, 태학사, 2004.

에서 이미 잘 규명되었다. 마르크스·레닌주의에 입각한 사회주의적 사실주의 시대와 주체적 사실주의 시대로 나뉘어 문학사가 기술되었고, 고전문학 혹은 고전시가에 대한 서술 태도 및 서술 내용이 달라졌다는 것이다. 안영훈·장경남·김준형·김현량 등의 연구자들이 고전문학을 중심으로 문학사 기술에서의 우리 문학사와의 동이의 문제를 다루고, 내부에서의 변화양상을 추적했다.[6] 기술 분량의 비율이나 작품과 작가에 대한 평가문제, 주체적 사실주의 성립과 주체문학론의 성립 전후 교시에 따른 서술 변화 등이 규명되었다.

또한 김문태는 고전시가에 대한 북한문학사에서의 인식을 시기별로 살펴, 모든 시기에 강조된 시가류, 주체사상에 따라 부각되거나 부정적 평가를 받는 고전시가를 밝히고, 시기별 문예정책에 따른 문학작품 해석의 변용성을 규명하였다.[7] 여기에서 가장 평가의 기복이 심한 것이 시조였는데 조규익은 북한문학사에서 주체사상 이전의 시조관과 주체사상 이후의 시조관 비교를 통해 서술의 변화를 밝혔다.[8] 조규익은 조선 초, 중기보다는 후기 시조에 대한 기술은 남북한이 근접하고 있으며, 시조가 서정문학의 대표적인 갈래였던 만큼 남북의 시각차를 좁힐 수 있는 단서라고 고시조에 대한 서술 태도 변화의 의의를 논의했다.

이와 같이 선행연구를 통해 북한에서의 '고시조'에 대한 해석과 평가 기술에 대한 연구는 많은 진전을 이루었다. 그러나 북한에서 분단 이후 시조의 창작이나 작품 전개에 대한 연구는 이뤄지지 않고 있다.

---

6) 안영훈, 「북한문학사의 고전문학 서술 양상」, 『한국문학논총』 38집, 한국문학회, 2004, 299~315쪽; 장경남, 「북한의 조선 전기 문학사 서술의 실상과 의의」, 『민족문학사연구』 42집, 민족문학사연구소, 2010, 127~163쪽; 김현양, 「북한의 "우리문학사"서술의 향방-근대문학 이전의 문학사 서술을 대상으로」, 『민족문학사연구』 42집, 민족문학사연구소, 2010, 53~73쪽; 김준형, 「북한의 고전문학사 기술 양상과 특징-1990년대 이후를 중심으로」, 『우리어문연구』 40집, 우리어문학회, 2011, 7~43쪽.

7) 김문태, 「북한 고전시가관의 변모와 현대적 수용양상」, 『한국시가연구』 21집, 한국시가학회, 2006, 355~389쪽.

8) 조규익, 「북한 문학사와 시조」, 『시조학논총』 28집, 한국시조학회, 2008, 175~204쪽.

먼저 북한 문학계에서는 시조가 창작되며 발표되고 있는지, 창작 시조의 존재여부를 확인한다. 이에 본 연구에서는 발굴한 11편 40수의 시조를 대상으로 먼저 존재양상을 살펴보고 북한에서의 창작 시조 전개와 작품의 의미 및 의의를 규명하고자 한다.


## 2. 북한 창작 시조의 현황과 의미

본 연구에서는 북한에서 창작 시조가 어떻게 전개되고 있는지 현황을 파악하기 위한 자료작업이 선행되어야 한다. 그러나 먼저 자료 작업의 한계를 지적하지 않을 수 없다. 북한에서 창작 시조가 발표되었을 만한 모든 자료를 조사하는 데에 어려움이 있다는 것이다. 이에 본 연구에서는 현 통일부 산하 북한자료센터의 소장 자료를 주요 대상으로 하며 서울대 김학렬 기증본 등의 자료목록을 최대한 이용한다.

북한자료센터에는 많은 단행본을 비롯하여, 『조선문학』·『청년문학』·『천리마』·『아동문학』·『조선예술』·『조선어문』·『민족문화유산』·『문화어학습』·『김일성종합대학학보』·『문학신문』 등의 잡지와 학술지가 책, 디지털 DB, 마이크로필름으로 존재하고 있다. 이들을 중심으로 검색하고 직접 열람하여 11편의 수록작품을 발굴하였다. 그 결과를 정리하면 다음과 같다.[9]

---

9) 홍종린, 「시조 옥백미 십만석(외 시2편)」, 『조선문학』 1957년 제7호, 47쪽; 허춘, 「시조 二 수」, 『조선문학』 1957년 제8호, 99쪽; 리수봉, 「갈라져 일곱 해(시조 2수)」, 『조선문학』 1957년 제8호, 99쪽; 조운, 「시조 ≪아브로라≫의 포성」, 『조선문학』 1957년 제11호, 93쪽; 조운, 「시조 평양 8판」, 『조선문학』 1958년 제6호, 52~53쪽; 허춘, 「시조 꽃나무 심는 뜻은」, 『조선문학』 1958년 제8호, 90쪽, 이상 출판사 조선작가동맹출판사.
한찬보, 「(시조) 개선문 외1편」, 『조선문학』 1995년 제8호, 69쪽; 한찬보, 「(시조) 백두고 향집 외3편」, 『조선문학』 1996년 제2호, 17쪽; 고호길, 「시조 4수」, 『조선문학』 2001년 제11호, 19쪽; 진동화, 「(시조 3수) 우리 군대」, 『조선문학』 2004년 제2호, 68쪽; 김철혁, 「시조 청춘 외 1편」, 『조선문학』 2010년 제11호, 73쪽, 이상 출판사 문학예술출판사.

| 번호 | 작자 | 제목 | 소제목 | 편수 | 수록 | 연도 |
|------|------|------|--------|------|------|------|
| 1 | 홍종린 | 시조 옥백미 십만석 | | 5 | 조선문학 119 | 1957.7 |
| 2 | 허춘 | 시조 二수 | 제목 없음 | 2 | 조선문학 120 | 1957.8 |
| 3 | 리수봉 | 갈라져 일곱 해 시조 2수 | | 2 | 조선문학 120 | 1957.8 |
| 4 | 조운 | 시조: 《아브로라》의 포성 | | 6 | 조선문학 123 | 1957.11 |
| 5 | 조운 | 시조 평양 8관 | 해방탑 | 8 | 조선문학 130 | 1958.6 |
| | | | 해방투쟁박물관 | | | |
| | | | 지하극장 | | | |
| | | | 전승기념관 | | | |
| | | | 공업 및 농업전람회 | | | |
| | | | 방직공장 | | | |
| | | | 김일성 광장 | | | |
| | | | 력사박물관 | | | |
| 6 | 허춘 | 시조 꽃나무 심는 뜻은 | | 2 | 조선문학 132 | 1958.8 |
| 7 | 한찬보 | (시조) 개선문 외1편 | 만복의 대문 | 2 | 조선문학 574 | 1995.8. |
| | | | 송가탑이 네 아니냐 | | | |
| 8 | 한찬보 | (시조) 백두고향집 외 3편 | 백두고향집 | 4 | 조선문학 580 | 1996.2 |
| | | | 넓은 품 | | | |
| | | | 주체사상탑 | | | |
| | | | 당창건기념탑 | | | |
| 9 | 고호길 | 시조 4수 | 밭갈이 | 4 | 조선문학 649 | 2001.11 |
| | | | 아지칠 때 | | | |
| | | | 이삭은 여물어 | | | |
| | | | 농사차비 | | | |
| 10 | 진동화 | 시조 3수 우리 군대 | | 3 | 조선문학 676 | 2004.2 |
| 11 | 김철혁 | 시조 청춘 외 1편 | 청춘 | 2 | 조선문학 757 | 2010.11 |
| | | | 인생 | | | |

위의 표에 의하면 분단 이후 발표된 창작 시조는[10] 11편이다.[11] 이들 작품을 수록하는 데 있어 목차에서나, 시조가 게재되는 면에 모두 '시조'라는 갈래 지표가 있다. 이들 시조는 1편이 연시조 형식을

---

10) 북한자료센터를 중심으로 최대한 자료를 확인하고 발굴하였다. 조운 시조의 경우 1992년 간행 『현대조선문학선집』 15권, 문학종합예술출판사, 2004년 간행 『현대조선문학선집』 26권, 문학종합예술출판사 등에 조운의 시조가 실렸지만 모두 일제강점기 시대에 발표되고 1947년에 간행된 『조운시조집』을 근간으로 한 작품들이다. 자료의 문제에 있어서는 한계를 인정하고 논의를 열어 둘 수밖에 없다.

11) 1961년에 박인로의 고시조가 특별히 수록되어 있는데 박인로(1561~1642) 탄생 400주년 기념 논문 여백에 언급되었던 것으로 창작 시조 논의대상에서 제외할 수 있다(박인로, 「시조 3 수」, 『조선문학』 1961년 제8호, 109쪽).

취하는 것도 있고, 각 편이 소제목을 형성하는 연시조도 있으며, 각기 다른 제목으로 독립된 시조를 형성하는 것도 있다. 모두를 각 편으로 삼는다면 11편으로 이루는 시조의 총수는 40수이다. 60여 년의 세월에 비하면 터무니없이 적은 숫자가 바로 북한의 시조에 대한 인식을 대변하는 것이라고 볼 수 있다.

이 점을 염두에 두고 위 표로부터 두 가지 문제점을 논의할 수 있다. 먼저 시조가 수록된 게재지가 모두 『조선문학』이라는 것이다. 『천리마』 같은 대중잡지에는 희곡이나 소설 속에 정몽주, 남이, 사육신, 김상헌 등의 충절 시조 혹은 황진이 등이 기녀시조 등 고시조가 인용되고 있으며,[12] 영화 대사 속에 옛 시조나 이솝 우화가 적절히 녹아 있다는 등의 평론 속에 소개되고 있을 뿐이다.[13] 창작된 문학작품으로서의 시조는 『조선문학』에 주로 게재되고 있다.

『조선문학』은 초기 조선작가동맹출판사가 발행하다가 현재 문학예술종합출판사에서 발행하고 있는 월간지로 크기는 B5판 80쪽 내외이다. 『조선문학』은 1946년 7월에 북조선 문학예술총동맹 기관지로 창간된 『문화전선 文化戰線』을 모태로 한다. 『문화전선』은 5집까지 간행되었으며, 이후 1948년 2월 『문학예술』로 이어져 1953년까지 간행된다. 그사이 『조선문학』이 1948년에 창간호 및 2호만 발간되었다가 『문학예술』이 간행 중단된 1953년부터 본격적으로 간행되었다.[14] 표지를 보면 "조선문학" 표제 위에 두 줄로 된 "조선작가동맹 / 중앙위원회기관지"라는 말이 있는데 잡지 제목을 『조선작가동맹

---

12) 리성덕, 「유응부의 최후」, 『천리마』 7호, 1988; 김교식, 「정몽주의 최후」, 『천리마』 2호, 1996; 장청욱, 「송도 3절」, 『천리마』 1호, 2006; 장청욱, 「〈력사이야기〉뜻에 살고 의지에 살라」, 『천리마』 2호 2007 등.

13) 백성근, 「영화문학작품에서 과학자, 기술자들의 지성적인 높이를 보여준 뜻깊은 대사 형상」, 『문화어학습』 2008년 4호, 통권 235호, 과학백과사전출판사, 2008.

14) 임옥규·김정수, 「해방기 북한문화예술의 강령과 창작의 실제」, 『우리어문연구』 42집, 우리어문연구회, 2012, 281쪽. 각주3) 참조. 『한국민족대백과사전』을 비롯한 여러 백과사전에서 "『조선문학』은 1948년 2월 문학예술총동맹 기관지인 『문화전선 文化戰線』으로 창간되었으나, 1955년부터 지금의 명칭으로 개칭되었다"고 기술하고 있는 것을 임옥규·김정수 논문에서 바로 잡았다.

중앙위원회기관지 조선문학』이라고 해야 할 정도로 표지에 매번 강조되고 있다.

이 잡지의 가장 큰 특징은 편집내용이다. 시·소설·수필·평론·기행문 등 각종 문예 분야의 글들을 다양하게 싣고 있으나, 당의 통제·감독을 받아 당 정책을 뒷받침하는 내용만을 싣고 있다. 따라서 이 잡지에 게재되는 작품의 경우 대체로 혁명전통물 30%, 전쟁물 30%, 조국통일물 30%, 사회주의건설물 10% 등으로 북한의 작품생산에서 규정된 비율과 같다. 따라서 이 잡지에 실린 모든 문학작품들은 순수한 문학성보다는 사회주의적 사실주의 창작방법을 충실히 이행하면서 당 정책 선전 내용을 기술한 데 지나지 않는다고 한다.15)

이와 같이 『조선문학』은 당의 기관지라는 특수성을 구현하기에 각 시대별, 시기별 당의 정치 사업에 철저하게 종속되어 있다. 『조선문학』은 수령형상화문학과 주체문학론을 비롯한 시대별 창작방법론을 제기하며 북한문예의 거울이자, 산실로 기능해 왔으며, 오늘날까지 북한문학의 폐쇄성 및 획일성을 극명하게 보여준다고 한다. 따라서 『조선문학』에 수록된 작품에 대한 검토는 곧, 분단 이후 북한 문학사 전체에 대한 연구라 할 정도로 매우 중요한 의미를 지니고 있는 것이다.16) 이런 『조선문학』에 실린 시조 또한 김일성과 김정일의 교시와 당 통제, 감독에 따라 검증에 검증을 거듭한 끝에 실린 것으로 게재지의 의미와 동일한 위상을 부여할 수 있다.

이런 작품의 성격을 더 확실히 뒷받침하는 것이 두 번째로 지적하고자 하는 작품 분포의 경향성이다. 창작 시조는 1957년, 1958년에 6편이 집중적으로 발표되었고, 그 다음에는 1995년을 시작으로 2010년까지 발표되고 있다. 이는 먼저 김일성이나 김정일의 교시를 통한 직접적인 시조 인식과 관련지어 볼 수 있을 것이다. 1995년경부터 창

---

15) 「조선문학」, 『한국민족문화대백과사전』 20, 한국학중앙연구원, 1991, 464쪽.

16) 이성천, 「북한 문예지 『조선문학』의 유형적 특성 고찰」, 『어문연구』 64집, 어문연구학회, 2010, 308, 325쪽.

작 시조가 등장하는 것은 문학사 기술의 변화에서도 보았다시피 1992년의 『주체문학론』의 교시와도 무관하지 않을 것이다.

먼저 북한의 시조에 대한 인식을 김일성 저작과 김정일 저작을 통해서 검토해 보자. 『김일성저작집』에서 시조가 직접적으로 거론되는 곳은 1949년 1월에서 1950년 5월까지의 글을 모아놓은 제 5권의 〈문학예술인들의 창작사업에서의 결함〉으로 언급은 다음과 같다.[17]

　　그런데 지금 문학예술인들은 정세의 요구에 맞게 창작사업을 진행하지 못하고있습니다. 적지 않은 문학예술인들이 현정세가 어떠한지, 현시기 당의 정책적요구가 무엇인지 모르고 취미본위주의적으로 문예활동을 하고있습니다. 일부 문학예술인들은 옛날 봉건통치배들이 당나귀를 타고 시조나 읊으며 허송세월하다가 나라를 망쳐먹은 그 력사적교훈을 망각하고 음풍영월하는데 도취되어 있습니다. 그것은 최근에 그들이 쓴 작품들에서 표현되고있습니다. 우리 문학예술인들은 취미본위주의에 사로잡혀 혁명적내용이 없는 시를 읊고 노래를 부르거나 아름다운 글귀나 찾아 작품을 창작하려고 하여서는 안됩니다. 아무리 아름다운 글귀를 찾아 작품을 창작한다 하여도 거기에 시대와 인민의 요구를 반영하지 못하면 소용이 없습니다.

위 글은 1950년 6·25 직전의 글로서 당시의 문학창작 상황에 대한 비판이다. 해방 이후 비교적 자유로운 시기에 일어났던 『응향』이나 『관서시인집』 등에 대하여 안막이 부패한 무사상성과 정치적 무관심 속에서의 낡은 예술문학 신봉자들을 비판하였고,[18] 이런 사건 이후 다시 월남하고 월북하는 문인들의 재편성이 있었다. 이에 위 글은 사

---

17) 김일성, 「문학예술인들의 창작사업에서의 결함」, 『김일성저작집 05: 1949.1~1950.6』, 조선로동당출판사, 1980, 333쪽.

18) 안막, 「민족문학과 민족예술 건설의 고상한 수준을 위하여」, 『문화전선』 제8호, 1947; 이선영·김병민·김재용편, 『현대문학비평자료집』 1, 태학사, 1993, 245쪽.

상성과 정치적 관심에 따라야 하는 시 창작에 대한 강령이라고 할수 있다. 그 비판의 근거로 시조가 언급되고 있다. 시조에 대한 비난에서 문학작품 창작에서 지향할 바를 제시하는데, 시조에서와 같이 봉건적 통치자들의 취미본위적 경향이 아니며, 시대와 인민의 요구를 반영하는 혁명적인 내용을 담아야 한다는 것이다.

이러한 비판은 이후로도 지속되는데 시간이 지날수록 내용에 대한 요구는 더 구체적으로 변하고 있다. 다음 글 〈작가들을 당의 사상으로 무장〉에서 작가들의 기본적인 태도를 제시하고 있다.[19]

> 문학예술부문에서는 민족문화유산을 계승발전시키는데도 마땅한 관심을 돌려야 합니다. 문학예술부문에 나선 과업을 성과적으로 수행하기 위하여서는 작가들을 우리 당의 사상으로 무장시켜야 합니다. 지금 작가들속에서 사대주의, 교조주의 등 여러 가지 경향들이 나타나는것은 그들속에서 당정책교양과 혁명전통교양을 잘하지 않아 작가들이 우리 당의 사상으로 튼튼히 무장하지못한데 그 원인이 있습니다.

1950년대 들면서 문학연구의 조직화시기를 마련하는데 조선문학예술총맹(1953~61년 시기에는 작가동맹 분리) 산하 작가동맹 고전문학분과, 평론분과위원회가 결성되고 당시 『조선어문』(1956창간)·『조선문학』·『문학신문』(1956년 12월 6일 창간)[20]을 통해 활발하게 활동한다. 이 시기를 전후 복구 및 사회주의 토대 건설(1953~67)이라는 기치하에 남로당파들의 숙청작업과 더불어, 중반을 넘어서며 김일성을 영웅화·신격화방향으로 급격하게 재구성된다.[21]

또한 민족문화유산에 대한 수집·정리는 곧바로 연구 작업과 연결

---

19) 김일성, 「작가들을 당의 사상으로 무장」, 『김일성저작집 10: 1956.1~1956.12』, 조선로동당출판사, 1980, 62~63쪽.
20) 민족문학사연구소, 『북한의 우리문학사 인식』, 창작과비평사, 1991, 412쪽.
21) 김경숙, 『북한현대시사』, 태학사, 2004, 92쪽.

되는데 1958년부터 고전문학영인본 출판 및 연구 작업이 진전되어 김일출의 『조선민족 탈놀이 연구』(과학원 출판사, 1958), 『김만중작품 선집』(1958) 등을 필두로 『조선고전문학선집』이 발간되기 시작하였다. 이미 1955년에는 조운·박태원의 『조선창극사』, 한효의 『조선연극사개요』(국립출판사, 1956)[22]가 발간되었으며, 1957년부터 『현대조선문학선집 (1): 소설집』(평양: 조선작가동맹출판사, 1957)등이 발간되었다.[23]

이런 분위기 속에서 『조선문학』에 시조가 집중적으로 나타났다고 할 수 있다. 그러나 이 이후 김일성의 저작집을 통해 보면 다음과 같이 시조에 대한 부정적인 평가가 강화된다.

① 옛날 봉건시대의시조노래는 봉건통치배들이 즐겨 부르던 노래로서 모든 것이 망하고 죽어들어가는 소리인데 그런 노래를 민족음악이라고 하여 되살려부르면 누가 듣기 좋아하겠습니까? 천리마로 달리는 보람찬 사회주의현실에 맞는 노래를 불러야지 그런 낡고 썩어빠진 노래를 불러서는 아무런 교양적가치도 없습니다.[24]

② 우리 나라가 약해지기 시작한것은 리조때부터입니다. 리조 500년동안 리왕조의 봉건통치배들은 문관들만 내세우고 무관을 천하게 여기였으며 인민들속에서 말타기와 활쏘기를 비롯한 여러 가지 체육을 장려하지 않았습니다. 리왕조는 왜적들이 우리나라를 침략하기 위하여 기회만 노리는 때에 국방사업을 대수롭지 않게 여기던 나머지 나라를 지켜낼 대책은 하나도 세우지 않고 무사태평하게 들어앉아 밤낮 술을 마시고 시조나 읊으면서 허송세월하였습니다. 그러나 보니 구경은 일본제국주의자들에

22) 민족문학사연구소, 『북한의 우리문학사 인식』, 415~417쪽 참조.
23) 「현대조선문학선집 출판 안내」, 『문학신문』, 1958년 5월 22일; 김성수 편, 『북한 문학신문』기사목록(1956~1993)』, 한림대학교 아시아문화연구소, 1994, 114쪽.
24) 김일성, 「주체의 혁명적 본질」, 『김일성저작집 22: 1968.1~1968.9』, 조선로동당출판사, 1983, 388~389쪽.

게 나라를 먹히고 말았습니다.[25]

③ 지난날 나쁜놈들은 우리의 문화예술을 발전시키는데서 형식도 옛날 것을 그대로 살리고 내용도 옛날것을 그대로 살려야 한다고 하면서 복고주의적으로 나갈것을 주장하였습니다. 그래서 우리는 그들의 복고주의적 경향에 대하여 여러차례 비판하였습니다. 그들은 시조와 판소리를 제일 좋다고 하였는데 시조나 판소리 같은것은 옛날 량반들의 구미에나 맞지 오늘 우리 시대의 미감에는 맞지 않습니다. 시조는 긴장한 맛이 없고 들으면서 낮잠이나 자기 좋은 느리고 한가로운 음조로 되어있습니다. 이런것은 사람들이 비행기를 타고 하늘을 날고 뜨락또르로 밭을 갈며 모두다 긴장하고 활기있게 생활하는 오늘의 현실에는 맞지 않습니다. 이러한 형식에는 설사 사회주의적내용을 담는다고 하여서 격에 맞을수 없습니다.[26]

위와 같이 시조는 60년대 이후는 민족문화유산의 계승에서 복고주의라고 하는 경향의 대표적인 갈래로 판소리와 함께 거론되었다. 조선을 망하게 한 계급의 전유물, 낡고 썩어빠진 것, 무사태평 허송세월의 매개물이며, 긴장하고 활기찬 현대 생활에는 맞지 않은 것으로 맹비난의 대상이었다. 이런 교시, 지도 상황 속에서 시조에 대한 긍정적인 평가가 불가능하였으며, 더 더욱이 창작은 불가능하였다고 하겠다. 위의 현황 표에서 1960년부터 한 편도 발견되지 않은 것에 대한 원인으로 추정할 수 있다.

1995년 이후 창작 시조의 등장은 김정일의 문예관, 특히 시조관과 관련된다고 볼 수 있다. 『김정일선집』에 의하면 1964년부터 김정일의 글이 출판되고 있는데 초기 민족문화유산에 대한 복고주의와 허

---

25) 김일성, 「체육의 중요성에 대한 역사적 고찰」, 『김일성저작집 24: 1969.6~1969.12』, 조선로동당출판사, 1983, 289쪽
26) 김일성, 「복고주의적 경향 반대」, 『김일성저작집 25: 1970.1~1970.12』, 조선로동당출판사, 1983, 29~31쪽.

무주의에 대한 교시는 기본적으로 시각이 동일하며,27) 예술작품에 대한 기본적인 태도도 다음과 같이 일관되게 표현한다.

최근에 시집을 내라고 하니 어떤 사람들은 옛날에 썼다가 통과되지 못한것까지 다 묶어서 내려 하고있습니다. 앞으로 작품집을 다시 출판할 때에는 작품들을 엄격히 심의하여 내도록 하여야 하겠습니다. (…중략…) 지금 작품의 종자도 문예총에서 잡아주고 쓰는것도 문예총에서 방조해주고 마지막에 심사하는것도 문예총에서 하는데 그렇게 해서는 안됩니다. 앞으로 작품국가심의위원회를 내오고 거기에서 소설, 시, 미술작품을 비롯하여 출판하여 내보내는 모든 작품들을 다 심의하도록 하여야 하겠습니다.28)

이와 같이 작품을 발간하는 데는 철저히 심의하기를 교시하고 있기 때문에 시조의 출현 또한 교시적 허용이 없다면 있을 수가 없는 일이라 하겠다. 이 시기 시조에 대한 인식이 김일성 시대와는 달라지고 있는데 『주체문학론』에29) 집약된다고 할 수 있다. 김정일은 시조에 대하여 "지난날의 시조형식을 정확히 평가하고 처리하여야 한다"고30) 천명하면서 이전까지의 시조에 대해 부정적인 인식을 조장한 것이 복고주의자들의 죄과로 보고 다음과 같이 비판하고 있다.

---

27) 우리는 민족문화유산에 대한 허무주의를 극복하는 것과 함께 지난날의 것을 다 좋게만 보고 덮어놓고 되살리려는 복고주의도 경계하여야 합니다(「민족문화유산을 옳은 관점과 립장을 가지고 바로 평가 처리할데 대하여: 조선로동당 중앙위원회 선전선동부 일군들과 한 담화 1970년 3월 4일」, 『김정일선집(1970~1972)』 2, 조선로동당출판사, 1993, 56쪽).

28) 「문학예술작품창작에서 혁명적인 전환을 일으킬데 대하여: 조선문학예술총동맹산하 창작가들의 사상투쟁회의에서 한 결론 1972년 9월 6일」, 『김정일선집(1991.8~1992.1)』 12, 조선로동당출판사, 1997, 447쪽.

29) 김정일, 『주체문학론』, 조선로동당출판사, 1992; 『김정일선집 (1991.8~1992.1)』 12, 조선로동당출판사, 1997. 앞으로 『주체문학론』이 수록된 이 책은 『김정일선집』 12와 인용 쪽수만 밝힌다.

30) 『김정일선집』 12, 392쪽.

한때 복고주의자들은 시조의 긍정적인 면을 연구하여 참고할 생각은 하지 않고 봉건량반들의 부화타락한 생활을 반영한 시조노래를 찬양하면서 사람들속에 봉건유교사상을 고취하려고 하였다. 시조형식이 오래동안 나쁜것으로 버림을 받게 된데는 그들의 죄과가 크다.31)

이와 같이 과거 시조에 대한 부정적 평가를 복고주의자들의 과오로 치부하였다. 이들은 김일성이 비난했던 봉건량반들의 부정적인 면을 계승하려 했던 것이라고 비판하였다. 이런 복고주의자들의 과오를 넘어서서 다음 인용문에서와 같이 시조가 서정시의 전범이라고까지 평가하였다.

시조는 짧은 시이지만 거기에는 서정시가 갖추어야 할 모든 특성이 다 있다. 원래에 짧은 형식속에 풍부하고 깊이있는 내용을 담는것이 서정시의 기본특징의 하나이다. 사실 서정시는 짧으면 짧을수록 좋다.32)

『주체문학론』에서는 이에 이어서 시조 형식의 기원과 의의에 대한 재평가, 담당층, 내용, 담아야 할 긍정적인 내용의 예, 특질과 시조의 지향성에 대하여 상당한 분량으로 논의를 펼쳤다. 그러나 시조의 구체적인 형식이나 율격에 대한 언급은 없으며 다만 "격식화된 운율구조로 하여 내용표현에서 구속이 많은 약점이 있"다고33) 형식의 한계를 지적하며 구체적인 형식에 대한 언급하지 않았다. 다만 "시조의 형식의 긍정면을 깊이 연구하여 시문학을 가일층 발전시키는데서 참고로 하여야"34)한다고 앞으로의 연구에 대해 교시적 지침을 제시하고 있다.

---

31) 위의 책, 393쪽.
32) 위의 책, 530쪽.
33) 위의 책, 393쪽.
34) 위의 책, 394쪽.

이와 같이 『주체문학론』에서 제시한 내용과 80년대 후반부터 전개되는 조선민족제일주의에 영향으로 1990년대 후반부터 자료의 정리는 물론, 『김일성종합대학학보』를 비롯한 『조선어문』 등에 연구 논문이 게재되며, 2005년에는 『조선중세시조사연구』라는 단독 저서가[35] 간행되는 성과를 이루게 된다.[36] 학문적인 반영을 고려할 때 위의 표에서 보이는 1995년 이후의 창작 시조 발표 또한 『주체문학론』에서 제시한 교시적 시조론을 통해 허용한 바에 따라 의도된 시도라고 볼 수 있다.

그리고 이 시조들이 발표된 월별 분포를 보면 8월, 11월, 2월에 집중되어 있다. 아마도 『조선문학』이 월간지였기 때문에 해당 월의 의미와 무관하지 않다고 할 수 있다. 8월은 일제로부터 해방이 됨과 동시에 분단이 된 달이며, 11월은 러시아 혁명이 일어난 달로 이를 기념하는 의미가 있을 것이다. 1990년대 이후 2월 게재 시조 작품이 등장하는데 이는 김정일의 생일이 2월 16일로 이 날의 의미를 담아내고 있는 것이 아닌가 한다.

## 3. 1960년대 이전의 작품

앞에서 논의한 바와 같이 시조가 발표되는 시기는 두 시기로 극명하게 나눠지는데 첫 번째 시기의 작품은 1957, 58년에 집중 발표되었다. 이 시기 북한에서의 문학사 시대 구분은 1953~1958년까지를 대부분 '전후복구 건설 및 사회주의 기초건설 시기 문학'의 시기라 한다.[37] 김경숙은 이 시기를 좀 더 세분화 하여 53~55년, 56~58년, 58

---

35) 박길남, 『조선사회과학학술집125 문학편: 조선중세시조사연구』 2판, 평양: 사회과학출판사, 2010.
36) 박미영, 「북한에서의 시조 연구 동향과 과제」, 『시조학논총』 39집, 한국시조학회, 2013, 1~37쪽.
37) 김경숙, 앞의 책, 24~27쪽.

년 이후 등으로38) 나누기도 한다.

약간의 차이는 있지만 이 시기의 특징으로 어느 정도 합의를 이룬다. 전쟁 직후 당의 문예정책이 사상성을 강화함에 따라 북한 문학에서는 주제의 유형화와 도식주의가 지배적이게 되고 이에 대한 비판이 자연스럽게 일어나 유형화와 도식주의를 탈피하는 작품이 생산되기도 한다는 것이다. 따라서 당의 사상성에 대한 강조와 작가들의 예술성에 대한 욕구가 갈등을 일으키면서 극도의 긴장관계를 형성하는 것도 바로 이 시기라고 한다.39) 이러한 주체의 유형화, 도식화 즉, 교조주의나 형식주의를 극복하는 데서 민족적 특성이 발양되고 곧 주체를 확립할 수 있다는 논의 또한 활발하였다.

민족적 특성을 논하는 방법으로서 고전연구와, 민족고유의 문학적 특성을 연구하며 그 현재적 적용을 고민하였다. 이 과정에서 고전 작품을 정리하고 고전에 대한 연구 성과가 축적되었으며, 우리 문학의 정체성에 대한 탐구가 진행되었다고 보는 시기이기도40) 하다. 이러한 작업 속에서 시조가 부정적인 평가를 받음에도 불구하고 어느 정도 창작 작품이 허용되었다고 볼 수 있겠다.

이 시기에 발표된 시조는 우리가 알고 있는 시조작가 조운을 비롯하여 극작가로 알려진 허춘의 작품이 있다. 주제로 보면 두 부류로 나뉘는데 분단 상황에서 북한의 우월한 입장으로 남한을 바라보고 통일을 염원하는 내용과, 전후 복구 작업에 성과를 보이는 북의 입장과 평양의 모습을 송축하는 내용이다. 첫 번째 부류는 홍종린의 〈옥백미 십만석〉, 허춘의 〈시조 二수〉·〈꽃나무 심는 뜻은〉과 이수봉의 〈갈라져 일곱 해〉이다. 북한 송축가 풍의 시조로는 조운의 두 작품 〈≪아브로라≫의 포성〉과 〈평양 8관〉이다. 형식상으로는 개화기시

---

38) 위의 책, 34~36쪽.
39) 위의 책, 34~36쪽.
40) 이상숙, 「북한문학의 전통과 민족적 특성」, 『한국어문학연구』 46집, 한국어문학연구학회, 2006, 62, 80, 90쪽.

조의 형식과 조운의 작품에서와 같이 '사설시조'라고 할 수 있는 4행의 변화된 모습의 시조 형식이 혼재되어 있다.

먼저 북한의 우월한 입장에서 남한을 바라보는 시조로는 첫 작품인 홍종린의 〈시조 옥백미 십만석(외 시2편)〉이다.[41] 작품 끝에 1957년 5월에 창작했다고 하고 5수로 이뤄져 있는데 2, 5수를 들어보면 다음과 같다.

　　문노라 세월이여, 천고에 보았드뇨,
　　골마다 굶주리고 마을마다 부황들어
　　남녘땅 천리 곡창에 신음소리 가득찼다.(제2수)


　　옥백미 십만석 한몫실어 보내오니
　　조국의 큰사랑을 가슴마다 안으시소,
　　이사랑 총칼보다 억세임을 원쑤에게 알리옵소.(제5수)


형식적인 측면에서 초·중장의 1행 4음보 준수나 종장의 제1음보와 제2음보의 음절 혹은 음보 추가를 지키고 있음을 볼 때 협의의 시조 형식을 잘 준수하고 있는 연시조라고 할 수 있다. 그리고 제2수에서 초장을 수사의문문으로 극적인 분위기를 조성하고 상황을 초역사적인 것으로 확대하여 문학성도 어느 정도 확보하고 있다. 중장에서는 "고을, 마을마다"라고 반복하여 전·후 2음보씩 대구 형식을 이루어 의미를 강조하거나, 종장에서 고을과 마을을 "남녘땅"으로 집약하여 남한의 전역이 어려운 상황에 있음을 실감 있게 표현하고 있다.

제5수는 연시조의 마지막 작품으로 1957년 북에서 남에 제안했던 '구호미 무상 제공'의 내용을 담고 있다. 북한의 화자가 남한의 동포에게 말하는 형식으로, 남한에서 쌀을 받는 사람은 쌀을 받는 것이

---

41) 각주10)에서 서지사항을 밝혔으므로 본문에 (『조선문학』 1957년 제7호)와 같이 (　) 속에 출처만 밝힌다. 그리고 작품은 부호까지 원문 그대로 인용한다.

아니라 북한의 큰 사랑, 쌀로써 베푸는 온정의 힘을 알게 한다는 것이다. 여기서 "원쑤"는 남한의 정치가로 남한의 국민을 도탄에 빠뜨리는 자들로 북한의 입장을 미화하고 있는 것이다.

1954년 제네바회담에서 남일 부수상이 남북 경제협력을 제안한 이래, 1955년 11월 8일 남쪽의 전력부족상황을 언급하면서, 수력발전소를 기반으로 하기에 남는 전력을 즉시 송전한 것을 제의한 것을[42] 비롯하여, 북한은 주기적으로 전력 송전 및 '수재민 원조'(1956), '구호미 무상 제공'(1957), '풍수해 이재민 구호물품 제공'(1959) 등의 제안을 계속했다. 그때마다 남쪽은 '정치선전에 응하지 않겠다'면서 거부했다. 받을 사람은 받을 수 없고, 주는 사람 역시 받을 것이라고 예상치 않았다. 백미 10만 석은 거의 상투어처럼 구호물품으로 등장하며 그냥 '제안' 그 이상도 이하도 아니었다.[43] 이는 리수봉 〈갈라져 일곱 해〉에서도 나타나는데 시조 전문은 다음과 같다.

갈라져 일곱 해니 숙성도 하련마는
삼삼히 떠오름은 예대로 어린 자태
길 가는 어린 또래를 다시 보는 할미 마음
　　　❋　　　❋　　　❋
60촉 밝히고 앉아 남쪽 등'불 생각하노라
죄 비싸고 다 바르니 석윳들 헐할손가
전기도 못 보낼새 저 달이나 밝으시라(『조선문학』 1957년 제8호).

위 작품 끝에는 "개성에서"라고 되어 있는데 남북의 이산가족문제를 내세우고 남한에서 비교적 가까운 개성에 있는 할머니를 시적 화자로 삼은 것이다. 남한에 있는 어린 아이와 같은 동포를 넉넉한 할

---

42) 이신철, 『북한 민족주의 운동연구(1948~1961) 월북 납북인들과 통일운동』, 역사비평사, 2008, 374쪽.
43) 「동포에 대한 예의」, 『한겨레21』 제747호, 2009.2.13.(금).

머니와 같은 마음으로 바라보고 있는 북한의 관대함을 비유했다고 할 수 있다. 이 또한 앞서의 '백미 무상구호'와 마찬가지로 남한의 잘못을 지적하고 그 문제를 해결할 자는 북한이라고 한 것이다. 시조의 잠재적인 청자로 북한의 위정자와 남한의 독자를 동시에 의식하고 있는 것 같다. 형식은 개화기 신문에서 볼 수 있는 것으로, 시조창을 의식하여 종장의 종결어미를 생략하였다가 다시 의미 있는 명사로 채워지는 그런 형식을 취하고 있다.

허춘이 발표한 시조 두 편은 모두 남북 통일을 염원하는 내용으로 이뤄져 있다. 허춘은 6·25이후 새로이 등장하는 신진극작가로[44] 두 편 가운데 〈시조 꽃나무 심는 뜻은〉의 전문을 보면 다음과 같다.

> 이 강산 간 곳마다 꽃나무 심는 뜻은
> 밝고도 슬기로운 님의 부름 따라 나서
> 남북이 하나되여 꽃동산을 이루고저…
>
> ✱
>
> 일 가는 새벽길에 나팔꽃 방긋 웃고
> 돌아 오는 저녁이면 월견초 반겨 맞네
> 그 우에 증산의 불꽃은 더 더구나 흥겨워…(『조선문학』 1958년 제8호)

위의 두 수는 모두 종장의 마지막 음보를 생략하는 시조창이 전제된 형식 혹은 일부 개화기 신문시조형식을 취하고 있다. 종결어미를 완전히 생략하는 것이 아니라 말줄임표를 사용하여 변형을 주고 있으나 둘째 수의 경우에는 율격적으로는 완결된 종장 시행을 갖추고

---

44) 북한의 경우는 전쟁 직후, 일대 숙청이 일어나면서 월북 작가의 상당수가 몰락하고 송영 등 몇 명과 임하주, 김무길, 한서, 한태갑, 탁진, 허춘 등 신진이 전면으로 나서게 된다. 따라서 이들이 추구한 작품 세계도 다를 수밖에 없었다. 가령 남한 작가들의 경우 목적극으로부터 서서히 벗어나는 것과 달리 북한의 극작가들은 더욱더 목적극 속으로 빠져 들어간 것이다(유민영, 「해방 50년의 희곡」: 유종호 편, 『한국현대문학 50년』, 민음사, 1995, 202쪽).

있음에도 불구하고 말줄임표를 사용하여 마지막 음보가 생략된 형식, 시조창의 형식을 시사하고 있다. 우리나라에서는 이미 읽는 시로서의 현대시조를 창작하여 시조창인 전제된 형식의 시조는 보이지 않는데 북한에서는 개화기 신문에 나타난 시조의 형식이 영향을 미치지 않았는가 추측해 볼 수 있다.

첫 수에서 "밝고도 슬기로운 님"은 김일성을 지칭한 것으로 김일성의 뜻에 따라 남북통일을 이루자는 것이다. 이 시기 북한 문학사에서는 실제로 '남조선혁명과 조국통일을 위한 투쟁을 형상화'라는 작품군을 한 유형으로 취하고 있다.[45] 이런 상황에서 앞서 이수봉의 시조와 더불어 8월호에 실린 것은 광복과 동시에 분단된 8월이라는 시기적 문제를 의식한 것이라고 할 수 있다. 꽃나무를 심어 이룩하는 꽃동산은 남북통일을 희망하는 상징이다. 이러한 꽃들은 다음 둘째 수의 여러 꽃들로 구성될 수 있다. 통일의 꽃동산을 이루고 아침에는 나팔꽃, 저녁에는 달맞이꽃으로 전후 복구를 위해 열심히 노력하는 인민을 칭송한다. 그리고 노동의 현장에서 볼 수 있는 "불꽃"은 또 다른 꽃으로 증산운동의 상징하며 사회주의 건설을 위해 노력하는 인간상을 제시한다. 이는 바로 1958년부터 당의 총노선으로 격상되며 본격화되는 천리마 운동이 지향하는 기치를 잘 담고 있다고 하겠다.

두 번째 부류는 북한 송축가 풍의 시조로 조운의 두 작품 〈≪아브로라≫의 포성〉과 〈평양 8관〉이다. 두 작품의 일부를 들어보면 다음과 같다.

① 암흑의 굳은 지각(地殼)을 단방에 깨뜨렸다.
　광명을 인민에게 길이길이 열어주고
　상기도 ≪아브로라≫의 포성 울려울려 퍼진다.

✽

---

45) 사회과학원 문학연구소 집필, 『조선문학사』, 과학백과사전출판사, 1978; 김경숙, 『북한 현대시사』, 26쪽 재인용.

낡은 것 허는 힘은 새것을 쌓는 힘이니라
오늘의 이 위력을 뽐내는 인민들은
4십년 ≪아브로라≫의 포성 들으면서 싸웠다(『조선문학』 1957년 제11호).

② 〈평양 8관: 해방 투쟁 박물관〉
두터운 얼음'장 밑에 흐르던 샘을 본다
얼음은 터지고 바다는 열렸구나
력사로 더불어 꽃다울 이름이여
나오며 되돌아 보며 김일성 장군! 하고 외이다.

〈평양 8관: 김일성 광장〉
즐거운 때도 성이 날 때도 모두다 여기 모입니다,
통일과 사회주의 이룩하는 우리 호흡
선량한 인류의 맥박과 통하기에
원쑤는 이 광장 숨'결을 못내 저어합니다(『조선문학』 1958년 제6호).

①의 시조는 〈≪아브로라≫의 포성〉으로 6수로 이뤄진 연시조이다. 인용한 시조는 제 1수와 2수이다. 작자인 조운은 1947년에 시조집을 출판한 시조 작가로 이미 시조 형식에 능숙하다. 위의 시조 또한 1행 4음보 3행시라는 시조의 기본적인 형식에 종장의 제1, 2음보 형식까지 잘 지킨 작품이다. 아브로라는 상트 페테스부르크의 겨울 궁전을 포격하여 1917년 10월 혁명을 성공으로 이끈 순양함 '아브로라'호를 말한다.

이 작품이 발표된 1957년은 러시아 10월 혁명의[46] 40주년이 되는 때이다. 이 시기에는 『아브로라의 여운』이라는 10월 혁명 40주년 기념시집[47]이 발간되며 관련 글들이 『조선문학』에 수록되기도 한다.

---

46) 10월 혁명은 양력으로 환산하면 11월로 11월호가 혁명기념호다.
47) 조선작가동맹출판사 편, 『아브로라의 여운』, 조선작가동맹출판사, 1957.

"≪아브로라≫의 포성"이라는 말을 매번 반복하면서 러시아 혁명의 의미를 다각도로 조명해 주고 있지만 위의 시조에 사용된 "상기도"와 "오늘의"등의 말로서 현재 북한에서도 그에 상응하는 혁명이 진행되고 있음을 일깨워준다.

문제는 ②의 시조이다. 이 시조는 〈해방탑〉·〈해방투쟁박물관〉·〈지하극장〉·〈전승기념관〉·〈공업및농업전람회〉·〈방직공장〉·〈김일성광장〉·〈력사박물관〉이라는 소제목이 붙은 8수로 이뤄진 연작 시조이다. 형식이 각각 4행으로 이뤄져 얼핏 보기에는 시조라고 보기 힘들다.[48] 그러나 무엇보다 중요한 것은 『조선문학』에 수록되는 작품은 대부분 갈래 지표를 제시하는데 이 작품에도 "시조"라는 갈래명이 밝혀져 있다. 마지막 행을 종장으로 보아 제1음보와 제2음보가 3·5조에 해당하는 규칙을 지킨 것을 보면 협의의 시조 형식을 전제로 한 것이라 할 수 있다.

조운은 1947년에 발간한 시조집에서[49] 이미 시조에서 다양한 기사형식과 사설시조 등을 시험하였다. 그러나 4행 형식은 보이지 않고 1926년 『신민』에 발표된 〈불난 나팔〉, 〈철장으로 보이는 하늘〉 등에서 4행 형식의 시를 볼 수 있는데[50] 이는 시조로 보기 어렵다. 당대 북한에서 이뤄진 시조의 형식에 대한 논의를 보면 3행 형식으로 정형성을 3434/3434/3543으로 제시하고 있다.[51] 다만 1956년에

---

48) "시조의 율격은 그대로 4음보격으로 쓰고 초·중·종 3장에 1행을 덧붙여 4장으로 바꾸었다. 이는 북한체제에 순응하면서 최대한 시조를 쓰고자함이라 할 수 있다. 이런 점으로 보아 조운은 비록 월북하여 체제순응적인 작품을 썼지만 시조를 아끼고 사랑했음을 확인할 수 있다"(김선화, 『조운시조연구』, 한성대 석사논문, 2010, 75~76쪽)고 한 논의도 일면 타당성이 있다고 할 수 있겠지만 이미 『조선문학』에서 '시조'라고 밝히고 있는 것을 전제로 한다면 조운이 또 다른 형식의 시조를 시도했다고 볼 수 있다.

49) 조운, 『조운문학전집』, 남풍, 1990.

50) "나는 코코수다/새로 뽑힌 한 적은 코코수/불이 벌겋게 댕겨/획획하는 소리에 뛰여나왔다."(「불난 나팔」, 『신민』, 신민사, 1926.9; 류희정 편, 『현대조선문학선집』15권, 문학예술종합출판사, 1992, 274쪽)
"철창틈으로 내다보이는 먼 하늘/네가 나를 기쁘게 하는 고나/아—조선의 얼굴이여/나의 마음 가는곳이여."(「철창으로 내다보이는 하늘」, 『신민』, 신민사, 1926.12; 류희정 편, 『현대조선문학선집』15권, 275쪽)

조령출의 「시형식의 다양성」, 리응수의 「조선의 새로운 정형시 창제 방향에 대한 의견」 등에서 정형성을 지닌 단시(短詩) 논의에서 시조를 거론하면서 3행도 좋지만 4, 5행도 가능하다고 하며 정형시의 적합성으로 4행을 제시한다.52)

이를 감안할 때 이 작품을 "시조"라고 갈래 지표를 내세운 바 당대의 논의를 의식한 조운의 실험정신으로 볼 수밖에 없다. 조운이 시험한 시조 형식은 6행으로 기사하거나 초, 중, 종장을 각 연으로 보고 각 연의 행 수를 달리하는 기사 형식을 취했다. 이러한 시험정신의 연장선상에서 볼 때 초장이든 종장이든 어느 한 장이 두 행으로 구성되는 중형시조 혹은 장형 시조의 형식을 사용한 것이라 할 수 있다.

내용은 소제목에서도 짐작할 수 있듯이 평양의 곳곳을 돌아보며 김일성과 사회주의체제에 대한 찬사를 보내고 있다. 조운이 즐겨 쓴 기행시조에 바탕을 두면서 우리 한시에서의 팔경시의 전통과 맥 닿아 있는 듯한 구성이기도 하고 조선이 한양에 도읍을 하고 조선 건국과 한양 천도를 송축하는 악장 〈화산별곡〉과 같은 송축가의 형식으로도 볼 수 있다. 즉, 전후에 복구된 평양의 모습에 대한 찬양이기도 하지만 1958년 3월 개최된 노동당 제1차 대표자회의에서 '종파청산'을 공식적으로 선언하면서 김일성이 반대세력을 차례로 제거하고 1인 독재체제를 강화하며, 수령제를 확립하는 시기, 즉 나라를 재 건국하는 그런 시기에 대한 송축가라고도 하겠다. 김일성의 시조에 대한 부정적인 평가에도 불구하고 '송가적 기능'을 할 수 있었기에 검열을 통과하여 『조선문학』에 수록될 수 있었을 것이라 볼 수 있다.

---

51) ① 윤세평, 『리조문학의 사적 발전 과정과 제 쟌르에 대한 고찰』, 국립출판사, 1954, 59쪽. ② 윤세평, 「조선시가의 운율에 대한 약간의 고찰」, 『조선문학』 1957년 제1호, 195쪽. ① 에서는 343(4)4/ 343(4)4/3543로 시조의 일반적인 정형이나 음수에는 다소 출입이 있다고 한다. ②에서는 시조의 정형률을 3434/3434/3543으로 제시하고 비교적 확고성을 가지는 것은 3543이라고 하여 진전된 논의를 보인다.

52) 조령출, 「시형식의 다양성」, 『조선문학』 1956년 제8호, 139上쪽; 리응수의 「조선의 새로운 정형시 창제 방향에 대한 의견」, 『조선문학』 1956년 제12호, 176上쪽.

## 4. 1990년대 이후의 작품

앞에서 논의한 바와 같이 1957년, 1958년 2년간에 집중 수록된 시조는 시대적 사명감으로서 남한을 의식하며, 혹은 대중을 의식하며 의도적으로 창작되어 수록된 것이라고 할 수 있다. 그 후 30년간은 시조의 창작이 어려웠던 것 같다. 2장의 표에서 밝힌 바와 같이 1995년에 와서야 『조선문학』에 창작 시조 작품이 다시 수록된다.

2장의 표에 의하면 1995년부터 2010년까지 한찬보의 〈개선문〉을 포함하여 5편이 발표되는데 1990년대 후반, 2000년대 전반에 각각 두 편씩, 2010년대에 한 편이다. 이들은 각 시기별로 특징적인 양상을 보이고 있는데 먼저 1995년, 1996년의 90년대 두 편을 살펴보자. 모두 한찬보가 창작하였는데 한찬보는 『모란봉 기슭: 한 찬보 시집』 (문학 예술 종합 출판사, 1993)을 비롯하여 시집을 꾸준히 발간하고 있으며, 『조선문학』에도 많은 작품을 발표하고 있는 작가이다. 두 편의 시조 작품을 보면 다음과 같다.

① 〈송가탑이 네 아니냐〉
　　문은 문이건만 노래의 문이로다
　　만고의 영웅송가 새겨안고 솟았으니
　　김일성장군 칭송하는 송가탑이 네 아니냐(『조선문학』 1995년 제8호)

② 〈백두고향집〉
　　어머님 자장가에 설한풍 길들였고
　　아드님 단꿈속에 미래가 비꼈나니
　　조선의 대통운은 이 집에서 동텄어라

　　〈당창건기념탑〉
　　마치와 낫과 붓 한품에 안긴 모습

어서 모두 쳐다보자 너도 있고 나도 있다
금띠 둘러 업어주는 고마운 어머니여(『조선문학』 1996년 제2호)

①은 전체 제목을 〈개선문〉이라고 하고 두 편의 시조 〈만복의 대
문〉과 〈송가탑이 네 아니냐〉로 구성되어 있다. 개선문은 김일성을
찬양하고 기념하기 위해 70세 생일에 맞춰 건립된 것이다. 이 문을
조선의 만복이 들어오는 대문이라고 칭송하고 위에 인용한 다음 수
에서 김일성 송축가를 대신하는 노래의 문이라고 하여 김일성을 찬
양하기 위해 세운 개선문의 구실을 밝혔다.

②는 〈백두고향집〉외 3편이라고 하여 4수의 단형시조로 구성된
것이다. 김정일을 찬양하기 위한 시조인데 〈백두고향집〉·〈넓은 품〉·
〈주체사상탑〉·〈당창건기념탑〉의 제목으로 내용 상 연작적 성격을
띤다. 첫 수인 〈백두고향집〉에서는 항일여성영웅 김정숙이 김정일을
양육하던 때에 이미 김정일의 미래를 준비하고 있었다고 한다. 그리
고 그 다음 수 〈넓은 품〉에서는 김정일의 '사랑'을 노래하고 있으며
네 번째 수인 〈당창건기념탑〉에서는 품에 안긴 농민, 노동자, 지식인
등 모든 인민들, 이들을 업어주는 어머니로 당의 사랑이 표현된다.

이 두 편은 1994년 김일성 사후에 수령형상문학과 후계자형상문
학의 전형적인 내용을 담고 있다고 하겠다. 김일성 사후 김일성을 칭
송하는 ①의 시조를 먼저 발표하고 ②로써 김정일을 그 후계자로서
찬양한 것이다. 특히 김정일의 상징이 잘 나타나는데 어버이라고 불
린 김일성과 달리, 김정일은 당창건기념탑의 이미지와 겹쳐지며 당
이자 김정일인 어머니로 표현된 것이다.

북한문학에서의 어머니는 육체적 생명을 준 생물학적인 어머니며,
다른 하나는 삶의 터전인 '조국'과 사회, 정치적 생명을 준 '당'이라
는 이데올로기적 어머니로[53] 표현된다. 김정일은 김일성 사후 경제

---

53) 김수이, 「북한문학 속의 어머니」, 김종회 편, 『북한문학의 이해』 3, 청동거울, 2004,
278~289쪽.

적으로나 정치적으로 난국을 극복해야 했는데 당이 지니고 있는 어머니 사랑과 같은 이미지를 통하여 김정일 뒤를 잇는 후계자로 형상화된다. 이 시기를 지나서는 어머니의 상징이 점차 유구한 역사, 조선민족, 조국 등의 어휘로 대치되고 있다고[54] 한다.

형식에 있어서는 위의 세 편 모두 전형적인 고시조의 형식은 아니다. ① 의 경우 종장의 제1음보와 제2음보의 율격을 의식하면서도 김일성의 호칭을 유지하려 띄어쓰기를 달리 했다. ② 의 경우 종장의 형식으로 보면 두 편이 모두 '광의의 시조'에 해당한다. 이는 1960년 이후의 기나긴 공백기를 거치는 동안 시조 형식의 제약성이 약화되지 않았는가 생각해 볼 수 있다.

종장 제1음보와 제2음보의 규칙 문제는 그리 엄격하지 않아 보인다. 이 시기 시조 형식에 대한 논의는 박길남의 논문 「시조의 시학적 특성에 대한 고찰」을 중심으로[55] 살펴볼 수 있다. 시조는 3행의 단련 구성이라고 하고 3행의 첫 구에는 특별한 경우를 제외하고 3자로 되어 있으며 대부분 감탄사나 부름말을 설정한다고 한다. 그리고 임의의 구들에서 1~2자 정도의 드나듦이 허용되는 상대적 정형률을 이루지만 3434/3434/3543의 '기준형'을 설정할 수 있다고 한다. 기준형을 설정하고 종장 첫 구의 3자에 대한 설명은 있지만 둘째 구의 음수, 음보의 첨가에 대한 견해는 밝혀져 있지 않음을 볼 때 상대적 정형률로 1~2자의 드나듦을 허용하는 것의 범주에 포함하는 것 같다.

2000년대 전반의 작품 또한 2편으로 2001년 고호길의 〈시조 4수〉와 2004년 진동화의 〈우리 군대〉이다. 고호길은 『조선문학』과 『아동문학』에, 진동화는 『조선문학』과 『청년문학』에 시를 발표하는 시인들이다. 이들의 시조 작품은 다음과 같다.

---

54) 김주현, 「김정일 시대 『조선문학』에 나타난 북한문학의 특질」, 『어문논집』 38집, 중앙어문학회, 2008, 198쪽.
55) 박길남, 「시조의 시학적특성에 대한 고찰」, 『김일성종합대학학보 어문학』 47권 2호, 김일성종합대학, 2001, 15~20쪽. 종장의 둘째 음보에 대한 언급은 없으며, 이 내용은 거의 그대로 『조선중세시조사연구』(사회과학출판사, 2010. 2판)에 삽입되었다.

① 〈아지칠 때〉

검푸른 논과 밭에 휘영청 달 밝은데

동리개들 달려 나와 벌을 향해 짖어 대네

아서라 와삭와삭함은 아지치는 소릴라


〈이삭은 여물어〉

총알처럼 땅땅 여문 벼이삭을 세여 보니

농장에서 으뜸이래 ≪군민포전≫ 수확고

그런데 이 기쁜 날 우리 군대 어이 단 한명도 없고나(『조선문학』
2001년 제11호)


② 존대는 뉘받던가 나이아닌 충의여라

병사야 아들또래 손재또래들이건만

마을의 로인네들도 군대어른 군대어른 한다오


철갑모에 흐른 이슬 천만꽃이 머금고

총창에 빛난 별빛 창가마다 비껴웃건만

병사는 모르는듯 솟는 태양만 우러르네(『조선문학』 2004년 제2호)


위의 시조 ①, ②는 모두 군대가 등장하는 공통점이 있다. ①의 시
조는 전체 제목이 〈시조 4수〉이나 각 수마다 붙여진 제목을 보면 밭
갈이부터 김매기, 수확, 다음해 농사 준비로 농사의 과정을 담고 있
다. 〈아지칠 때〉는 두 번째 시조로 달 밝은 밤에도 농부들이 벼의 아
지를 잘라주는 김매기 광경을 읊고 있다. 사람을 보이지 않지만 밝은
달과 개들이 들판을 향해 짖어대고 와삭거리는 소리로서 밤늦게까지
일하고 있는 농부를 그려내어 부지런한 인민상을 잘 표현하고 있다.
그리고 다음 수에서 벼이삭을 "총알"에 비유하고, 협동 농장에서 포
전을 대여받아 농사짓고 수확의 일부를 개인이 소유할 수 있게 하니

수확고가 으뜸이 된다고 하는 기쁨을 담았다.

②는 〈우리 군대〉라는 제목 하에 3수의 연시조로 구성되었는데 첫 수에서 사람들 간의 위계질서는 나이보다도 나라에 얼마나 충성을 하느냐로 기준을 삼으니 그 정점에 병사, 군대가 있게 된다고 한다. 그래서 그들을 "군대어른"이라고 추앙한다. 그리고 마지막 수는 그 병사가 쓰고 밤낮으로 충성을 다하느라 밤에 이슬이 맺는 철갑모는 국토 전체의 꽃이 머금은 듯하고, 병사들이 들고 나라를 지키는 총이나 창에 비치는 별빛은 밤에도 온 나라의 집을 지켜준다고 하여 병사들의 충성심을 표현한다. 그러나 정작 병사들은 자신의 노고를 잊고 솟아오르는 태양을 우러러 본다. 즉, 태양으로 상징되는 김정일에 대한 변함없는 충성만을 보이는 것이다.

이는 1998년을 전후하여 김정일 정권이 선군(先軍)정치를 당의 핵심 정책 이념으로 표명하고 경제 위기와 체제붕괴 위기를 극복하고자 한 시대적 요구를 반영하고 있다. 선군은 선군후로(先軍後勞)의[56] 원칙에서 "선군"을 중요 용어로 삼은 것이다. 북한에서 노동계급이 중심이었는데 이를 뒤로 하고 인민군대를 혁명의 주력군으로 앞세워 사회주의 발전을 주도하는 핵심세력화한 것이다.

이에 북한문단에는 2000년 들어 '선군(先軍)혁명문학'이라는 용어가 본격적인 개념으로 구체화되기 시작하였다. 대중월간지『천리마』는 지난 1994년 7월 김일성 사후 북한 문단에서 2000년 하반기에 이르는 시기까지 약 1만5천여 편의 작품이 창작되었다고 소개한 뒤 이 작품들을 '선군혁명문학'이라고 지칭한 것이 결정적인 작용을 하였다고 한다.[57]

작품을 창작할 때에 시적 비유나 표현방식에서도 실제 전투를 방

---

56) 이기동, 「북한의 '신사고', '선군정치' 그리고 정책변화」, 『통일정책연구』 10권 1호, 통일 연구원, 2001, 277~278쪽.
57) 김성수, 「김정일 시대 문학에 대한 비판적 고찰: 선군(先軍)시대 '선국혁명문학'의 동향 과 평가」, 『민족문학사연구』 27집, 민족문학사연구소, 2005, 211~213쪽 참조.

붉게 하는 용어와 개념이 사용된다. 문학적 장치의 소재적 차원에서 볼 때도, 도로 공사장을 격전장에 비유하는 등 예술적 언어형상 자체가 전투적 상황에 맞게 특징지어진다.58) 그리고 이런 작품들이 높이 평가받는데 앞서의 시조 두 편은 이 담론을 그대로 실천하고 있다.

①에서 보면 생산증대를 위해 밤에도 노동을 하며, 농장에서도 군·민이 함께하는 포전을 통해 생산증대를 꾀하는 등 노동의욕을 고취하고 있다. 비록 군대는 노동현장에 없더라도 인민들이 스스로 그 정신을 실천하고 있는 것이다. 선군문학의 기치가 더 선명해지는 2004년에 발표된 ②의 시조는 제목에서부터 군대를 노래한다고 표방하고 있으며 군대어른, 훈련, 철갑모, 총창 등의 용어가 등장하며 그 군대가 태양을 우러러 보듯 김정일을 우상화하는 '태양문학'의 기치도 담고 있다.

마지막으로 2010년에 발표된 가장 최근의 작품이 주목된다. 김철혁이 지은 시조 두 편인데 그 제목이 〈청춘〉과 〈인생〉으로 지금까지의 어떤 시조 작품에서도 볼 수 없는 서정적이고 일상적인 제목이다. 김철혁은 『조선문학』·『청년문학』·『아동문학』·『통일문학』 등에 시와 산문을 많이 발표하고 있는 작가로 시조 작품은 다음과 같다.

〈청춘〉
나이 젊어 청춘인가
열정이 있어 청춘이지
검은 머리 백발되여도
열정에 불탄다면
뉘라서 청춘에 산다
아니하리오.

---

58) 위의 글, 216~217쪽.

〈인생〉
만사에 끝이 있다고
인생에도 끝이 있을가
생명의 불꽃은
꺼질 때 있다 해도
조국에 빛된다면
그 삶은 영생하리(『조선문학』 2010년 제11호)

위 시조는 다른 시와 달리 정식으로 난을 형성하지 못하고 산문 아래 여백을 메운다는 느낌으로 두 편이 좌우로 펼쳐 나란히 수록되어 있다. 지금까지 3행으로 기사되었는데 6행의 기사형식도 처음 보여주는 방식이다. 그러나 마지막 행 둘째 음보의 음수문제는 여전히 광의의 시조 형식을 지니고 있다.

첫 번째 수에서 나이와 상관없이 활동하는 김정일을 의미한다고, 또 두 번째 수에서 유한한 생명이 조국과의 관련성 속에서 의미 있게 된다는 내용을 김정일의 영생을 기원하는 수령영생문학이라는 문학적 기치에 충실한 작품으로 평가할 수 있다. 그러나 다른 작품들과 달리 유한한 육체적 생명과, 가치 있는 것에 헌신하여 얻는 무한한 생명을 대조시킨 시대적 상황이나 기치와는 무관하게 보편적이고 일상적인 인간의 문제를 다룬 것이라고 할 수 있다. 마치 시조의 발생기에 발견되는 '탄로가'류처럼 시조가 이데올로기나 기치를 직접적으로 토로하는 교술적인 시가 아니라 서정시로서의 본령에 충실한 작품이라고도 할 수 있다.

## 5. 결론: 북한에서의 시조 창작 의미와 전망

본 연구에서는 60여 년의 분단시기 동안 북한에서 창작 발표된 시조에 대한 현황과 의미를 작품을 통해 규명하였다. 북한자료센터에 소장된 자료들을 중심으로 시조 작품을 수집하였기 때문에 오차범위가 있는 것이 연구에서 치명적인 약점이자 가장 큰 한계라고 할 수 있다.

발굴한 대상 자료는 창작 시조작품 11편 40수로 60여년 이상의 오랜 세월에 비하면 너무나 보잘 것 없는 숫자이다. 창작 발표된 시조 작품 수는 적지만 발표지, 발표 시기, 주제 등을 볼 때 시조는 당대의 문단에서 필요할 때마다 그 기치를 담아서 항상 창작되었다. 북한문학에 있어서 문예이론의 변화는 철저히 당의 정책적 지침에 따르고 있으며, 문학은 그 사회구성원의 정신적 교양을 위한 도구의 기능을 담당하고 있다.[59] 따라서 북한문학을 연구함에 있어서 이를 벗어나서는 논의가 성립되지 않는데 시조의 경우도 그 결과를 벗어나지 않는다.

창작 시조가 게재된 곳은 모두 『조선문학』이다. 이 사실은 『조선문학』이라는 잡지가 지니는 위치와 의미를 모두 시조에 부여할 수 있다는 것이다. 조선작가동맹중앙위원회의 기관지로서 당의 문예정책에 어긋나는 작품들을 비판하고 지면을 통해 시정을 촉구하기도 하며, 공산권을 비롯한 수교 국가들과의 문화교류에 북한의 문학실태를 보여주는 대표적인 역할을 수행하는 것이다. 따라서 수록된 시조는 그런 역할을 하는 시조인 것이다.

김일성, 김정일 통치 전 시기를 통해서 전통문화유산 및 계승에 대한 시각은 공통된 것으로, 복고주의와 허무주의의 논란 가운데서 시조를 평가하고 있다. 김일성에 의해 고시조 생산자의 계급적인 측면

---

59) 김종회, 「오늘의 북한문학, 어떻게 볼 것인가」, 『북한문학의 이해』 2, 청동거울, 2002, 18쪽.

에 주목하여 부정적인 평가를 받던 시기에도 김일성의 통치권 확보가 되는 종파투쟁의 종식과 수령형상화시기에 모든 갈래가 참여한 것처럼 시조 또한 참여한다. 그것이 바로 1957년, 1958년에 집중적으로 발표된 홍종린, 허춘, 리수봉, 조운의 작품들이다.

그리고 김일성 사후인 1995년을 전후해서 수령형상화문학과 후계자형상문학의 교체시기에 또한 시조가 참여하는데 한찬보의 시조 2편이다. 그리고 김정일 시대를 열어가며 1998년부터 시작되어 2000에 강화되는 선군혁명문학, 태양문학의 신개념을 담아 시조가 발표된다. 이 시기는 김정일의 오래 문예 정책에 대한 결실이 이뤄지는 1992년의『주체문학론』의 발표와도 맞물려 시조의 긍정적인 평가가 이뤄지기도 할 때이다. 그리고 시조가 발표된 해당 월의 의미를 부여할 수 있는데, 즉 8월은 해방과 분단의 문제, 11월은 러시아 혁명, 2월은 김정일 생일 축하 등을 기념하는 특집적인 성격을 짐작해 볼 수 있다.

이로 볼 때 시조는 고시조에 대한 부정적 태도가 있지만, 궁극적으로는 시조가 전통유산이며 고유의 서정양식으로 '송가(頌歌)'의 역할을 다 할 수 있다는 것이 기본적인 전제로 작용하고 있음을 알 수 있다. 따라서 시조가 발표 때를 중심으로 추정할 때 문예정책의 결정적인 변화나 특별한 기념적 송가가 필요한 때에 항상 참여하고 있다는 것이 이를 반증한다.

그리고 가장 최근에 발표된 김철혁의 시조에 큰 의미를 부여한다면 앞으로 북한에서의 시조 창작에 변화의 조짐을 내포하였다고 할 수 있다. 제목이나 내용으로는 인간의 보편적인 문제를 노래한 것이기 때문이다. 이 경향이 지금까지 시조의 불모지나 다름없는 북한의 시조문학계에 당의 기치나 교시에 종속되지 않으면서 민족적 동질성을 확보할 수 있는 시조가 등장하는 마중물의 역할을 하게 되기를 기대해 본다.

# 참고문헌

『조선문학』, 『천리마』, 『조선어문』, 『문화어학습』, 『김일성종합대학학보』 등.

『김일성저작집』, 조선로동당출판사, 1979~1996.

『김정일선집』, 조선로동당출판사, 1992~2005.

리응수, 「조선의 새로운 정형시 창제 방향에 대한 의견」, 『조선문학』 1956년 제12호, 조선작가동맹출판사, 155~179쪽.

박길남, 「시조의 시학적특성에 대한 고찰」, 『김일성종합대학학보 어문학』 47권 2호, 김일성종합대학, 2001, 15~20쪽.

＿＿＿＿, 『조선사회과학학술집 125 문학편: 조선중세시조사연구』 2판, 평양: 사회과학출판사, 2010.

윤세평, 「조선시가의 운율에 대한 약간의 고찰」, 『조선문학』 1957년 제1호, 조선작가동맹출판사, 177~200쪽.

이선영, 김병민, 김재용편, 『현대문학비평자료집』 1권, 태학사, 1993.

조령출, 「시형식의 다양성」, 『조선문학』 1956년 제8호, 조선작가동맹출판사, 135~137쪽.

조운, 『조운문학전집』, 남풍, 1990.

조선작가동맹출판사 편, 『아브로라의 여운』, 평양: 조선작가동맹출판사, 1957.

『한국민족문화대백과사전』, 한국학중앙연구원. 1991.

통일부 북한자료센터 http://unibook.unikorea.go.kr/MA/

김경숙, 『북한현대시사』, 태학사, 2004.

김문태, 「북한 고전시가관의 변모와 현대적 수용양상」, 『한국시가연구』 21집, 한국시가학회, 2006, 355~389쪽.

김선화, 『조운시조연구』, 한성대 석사논문, 2010.

김성수, 「문학적 '통이(通異)'와 문학사적 통합」, 『한국근대문학연구』 19집, 한국근대문학회, 2009, 31~64쪽.

＿＿＿＿, 「김정일 시대 문학에 대한 비판적 고찰－선군(先軍)시대 '선군혁명문학'

의 동향과 평가」, 『민족문학사연구』 27집, 민족문학사연구소, 2005,
            206~230쪽.

김성수 편, 『북한『문학신문』기사목록(1956~1993)』, 한림대학교 아시아문화연구
            소, 1994.

김재용, 『북한문학의 역사적 이해』, 문학과지성사, 1994.

김수이, 「북한문학 속의 '어머니'」; 김종회 편, 『북한문학의 이해』 3, 청동거울,
            2004, 278~289쪽.

김종회, 「오늘의 북한문학, 어떻게 볼 것인가」, 『북한문학의 이해』 2, 청동거울,
            2002, 13~25쪽.

김주현, 「김정일 시대 『조선문학』에 나타난 북한문학의 특질」, 『어문논집』 38집,
            중앙어문학회, 2008, 196~216쪽.

김준형, 「북한의 고전문학사 기술 양상과 특징-1990년대 이후를 중심으로」, 『우
            리어문연구』 40집, 우리어문학회, 2011, 7~42쪽.

김현양, 「북한의 "우리문학사"서술의 향방: 근대문학 이전의 문학사 서술을 대상
            으로」, 『민족문학사연구』 42집, 민족문학사학회, 2010, 53~73쪽.

민족문학사연구소, 『북한의 우리문학사 인식』, 창작과비평사, 1991.

박미영, 「재미작가 홍언의 미국기행시가에 나타난 디아스포라적 작가의식」, 『시
            조학논총』 25집, 한국시조학회, 2006, 175~209쪽.

_____, 「미주시조선집에 나타난 디아스포라 작가의식」, 『한국시가연구』 25집,
            한국시가학회, 2008, 259~300쪽.

_____, 「미주시조선집에 나타난 디아스포라 시조론」, 『시조학논총』 30집, 한국
            시조학회, 2009, 53~90쪽.

_____, 「미주 발간 창작영어시조집에 나타난 시조의 형식과 그 의미: 『Around
            the Tree of Light』・『Modern Sijo』・『Urban Temple』을 중심으로」, 『시조학
            논총』 34집, 한국시조학회, 2011, 71~110쪽.

_____, 「야후 영어 사이트에 존재하는 영어시조 동호회 ≪sijoforum≫의 구성과
            의미」, 『고전문학연구』 42집, 한국고전문학연구회, 2012.12, 71~109쪽.

_____, 「북한에서의 시조 연구 동향과 과제」, 『시조학논총』 39집, 한국시조학회,

2013, 1~37쪽.

안영훈, 「북한문학사의 고전문학 서술 양상」, 『한국문학논총』 38집, 한국문학회, 2004, 299~315쪽.

유민영, 「해방 50년의 희곡」; 유종호 편, 『한국현대문학 50년』, 민음사, 1995, 185~227쪽.

이기동, 「북한의 '신사고', '선군정치' 그리고 정책변화」, 『통일정책연구』 10권 1호, 통일연구원, 2001, 269~296쪽.

이상숙, 「북한문학의 전통과 민족적 특성」, 『한국어문학연구』 46집, 한국어문학연구학회, 2006, 61~94쪽.

이성천, 「북한 문예지 『조선문학』의 유형적 특성 고찰」, 『어문연구』 64집, 어문연구학회, 2010, 307~327쪽.

이신철, 『북한 민족주의 운동연구(1948~1961) 월북 납북인들과 통일운동』, 역사비평사, 2008.

이정예, 「북한의 노래하는 시 '가사' 연구」, 『동북아 문화연구』 14집, 동북아문화연구회, 2008, 143~171쪽.

임옥규, 「북한 문예창작방법론의 정전(正典)」, 『주체문학론』, 단국대학교 부설 한국문화기술연구소 편, 『주체의 환영』, 도서출판 경진, 2011, 43~70쪽.

임옥규·김정수, 「해방기 북한 문학예술의 강령과 창작의 실제」, 『우리어문연구』 42집, 우리어문학회, 2012, 277~313쪽.

장경남, 「북한의 조선 전기 문학사 서술의 실상과 의의」, 『민족문학사연구』 42집, 민족문학사연구소, 2010, 127~163쪽.

전영선, 「북한의 사회주의적 민족문화 건설과 '우리 식' 고전문학」, 『한국문학논총』 36집, 한국문학회, 2004, 25~51쪽.

조규익, 「북한 문학사와 시조」, 『시조학논총』 28집, 한국시조학회, 2008, 175~204쪽.

# 북한 '아리랑'의 현대적 변용 양상과 의미

전영선

## 1. 왜 '아리랑'인가?

북한에서 2002년 '대집단체조와 예술공연' 〈아리랑〉이 공연된 이후 2005년에 이어 2010년까지 공연되고 있다. 이변이 없는 한 앞으로도 계속 진행될 것으로 보인다. 한 작품을 몇 년 동안 내용을 조금씩 수정하면서 지속적으로 공연한 예는 북한에서도 찾아보기 힘들다. 더욱이 대집단체조와 예술공연은 참가 인원이 10만 명이나 되는 대규모 공연으로 기네스북에도 올랐다. 이 처럼 대규모 공연을 정기적으로 개최한 경우는 없었다. 이런 점에서 '아리랑'은 특별한 의미를 갖는다고 할 수 있다.[1]

'아리랑'이라고 하는 제목이 갖는 의미도 특별하다. 2002년의 〈아

---

[1] 북한의 대집단 체조가 몇 차례에 걸쳐 1~2년 동안 공연된 적은 있었지만 몇 년 동안 연례적으로 공연된 경우는 없었다. 〈아리랑〉은 대규모 군중이 참여하는 공연으로 일반 무대에서 이루어지는 소품이나 혁명가극과는 성격이나 규모가 다른 작품이다.

리랑〉은 준비 과정에서 김일성 주석(이하 직책생략)의 탄생 90주년을 기념하는 의미로 '첫태양의 노래'라고 하였었다. 그러나 준비과정에서 김정일 위원장(이하 직책 생략)의 지시로 작품 제목이 '아리랑'으로 바뀌었다.[2] 북한에서 절대적 존재, 신적 권위를 부여받은 김일성을 상징하는 '태양'이라는 제목을 버리고 '아리랑'이라는 제목을 택한 이유는 무엇일까? 체제의 건재 과시라는 정치적 목적, 관광수입을 통한 외화벌이라는 목적 이외의 다른 측면은 없는 것일까? 본 연구의 출발점은 여기에 있다.[3]

본 연구에서는 주목하는 것은 '대집단체조와 예술공연' 〈아리랑〉이 공연될 즈음하여 나온 여러 편의 '아리랑'이다. 2000년을 전후하여 '아리랑'이라는 타이틀이 붙은 일련의 창작물들이 발표되고, 소개되었다. 물론 대집단체조와 예술공연 〈아리랑〉 공연 이전에도 민요 아리랑을 편곡하거나 가요로 만든 작품이 있었다.[4] 하지만 2000년을 전후하여 새롭게 등장한 '아리랑'은 고난극복, 강성부흥을 전면에 내세운 작품들이다. '아리랑'의 음악적 특성은 배제되고, '아리랑'은 '아리랑민족'의 상징성이 부각된 작품들이다. 즉, 일련의 '아리랑' 작품은 '아리랑민족'의 강성부흥과 미래를 노래하는 작품이라는 공통점이 있다.

대집단체조와 예술공연 〈아리랑〉 공연에 즈음하여, '아리랑'이라는 표제의 가요와 소설, 그리고 군중창작 작품들은 '아리랑'은 21세

---

2) 「집단체조 '아리랑' 원제는 '첫 태양의 노래'」, 〈연합뉴스〉, 2001.12.19.
3) 아리랑과 관련하여 최근 주목되는 연구 성과로는 『한국문학과 예술』 6집, 숭실대학교 한국문예연구소, 2010이 있다. '아리랑특집호'라는 부제가 붙은 이 학술지는 '아리랑 연구사'에 대한 검토로부터 대중가요, 현대대중예술, 현대시 속의 아리랑을 비롯하여 동아시아 전파양상, 북한과 해외의 아리랑, 아리랑의 문화콘텐츠에 대한 논문 8편이 실려 있다.
4) 2000년 이전에도 〈아리랑〉은 음악적으로 여러 형태로 불려졌다. 〈아리랑〉은 신민요 〈아리랑〉을 바탕으로 교향곡이나 민요, 전자음악으로 편곡하거나 연주곡으로 불려 졌으며, 음악적 현대화된 '아리랑'으로는 조선국립교향악단의 교향곡 〈아리랑〉을 비롯하여 보천보전자악단 리경숙의 레파토리 민요 〈아리랑〉, '특색있는 조선식 전자음악 연주곡 〈아리랑〉 등이 있었다. 그러나 이런 작품들은 민요 〈아리랑〉을 바탕으로 편곡한 것으로서 음악적 다양화에 초점을 맞춘 것이라고 할 수 있다.

기 북한을 대표하는 '아리랑 민족'의 상징적 문화 코드로 자리매김하기 위한 전략적 차원에서 이루어지고 있는 것이다. 이 글에서는 2000년 이후 북한에서 진행된 일련의 아리랑을 분석하고자 한다. 현대적 의미에서 해석된 북한의 여러 아리랑은 곧 분단의 시간만큼 달라진 남북의 정서 차이를 반영하는 동시에 미래에 대한 문화적 통합의 가능성을 가늠할 척도가 된다. 이런 점에서 이 연구는 민족적 정서에 대한 진단과 통일문화에 대한 모색의 토대가 될 수 있을 것이다.

## 2. 아리랑의 기원과 정서

우리 민족의 대표가 된 '아리랑'이 언제부터 불렸는지, 어떤 의미로 불렸는지 정확히 알 수 없다. 아리랑의 기원 역시 '아리랑설(我離郎說)'로부터 '아이농설(我耳聾說)', '아랑전설(阿娘傳說)' 등으로 다양하다. 지방에 따라서 여러 가지 곡조가 붙으며, 장단과 사설도 다양하게 분포한다.5) 북한에서도 〈아리랑〉의 기원에 대해서는 '앞으로 더 연구를 심화시키는 과장에서 정확히 해명될' 것이라고 하면서 삼국시대 이전으로 보는 견해와 고려 후반기에 발생한 것으로 보는 견해를 제시한다.

그러면 ≪아리랑≫은 과연 언제부터 불리워져왔는가? 민요 ≪아리랑≫의 가사가 순수 우리 말로 되여있는것으로 보아 삼국시기이전 즉 우리 나라에서 한문이 사용되기 이전으로 보는 견해가 있다. 이 견해에 따르면

---

5) '아리랑'의 어원에 대해서는 남북에서도 의견이 분분하다. '어원백설'이라는 말이 나올 정도로 아리랑의 어원에 대한 논의는 여러 가지이다. 김연갑, 『북한 아리랑 연구』, 청송, 2002, 115쪽: "1970년대까지 아리랑 연구는 주로 이 분야에 대해 집중되었고, 그 결과 '어원백설'이라는 말이 생겨났고, 관련 논문도 30여 편이나 이르게 된다. 이는 아리랑의 음악적 구조에 대해서 관심을 갖기보다는 역사적이고 문학적인 면에 관심을 두었기 때문이다."

이 노래가 지금으로부터 2,000년전에 불리워진것으로 된다. 또한 다른 한 견해는 긴조흥구로 이루어진 후렴의 반복부가 순수한 우리 말로 된 절가 형식의 가요창작이 성행한 고려후반기에 ≪아리랑≫이 나왔다는 설이다. 이에 따르면 ≪아리랑≫의 력사는 근 1,000년을 헤아리게 된다.6)

역사적으로는 다양한 기원을 제시하면서도 북한에서 가장 유력한 기원으로 보는 것은 '성부와 리랑'의 전설이다. 2001년 발표된 박종 철의 〈아리랑〉(문학예술종합출판사)은 '아리랑'의 대표적인 근원전설 로 소개하는 '성부와 리랑'의 이야기를 소설로 옮긴 것이다. 북한에 서 '아리랑'이라는 표제의 소설은 여러 편이 있지만 근원설화를 소재 로 한 소설은 박종철의 〈아리랑〉이 유일하다. 문학예술총동맹의 기 관출판사인 문학예술종합출판사에서 발행되었다는 것은 북한 내부 에서 '아리랑'의 기원을 '성부와 리랑'으로 확정하였음을 의미한다.

우리 나라 민요들중에서도 오랜 력사를 가진 ≪아리랑≫은 우리 인민 들이 가장 사랑하며 즐겨 불러 온 민요이다. ……이렇게 이어 지는 ≪아 리랑≫은 력사가 매우 깊지만 그 발생과 어원에 대해서는 여러갈래의 민 간전설들이 전해 오고 있다. ≪아리랑≫이라고 하면 대체로 ≪본조아리 랑≫, ≪신조아리랑(신아리랑)≫, ≪진도아리랑≫, ≪밀양아리랑≫, ≪영 천아리랑≫, ≪강원도아리랑≫, ≪정선아리랑≫, ≪해주아리랑≫, ≪서도 아리랑≫을 비롯하여 ≪열두아리랑≫에 ≪열두고개≫라고 할 정도로 여 러 갈래로 전해오고 있으나 ≪리랑과 성부≫에 대한 이야기가 기본을 이 룬다.7)

근원설화로 '성부와 리랑'의 전설을 제시하기는 하지만 이후로 어 떻게 정착되고 불려 나갔는지에 대해서는 분명한 입장을 취하는 것

---

6) 박형섭, 「우리 민족의 전통적인 민요 ≪아리랑≫」, 『민족문화유산』 제4호, 2005.
7) 「조선의 전설 아리랑과 그에 깃든 전설」, 『민족문화유산』 제1호, 2001.

은 아니다. 북한에서도 민요 〈아리랑〉이 언제부터 불렸는지는 알 수 없으나, 세월이 지나면서 세계로 흩어진 민족을 따라서 지역으로 흩어지면서 상황에 맞는 다양한 사설들이 남녀노소 사이에서 불렸고, 조금씩 개조되는 과정을 통해 〈아리랑〉의 정서는 곧 민족이 공유하는 정서가 되었다고 보고 있다.[8]

〈아리랑〉이 일반인들 사이에 알려지게 된 결정적 계기는 영화 〈아리랑〉이었다. 1926년 춘사 나운규가 각본·감독·주연·제작한 영화 〈아리랑〉이 공존의 히트를 기록하면서였다. 영화가 큰 인기를 모으면서 당연하게 영화 주제가였던 '아리랑'도 민중들 사이에 널리 퍼지면서, 아리랑은 민족의 수난을 상징하는 노래가 되었다.[9] 즉, 일제라는 강압된 상황 속에서 민족적 정서를 바로 표현하지는 못하였지만 우회적으로 민족의 정서를 표현하면서 민족의식을 고취하고 반일 감정을 불러일으키는 역할을 하였다는 것이다. 이처럼 북한에서 〈아리랑〉을 긍정적으로 평가하는 것은 민요 〈아리랑〉이 '민족적 정서와 수난은 인민들 당하던 쓰라린 고통과 설음, 통치배에 대한 원한, 행복한 생활에 대한 지향과 염원'이 담겨 있다고 보기 때문이다.[10]

---

8) 박형섭, 앞의 글: "그러면 ≪아리랑≫은 과연 언제부터 불리워져왔는가? 민요 ≪아리랑≫의 가사가 순수 우리 말로 되여있는것으로 보아 삼국시기이전 즉 우리 나라에서 한문이 사용되기 이전으로 보는 견해가 있다. 이 견해에 따르면 이 노래가 지금으로부터 2,000년전에 불리워진것으로 된다. 또한 다른 한 견해는 긴조흥구로 이루어진 후렴의 반복부가 순수한 우리 말로 된 절가형식의 가요창작이 성행한 고려후반기에 ≪아리랑≫이 나왔다는 설이다. 이에 따르면 ≪아리랑≫의 력사는 근 1,000년을 헤아리게 된다."

9) '아리랑'『문학예술사전』, 과학백과사전출판사, 1993, 154쪽: "아리랑 노래들은 기본적으로 남녀간의 사랑의 감정을 표현하면서도 당대 인민들의 이러저러한 생활적감정들이 반영되고 있다. 즉 아리랑의 민요군가운데서 〈신아리랑〉에는 일제의 조선감정시기에 체험하고있던 우리 인민들의 암담한 생활감정이 반영되고있으며 〈긴아리랑〉에는 살길을 찾아 이국만리로 떠나는 사람들의 슬픔과 울분이 담겨져있다."

10) 엄하진,『조선민요의 유래1』, 예술교육출판사, 1992, 191쪽: "≪아리랑≫은 … 적지 않은 변종들을 가지고 있으나 그 바탕에 흐르고 있는 내용에는 거의 모두가 사랑의 감정을 기본으로 하면서 버리고간 님에 대한 애정과 원망 그리고 미래에 대한 희망과 결부되어 있는 것이 공통적이다. 얼핏보면 단순한 사랑의 노래로 볼수 있지만 그 바탕에는 해당시기 우리 인민들이 당하던 쓰라린 고통과 설음, 통치배에 대한 원한 그리고 행복한 생활에 대한 지향과 념원이 절절하게 반영되어 있다."

## 3. '아리랑'의 종자와 현대화 양상

### 1) '대집단체조와 예술공연 〈아리랑〉'을 통해 본 아리랑의 종자

북한에서 〈아리랑〉이 가장 광범위하게 그리고 폭넓게 일반화된 것은 대집단체조와 예술공연 〈아리랑〉이다. 대집단체조와 예술공연 〈아리랑〉은 총출연 인물이 10만 명에 달하는 대규모 행사로, 2002년 처음 공연된 이후 2010년까지 꾸준하게 공연되고 있다. 8년의 시간이 지나면서 처음 참여하였던 인원들이 교체된 것을 고려한다면 누적 출연 인원은 최소 몇 십만 명에 달한다. 국가 동원체제가 아니라면 불가능한 규모이다.

이처럼 〈아리랑〉을 국가 상징문화로 역량을 집중하는 이유는 무엇인가? 그 이유를 〈아리랑〉의 종자를 통해 찾을 수 있다. 대집단체조와 예술공연 〈아리랑〉은 일제강점기의 신민요 〈아리랑〉을 모델로 한 작품이다.

이 작품은 조선의 유명한 민요 〈아리랑〉을 상으로 하고 있다. 조선인민들속에 널리 구전되고 있는 민요들가운데는 눈물과 웃음, 기쁨을 담은 〈아리랑〉곡조가 많다. 지금 창작되고 있는 대집단체조와 예술공연은 이 〈아리랑〉을 주제로 하여 민족의 운명사와 세태풍속을 서사시적화폭속에 황홀하게 펼쳐 보이게 된다.11)

경애하는 장군님께서는 선군혁명령도의 그 바쁘신속에서도 주체 90(2001)년 9월 4일 대집단체조와 예술공연창작창조사업에서 나서는 문제들을 구체적으로 료해하시고 작품을 새 세기의 대결작으로 훌륭히 창작완성할수 있는 명확한 방도들을 제시하시였다. 이날 경애하는 장군님

---

11) 「2002년 봄에 막을 올리게 될 대집단체조와 예술공연 〈아리랑〉」, 『조선중앙통신』, 2001.11.7.

께서는 천리혜안의 예지와 비범한 통찰력으로 우리 인민이 즐겨부르던 민요 ≪아리랑≫을 가지고 작품의 대를 세우고 작품의 제명도 ≪아리랑≫으로 하며 민요 ≪아리랑≫과 함께 로동당시대에 나온 명곡들을 넣어 사상예술적으로 완벽한 훌륭한 작품을 창작완성할데 대한 귀중한 가르치심을 주시였다.12)

대집단체조와 예술공연 〈아리랑〉의 주제는 민요에서 따왔지만 〈아리랑〉의 정서에 머물지 않는다. 대집단체조와 예술공연 〈아리랑〉의 종자는 '선군'과 '강성부흥'이다.13) 2002년 초연된 대집단체조와 예술공연 〈아리랑〉의 선군과 강성부흥 종자는 장면구성을 통해서 보다 분명하게 드러난다.

---

12) 백석, 「백두산3대장군과 민족문화유산」, 『민족문화유산』 제4호, 2009.

13) 본사기자 황명희, 본사기자 고현주, 「선군령장과 ≪아리랑≫–대집단체조와 예술공연 ≪아리랑≫에 깃든 불멸의 령도」, ≪로동신문≫, 2007.9.24: "주체 89(2000)년 10월말, 경애하는 장군님께서는 ≪고난의 행군≫, 강행군을 승리적으로 결속한 우리 군대와 인민의 끝없는 환희와 열광이 노래춤바다로 펼쳐진 집단체조와 예술공연 ≪백전백승 조선로동당≫을 보시였다. …… 경애하는 장군님께서는 문득 한 일군을 부르시여 오늘 공연이 아주 훌륭하다고, 우리 당의 업적을 잘 반영한 최고 작품이라고 높이 평가하시면서 오늘의 성과와 경험에 토대하여 수령님의 탄생 90돐 기념작품준비를 잘해야 한다고 말씀하시였다. …… 잠시 사색에 잠겨계시던 경애하는 장군님께서는 단호한 어조로 말씀하시였다. ≪대집단체조와 예술공연 제목을 〈아리랑〉이라고 다는 것이 좋겠습니다.≫ 아직 그 심원한 뜻을 헤아리지 못하는 좌중을 깨우치시려는 듯 경애하는 장군님께서는 다시금 우렁우렁하신 음성으로 ≪제목을 〈아리랑〉으로 합시다. 민족의 100년 운명사를 우리 한번 본때있게 펼쳐봅시다.≫라고 힘주어 말씀하시였다. 현대조선의 력사는 아리랑의 력사라고, 수난의 아리랑이 어떻게 강성부흥아리랑으로 될 수 있었는가를 잘 풀면 대작이 될것이라고 하시며 김일성민족의 넋이 높뛰는 ≪아리랑≫ 제명으로 세기의 대작을 창조하신 우리 장군님의 공적은 후손만대에 길이 빛날 것이다. 진정 대집단체조와 예술공연 ≪아리랑≫은 단순히 체조예술작품이 아니라 경애하는 김정일장군님께서 온 민족의 이름으로 어버이수령님께 드리는 최대의 경의, 뜻깊은 선물이며 7,000만 조선민족의 위대한 은인께 바치는 뜨거운 송가이다."

<표 1> 2002년 대집단체조와 예술공연 <아리랑>의 구성14)

| 장 | 장제목 | 경제목 | 노래 | 비고 |
|---|---|---|---|---|
| 환영장 | | | 반갑습니다 | |
| 서장 | 아리랑 | | 아리랑 | |
| 1장 | 아리랑민족 | 1경 두만강 넘어 | 눈물젖은 두만강 | |
| | | 2경 조선의 별 | 조선의 별 | |
| | | | 동지애의 노래 | |
| | | 3경 내 조국 | 사향가 | |
| | | | 빛나는 조국 | |
| | | 4경 우리의 총대 | 김일성대원수 만만세 | |
| 2장 | 선군아리랑 | 1경 내 조국의 밝은 달아 | 내 조국의 밝은 달아 | |
| | | 2경 활짝 웃어라 | 장군님과 아이들 | |
| | | 3경 내 나라의 북소리 | | |
| | | ㄱ) 천지개벽 | 이 강산 하도 좋아 | |
| | | ㄴ) 흥하는 내 나라 | 흥하는 내 나라 | |
| | | ㄷ) 더 높이 더 빨리 | 더 좋은 내일로 | |
| | | 4경 인민의 군대 | 영원한 심장의 노래 | |
| | | | 최고사령관기 날리며 승리를 떨치리 | |
| 3장 | 아리랑무지개 | 1경 이선남폭포 | 금수강산 내 나라 | |
| | | | 그네뛰는 처녀 | |
| | | 2경 행복의 락원 | 추억의 두만강 | |
| | | 3경 오직 한마음 | 오직 한마음 | |
| 4장 | 통일아리랑 | | 아리랑 | |
| | | | 우리는 하나 | |
| 종장 | 강성부흥 아리랑 | | 강성부흥아리랑 | |
| | | | 김일성장군의 노래 | |

  대집단체조와 예술공연 <아리랑>은 '환영장', '서장', '1장 아리랑민족', '2장 선군아리랑', '3장 아리랑무지개', '4장 통일아리랑', '종장'의 7개의 장으로 구성되어 있다. 각 장에는 김일성과 김정일의 지도이념인 '주체', '선군', '강성부흥'의 주제가가 들어 있다. 2005년 공연에서는 인민의 군대를 비롯해서 이후의 공연에서는 장면 구성방식이나 부분적인 변화는 있었지만 작품 전체 구성은 거의 동일하다고 할 수 있다.

14) 「≪김일성상≫ 계관작품 대집단체조와 예술공연 ≪아리랑≫예술창조목록」, 『조선문학예술년감 주체92(2003)』, 문학예술출판사, 2005, 241~242쪽.

이후 공연에서도 부분적인 장면을 바꾸었을 뿐 전체적인 구도에서는 변화가 없었다. 결론적으로 대집단체조와 예술공연 〈아리랑〉의 종자는 '우리 민족은 '아리랑 민족'이며, 아리랑 민족으로 어려움을 겪었지만 '조선의 별'(김일성)을 만나 내 조국을 찾았고, 김정일 시대를 맞아 '선군아리랑'이 펼쳐지고 있다. 선군 아리랑으로 천지가 개벽하고, 나라도 흥하고, 행복도 찾아오고, 통일을 이루어 강성부흥을 이루어 가자는 것'으로 규정된다.

## 2) 아리랑의 현대화 양상

대집단체조와 예술공연 〈아리랑〉에서 제시한 주제의식은 대집단체조와 예술공연 〈아리랑〉 창작을 전후한 여러 창작 '아리랑'을 통해서도 확인된다. 2000년을 전후하여 '아리랑'이라는 제목의 가요가 창작되었으며, '아리랑' 기원과 관련한 소설들도 발표되었다. 북한 최고, 최대의 미술창작사인 만수대창작사에서는 '다부작 연속편 대형 조선화' 〈아리랑〉을 창작하였다.[15] 전문예술가들의 창작과 함께 『아동문학』이나 『청년문학』 등에서 '아리랑'을 주제로 한 일반 공모 작품, 아리랑과 관련한 수필이나 일화 등의 형식으로 소개되고 있다.

### (1) '아리랑' 가요

① 가요 〈통일 아리랑〉

북한의 가요 〈아리랑〉은 〈유일팀아리랑〉, 〈통일 아리랑〉, 〈6·15아리랑〉, 〈군민아리랑〉 등의 여러 가요가 있다.[16] 〈유일팀 아리랑〉은

---

15) 보도에 의하면 만수대창작사의 대형 조선화 〈아리랑〉은 '수령복 아리랑'과 '선군 아리랑'이라는 두 주제로 창작되었는데, '수령복 아리랑' 주제 아래에는 '피눈물의 아리랑', '광복민족 아리랑', '태양민족 아리랑' 등의 조선화 작품으로 구성되었고, '선군아리랑'이라는 주제 아래는 '전승 아리랑' 등의 작품이 포함되어 있다. 「북, 대형 수묵화 '아리랑' 제작」, 〈연합뉴스〉, 2002.3.12 참조.

1989년 제11차 남북체육회담이 합의된 직후에 발표된 아리랑이다. 조병석 작사, 한명철 작곡으로 단일팀 코리아를 응원하는 내용이다. 〈통일 아리랑〉(작사 박두천, 작곡 김운룡)은 2000년 6·15공동선언 직후에 발표된 가요로 "민족의 최대숙원인 조국통일에 대한 우리 인민의 절절한 념원과 희망, 분렬된 조국을 기어이 통일하려는 7천만겨레의 불같은 지향과 의지를 감명깊게 보여주"는 작품, "우리 나라 민요의 형상적표현구인 ≪아리랑≫의 정서적의미에 맞게 민요풍의 선률로 형상하여 민족적정서를 더욱 부각시켜" 주는 작품이라는 평가를 받았다.[17] 민요 〈돈돌라리〉에 통일이라는 주제를 붙여서 만든 〈통일 돈돌라리〉와 같은 유형의 가요라 할 수 있다.

② 가요 〈강성부흥 아리랑〉

2000년 이후 창작된 〈아리랑〉 중에서 가장 강조되고 있는 것은 조선인민군협주단의 윤두근이 작사하고 보천보전자악단 소속 작곡가 안정호가 작곡한 〈강성부흥 아리랑〉이다.[18] 북한에서는 "오늘의 긍지 높은 시대적현실을 민족적정서와 흥취를 담아 감명 깊게 노래하고 있는것으로 하여 세상에 나오자마자 폭풍 같은 반향을 불러일으

---

16) 북한의 여러 아리랑의 가사에 대해서는 김연갑, 『북한 아리랑 연구』, 청송, 2002 참조.
17) 로영미, 「이땅에 차넘치는 조국통일의 열망, 가요 〈통일이리랑〉을 놓고」, 『조선예술』 2009년 제5호.
18) 〈강성부흥의 아리랑〉 가사는 다음과 같다.
　　1절 무릉도원 꽃펴가니 흥이로다 아리랑
　　　　제힘으로 세워가니 멋이로다 아리랑
　　　　(후렴)
　　　　장군님의 손길따라 주체강국 나래친다
　　　　아리아리 아―리―랑 스리스리 스―리―랑
　　　　강성부흥 아―리―랑
　　2절 일심으로 뭉쳤으니 두렴없이 아리랑
　　　　철벽으로 다졌으니 끄떡없어 아리랑
　　　　(후렴)
　　3절 태양조선 강해가니 존엄높아 아리랑
　　　　태양민족 흥해가니 살기좋아 아리랑
　　　　(후렴)

키고 있다. 이 노래가 큰 견인력을 가지는것은 가사에 고난과 시련을 박차고 강성대국의 높은 령마루를 향하여 힘차게 전진하고 있는 오늘의 벅찬 숨결을 그대로 담으면서도 강성대국건설의 새 력사를 창조해 가는 우리 인민의 드높은 혁명적열의와 미래에 대한 락관이 아름답고 세련된 시형상속에 철학적으로 깊이 있게 구현"된 작품이라는 평가를 받고 있다.[19]

강성부흥은 2000년 이후 북한에서 강조하는 미래상이다. '아리랑민족'으로 명명된 우리 민족의 수난을 김일성의 항일혁명으로 구원되었다는 선민사상과 〈아리랑〉을 통해 민족의 강성부흥 할 미래를 그려보자는 전망을 민요 〈아리랑〉에서 종자를 뽑은 것이다.

〈강성부흥 아리랑〉은 인민들에게 '강성부흥'의 신념과 낙관을 심어주는 민요, '김일성조선, 김일성민족의 크나큰 긍지와 자랑, 끝없는 환희와 락관을 온 세상에 전하는 민족의 노래', '위대한 김정일시대의 새 아리랑인 〈강성부흥아리랑〉은 경애하는 장군님의 현명한 령도따라 견인불발의 의지로 준엄한 〈고난의 행군〉, 강행군을 성과적으로 돌파한 영웅적인민의 승전가'라는 평가를 받으면서, 주요 언론을 통해 대대적으로 소개되고 있다.[20]

〈강성부흥 아리랑〉에 대한 평가와 반향은 절대적이다. 〈강성부흥 아리랑〉에 대해서는 "김일성조선, 김일성민족의 크나큰 긍지와 자랑, 끝없는 환희와 락관을 온 세상에 전하는 민족의 노래"로서 "위대한 김정일시대의 새 아리랑인 〈강성부흥 아리랑〉은 경애하는 장군님의 현명한 령도따라 견인불발의 의지로 준엄한 〈고난의 행군〉, 강

19) 리영호, 「명가사감상—강성대국건설을 힘 있게 고무추동하는 새 시대의 아리랑: 가요 ≪강성부흥아리랑≫에 대하여」, 『문화어학습』 2002년 제1호.
20) 박철·김영철·최창일, 「한 장군님 시대의 명곡, 민족의 긍지 넘치는 기념비적작품: ≪강성부흥아리랑≫에 대하여」, ≪로동신문≫, 2001.8.26: "음악은 빈 바탕에서 태여나지 않는다. 지난 날 눈물속에 불리운 ≪아리랑≫은 당대사회의 비참하고 락후한 현실의 산물이였다. 오늘 조국강산에 흥겹게 울려 퍼지는 김정일시대의 새 아리랑, ≪강성부흥아리랑≫은 일심단결로 조국번영의 빛나는 력사를 창조해 나가는 장엄한 시대가 터쳐 올린 강성부흥가이다."

행군을 성과적으로 돌파한 영웅적인민의 승전가",21) "지난 날 눈물속에 불리워 진 조선의 〈아리랑〉이 위대한 수령님의 현명한 령도와은혜로운 사랑속에서 행복의 〈아리랑〉"이 되었으며, "이 노래는 원대한 포부와 리상을 안고 광명한 미래를 향하여 용기백배 전진해 나가는 김일성민족의 영원한 승리의 아리랑"으로서 "전통적인 조선민요의 조식과 음조들을 적극 살려 주면서도 우리 시대 인민들의 사상감정과 정서적미감에 맞게 창작됨으로써 우리 나라의 오랜 민족음악인 〈아리랑〉의 새로운 대표작"22)으로 평가받고 있다.

또한 "우리 시대 김정일시대의 흥취를 강성부흥하니 아리랑 흥이절로 난다는 철학적이며 랑만적인 종자를 심어 사상예술적으로 밝힌" 작품,23) "우리 군대와 인민의 강성대국건설투쟁을 고무하는 투쟁의 찬가, 승리의 노래"24)라는 등의 대대적인 찬사를 받고 있다.

③ 가요(노래와 춤곡) 〈간삼봉에 울린 아리랑〉

가요 〈간삼봉에 울린 아리랑〉은 보천보전자악단에서 창작한 가요로 김정숙을 형상한 가요이다.25) 가요 〈간삼봉에 울린 아리랑〉은

---

21) 「〈강성부흥아리랑〉은 장군님시대의 명곡, 민족의 긍지 넘치는 기념비적작품」, ≪로동신문≫, 2001.8.26.
22) 위의 신문.
23) 「〈평론〉위대한 시대의 아리랑으로 천만년 전해 질 조국번영찬가: 노래 ≪강성부흥아리랑≫의 가사형상에 대하여」, 『조선예술』 2001년 제10호.
24) 리영호, 앞의 글.
25) 가요 〈간삼봉에 울린 아리랑〉의 가사는 다음과 같다.
　　1. 보천보에 홰불 올린 혁명군은 기세 높아
　　　　간삼봉의 싸움터엔 노래소리 드높았네
　　　　빨찌산녀장군이 선창 떼신 아리랑
　　　　봉이마다 룡선마다 뢰성타고 울렸네
　　　　(후렴)
　　　　아리랑 스리랑
　　　　간삼봉에 불비 와서 아라리가 났네
　　2. 도천리에 조용조용 부르시던 아리랑
　　　　싸움터에 산발 쩡쩡 메아리로 울리셨네
　　　　백발백중 명중탄 불벼락을 안기며
　　　　사령부의 안녕 지킨 빨찌산녀장군

2007년에 처음 소개된 것으로 보아 2007년을 즈음하여 창작된 작품으로 보인다. 처음에는 '가요'로 소개하였으나 몇 달 후에는 '노래와 춤곡'으로 소개하였다.26) 이러한 소개는 착오에 의한 것이 아니라 '노래와 춤곡'이라고 하는 새로운 장르로의 발전을 강조하기 위한 명명이었다. '노래와 춤곡'은 노래도 부르고 그 노래에 맞추어 춤도 추게 된 새로운 형식으로 소개한다.27)

〈간삼봉에 울린 아리랑〉에 대해서는 김정숙을 통해 선군시대의 총대정신을 표현한 대표 작품,28) "보천보전자악단에서 창작형상한 가요 《간삼봉에 울린 아리랑》은 강도 일제가 그 이름만 들어도 벌

---

(후렴)
3. 하늘에는 번개 번쩍 싸움터엔 총불 번쩍
　녀장군의 아리랑에 왜호박이 떼굴떼굴
　삼천리를 피에 잠근 섬오랑캐 모조리
　통쾌하게 쳐부시고 조국광복 맞으리
(후렴)

26) 『조선예술』 2007년 6호에 실린 김광문의 「〈영원한 승리의 아리랑〉 가요 《간삼봉에 울린 아리랑》을 놓고」에서는 '가요'로 소개한 반면, 『조선예술』 2007년 10호에 실린 신효경의 「〈주체성과 민족성이 철저히 구현된 우리 식 음악형상〉 노래와 춤곡 《간삼봉에 울린 아리랑》」에는 '노래와 춤곡'으로 소개하였다.

27) 신효경, 「〈주체성과 민족성이 철저히 구현된 우리 식 음악형상〉 노래와 춤곡 《간삼봉에 울린 아리랑》」, 『조선예술』 2007년 제10호.
"지난 시기 음악예술작품의 종류들가운데는 노래와 춤곡이라는 말자체가 없었다. 다만 군중무용을 위한 반주음악으로서 무도곡이 있었을뿐이다. 이러한 무도곡은 노래를 위해서보다도 기본은 춤을 추기 위한데 목적을 두고 창작되었다. 그러나 노래와 춤곡 《간삼봉에 울린 아리랑》은 제목. 그알수 있는것처럼 노래도 부르고 그 노래에 맞춰 춤도 출수 있게 되여있다. 이렇게 작품은 그 종류적측면에서 지난 시기에 나온 무도곡들과는 전혀 다르다. 다시말하여 노래와 춤곡 《간삼봉에 울린 아리랑》은 지난 시기의 무도곡 종류를 시대의 요구와 지향에 맞게 주체적으로 발전시킨 새로운 음악종류라고 말할수 있다."

28) 김광문, 「〈영원한 승리의 아리랑〉 가요 《간삼봉에 울린 아리랑》을 놓고」, 『조선예술』, 2007년 제6호.
"어머님 부르신 그날의 아리랑은 오늘 선군으로 존엄떨치는 아리랑민족의 새 력사를 노래하며 온 세상을 진감하고있다. 그것은 세기를 두고 바라오던 민족의 소망이 현실로 펼쳐진 선군시대의 거세찬 숨결이며 백두의 봉이마다 울려퍼진 승리의 아리랑의 련속이다. 어머님 부르신 그날의 아리랑은 오늘 선군으로 존엄떨치는 아리랑민족의 새 력사를 노래하며 온 세상을 진감하고있다. 그것은 세기를 두고 바라오던 민족의 소망이 현실로 펼쳐진 선군시대의 거세찬 숨결이며 백두의 봉이마다 울려퍼진 승리의 아리랑의 련속이다. 참으로 가요 《간삼봉에 울린 아리랑》은 백두산장군들의 총대력사는 곧 아리랑민족의 재생의 력사이며 승리의 력사라는것을 철학적으로 깊이있게 형상하고있다."

벌 떠는 백두산녀장군의 전설적인 모습과 조국과 민족과 혁명을 위하여 자신의 모든 것을 깡그리 바쳐오신 어머님의 혁명생애가 력력히 어려오는 신대의 명곡"으로 평가하면서, "선군시대가 낳은 특색있는 음악작품으로 우리 군대와 인민들의 공감을 불러일으키고있다"고 선전한다.[29]

### (2) '아리랑' 동시

『아동문학』에 소개된 '아리랑' 동시 작품으로는 김학근의 동시「≪아리랑≫ 막은 닫길줄 모르네」, 연시「통일아기 큰걸음」, 성연일의 서정서사시「≪아리랑≫ 풍경」, 동시초「≪아리랑≫을 노래해요」가 있다.

① 김학근, 「≪아리랑≫ 막은 닫길줄 모르네」

김학근의 동시 「≪아리랑≫ 막은 닫길줄 모르네」는 『아동문학』 2005년 10호에 소개된 대집단체조와 예술공연 〈아리랑〉의 내용을 소재로 한 동시이다. "불밝은 10월의 밤 / 하하 호호 웃음꽃바다 / 5월1일 경기장에 / ≪아리랑≫막이 열리네 / 나라잃고 집잃고 / 쫓겨가던 그 세월 / 얼마나 높고 험했던가요 / 피눈물의 ≪아리랑≫고개 / (…중략…) / 자랑하자 동무야 / 장군님 안겨주신 대축전의 밤 / 높아가는 웃음속에 / ≪아리랑≫막은 닫길줄 모르네"라는 내용으로 '피눈물의 〈아리랑〉 고개가 대원수님의 뜻을 이어 장군님이 빛내주는 선군시대 꽃세상' 되었다는 내용이다.

② 연시, 「통일아기 큰걸음」

「통일아기 큰걸음」은 『아동문학』 2006년 6호에 소개된 동시로, 북

---

29) 김광문, 「〈영원한 승리의 아리랑〉 가요 ≪간삼봉에 울린 아리랑≫을 놓고」, 『조선예술』 2007년 제6호.

한을 방문했던 남쪽 여성이 아이를 출산했던 일을 소재로 한 연시(聯詩)이다. "분계선장벽을 넘고넘어서 / 아빠엄마 사는 곳만 고향이라 더냐 / (…중략…) / 북과 남 해외의 꽃봉오리들 / 손잡고 어서 오라 부르는 평양 / 그래그래 너 이제 집으로 가도 / 이 세상 어디 가도 잊지를 말아 / 복받은 통일동이 너의 고향은 / 선군해님 계시는 평양 이란걸"(〈잊지를 말아〉)이라는 내용이다.

③ 성연일, 「≪아리랑≫ 풍경」

성연일의 「≪아리랑≫ 풍경」은 『아동문학』 2006년 9호에 소개된 서정서사시(형태는 서사시이지만 정서는 서정적인 시)이다. 대집단체조와 예술공연에 참가한 라남 소녀 성옥이와 남동생의 공연 참가를 이야기를 소재로 한다.

서장에서 "그들속에 보이는 / 라남소녀 성옥이 / 단발머리 날리는 / 성옥이의 가슴에서도 / 샘처럼 솟아나는 / 가지가지 이야기…"라고 하였듯이 「≪아리랑≫ 풍경」은 〈아리랑〉 공연에 참가하게 된 라남 출신의 성옥이가 겪은 이야기를 들려주는 형태로 된 창작시이다.

각 부분의 내용은 다음과 같다. (1)은 "누나랑 함께 평양에 올라와 / 교예체조종목에 참가한 성남이"가 누나 성옥을 찾아와 울먹이면서 사람들이 걱정한다고 말한다. 성옥이네가 맡은 부분은 '종합적인 기교'여서 "꽤 해내겠는가면서" 머리를 기웃거리는 것을 보고 울먹인다. 이 말을 들은 성옥과 친구들이 선생님을 찾아가 "우린 꼭 장군님께 기쁨을 드린다고" 결심하는 이야기이다. (2)는 성기로 훈련을 지휘하느라고 목이 쉰 선생님을 위해 성옥이 달걀을 주머니에 넣고 와서 드리는 내용이다. 달걀이 깨질까 봐 조심스럽게 가져가던 성옥이가 선생님 앞에서 그만 넘어지면서 달걀이 깨어지자 선생님이 일으키면서 달래준다는 스토리이다. (3)은 훈련에 몰두해야 할 동생 성남이가 보이지 않자 성옥이가 찾아 나간다. 성남이가 록화실로 갔다는 말을 듣고 "아무리 나이가 어리다한들 / 이다지도 철없이 놀수 있을

가"하고 화를 내면서 동생을 찾아 나간다. 그런데 아동영화를 보고 있을 줄 알고 록화실의 문을 열자 "세계교예체조명수들의 / 화면이 흐를뿐"이었다. 동작을 잘하기 위해 이름난 교예체조 선수들의 동작을 보고 있었던 것이었다. (4)는 기장을 찾아 온 장군님의 칭찬을 듣고 경기장에는 축포가 오른다는 내용이다. "쇠사슬에 묶이워 몸부림치던 / 원한의 이 땅을 적시던 ≪아리랑≫ / 고향떠나 조국떠나 /살길 찾아 헤매던 ≪아리랑≫민족이 / 목놓아 부르던 눈물의 ≪아리랑≫ / 보라 세상사람들이여 / 구름 한점없는 저기 하늘가에 / 오늘은 행복의 ≪아리랑≫이 오른다"

④ 동시초, 「≪아리랑≫을 노래해요」

「≪아리랑≫을 노래해요」는 『아동문학』 2007년 6호에 실린 동시초로, 「≪아리랑≫초대장을 높이 들고요」, 「≪아리랑≫고개」, 「진달래꽃다발」, 「누구편을 들어줄가」, 「그날을 약속하셔요」로 이루어졌다.

「≪아리랑≫초대장을 높이 들고요」는 〈아리랑〉 초대장을 들고 비행기를 타고, 배를 타고, 기차를 타고 오라는 내용이다. 「≪아리랑≫고개」는 할머니가 들려주던 아리랑 이야기를 들으면서 옛날의 아리랑 고개가 눈물고개였듯이, "안 대원수님 아니시면 / 우리 누나도 / ≪아리랑≫리별고개 / 눈물처녀 됐을거야"는 내용이다. 「진달래꽃다발」은 아침에 핀 진달래를 보면서 "나도야 어머님처럼 / 전선길 다녀오신 / 아버지장군님께 / 온 나라 마음 담아 / 축원의 마음 담아 / 삼가 드리고싶어 / 진달래꽃다발"을 생각한다는 내용이다. 「누구편을 들어줄가」는 아리랑의 여러 장면을 떠올리면서 어느 장면이 가장 좋을지, 누구 편을 들어주어야 할지 모르겠다는 내용이다. 「그날을 약속하셔요」는 아리랑의 줄넘기 장면을 보면서 "재미나는 꽃줄넘기 / 남녀동무 손잡고 / 마음 맞춰 발 맞춰 / 함께 동동 뛰였으면"하는 바람을 소망하는 내용이다.

## (3) '아리랑' 소설

### ① 김원종, 단편소설 「아리랑」

김원종의 「아리랑」은 김수봉 편집, 단편소설집인 『단편소설집 아리랑』(평양출판사, 1989)에 수록된 단편소설이다. 김원종의 「아리랑」은 민족음악에 대한 김정일 위원장의 관심을 주제로 한 작품이다. 김정일 위원장이 어느 날 세계 역사대회 참가자들 명단을 보다가 역사학계 원로인 원학준 역이 없는 것을 보고 원학준의 제자인 박동섭을 찾아가는 것으로 이야기가 시작한다. 박동섭을 찾아가는 김정일 위원장의 손에는 '록음기'가 있었다. 오래간만에 만난 박동섭을 위하여 손수 록음기를 틀어 놓으면서 원학준의 안부를 물으면서 민족음악이 왜 중요한지를 이야기한다는 내용이다.

박동섭은 역사학자이지만 우리 가요를 유난히도 좋아한다. 그런 박동섭에게 김정일이 나타나 직접 록음기를 틀어준 것은 박동섭이 공개 자리에서 민요를 불렀다고 핀잔을 받았다는 이야기를 들었기 때문이었다. 박동섭은 오락회 시간에 학생들의 요청에 못 이겨 '아리랑'을 멋지게 '불러제겼는데', 한 초급 일군이 "혁명가요에 발맞춰 전진하는 이 시대에 그게 어울리는가? 주의하오."라는 비판을 받았다. 이 이일을 알게 된 김정일이 직접 박동섭을 찾아와서는 다른 나라의 무곡과 관현악곡을 틀어주고는 감상을 물어보았다. 김정일의 설명을 들은 박동섭이 민요를 부른 것을 후회하는 자신이 잘못되었다는 것을 깨닫는다는 내용이다.

소설의 형식을 빌리고 있지만 소설이라기보다는 소설의 형식을 빌은 교술(敎述)문이라고 할 수 있다. 소설에서 김정일 위원장은 박동섭에게 〈아리랑〉의 우수성 대해서 조목조목 짚어가며 설명하고 있어 설명문에 가깝다.[30] 이어 〈아리랑〉의 특색과 연원, 그리고 변용에 의

---

30) 김원종, 〈아리랑〉, 김수봉 편집, 『단편소설집 아리랑』, 평양출판사, 1989, 47~48쪽.

한 다양한 분포에 대해서 이야기하고 있다. 이어서 〈아리랑〉의 기원
과 해석에 대한 설명으로 이어진다.

연원으로 볼 때 전설과 결부되여 이채를 띠고 널리 보급된 것은 중부
지방의 ≪아리랑≫이다. 곡도 유순하지만 그 가사의 글줄마다에는 실로
눈물겨운 사연이 깃들어있다.……이 리별의 마당에서 성부가 눈물지으
며 부른 노래가 바로 ≪아리랑≫(나는 랑군님과 리별하네)이였다. 그러므
로 노래의 원가사는 다음과 같다.

아리랑 아리랑 아난리요
아리랑 고계로 넘어간다.

여기서 ≪아난리요≫란 ≪나는 님과 리별하기 어렵다≫는 뜻이고, ≪
고계≫란 ≪고생의 계선≫이라는 의미이나 리랑이 실지 그때 재등을 넘
어갔으므로 두 가지 뜻을 다 담고 있을 것이다. 결국 이러한 원가사의 뜻
을 풀어보면 다음과 같이 될 수 있다.

나는 랑군님과 리별하네
아, 헤여지기 어려워라
괴롭고 험한 저 세계로
내 랑군님을 어이 떠나 보내리[31]

---

31) 위의 책, 48~49쪽; "친애하는 지도자동지께서는 진정이 울리는 목소리로 권고하신 다음
조용히 말씀을 이으시였다. …민요 ≪아리랑≫이 나온지는 오래되였지만 오늘도 우리
인민들 속에 널리 퍼져 대대로 사랑을 받고 있다. 해외동포들도 이 노래를 다 알고있으
며 세계적으로도 소문난 조선민요중의 하나이다. 그것은 이 노래에 조선민족의 고유한
정서가 깔려있기 때문이다. 민족적 정서와 감정이 풍부히 담겨져있는 노래는 오랜 세월
이 흘러가도 잊혀지지 않고 사람들속에서 널리 불리우게 되는 것이다.……≪아리랑≫의
력사와 그 연원은 결코 간단치 않다. 이 노래는 오랜 세월 수난의 파도를 넘어온 우리
민족의 력사와 운명을 반영하면서 시대에 따라 수많은 변종과 지방적 특색을 가지고 발
전해온 민족가요로서 하나의 큰 가요군과 계보를 이루고 있다. 이 노래의 특색은 ≪아리
랑≫구에 의하여 후렴구가 형성되고 그것이 선창구와 결합되여 절가를 이루면서 련면히

「아리랑」의 기원에 대한 부분뿐만 아니라 '혁명가극의 창조사업의 지도'(39쪽~41쪽, 책의 면수, 이하 동일함), '민족음악의 중요성에 대한 부문'(44쪽~46쪽), '투쟁의 아리랑'(50쪽~51쪽), '민족문화유산에 대한 강조'(58쪽)의 부분들이 설명으로 되어 있다. 소설의 마지막 부분은 민족문화유산을 귀중하게 여겨야한다는 것으로 끝난다.[32] 소설에서 설명하고 있는 내용은 조선민족제일주의를 강조하던 시기와 내용과 정확히 일치한다. 결론적으로 김원종의 〈아리랑〉은 민족문화유산이 왜 중요하며, 외국의 음악이 아닌 우리의 민요, 우리의 〈아리랑〉이 어떤 의미를 갖고 있는지, 그리고 오늘날 어떤 의미에서 해석해야 하는지를 분명하게 제시한 교술적 주제의 소설이라고 할 수 있다.

② 박종철, 중편소설 『아리랑』

박종철의 『아리랑』(문학예술종합출판사, 2001)은 '아리랑'의 대표적인 근원전설로 소개하는 '성부와 리랑' 전설을 소재로 한 중편소설이다.[33] 북한이 소개하는 '성부와 리랑'의 전설은 다음과 같다.

리조중엽, 어느 한 마을에 김좌수라고 하는 지주네 집에서 리랑이라고

발전해온 민족가요라는데 있다."
32) 위의 책, 58쪽; "≪우리가 처음부터 〈아리랑〉이나 〈단군신화〉같은 민족문화유산을 귀중히 여긴 것은 우리 민족을 지키기 위해서였습니다. 우리의 력사는 남못지 않게 유구하고 우리의 문화도 남못지 않게 슬기롭습니다. 이처럼 재능있고 용감한 우리 민족은 앞으로도 남부럽지 않게 번영해야 합니다. 우리 민족이 제일입니다. 민족적인것을 귀중히 여길 줄 모르면 혁명가가 못됩니다. 그런데 그 민족적인 모든 것이 어떻게 창조되고 보존계승되고 발전됩니까? 두말할것 없이 우리의 력사와 문화의 창조자, 계승자, 옹호자도 바로 우리 인민입니다. 조선사람이란말입니다. 그런데 우리가 민족적인것을 귀중히 여긴다고 하면서 그것을 연구하고 사랑하는 사람들을 어떻게 홀시하겠습니까!≫
≪지도자동지!…≫
동섭은 그만 격정을 참지 못하여 그이의 가슴에 얼굴을 묻고 흐느낌을 터뜨리고말았다."
33) 「민족의 자주적운명개척을 위한 진로를 밝힌 새 세기의 대걸작: ≪김일성상≫ 계관작품 대집단체조와 예술공연 ≪아리랑≫에 대하여」, ≪로동신문≫, 2002.7.19: "성부와 리랑의 비극적인 사랑의 이야기를 민화로 전하며 ≪아리랑≫이 이 땅에 울린 때로부터 오랜 세월, 이 한편의 민요에는 우리 민족의 파란만장의 수난사가 그대로 비껴있다. 우리 인민이 지난 날 자신들의 불우한 운명을 개탄하며 슬픔에 잠겨 부르기도 하고 자기들의 운명이 구원될 래일을 갈망하여 애절하게 부르기도 해온 대표적인 민요가 ≪아리랑≫이다."

하는 총각과 성부라고 하는 처녀가 머슴을 살고 있었다. 어느해인가 마을에는 전에 없었던 혹심한 가물로 하여 흉년이 들었다. 그리하여 농민들은 가을부터 식량난으로 아우성들이였다. 그렇지만 지주는 이에 아랑곳없이 기어이 도조를 바치라고 하면서 농민들과 소작인들을 못살게 굴었다. 나중에는 매 농가들에서 얼마 안되는 종곡마저 모조리 빼앗아 냈다. 그리하여 마을농민들은 종곡이 있어야 래년에도 농사를 지을수 있으니 제발 그것만은 돌려 달라고 애걸복걸하며 빌었다. 그러나 지주는 기어이 농민들에게서 종곡을 빼앗아 가고 말았다. 그러자 이에 격분한 농민들은 폭동을 일으켰는데 리랑과 성부도 이 폭동에 참가하게 되였다. 워낙 교활하기 그지없는 지주는 머슴의 옷을 갈아입고 집을 빠져 나와 고을관청에 찾아 가 원에게 이 사실을 알렸다. 지주의 고발을 듣고 난 원은 관군에게 폭동을 진압할데 대한 명령을 내렸다. 이리하여 온 마을은 농민들의 시체와 피로 물들었다. 이 류혈적인 참변에서 리랑과 성부는 다행히도 관군의 추격에서 몸을 피하여 수락산이라고 하는 산속에 들어 가 살았다고 한다. 그후 봉건관료배들과 지주들의 착취를 반대하는 농민들의 투쟁이 고을의 여러 곳에서 일어 났다. 리랑은 폭동군의 진압으로 억울하게 죽은 마을사람들의 원쑤를 갚아 줄 결심을 품고 싸움터를 향해 고개를 넘어 갔는데 그때 성부가 사랑하는 남편과의 리별이 서글퍼서 즉흥적으로 부른 노래가 ≪아리랑≫이라는 이야기가 전해 온다. ≪아리랑≫이란 어원은 문자그대로 사랑하는 나의 랑군님과 혜여 진다는 뜻에서 유래된 곡명이라고도 하며 성부의 남편인 리랑의 이름에서 유래되였다는 설도 있다.[34]

〈아리랑〉의 기원 전설과 비교하면 묘사의 내용이 구체적이고, 계급갈등이 분명하게 그려져 있다. 박종철의 『아리랑』은 올바르고 곧고 강직한 청년 리랑과 노래잘하고 예쁜 총각 성부의 슬픈 사랑 이야기이다.[35]

---

34) 「조선의 전설 아리랑과 그에 깃든 전설」, 『민족문화유산』 2001년 제1호.
35) 박종철의 『아리랑』은 중간 제목 없이 13장까지 숫자로 나누어져 있다. 각 장의 내용을

작품의 주제는 결말부에 이르러 마침내 모든 것을 포기한 성부가 "세상을 뒤엎고, 우리를 못 살게 굴고 이 몸을 **빼앗아** 간 량반놈들을 모조리 쳐없애주세요. 그렇게 하여 님께 바치고 싶었던 이 마음의 진정을, 몸의 순결을, 정의 뜨거움을 바치지 못한 한을 풀어주세요 …"36)라고 하면서 장도칼로 생을 마치는 장면과 뒤늦게 찾아 온 리랑을 그제야 후회하지만 소용이 없었다. 리랑은 "악독한 량반세상이 뒤집혀 지고 진정 만백성을 위한 세상이 세워질 때 내 다시 돌아 오리라"37)는 결심을 하는 것으로 나타난다.

③ 단편소설 묶음 『≪평양아리랑≫ 찬가』

'≪평양아리랑≫ 찬가'는 『단편소설집 출발점』(평양출판사, 2007)에 수록된 '단편소설 묶음'으로, 장수봉의 「통일아리랑」, 김승기의 「읽은것과 얻은것」, 현명수의 「효도관광」 3편으로 구성되어 있다.

---

보면 다음과 같다. '1'에서는 성부의 인간성에 대한 이야기로 시작한다. 성부는 세종의 아버지를 대신하여 수자리를 떠났다가 영문도 모르고 여섯 해나 하다가 돌아오는 길에 추운 날씨에도 거침없이 강물에 뛰어들어 장사치와 장사치의 비단 서른 필을 찾아준다. '2~4'에서는 성부와 리랑의 성장과정에 대한 이야기이다. 성부와 리랑의 아버지는 친구 사이로 서로 도우며 살다가 흩어져 살게 되었다. 성부와 리랑은 어린 몸으로서 부모를 잃고 먹을 것 없이 산천을 떠돌다가 세종이 아버지에 의해 목숨을 구한다. 리랑은 자신을 돌보아준 세종이 아버지를 대신하여 수자리를 나갔다가 영문도 모르고, 여섯 해를 살다가 돌아오는 길이었다. '5~6'은 성부와 리랑이 재회하고, 함께 살려고 하지만 거짓 계약서로 성부를 종으로 부리는 임좌수는 벼슬살이를 위해 성부를 서울 양반집으로 보내려 한다. 7~11까지는 이후 리랑이 마을사람들과 함께 힘을 모아 민란을 일으킨다는 내용이다. 마을사람들은 성부를 위해 어려운 살림에도 몸값을 마련하고자 한다. 이때 리랑의 도움으로 살아난 황주포목상이 찾아와 무명을 내놓는다. 마을 사람들은 성부의 몸값을 가지고 임상빈을 찾아가지만 임상빈은 재물만 **빼앗고** 도리어 리랑에게 도적 누명을 씌우고는 모진 매를 쳐서 쫓아낸다. 분노한 향곡 사람들은 임상빈이 서울로 보내는 재물을 **빼앗고** 성부도 구해낸다. 마침내 성부와 리랑은 잔치를 차리고 부부가 되었지만 리랑의 마음은 편하지 않았다. 자신을 도와준 마을 사람들이 들고 일어났는데, 가만히 할 수 없다고 생각한 리랑은 마침내 떠나기로 한다. 12~13까지는 성부가 리랑을 그리다 죽는다는 내용이다. 리랑이 떠난 다음 윤선달(윤성흠)이 성부를 탐내고, 성부를 윤성흠을 피하여 숲 속으로 달아나지만 마침내 잡혀서 욕을 당하게 된다. 이때 리랑이 나타나 성부를 구하지만 성부를 오해하고, 떠난다. 리랑이 떠난 다음 성부는 오로지 리랑이 돌아 올 것을 기다린다. 기다리다 지친 성부는 나무에 기대어 노래 〈알리랑〉를 부르고, 자결한다. 뒤늦게 리랑이 돌아와 후회하면서 세상을 바꿀 것을 결심한다.

36) 김원종, 앞의 글, 208쪽.
37) 위의 글, 215쪽.

## 장수봉, 「통일아리랑 -한 남조선목사의 수기중에서-」

장수봉의 「통일아리랑」은 '한 남조선목사의 수기중에서'라는 부제
가 붙어있다. '수기'라는 제목이 구태여 강조된 것은 소설이 실제를
바탕으로 하였다는 것을 강조하기 위한 전략이다. 소설이면서 소설
이 아닌 실제라는 것은 소설 첫 머리에서 이 이야기를 쓰게 된 배경
을 소개하는 부분에서 확인된다. 주인공은 남조선 목사로 "하느님과
성경이 없이는 이 세상을 올바르게 다스릴 수 없다고 생각해온 교직
자중의 한사람"이고, "사람들에게 진리를 설파하는 것은 목사로서
당연한 본분"이기 때문에 '평양에서 가서 보고 느낀 잊을 수 없는 소
감을 추려서 내놓으려 한다'고 밝히고 있다.38) 고백적인 글로 시작하
는 서두 분분을 보면 이후에 나오는 이야기가 목사로서 진리를 설파
하는 일이 된다. 진정성을 높이려는 전략으로서 수기라는 형식과 목
사라는 주인공을 등장시킨 것이다. 여기에 '2005년 10월 ×일'이라는
구체적인 날짜를 명기함으로써 사실인 것처럼 설정하였다.

소설은 목사인 주인공이 아리랑 공연을 참가하기 위해서 갔다가
벌어지는 이야기로, 출발 상황에서부터 도착, 이동, 만경대학생소년
궁전, 5월 1일 경기장에서 벌어지는 이야기를 내용으로 한다. 주인공
인 목사가 평양에서 느낀 소감과 동행한 인물들의 심리 변화를 축으
로 전개된다. 소설에서 표현하는 내용은 남한 내의 아리랑 열풍, 북
한의 민족주의와 주체성, 사회주의 교육 제도, 〈아리랑〉의 감동이다.
장수봉의 「통일아리랑」은 철저하게 북한의 입장에서 쓰인 선전문학
의 하나이다. 가장 사실적인 장치를 통해 사실성을 강조하고 있지만
나오는 목소리는 북한 당국의 목소리를 소설이라는 형식을 통해 보
여준 작품이다.39)

---

38) 장수봉 「통일아리랑(한 남조선목사의 수기 중에서)」, 『단편소설집 출발점』, 평양출판사,
    2007, 186쪽.

39) 처음에는 북한 방문에 대해서 부정적인 인물들이 〈아리랑〉 공연을 보고 나서 심경의 변
    화를 보인다. '코메리카 경제시대가 열린다'고 강조하던 '대구에서 온 ≪자유시민련합≫
    사무차장을 하는 50대의 조장'은 북한의 주체성에 감동한다. 목사의 신자인 윤미 부인은

## 김승기, 「잃은것과 얻은것」

김승기의 「잃은것과 얻은것」은 아리랑 공연에 참가한 사진작가 정희철에 대한 이야기이다. 〈아리랑〉을 보고 돌아가기 위해서 호텔을 나간 정희철의 방에서 사진 봉투를 발견한다. 남측 손님을 안내하던 성윤을 관리인에게 받은 사진 봉투를 들고 옥류관에서 식사를 하던 정희철을 찾아간다. 옥류관에서 정희철은 냉면을 시켜 놓고는 '썩어가는 팔당호'와는 다른 대동강물의 아름다움에 빠져서 사진 찍고 있었다. 성윤이 사진 봉투를 건네지만 정희철은 어제 밤에 본 〈아리랑〉을 보면서 출품 사진을 바꾸었다고 말한다. 김승기의 「잃은것과 얻은것」은 대동강의 맑고 아름다움에 빠진 희철을 통해 팔당호의 오염을 강조한다. 그리고 그 오염의 원인으로 '미군부대의 방종'을 지적하고, 이를 통해 반미교양과 북한체제를 선전하는 것을 주제로 한 작품이다.

## 현명수, 「효도관광」

현명수의 「효도관광」은 손자 성진의 권유에 못 이겨 억지로 〈아리랑〉 공연을 다녀 온 할아버지의 에피소드를 담고 있다. 공연을 마치고 돌아 온 할아버지는 '손자들을 빨리 모이게 하라'는 불호령을 내리고는 어디론가 사라진다. 성진과 가족들은 할아버지를 찾아 나선다. 할아버지는 미국과 잘살아야 한다는 생각이 머리에 받힌 분으로 여행을 달가워하지 않았지만 손자의 강권에 다녀와서는 오자마자 집을 나선 것이었다. 여행을 그렇게 반대하던 할아버지가 〈아리랑〉을

---

〈아리랑〉공연을 보고 삶의 희망을 찾는다. 윤미 부인은 "한때 풍부한 성량과 미모로 뭇 사람들의 관심을 끌던 인기가수였지만"(193쪽) 화가를 꿈꾸다 자폐증에 걸려 자살한 아들을 가슴에 묻고 사는 여인이었다. 자식을 잃은 슬픔으로 자살도 몇 번 시도하였다. 이런 윤미부인에 대해 주인공 목사도 "버림받고 고통당하는 그런 사람들을 위하여 교회가 할 수 있는 일은 진정 무엇이란 말인가"(194쪽) 스스로 무기력하게 느끼고 있었다. 이런 윤미 부인이 〈아리랑〉을 보면서 "전 오늘에야 비로소 뭔가 새롭게 시작할수 있을 것만 같은 느낌이 듭니다"(223쪽)고 하면서 삶의 희망을 찾는다. 하나님도 주지 못한 희망을 〈아리랑〉을 통해 얻는 것으로 설정한 것이다.

보고 오자마자 여행사를 찾아가 손자들에게 줄 표를 구하기 위하여 억지로 나섰던 것이었다.

### (4) '아리랑' 일반 공모 작품

'아리랑'의 확산을 위하여 전문 작가들뿐만 아니라 일반인들의 참여도 독려되고 있다. '아리랑'을 표제로 한 일반인들이 참여하는 공모 작품이 대중잡지를 통해 실리고 있다. 특히, 『청년문학』에는 2006년 이후 일반인들이 참여한 '아리랑' 가사들이 실리고 있어 주목된다. 일반인의 공모작에는 구체적인 행정구역까지 밝히고 있다.

『청년문학』 2006년 9호에 실린 김춘숙(황해북도 수안군 남정구 47반)의 '가사 ≪우리집에 넘치는 행복의 아리랑≫'은 일반인 응모작으로 '행복 넘친 우리집'을 주제로 선군시대에 너무나 행복하게 살고 있다는 가사에 '아리랑 아리랑 행복의 아리랑'이라는 여음구에 맞춘 가사이다. 『청년문학』 2009년 5호에 실린 '〈가사〉≪대홍단 아리랑≫'은 일반인인 리정희(평안남도 남포시 항구구역 건국2동 26반)가 지은 가사이다. 북한이 식량난 타개의 하나로 만든 대규모 감자농장으로 유명한 대홍단협동농장을 소재로 노래가사이다. "그 옛날 사람 못살 고장으로 버림받던 대홍단"이 "수령님품에 안겨 새롭게 태여났"다는 가사를 아리랑 여음구에 맞춘 것이고, "수령님품에서 펼쳐진 백두대지 대홍단"이 "장군님품에서 살기 좋은 락원됐"다는 것으로 "세월이 흐를수록 나날이 좋아지는 대홍단", "인민의 무릉도원 여기서 내가 사"는 행복을 주제로 한 가요이다.

『청년문학』 2009년 11호에 실린 '〈가사〉 석탄폭포 아리랑'은 김현아(평안북도 구장군 룡승중학교)의 가사로 '청춘의 목표는 10대 20대의 영웅!'이라는 부제가 달려 있다. 채탄현장에서 석탄이 폭포처럼 콘베아에 실려 쏟아지는 것을 보면서 강성대국의 아리랑이 펼쳐진다는 내용이다. 3절의 가사에 "아리랑 아리랑 스리랑 스리랑 석탄폭포아리랑"이 후렴구로 반복되고 있다.

이 세 편의 일반 공모 노래가사 '아리랑'은 '행복한 가정', '감자농사의 상징적 고장 대홍단', '석탄'을 주제로 한 가사이다. 행복한 가정은 '사회주의 대가정'의 행복을 의미하는 것이며, '대홍단'과 '석탄폭포'는 식량과 에너지를 의미한다. '아리랑 민족'으로 지난날의 고난을 극복하고 선군시대 '강성부흥'의 아리랑을 부르면서 행복하게 살고 있다는 것을 상징적으로 보여준다.

## 4. '아리랑' 강성부흥의 코드가 되다

2000년을 전후하여 북한에서 창작된 '아리랑'은 단순한 작품이 아니라 시대정신으로 강조되고 있다. 2002년 〈아리랑〉 공연을 비롯하여 창작 〈아리랑〉을 통해 전사회적인 코드로 확산하고 있음을 확인할 수 있다. 대내외적으로 직면한 체제의 위기를 해결하고, 체제과시를 위한 상징적 코드로서 아리랑이 선택된 것이다. 북한은 1994년 김일성 주석의 사망 이후 '김일성민족문학', '태양민족문학', '단군문학' 등 민족의 상징적 코드를 정치와 결합하여 왔다. 2000년 이후 북한의 창작 아리랑은 민족제일주의의 연장선에서 새로운 코드로서 '아리랑'을 선택한 것이다. 이는 김일성 탄생을 기념하는 대집단체조와 예술공연의 제목을 김정일 직접 '아리랑'으로 명명하였다는 것으로 확인된다.

대내외적 위기 상황에서 '아리랑' 코드를 통해 북한체제의 위기를 민족문제로 전환하는 것이다. 동시에 아리랑의 종자를 '강성부흥'에 맞춤으로써 선군시대의 희망메시지를 각인시키고 있다.

〈아리랑〉의 종자인 선군, 통일, 강성부흥의 코드는 대집단체조와 예술공연 〈아리랑〉을 비롯하여 〈통일 아리랑〉, 〈강성부흥 아리랑〉을 비롯한 가요, 동시, 소설, 군중공모 작품에 이르기까지 다양하다. 이러한 기획과 보도는 1990년대의 김일성민족, 태양민족 등의 민족담론을 '선군'과 '강성부흥'의 아리랑민족 담론으로 전환하는 북한의 의도가 작동한 결과이다. 이 과정에서 강조되는 것은 '아리랑민족'이다.[40]

대집단체조와 예술공연 〈아리랑〉의 제1장 제목이었던 '아리랑민족'은 2002년 5월 8일 『조선신보』의 기사 「아리랑민족의 힘찬 호소」를 비롯하여 수많은 언론을 통해 자연스럽게 민족적 정체성을 규정하는 용어로 자리매김하고 있다. 2000년 전후하여 북한에서 창작된 아리랑은 민족정서를 강조한 현대적 창작물이기보다는 '아리랑 민족', '김일성 민족' 등으로 북한의 민족적 정체성을 재구성하고, 대중적 확산을 시도한 결과물이다. '아리랑 민족'으로 지난날의 고난을 극복하고 선군시대 '강성부흥'의 아리랑을 부르면서 행복하게 살고 있다는 것을 상징적으로 보여주기 위하여 다양한 아리랑이 창작되고 불리고 있는 것이다.

---

40) '아리랑과 민족담론'에 대해서는 「21세기 문화코드로서 '아리랑'」, 『통일문제의 비교·사회학적 접근』, 2010 북한사회문화학회, 통일연구원, 서울대학교 통일평화연구소 공동 학술세미나, 2010년 11월 26일, 'IV. '아리랑'의 민족 담론」 참조. '아리랑과 민족담론'에 대한 문제는 보다 심도 깊은 검토를 요한다. 별도의 연구를 통해 발표할 것이다.

# 참고문헌

「≪아리랑≫을 노래해요」, 『아동문학』 2007년 제6호.

박형섭, 「우리 민족의 전통적인 민요 ≪아리랑≫」, 『민족문화유산』 2005년 제4호.

「통일아기 큰걸음」, 『아동문학』 2006년 제6호.

「〈강성부흥아리랑〉은 장군님시대의 명곡, 민족의 긍지 넘치는 기념비적작품」,
    ≪로동신문≫ 2001.8.26.

「일심단결의 시위, 국력의 상징: ≪김일성상≫계관작품 대집단체조와 예술공연
    ≪아리랑≫의 창조성과에 대하여(5)」, ≪로동신문≫ 2002.8.8.

「〈평론〉위대한 시대의 아리랑으로 천만년 전해 질 조국번영찬가―노래 ≪강성부
    흥아리랑≫의 가사형상에 대하여」, 『조선예술』 2001년 제10호.

「北, 공연 '아리랑'에 김일성賞 수여」, 〈연합뉴스〉 2002.6·15.

「북, 대형 수묵화 '아리랑' 제작」, 〈연합뉴스〉, 2002.3.12.

「아리랑민족의 힘찬 호소」, 『조선신보』, 2002.5.8.


권명숙, 『새 세기의 기념비적명작 ≪김일성상≫계관작품 대집단체조와 예술공연
    ≪아리랑≫을 두고』, 『조선예술』 2008년 제12호.

김광문, 「〈영원한 승리의 아리랑〉 가요 ≪간삼봉에 울린 아리랑≫을 놓고」, 『조선
    예술』 2007년 제6호.

김연갑, 『북한 아리랑 연구』, 청송, 2002.

김원종, 「아리랑」, 김수봉 편집, 『단편소설집 아리랑』, 평양출판사, 1989.

김춘숙, 「가사 ≪우리집에 넘치는 행복의 아리랑≫」, 『청년문학』 2006년 제9호.

김학근, (동시) 「≪아리랑≫ 막은 닫길줄 모르네」, 『아동문학』 2005년 제10호.

김현아, 「〈가사〉 석탄폭포 아리랑」, 『청년문학』 2009년 제11호.

『단편소설집 출발점』, 평양출판사, 2007.

로영미, 「이땅에 차넘치는 조국통일의 열망, 가요 〈통일이리랑〉을 놓고」, 『조선예술』
    2009년 제5호.

리영호, 「명가사감상—강성대국건설을 힘 있게 고무추동하는 새 시대의 아리랑
　　　　—가요 ≪강성부흥아리랑≫에 대하여—」, 『문화어학습』 2002년 제1호.

리정희, 「〈가사〉≪대홍단 아리랑≫」, 『청년문학』 2009년 제5호.

박상천, 「북한 문학예술에서 '민족문화'와 '민족적 형식'의 문제」, 『북한연구학회보』,
　　　　북한연구학회, 2002.

박영정, 「대집단체조와 예술공연〈아리랑〉, 그리고 남북문화교류」, 『19기 민족화
　　　　해아카데미강의 자료집』, 경실련 통일협회, 2007.

박영정, 『21세기 북한 공연예술 대집단체조와 예술공연 〈아리랑〉』, 월인, 2007.

_____, 『북한 연극/희곡의 분석과 전망』, 연극과인간, 2007.

_____, 『연극/영화 통제정책과 국가 이데올로기』, 월인, 2007.

박종철, 『아리랑』, 문학예술종합출판사, 2001.

박형섭, 「우리 민족의 전통적인 민요 ≪아리랑≫」, 『민족문화유산』 2005년 제4호.

백　석, 「백두산3대장군과 민족문화유산」, 『민족문화유산』 2009년 제4호.

성연일, 「≪아리랑≫ 풍경」, 『아동문학』 2006년 제9호.

신효경, 「〈주체성과 민족성이 철저히 구현된 우리 식 음악형상〉 노래와 춤곡 ≪간
　　　　삼봉에 울린 아리랑≫」, 『조선예술』 2007년 제10호.

엄하진, 『조선민요의 유래1』, 예술교육출판사, 1992.

이창식, 「북한 아리랑의 문학적 현상과 인식」, 『한국민요학』, 한국민요학회, 2001.

전영선, 「북한의 대집단체조와 예술공연 '아리랑'의 정치사회적, 문화예술적 의미」,
　　　　『중소연구』 제26권 2호, 한양대학교 아태지역연구센터, 2002.

_____, 「북한의 아리랑 축제와 민족예술의 가능성」, 『한국 문화연구』 6집, 숭실
　　　　대학교 한국문예연구소, 2010.

한민족아리랑연합회 편, 『북한 아리랑 연구』, 미래문학사, 2001.

# '황진이'가 가진
# 남북한 공통 문화텍스트로의 가치와 활용 가능성

최수웅

## 1. 남북한 문화예술 교류의 당위와 현실

남한과 북한의 문화예술 교류가 필요한 까닭을 다시 언급하는 것은 새삼스러운 일이다. 지금까지 수많은 작가, 연구자, 운동가들이 이에 대한 논의를 진행시켜 왔으며, 그 결과 교류의 당위와 시급성에 대해서는 이미 감성적, 논리적, 사회문화적인 합의가 도출되어 있는 상황이다.[1]

그럼에도 불구하고 실질적인 교류 활동은 그리 활발하게 진행되지

---

1) 이와 관련된 대표적인 사례는 다음과 같다. "남북간의 문화적 상관성과 교류 문제, 곧 '문화통합' 문제가 하나의 대안이자 거의 유일한 출구로 논의될 수 있다. 민족적 삶의 원형을 이루는 정통적 정서에 수많은 공통점이 있고, 정치·경제 문제처럼 직접적인 갈등 유발의 가능성이 모소하며, 보다 장기적인 시각으로는 문화를 통해, 아니 문화적 교류의 발전과 성숙만이 진정한 남북 통합의 가능성이라고 할 수 있는 만큼, 이제는 남북간의 문화통합이라는 과제를 본격적으로 연구하고 실천할 시기에 이른 것이다."(김종회, 「통일문화의 실천적 개념과 남북한 문화이질화의 극복 방안」, 김종회 편, 『북한문학의 이해』 3권, 청동거울, 2004, 16쪽.)

못했다. 그 원인은 무엇보다 남북한의 문화교류가 아직도 정치 논리에 의해서 통제받고 있다는 사실에서 찾을 수 있다. 문화예술 분야에서 애써 이룩한 성과들은, 여전히 폭압적이고도 기회주의적인 현실 상황에 의해 한순간에 경직되어 버렸다. 물론 이는 전혀 새로운 국면이 아니다. 오히려 통일 관련 논의들의 태생적 한계이며, 오래 전부터 반복되었던 패턴에 가깝다. 지금껏 진행된 통일 논의들은 모두 이러한 정치 상황에 맞서는 나름의 응전(應戰)으로 작용해 왔다고 할 수 있다.

지금의 위기를 극복할 수 있는 방법도 같은 맥락에서 찾을 수 있다. 아무리 위협적인 상황이 발생하더라도, 목표 자체가 흔들릴 수야 없는 일이다. 통일은 분명한 시대 흐름이며, 이를 촉진하고 대비하는 것은 분단시대를 살아가는 연구자들이 피해갈 수 없는 과제이다. 다만 변화하는 국면에 맞게 논의의 방향을 조정할 필요는 있을 것이다. 여기에서 연구 방법의 변화가 요구된다. 그동안의 논의들이 교류의 당위와 필요를 역설하는 일에 집중했다면, 이제는 실제 진행되었던 사례들의 성과와 한계를 꼼꼼히 따져 구체적인 실천방안을 마련하는 작업을 진행해야 할 것이다.

이 논문은 이러한 문제의식을 바탕으로 준비되었다. 우선 그동안의 연구를 통해서 합의된 것처럼 문화예술 교류가 통일을 촉진하는 효과적인 방안이라는 점에 의견을 같이 한다. 다만 논의를 보다 구체화시키기 위해서 연구 범위를 홍석중의 소설 「황진이」와 그를 원작으로 제작된 장윤현 감독의 영화 〈황진이〉로 한정하고자 한다.

홍석중의 소설은 남한 당국의 허가를 얻어 발행된 최초의 작품이자, 만해문학상을 수상하는 등 문학성을 인정받았다는 점에서 가치를 가진다. 또한 장윤현 감독의 영화는 "2003년 남북경제문화협력재단 문화협력위원회에서 포괄적 문화협력사업의 일환으로 영화 합작을 제안"[2]받아 제작되었다는 점에서 의미를 가진다. 그러므로 이들 작품은 남북 문화예술 교류의 실천적 방법론 연구에 적합한 텍스트라고 평가하였다. 또한 소설과 영화 각 작품에 대한 개별적인 연구는 다소 진행되었지만 비교 분석은 충분히 이루어지지 못했고, 특히 남북 문화예술 교류의 관점에서는 본격적인 연구가 진행되지 못했다는 점에서도 연구의 필요성이 높다고 판단되었다.

## 2. '황진이'의 이야기 가치

홍석중과 장윤현 이전에도 황진이를 소재로 한 문화예술 작품들이 다수 발표되었다. 남한에서 창작되었거나 소개된 작품들만 살펴보더라도 소설, 희곡, 영화, 드라마, 마당놀이, 오페라, 국악 정가극(正歌劇), 뮤지컬 등에서 20여 편이 넘는 작품이 발표되었다.3) 이처럼 다양한 문화예술 분야에서 활용될 수 있었던 이유는 '황진이'가 다양한 이야기가치(story value)를 가지고 있기 때문이다. 그 중에서 남북한 문화예술 교류와 부합되는 부분을 살펴보면 다음과 같다.

---

2) 전영선·신동호·최은화, 『남북영화교류 기획개발 가이드북』, 영화진흥위원회, 2009, 74쪽.
3) 지금까지 발표된 황진이 소재 문화예술 작품을 각 부문 별로 정리하면 다음과 같다.
- 소설: 이태준, 「황진이」(1938) / 정한숙, 「황진이」(1955) / 박종화, 「황진이의 역천」(1955) / 안수길, 「황진이」(1977) / 유주현, 「황진이」(1978) / 정비석, 「옛날옛날에 한 여자－옷을 벗는 황진이」(1982) / 최인호, 「황진이」(1986) / 김남환, 「황진이와 달」(1986) / 최정주, 「황진이」(1993) / 홍석중, 「황진이」(2002) / 김탁환, 「나, 황진이」(2002) / 전경린, 「황진이」(2004)
- 희곡: 구상, 〈황진이〉(1981) / 윤조병, 〈그 여자, 황진이〉(2005)
- 영화: 조긍화, 〈황진이〉(1957) / 윤봉춘, 〈황진이의 일생〉(1961) / 정진우, 〈황진이의 첫사랑〉(1969) / 배창호, 〈황진이〉(1986) / 장윤현, 〈황진이〉(2007)
- 드라마: 김철규, 〈황진이〉(2006)
- 마당놀이: 김상열, 〈MBC 마당놀이 황진이〉(1996)
- 국악 정가극: 김석만(연출)·이준호(작곡, 지휘), 〈황진이〉(2004)
- 오페라: 이장호(연출)·이영조(대본, 작곡), 〈황진이〉(1999)
- 뮤지컬: 봄의환(대본)·조은희(작사), 〈황진이〉(2006)

## 1) 입체적인 캐릭터

송도(松都) 기생 황진이에 대한 평가는 모호하다. 그녀는 기생 중에서도 "용모와 재예(才藝)가 한 세상에서 뛰어났으며 노래 또한 절창(絶唱)"이었으며, 기생이면서도 "성품이 고결하여 사치를 좋아하지 않았"고 "시정(市井)의 천한 무리는 비록 천금을 준다 해도 돌아보지 않았으며, 문사(文士)들과 사귀어 놀기를 좋아했다"고 한다.4) 여기에 유몽인이 지은『어우야담(於于野談)』에 나오는 "여자들 중에서 뜻이 높고 협기(俠氣)가 있는 자"라는 설명이나, 허균의『성옹지소록(惺翁識小錄)』에 나오는 지족선사를 파계시킨 이야기 등이 더해지면, 황진이의 정체는 더욱 불분명해진다.

이처럼 모순되어 보이기까지 하는 진술들을 통해서 확인되는 것은 황진이가 매우 다양한 면모를 가진 인물이라는 사실이다. 이러한 모호성 혹은 다중성이야말로 그녀를 소재로 한 문화예술 작품이 지속적으로 창작될 수 있었던 원인으로 작용했다. 지금까지 논의된 황진이의 캐릭터를 정리하면 다음과 같다.

우선 황진이를 시인으로 평가하는 관점이 보편적으로 통용되고 있다. 그녀가 지은 한시(漢詩) 4편이 전하고, 시조 6편이『청구영언(靑丘永言)』에 수록되어 있기 때문이다. 이들 작품이 그녀의 존재를 증명하는 가장 분명한 증거이다. 이를 토대로 고전문학 연구자들은 황진이를 "인간 본연의 끈끈한 정감과 여인으로서의 애달픈 정한을 뜨거운 애정으로 삭이면서 내면의 소리를 목 놓아 불렀던 '여류 천재시인'이요 '멋진 풍류객(風流客)'이라"5)고 설명한다. 북한 연구자들의 관점 또한 크게 다르지 않다. 황진이는 "시조에서 격식을 깨드리고 인간의 깊은 내면세계를 형상적으로 진실하게 노래"했으며 "주로 남녀간의 애정을 짙은 서정으로 섬세하면서도 자유분망하게 노래한 시

---

4) 이능화, 이재곤 역,『조선해어화사(朝鮮解語花史)』, 동문선, 1992, 336~337쪽.
5) 강전섭,「황진이」, 황패강 외 24인,『한국문학작가론』2권, 집문당, 2000, 191쪽.

조작품을 많이 남기었다"했다는 설명이 대표적이다.6)

같은 맥락에서 예술가의 면모가 부각되기도 했다. 이는 황진이가 '절창'이라거나 거문고를 능숙하게 연주했다는 진술에 주목하는 입장이다. 문학작품처럼 확실한 증거는 남아있지 않지만, 시조가 본래 노래 양식의 하나였다는 점, 악기 연주가 명기(名妓)의 기본 조건이었다는 점 등을 고려하면 이러한 확장은 자연스럽다. 북한에서는 서예가의 면모가 강조되었는데, 이는 박연폭포 인근의 너럭바위에 황진이가 머리카락을 썼다는 "비류직하 삼천척 의시은하 락구천(飛流直下 三千尺 疑是銀河落九天)"라는 글이 새겨져 있기 때문이다.7) 또한 그녀를 무용가로 파악하려는 시도도 있었다. 2006년 KBS에서 방영된 드라마 〈황진이〉가 그것인데, 여기에서는 황진이와 그녀의 스승은 '학춤'을 완성하고자 노력하는 인물로 그려졌다. 그러나 황진이가 무용에 능통했다는 기록은 찾을 수 없다. 이는 역동적인 움직임으로 영상미를 표현하기 위해 이야기를 변형시킨 사례이다.

이처럼 예술인으로의 황진이를 부각시키는 입장들은 상대적으로 기생이라는 신분에 내포된 성적인 분방함을 경감시켰다. 예술의 형식을 통해서 표현되는 그녀의 감정은 정제되어 있고 단아하다. 그러나 이런 면모는 야담과 패설에 제시되는 모습, 즉 '매력적인 유혹자(femme fatale)'의 이미지와 충돌한다. 사실, 황진이 이야기가 반복 재생산될 수 있었던 원인은 예술적 성취나 단아한 기품보다는 오히려

---

6) 리춘월, 「력사의 녀인 황진이」, 『민족문화유산』 제6호, 평양: 조선문화보존사, 2002, 32쪽. 이하 북한 자료는 원전의 표기규정을 살려서 인용함.

7) 박연폭포 너럭바위에 새겨진 황진이의 글씨는 1992년 5월 김일성이 그곳을 찾았다는 이야기와 연결되면서 찬양의 소재로 활용되는 경우가 많다. "첫 통일국가인 고려의 수도였던 개성에 황진이와 같은 녀류명사가 있었다는 것은 자랑할만한 일입니다. 그가 때를 잘못 만나 천한 기생으로 생을 마쳤지만 오늘과 같은 로동당시대에 태여났더라면 유명한 녀류시인이 되였을것입니다. 그러시고 수령님께서는 이 모든것은 우리 인민의 슬기와 재능이 깃든 귀중한 민족문화유산이라고 하시면서 유적들을 더 잘 보호해야 한다고 가르치시였다. (… 중략 …) 참으로 어버이수령님께서 계심으로 하여 박연폭포는 그 이름을 더욱 빛나게 되고 천한 몸으로 불우한 생을 마쳤던 황진이도 사후 300년만에 다시 살아 나게 된것이다."(「박연폭포와 황진이」, 『천리마』 제513호, 평양: 천리마사, 2002, 10쪽)라는 잡지의 기사가 대표적인 사례이다.

은밀하면서도 치명적인 매력에서 찾을 수 있다.[8] 다만 이는 그 자체로 부각되는 것이 아니라, 앞서 살핀 면모들과 결합될 때 보다 분명한 의미가 형성된다는 사실이 간과되어서는 안 된다. 발현되는 예술성과 잠재되어 있는 유혹, 그 사이에서 만들어지는 긴장이 캐릭터에 정체성을 부여한다. 바로 이것이 황진이가 여타의 여성 캐릭터와 변별되는 부분이다.

이러한 변별은 유혹이 공격으로 연결될 때 더욱 강조된다. 황진이의 유혹은 단순히 욕망을 충족하기 위한 행동이 아니다. 그것은 지배계급을 풍자하고, 위선을 조롱하기 위한 목적에서 이루어진다. 이런 측면에서 그녀는 단순한 유혹자가 아니라 광대 혹은 트릭스터(trickster)의 면모를 가지고 있다. 이는 남북한 양쪽에서 모두 드러나지만, 특히 북한 자료에서 이를 부각시킨 경우가 많다.[9]

이태준의 소설 이후 발표된 작품들에서 황진이는 예외 없이 유혹자의 면모를 내포하고 있다.[10] 그러면서도 한결같이 다른 면모를 부각시키는데 집중하고 있다. 그러므로 지금까지 구축된 황진이 이야기의 전통은 결국 기생에서 탈피하기, 혹은 매력의 치환 과정이었다고 할 수 있다. 앞으로 창작될 황진이 이야기 또한 탈피와 치환의 타당성과 독창성을 확보하는 작업이 작품의 가치를 가름하는 기준으로

---

8) 이러한 면모가 분명하게 드러나는 작품으로는 최인호의 소설을 들 수 있다. 그는 이 작품에서 황진이의 욕망을 직접적으로 표현하여, 오히려 그에 따른 허무함을 부각시켰다. "정을 주고 정을 받고 말아 사내의 몸을 받아 그 피를 종지에 담아 홀홀 마신다 한들 날뛰는 피는 잠자지 아니하고, 하룻밤을 다 지새우고 이틀밤을 다 지새우고, 추야장장 긴긴 밤을 온통 다 지새우고 나도 깨고 나면 그도 그뿐, 욕망은 재 속에서 다시 살아 불을 당기고 다시 피어오른다. 솟아오른다."(최인호, 「황진이2」, 『황진이』, 문학동네, 2002, 33쪽)

9) 황진이의 시조 「청산리 벽계수야」를 "남존녀비의 그릇된 관습이 지배하는 봉건사회에서 녀인들이 간직하고 있는 아름다운 련정세계에 대비시켜 량반사대부들의 위선적이며 변심 많은 사랑을 야유하고 있다"라고 설명한 예가 있다(백옥련, 「녀류시인 황진이」, 『조선 녀성』 제517호, 평양: 문학예술출판사, 2001, 36쪽).

10) 학인(學人)으로의 황진이를 부각시킨 김탁환의 「나, 황진이」는 이런 면모가 직접 제시되지 않았다. 그러나 이 작품의 서술은 세간의 추문에 대해 황진이가 직접 해명하는 형식을 취하고 있다는 점에서, 그 역시 유혹자의 면모를 내재하고 있다고 파악된다.

작용하게 될 것이다.

## 2) 역사의 인물, 허구의 이야기

황진이에 대한 기록은 분명히 존재한다. 그러나 그것은 공인된 역사가 아니다. 개인 문집이나 지방지(地方誌) 등의 비공식적 기록이거나, 야담이나 패설 등의 이야기 양식을 통해 전해질 뿐이다. 그러므로 황진이는 역사적인 인물이지만, "고전 기록에 남아 있는 단편적인 내용을 바탕으로 재구성된 소설, 그러한 소설을 원작으로 삼아 재현된 영상물을 통해 구축된 이미지"11)로 존재하는 허구적인 이야기 속의 등장인물이라고 하겠다.

이러한 특성은 역사 연구에 있어서는 한계가 되겠지만, 문화예술 창작에서는 오히려 장점으로 작용한다. 확정적 기록이 없는 탓에, 작가의 상상력이 발현될 수 있는 여지가 확보되기 때문이다. 이는 최근 주목받고 있는 '팩션(faction)'과도 연결된다. 역사적 실재(fact)와 허구의 이야기(fiction)가 결합된 팩션은 "실재를 구현하는 것을 목표로 삼는 대신에 기억의 콘텐츠를 재구성하여 가상현실을 상상하는 방식으로 창작"12)된다. 물론 황진이 이야기는 이 용어가 생기기 전부터 만들어졌지만, 기본적인 창작원리는 동일하다.

2000년대에 들어 여러 문화예술 분야에서 황진이 이야기가 다수 발표되었던 까닭도 팩션과의 유사성에 힘입은 것이다. 역사를 다룬 기존의 이야기들이 사실의 충실한 재현이거나, 기록의 틈새를 상상력으로 보완하는 수준에 머물렀다면, 팩션은 보다 능동적으로 상상력을 발휘하여 역사를 해석하고 창조한다. 그런 까닭에 팩션은 단순히 과거를 재현하는 것이 아니라, 현재의 관점으로 역사를 재구성하

---

11) 이현경, 「현대영화가 '황진이'를 소환하고 재현하는 방식」, 『한국고전여성문학연구』 제 15권, 한국고전여성문학학회, 2007, 97쪽.
12) 김기봉, 『역사들이 속삭인다: 팩션 열풍과 스토리텔링의 역사』, 프로네시스, 2009, 188쪽.

는 작업이 된다. 황진이를 다룬 예술작품의 성격 또한 같은 맥락에서 이해할 수 있다. 이름난 기생에 대한 기록을 정리한 것이 아니라 당대의 시각에 맞춰 기존의 이야기를 재구성한 것이다. 앞서 살펴본 것처럼, 황진이의 캐릭터가 다양하게 해석될 수 있었던 까닭도 그 때문이다.

물론 이러한 논의는 남한에 한정되는 것이다. 북한에서도 팩션이 유행했는지 여부는 확인된 바 없다. 하지만 북한에서는 전통적으로 역사에 대한 '비판적 계승'이 강조되어 왔다는 사실에 주목할 필요가 있다. 1992년 발표된 이후 현재까지 북한의 예술작품 창작에 결정적인 영향력을 발휘하고 있는 『주체문학론』에서 이를 확인할 수 있다.

아무리 훌륭한 민족고전이라 하여도 오늘의 시대적요구와 인민의 지향에 맞게 비판적으로 계승해나가야 한다. 그러나 혁명적문학예술전통은 명실공히 모든 내용을 전면적으로다 계승발전시켜야 한다. (…중략…) 우리는 당의 의도대로 민족문화유산과 혁명적문학예술전통에 대한 옳은 견해를 가지고 우리의 민족문학예술을 새로운 높은 단계에로 끊임없이 개화발전시켜나가야 한다.13)

위의 인용처럼, 북한의 창작이론은 문화유산과 전통을 '당의 의도'에 따라 '끊임없이 개화발전'시켜야 한다고 규정하고 있다. 사실의 객관적 전승보다는 당대적 요구에 따른 재해석이 이루어진다는 뜻이다. 비록 창작의 목적과 지향점, 용어는 다르지만, 창작방법론만을 고려하자면 팩션과 상통한다.

이처럼 남북한 양쪽에서 발표된 황진이 관련 작품들은 모두 역사적인 인물에 대한 기록이기보다는 허구의 이야기라고 해야 할 것이다. 이런 사실은 문화예술 교류에서 중요한 의미를 가진다. 역사적

---

13) 김정일, 『주체문학론』, 평양: 조선로동당출판사, 1992, 63쪽.

해석은 정치와 이념의 차이에 따라 의견 충돌이 일어나기 쉽지만, 허구적 창작물의 경우에는 훨씬 유연하게 합의와 수용을 도출할 수 있다. 또한 역사 해석은 새로운 사실이나 논점이 제기되기 전에는 변화가 어렵지만, 창작물은 작가에 따라 얼마든지 다른 관점이 제시될 수 있다. 그러므로 황진이에 대한 이야기가 아무리 많이 만들어졌다 하더라도, 다른 작가의 독창적 관점과 감각에 따라 전혀 새로운 작품이 창출될 수 있는 것이다. 그러한 점에서 이 방법은 통일 이후 문화예술 작품의 창작에 중요한 시사점을 제공한다.

### 3) 멀티미디어적 요소

지금까지 황진이 관련 작품들은 다양한 분야에서 발표되었다. 문학적 형상화는 이야기 전통의 측면에서 쉽게 이해되지만, 여타의 예술 분야에서까지 활용될 수 있었던 까닭은 다소 맥락이 다르다. 이는 황진이가 기생이었다는 사실, 그로 인해 필연적으로 다양한 분야의 예술을 습득했으리라는 추측을 바탕으로 설명되어야 한다.

기생은 기본적으로 몸을 파는 여자를 지칭한다. 그러나 문화적 교양과 예술적 기예를 체계적으로 익힌다는 점에서, 여타의 창부(娼婦)와 변별된다. 지역마다 차이는 있으나 평양 교방(敎坊)을 예로 들면, "동녀(童女)가 서재(書齋)에 들어가 노래를 익히고 춤을 배워서 재주를 이룬" 뒤에야 기생이 되었으며, "관청의 연회와 사회 교제에 있어 없어서는 안 될 필수적인" 존재로 인정받았다고 한다.14) 이처럼 기생은 교양을 갖춘 까닭에 '해어화(解語花)'라고 불렸고, 시조의 경우처럼 당시의 노래가 문학과 연관되었던 탓에 작가로 활동했으며, 작곡가나 연주자, 나아가 무용가로도 활약했다. 황진이는 특히 시 창작과 노래에 정통했다고 전한다.

---

14) 이능화, 앞의 책, 442쪽.

이처럼 기생은 오늘날의 연예인 혹은 예술가와 유사한 역할을 담당했다고 할 수 있겠는데, 바로 이런 특성이 여러 분야에서의 활용이 가능하도록 만들었다. 문화콘텐츠산업의 표현에 따르면 이야기 속에 '멀티미디어(multimedia)' 요소가 많이 포함되어 있는 것이다. 이는 특히 영화·드라마 등의 영상예술 분야, 마당놀이·오페라·뮤지컬 등의 공연예술 분야에서 큰 힘을 발휘한다. 이들 분야는 움직임을 기반으로 하는 매체이고, "움직임의 바탕이 되는 하나의 장면 구성과 그러한 장면들 간의 결합"15)을 통해서 창작이 이루어진다. 이러한 창작 방법론을 적용할 때, 음악이나 무용 등의 역동적인 예술 활동은 다채로운 화면을 구성하는데 도움이 된다.

황진이 관련 작품들이 다양한 분야에서 발표되기 시작한 것은 1990년대 후반부터인데, 이는 문화콘텐츠산업의 발달에 따라 공연예술의 규모가 확대되고, 영상예술에서는 다양한 미학적 실험이 전개되었던 시기이다. 또한 다양한 작품이 발표되면서 소재의 발굴이 활발하게 이루어지기도 했다. 이러한 시대 상황은 황진이 이야기에 내재된 멀티미디어적 속성이 발현되는데 유리하게 작용했다.

이와 함께 고려되어야 할 부분은 황진이 이야기의 구조이다. 앞서 설명했던 것처럼 황진이 관련 기록은 여러 이야기 속에 분산되어 전해진 탓에, 완결된 구조를 가지기 보다는 에피소드 중심으로 이루어져 있다. 작품마다 차이가 있긴 하지만 일반적으로 황진이의 출생과 신분, 상사병에 걸려 죽은 총각의 상여에 관한 일화, 벽계수와의 인연, 지족선사의 파계, 서경덕과의 교유, 황진이의 죽음 등이 주로 활용되었다. 각 에피소드들의 연관성은 그리 긴밀하지 못하지만, 일정한 상관관계는 형성되어 있다.16)

---

15) 최수웅, 「소설과 영화의 창작방법론 비교분석」, 『어문연구』 제54집, 어문연구학회, 2007, 490쪽.
16) 이는 이본(異本) 비교를 통해서 분명하게 드러난다. 예를 들어 황진이의 출생과 신분에 관련된 에피소드의 경우, 황진사의 서녀(庶女)로 설정된 판본과 맹인 기생 진현금의 딸로 설정된 판본이 있다. 서녀로 설정되었을 경우에는 이후 이어지는 상사병 총각과 관련

이처럼 느슨하게 연결된 에피소드 중심 구조는 완결성을 도모하기 어렵기 때문에 전통적인 소설 창작방법론에서는 기피되어 왔다. 그러나 영상예술과 공연예술에서는 오히려 이런 구조가 힘을 발휘할 수 있다. 장면과 장면의 연결을 통해 이야기가 형성되기 때문에 각 장면의 흥미요소들이 보다 중요한 의미를 가진다. 즉, 구조적 완결성에 집중하기보다 장면 자체의 몰입도를 강화하는 창작방법이 주로 활용되는 것인데, 여기에서 강조되는 부분이 다채로운 멀티미디어 요소의 활용이다.

또 하나 고려할 부분은 황진이의 복식(服飾)이다. 의상과 장신구는 장면의 미장센(mise en scène)을 구성하는 주요 도구로, 작품이 제시하는 "시대의 사상, 가치관, 경제력 등 사회문화적 배경을 보여주는 가장 명확한 상징 언어로서 기능"17)한다. 특히 최근 작품들에서는 화려한 복식을 동원하여 장면을 다채롭게 구성하는 방법이 활용되고 있다. 이런 표현은 황진이가 기생 신분이기 때문에 가능한 것인데, 이 역시 이야기에 내포된 멀티미디어 요소 중 하나이다.18)

---

된 에피소드가 황진이가 기생이 되는 결정적 계기로 작용하게 된다. 기생의 딸로 설정된 경우에도 상사병 총각과 관련된 에피소드는 삽입되지만 전개에 있어 별다른 영향력을 발휘하지는 않는다.

17) Susan Hayward, 이영기 역, 『영화사전(Key concepts in cinema Studies)』, 한나래, 1997, 66쪽.

18) 이처럼 복식을 통한 표현은 한복을 "다양하고 동적이며, 화려함과 적극적인 이미지로써 일반 대중에게 인식"시켰다는 점에서 긍정적으로 평가되고 있다(한기창, 「현대 전통복식직물디자인에 미친 영상 미디어의 영향」, 『한국디자인포럼』 24호, 한국디자인트렌드학회, 2009, 99쪽). 그러나 이런 방법은 보다 신중하게 활용되어야 한다. 역사 기록 속의 황진이는 오히려 치장에 별 관심이 없는 것으로 진술되기 때문이다. 그녀는 "얼굴에 분도 바르지 않고 담장(淡粧)으로" 연회에 참석하거나, "관부(官府)의 술자리라 하더라도 머리를 빗어서 정제(整齊)하고, 옷을 고쳐입지 않았"으며, 기생이라고 해도 "사치를 좋아하지 않았"고, 그럼에도 "용모가 지극히 아름답고 행동이 단아하였다"고 한다(이능화, 앞의 책, 336~337쪽.) 앞으로 창작되는 황진이 관련 작품들은 이러한 면모까지 고려해야 할 것이다.

## 3. '황진이' 교류의 성과와 한계

### 1) 홍석중 소설의 가치와 활용 가능성

홍석중의 소설 『황진이』가 소개되었을 때, 남한 독자들이 관심을 보였던 이유는 다음과 같은 세 가지로 정리된다. 첫째, 통일부 허가를 받아 남한에서 정식으로 간행된 최초의 북한소설이며, 남한의 문학상을 수상하기까지 했다는 점. 둘째, 기존에 소개되었던 북한 소설에 비해 성애 장면을 직접적으로 표현하여 "북한식 에로티시즘의 현재적 양상"[19]을 보여주었다는 점. 셋째, 우리말을 풍요롭게 구사하여 고유어, 속담, 한자어 등을 능란하게 활용했다는 점.[20]

이런 논의들은 독자의 관심을 부각시키는데 기여했지만, 작품에 대한 심도 있는 분석의 결과가 아니라는 점에서 한계를 가진다. 이후 후속 연구들이 진행되면서 작품의 내적 논리에 대한 설명이 도출되고 있다. 그러나 여전히 문화교류의 측면에 대해서는 충분한 검토가 이루어지지 못한 실정이다. 이에 이 논문은 앞서 살핀 '황진이'의 이야기가치를 중심으로 홍석중 소설의 독창성을 분석하고, 그를 토대로 이 작품이 남북한 문화교류에 활용될 수 있었던 이유를 살펴보도록 하겠다.

### (1) 새로운 황진이 형상 창조: 트릭스터와 광대

홍석중의 「황진이」가 남한에서 발표된 여타의 작품들과 가장 분명하게 변별되는 부분은, 새로운 인물형을 창조했다는 사실이다. 이야기가치 검토를 통해 황진이의 입체적 캐릭터가 설명되었는데, 홍석

---

19) 오태호, 「홍석중의 "황진이"에 나타난 '낭만성' 고찰」, 김재용 외 9인, 『살아 있는 신화, 황진이』, 대훈닷컴, 2006, 47쪽.
20) 민충환, 「"임꺽정"과 홍석중 소설에 나타난 우리말」, 위의 책, 77~83쪽. 참조.

중은 그 중에서도 특히 트릭스터와 광대의 면모를 부각시켰다.

물론 풍자와 조롱은 이전 작품들에도 사용되었던 창작방법이다. 각종 기록을 통해서도 확인할 수 있고, 이태준의 소설 이후 발표된 여러 작품들도 그러한 면모를 내재하고 있다. 하지만 이는 주된 관심사가 아니었다. 다른 작품들에 제시되는 황진이는 사랑, 운명, 예술적 성취 등에 집중했을 뿐이고, 그 과정에서 자신을 방해하는 것들에게 장난을 걸었을 뿐이다.

그러나 홍석중은 공격의 방향과 대상이 분명하게 드러낸다. 이 작품에서 황진이는 양반계층, 특히 그들의 성적(性的) 타락과 위선을 명확하게 겨냥한다. 물론 그녀의 행동 역시 "한동안 지리감스러운 기분은 면할 수 있"21)는 장난으로 시작되었지만, 이내 그 한계를 뛰어넘어 사회·계급적인 인식으로 발전하고 그에 따라 장난은 명확한 공격으로 바뀐다.

이런 공격이 독자들의 동감을 얻기 위해서는 황진이가 지배계급에 비해서 도덕적 우월성을 가져야만 한다. 그러나 성을 매매하는 기생신분을 유지하는 한, 그녀의 공격은 진정성을 획득하기 어렵다. 작품에서 황진이의 태생이 '황진사의 서녀'로 선정된 이유, 그리고 출생의 비밀이 파혼(破婚)의 원인이 되고, 나아가 기생으로 입문하는 계기로 작용했다는 설정 등은 모두 도덕적 우월성을 확보하기 위한 장치이다. 이로 인해 황진이야말로 지배계급의 위선과 성적 타락의 피해자로 인식되기 때문이다.

진이는 이제야 비로소 세상에서 그렇듯 요란하게 떠들고 받드는 위인이나 성현들의 신비한 우상이 꾸며지고 만들어지는 단순한 리치와 비밀을 깨달은 듯했다. 신비한 것이 시작되는 곳에서 진실이 끝나버린다. 절대적인 것이 선언되는 곳에서 진리는 죽어버린다. 위인이나 성현들이 보

---

21) 홍석중, 『황진이』 2권, 대훈닷컴, 2004, 15쪽. 이하 이 작품의 인용은 권수와 쪽수만을 밝힌다.

여준 아름다운 선행과 놀라는 덕행과 신비한 기적들, 사실은 그것들 모두
가 아버지 황진사의 '상두복색'처럼 위선과 거짓에 불과한 것이요 사당에
배향된 그들의 거룩한 모습도 실상 흙으로 빚어 만든 불상이나 다름없는
것이라고 생각하면 간단히 풀이되는 일인데…… 아, 자신이 얼마나 천진
하고 어리석은 계집애였던가.(1권, 171쪽.)

　　이러한 황진이의 면모를 보다 부각시키기 위해서 '놈이'라는 새로
운 인물이 도입된다. 놈이는 역사 기록이나 기존의 작품들에 제시되
지 않았던 홍석중의 순수한 창작물이다. 그는 황진이에게 조롱과 비
판의 대상이 되는 양반들과 대척되는 지점에 위치하며, 성실하고 믿
음직하며 심지가 굳고 무력에도 능한 인물, 그래서 황진이가 자신을
돌봐줄 기둥서방으로 삼고 싶은 인물로 묘사된다. 이런 설정은 북한
의 창작방법론에서 강조하는 '주체형의 인간' 즉, "온갖 애로와 난관
을 동반하는 혁명의 초행길을 헤쳐나가는 우리 시대의 영웅"[22]의 면
모와 유사하다.
　　그러나 그는 완전무결한 인물이 아니라는 점에서 전형적인 영웅과
는 다소 차이가 있다. 그는 사랑과 질투에 눈멀어 혼사 상대에게 진
이의 출생신분을 고자질했다. 그녀를 곁에 두기 위해서라지만, 엄연
히 이기적 행동이고 욕심이었다. 이로 인해 황진이의 출생 비밀이 드
러나고, 그녀는 기생으로 전락하게 된다. 즉, 놈이는 작품 전반부의
주된 갈등을 일으키는 반동 인물인 것이다. 하지만 그의 행동에는 계
급에 대한 인식과 차별의 부당함에 대한 호소가 포함되어 있다. 이것

---

22) 이는 김정일의 『주체문학론』에 제시된 창작방법으로, 이후 영웅적 인물의 형상화 방법
　　이 보다 구체적으로 설명된다. "우리 시대의 영웅을 형상하는데서 그들이 처음부터 영웅
　　의 기질을 타고난 기상천외한 인물이 아니라 평범한 출신의 근로자이며 직장과 가정에
　　서 날마다 사람들과 함께 일하고 살고있는 보통인간이라는 것을 잘 보여주어야 한다.
　　(…중략…) 작가는 우리의 보통인간이 어떤 소박하고 평범한 인간적바탕에서 영웅으로
　　자라는가 하는 것을 생활적으로 진실하게 밝혀내야 한다. 영웅의 소박한 성품을 그리면
　　서도 그의 남다른 정신적높이와 특출난 위훈이 뚜렷이 드러나도록 형상하는것이 중요하
　　다."(김정일, 앞의 책, 170쪽)

이 독자가 그의 결점을 동정하도록 만드는 장치이다.

어린 마음에도 슬프고 분했습니다. 말 못하는 짐승들조차 서로 마음에 드는 짝을 골라 쌍을 이루는데 어째서 사람은 량반과 상놈으로 갈라져서 상놈이 량반댁 아씨를 사랑하면 안 된단 말입니까?(1권, 299쪽.)

상놈인 내가 반상의 높은 담장을 뛰여넘어 아씨 곁으로 갈 수 없다면 아씨가 그 담장을 넘어 내 곁으로 오게 만들 수는 없을가.(1권, 302쪽.)

놈이의 인물성격이 이상적인 것은, 그가 완전무결하기 때문이 아니다. 잘못이 있지만 부단한 단련을 통해 결점을 뛰어넘었기 때문이다. 단적인 예가 '글 배우기'이다. 과묵하게 묘사되었던 놈이가 처음으로 속내를 털어놓는 것은, 기생이 된 진이를 겁탈하려 했던 형방비장을 때려눕히고 도망칠 때 남긴 '괴똥이의 대필인 언문 편지'를 통해서였다. 하지만 그가 화적패의 두목이 된 뒤에 진이에게 보낸 편지는 자신이 직접 쓴 것, 그것도 "글을 깨친 정도가 아니라 룡트림하는 달필의 힘찬 붓자국"으로 쓴 것이었다.

인물의 성장 결과가 화적패 두목이라는 사실도 주목된다. 황진이의 계략은 위선을 고발하기 위한 풍자의 도구였지만, 놈이의 쟁투는 사회시스템에 대한 항거의 수단이었다. 그의 행동도 역시 비판과 폭로에 목적이 있었던 것이다.

이상의 내용은 계급 간의 대립과 투쟁을 강조하는 북한의 전통적인 창작방법이 반영된 것이라고 할 수 있다. 하지만 적어도 남한의 독자들에게 있어 그러한 면모는 낯설고 참신하게 받아들여졌다. 그동안의 남한 작품들은 대부분 예술가, 유혹자, 자유인 등의 관점에서 황진이를 다루어왔기 때문이다. 이처럼 황진이의 새로운 면모를 부각시켜, 트릭스터 또는 광대라는 캐릭터로 구현될 수 있도록 만들 것이야말로 홍석중 소설의 큰 가치라고 할 수 있다.

## (2) 역사와 풍속에 대한 풍요로운 담론

홍석중의 소설이 갖는 또 다른 가치는 다각적인 서술이 이루어진 다는 점이다. 『황진이』에는 기본 줄거리를 이끌어가는 작가의 진술 외에도, 독백 혹은 편지의 형식을 활용하여 시점과 인칭을 다양하게 변모시키는 방식이 활용되었다. 황진이가 정혼했던 남자에게 독백하 는 방식으로 속마음을 토로하는 부분이나, 놈이가 진이에게 보내는 편지로 속내를 고백하는 부분 등이 여기에 해당한다. 이처럼 다각화 된 서술은 인물의 복잡한 심리를 드러내고, 진술과정에서 감추어졌 던 내용을 드러내는데 효과적이다. 그러므로 이러한 부분들은 이야 기보다는 담론이 주를 이루게 된다.[23]

이외에도 담론이 부각되는 부분이 있다. 작가가 직접 개입하여 작 품의 시간배경과 연관된 역사적 사건을 설명하거나, 공간배경이나 당대의 풍물에 대해 설명하는 장면이다. 여기에서 이루어지는 서술 은 작품의 줄거리와 큰 관련이 없다. 이를 삭제하거나 생략해도 줄거 리에는 지장을 주지 않는다. 그러나 일견 불필요해 보이기까지 하는 이런 부분들로 인해 인물의 입체적인 성격이 구체적으로 표현될 수 있었다.

송도 장사치의 태반은 고려 시절의 량반들로서 왕씨 가문의 지조를 지 키다가 장사치로 신분이 굴러 떨어진 사람들이요 리씨 조선 건국 이래 백 수십 년이 지난 지금도 앙앙지심이 그대로 남아 있어서 량반집이라면 덮 어놓고 눈꼴이 시여 발등을 밟으려고 달려드는 터이라 법은 멀고 주먹이

---

23) 이러한 구분은 채트먼(Seymour Chatman)의 이론에 따른 것이다. 그는 서사적 텍스트의 구성 요소를 이야기와 담론으로 구분하고, 이야기는 "사건들의 내용과 그 연쇄 및 사물 적 요소"들의 결합으로 서사의 내용에 해당하고, 담론은 "내용이 전달되는 방식"인 표현 에 해당한다고 설명했다. 즉, 이야기는 '무엇'이며 담론은 '어떻게'에 해당하는 것이다: Seymour Chatman, 한용환 역, 『이야기와 담론(Story and Discourse: Narrative Structure in Fiction and Film)』, 푸른사상사, 2003, 19쪽.

가까운 이런 기회에 공손할 리가 없었다.(1권, 141쪽.)

인용된 부분은 작품의 공간배경이 되는 '송도'의 분위기를 설명한 부분으로, 이는 앞서 설명한 황진이의 면모와도 연결된다. 여기에서 송도는 양반이나 권세가들을 거부하는 반골기질이 강한 고장으로 표현된다. 황진이가 이러한 고장에 살고 있다는 사실은 곧 그녀의 성격을 규정하는 장치로 활용된다.[24] 또한 이런 정서를 가진 곳이기에, 황진이가 벌이는 풍자와 위선을 폭로하는 행동이 용납되고, 놈이의 활동 역시 백성들의 은근한 지원을 받을 수 있었던 것이다.

풍속을 묘사하는 부분에서 담론이 활용된다. 이 부분은 작품 전반에 걸쳐 다채롭게 제시되지만, 이야기의 구조에 영향을 주는 것들만 언급하면 다음과 같다. 색주가의 장례풍습인 '줄무지장', 새로 입적한 기생들을 골탕 먹이는 '허참', 중앙에서 파견된 사또와 지방에 기반을 둔 구실아치[衙前]들 사이에 벌어지는 은밀한 암투 등이 그것이다. 이러한 담론들은 작품의 구체성을 강화하는 역할을 담당하지만, 그와 함께 등장인물의 성격이나 장래를 암시하는 기능을 수행한다. 황진이가 아직 별당아씨였을 때 목격하는 '줄무지장' 장면이 대표적인 예이다.

진이는 어리둥절했다. 참으로 기괴한 행렬이었다. 방상시도 없고 명정이나 혼백이나 만장도 없고 오로지 공포를 달아 맨 장대 하나가 상여 앞에 우뚝 솟아 있었다. 상여 뒤에는 수십 명의 녀인들이 뒤따르는데 상복

---

24) 공간을 활용해서 인물의 성격을 드러내는 창작방법은 여러 연구자들에 의해 지적되었는데, 특히 웰렉(René Wellek)과 워렌(Austin Warren)은 『문학의 이론(Theory of Literature)』에서 "배경은 환경이다. 그리고 환경은 특히 가정 내부에 있어서는, 환유적 혹은 은유적인 성격의 표현으로 보일 수도 있다. 어떤 사람의 집은 그 자신의 연장이다. 그 사람의 집을 표현하는 것은 곧 그를 표현하는 것이다"라고 설명했다.
이외에도 공간은 작가 인식을 표현하거나, 상징으로 작용하거나, 구조로 활용되는 등 문화예술 작품의 창작에 다양하게 활용된다. 이에 대한 자세한 내용은 다음 자료에 정리되어 있다: 최수웅, 『소설과 디지털콘텐츠의 창작방법』, 청동거울, 2005.

차림은 하나도 없고 모두 울긋불긋 눈이 어지러운 채색옷 차림에 머리 우
에는 빨간 꽃들을 꽂고 있었다. 녀인들의 뒤로 사내들의 행렬이 뒤따랐
다. 하나같이 빨간 꽃을 꽂은 패랭이를 삐딱하게 머리에 얹고 있었다. 그
기괴한 행렬 속에서 지어낸 곡이 아니라 참말로 살을 저미고 뼈를 깎는
슬픈 호곡 소리가 새여나오고 있었다.

어째서 혼백을 인도하는 길잡이의 음악 소리가 저리도 질탕스러울가.
어째서 검소해야 할 상주들의 옷차림이 저리도 현란스러울가.

모든 것이 뒤바뀌고 뒤집혀져 있었다. 무엇인가에 대한 지꽂은 항거,
그 항거 속에는 연약한 꽃나무의 말없는 도전처럼 날카로운 가시들이 돋
혀 있었다. 머리에 꽂은 빨간 꽃에도, 상복 대신 떨쳐입은 화려한 채색
옷차림에도. (…중략…) "색주가의 풍속이란다. 몸을 팔던 불행한 녀인이
죽으면 저렇게 즐거운 음악으로 저승길을 바래주지. 그들한테는 이승을
하직하는 게 슬픔이 아니라 더없이 기쁜 일이거든."

그러나 진이의 귀에는 할멈의 목소리가 들리지 않았다. 장례 행렬의 뒤
끝에서 터벌터벌 따라가고 있는 놈이를 보았기 때문이였다.(1권,
150~151쪽.)


이 장면에는 몇 가지 의미가 중첩되어 있다. 첫째, 할멈의 설명을
통해 색주가에서 전승되는 '줄무지장'이라는 낯선 풍습이 소개된다.
둘째, 차후 그 장례의 대상이 진이의 친어머니였다는 사실이 밝혀지면
서 황진이 역시 같은 운명이 되리라는 암시가 이루어진다.[25] 셋째,
장례 행렬의 끝에 놈이가 보였다는 진술을 통해 그의 성품을 드러내고
앞으로 그가 기생이 된 진이를 돌보는 역할을 담당할 것을 암시한다.

---

25) 황진이의 죽음에 대한 기록은 명확하지 않다. 다만 그녀가 남긴 유언은 다음과 같은 세
종류가 전한다. 『어우야담』에는 "생전에 화려한 것을 좋아했으니 산에다 묻지 말고 대로
변에 묻어달라"고 했다고 하며, 『숭양기구전(崧陽耆舊傳)』에는 "관을 쓰지 말고 시체를
동문 밖 사수(沙水)에 내쳐두어 개미와 벌레들이 내 살을 뜯어 먹게 하여 천한 여자들의
경계를 삼으라"고 했다고 하며, 『식소록(識小錄)』에는 "곡을 하지 말고, 상여가 나갈 때
에는 북이나 음악으로 인도하라"고 전한다(이병렬, 『이태준 소설 연구』, 평민사, 1998,
290쪽). 이 중에서 마지막 유언이 '줄무지장'과 연관된다.

이처럼 홍석중의 「황진이」에는 역사와 풍속에 대한 풍부한 담론이 활용되었다. 이런 요소들은 작품의 이야기 규모를 풍부하게 만들고, 상징적 의미를 부각시키며, 분위기를 고조시키는 역할을 담당했다는 점에서 가치를 가진다.

## 2) 장윤현 영화의 의미와 한계

장윤현의 영화 〈황진이〉는 남북한 문화예술 교류의 측면에서 다음과 같은 성과를 남겼다. 첫째, 북한소설의 판권을 직접 구입해서 제작한 첫 번째 사례로 "통일지향의 전향적 문화교류의 모델을 제시"[26]했다는 점. 둘째, 금강산 로케이션을 진행해서 남한 영화의 배경공간을 확장했다는 점. 셋째, 공간·의상·소도구 등 장면의 구성 요소들을 복원하는데 그치지 않고 현대적 감각으로 새롭게 표현함으로써 이후 문화예술 교류의 새로운 실천 영역을 제시했다는 점.

그러나 이런 성과에 비해서 흥행에서는 좋은 실적을 거두지 못했다. 그 원인은 여러 측면에서 찾을 수 있다. 문학작품의 창작이 온전하게 작가 개인의 몫이라면, 영화 제작은 공동 작업으로 이루어지기 때문이다.[27] 그러므로 영화의 분석은 다양한 요소들에 대한 면밀한 검토가 이루어져야 마땅하다.

다만 이 논문은 남북한 문화교류만을 다루기 때문에, 원작과 관련된 부분을 중심으로 평가를 진행하고자 한다. 이는 원작에도 영화로의 각색을 방해하는 요소들이 분명히 포함되어 있기 때문이다. 이를 엄정하게 파악하지 않고서는 실천적인 교류 방안은 마련되기 어려울

---

26) 박태상, 「소설 『황진이』와 영화 〈황진이〉의 심미적 거리」, 『국어국문학』 제151호, 국어국문학회, 2009, 381쪽.

27) 영화 제작에 필요한 인원을 정리하면 다음과 같다. 우선 전체를 총괄하는 감독이 있어야 하고, 시나리오 작가, 촬영팀, 연기자, 연출부, 특수효과 담당자 등등 제작과 직접 참여하는 인원이 필요하다. 여기에 마케팅, 배급, 개봉, 사후관리 등등 유통과 관련된 여러 분야가 함께 참여한다: 최수웅, 「소설과 영화의 창작방법론 비교분석」, 앞의 글, 484~485쪽.

것이다.

## (1) 인물형 표현의 실패

홍석중의『황진이』는 새로운 성격의 인물을 창조했다. 물론 그 역시 이야기가치 중 일부를 부각시킨 것이지만, 적어도 그동안의 남한 문화예술 중에서는 황진이를 트릭스터나 광대로 표현한 작품은 발표되지 않았다. 그러므로 이 소설을 원작으로 한 영화에 대한 관심은 캐릭터 표현에 집중될 수밖에 없었다.

더구나 2004년 남한에서 발간된 홍석중의 소설과 2007년 개봉한 장윤현의 영화 사이에 황진이를 다룬 작품들이 발표되었는데, 이들은 각자 황진이의 새로운 면모를 부각시켜 주목받았다. 2004년 발간된 전경린의 소설은 황진이를 "억압적이고 권위적인 사회 속에서 자유롭고 주체적인 여성으로 살아가기 위해 몸부림친 인물"[28]로 그렸고, 2006년 방영된 김철규 연출의 드라마는 "사랑과 이별을 극복하고 춤을 통해 기녀이자 예인(藝人)으로 성장해 가는"[29] 인물로 황진이를 표현했다.[30] 이런 상황 속에서 제작되었기 때문에, 장윤현 감독의 영화에 대한 기대지평(expectation horizon)은 원작에 제시된 황진이의 면모를 얼마나 표현할 수 있는지 여부에 맞춰지게 되었다.

하지만 영화에서 표현된 황진이의 모습을 달랐다. 장윤현 감독은 기존 작품들에서 제시된 면모를 되풀이하지는 않았지만, 그렇다고 홍석중의 황진이를 충실히 그려내지도 않았다. 그는 자신이 만들어낸 황진이를 "대들고 반항하는 황진이라기보다는 깨닫고 나의 위치

---

28) 황도경, 「살아 있는 신화, 황진이」, 김재용 외 9인, 앞의 책, 139쪽.
29) 이명현, 「영상서사에 재현된 황진이 이야기의 두 가지 방식」, 『문학과 영상』 제11권 제1호, 문학과영상학회, 2010, 137쪽.
30) 이외에도 2006년 상연된 뮤지컬 〈황진이〉도 있었다. 그러나 이 작품은 다채로운 음악과 화려한 장면 구성은 인정받았지만, 이전 작품들과 변별되는 황진이 캐릭터를 제시하지는 못했다.

를 알아가고 나의 세계관을 만들어 가는"31) 인물이라고 설명했다.

영화의 마케팅 방향과
메인카피가 분명하게 반영된
포스터

물론 새로운 인물형을 창작하려는 노력 자체가 잘못된 것은 아니다. 하지만 감독의 의도가 마케팅과 일치하지 않을 때, 작품에 대한 기대지평은 충족되기 어렵다. 영화의 메인카피는 "나는, 세상이, 우습다"였다. 또한 포스터를 통해서 제시된 황진이는 요염한 유혹자나 화려한 예능인이 아니라 강인하고 결의에 찬 모습으로 제시되었다. 이런 면모는 복식 디자인에서도 드러난다. 포스터처럼, 황진이의 의상은 주로 검정색 계열로 이는 "슬픔과 절망, 그리고 우아함과 부유함, 존엄성을 동시에 나타내"32)기 위한 방법이었다.

이상의 표현들은 감독의 의도 보다는 원작에서 보여준 트릭스터의 면모에 가깝다. 보다 엄밀하게 말하자면, 원작에 제시된 놈이의 모습과 더 유사하다. 풍자와 조롱이 아니라 직설적인 방법으로 세상과 맞서기 때문이다. 물론 영화에서도 양반들에 대한 위선 벗기기 장난이 시도된다. 벽계수와 사또의 경우가 그러한데, 이 부분에서 황진이의 태도는 조롱보다는 공격에 가깝다. 괴똥이를 구해내려고 사또에게 몸을 바친 후에 이어지는 장면을 통해서 이를 확인할 수 있다.

---

31) 감독은 영화의 황진이 캐릭터에 대해 다음과 같이 설명했다. "제가 그리려고 했던 황진이는 대들고 반항하는 황진이라기보다는 깨닫고 나의 위치를 알아가고 나의 세계관을 만들어 가는 여인" (…중략…) "제가 알고 있었던 황진이의 이야기와 홍석중 원작에서 보여주는 황진이의 제일 큰 차이는 진이였어요. 출생의 비밀을 알고 자기 스스로 기생이 되겠다고 자처하는 진이. 출생의 비밀도 그랬지만 어쨌든 자기가 속해 있던 그 계급과 그 무리들을 철저히 치를 떨며 분노하고 배신감을 느끼고 하는 그 진이가 제일 큰 차이": 김형호, 「원작 안에서 영화로 치환하고 싶었다」(인터뷰), 『맥스무비(www.maxmovie.com)』, 2007.06.13.

32) 장민정, 「한국 사극영화 복식의 표현성에 관한 연구」, 성신여대 박사논문, 2008, 95쪽.

사또: 소견머리 없는 계집들이 금방 마시고 난 우물에다 침을 뱉는 게야. 금방 다시 목이 마르게 된다는 걸 생각지 않거든. 너도 지금은 이 우물에 침을 뱉는다마는 조만간 다시 이 우물을 찾게 될 것이다.

황진이: 송도에 꺾지 못할 것이 세 가지가 있습니다. 첫째는 박연폭포고, 둘쨀 꽃늪의 서화담입니다. 그분은 진정한 성인입니다. 사또와는 견줄 수 없는 세상에 계신 분이지요. 그리고 세 번째는⋯ 바로 저, 명월입니다. 저를 꺾었다고 생각하신다면 사또는 앞으로 사내구실을 하지 마십시오. 괴통이가 풀려났다고 하니 일어나겠습니다.

사또: 네 이년!

황진이: 기생년을 이토록 어렵게 품는 사내가 어디 있답니까? 사또는 제가 본 가장 더러운 위선의 탈바가지입니다.

문제는 영화의 캐릭터 표현이 원작과 유사하기 때문이 아니라, 황진이가 가진 입체성을 충분히 발현하지 못했기 때문에 발생한다. 앞서 이야기가치 분석에서 살핀 것처럼, 홍석중의 소설에서 부각된 트릭스터 혹은 광대의 면모는 치명적인 매력이 바탕이 되어야 힘을 발휘할 수 있다. 망신당할 것을 뻔히 알면서도 유혹에서 벗어날 수 없을 때, 비로소 조롱과 풍자가 이루어지기 때문이다. 그러나 장윤현 감독이 제시한 황진이의 성격은 지나치게 단선적이다. 시종일관 진중하고 공격적이다. 조롱과 풍자를 위해 필수적으로 갖추어야 하는 요염한 매력은 만들어내지 못했다.

이처럼 단순한 캐릭터가 분명한 한계로 작용하는 부분은 서화담과의 에피소드이다. 홍석중의 소설뿐만 아니라 여러 작품들은 공통적으로 황진이가 적극적으로 서화담을 유혹했다고 진술되어 있다. 그런데 이 영화에서 서화담을 찾아간 황진이는 그저 선문답을 주고받을 뿐이다. 이는 유혹자가 아니라 가르침을 받는 학생에 가까운 모습이다.[33]

이외의 몇몇 장면에서 황진이는 원작에서처럼 트릭스터 역할을 수행하려 하지만, 치명적인 매력이 표출되지 못했기 때문에 매우 어색하고 돌출적인 행동에 그치고 말았다. 황진이의 상대들이 왜 매혹을 당한 것인지 알 수 없으며, 인물의 성격도 일관되지 못하다.[34]

## (2) 이야기의 결집과 삭제

소설을 원작으로 영화를 제작할 경우 각색이 진행된다. 이 과정에서 차이가 발생하는데, 이는 매체의 차이로 인해서 작품에 수용될 수 있는 정보의 양이 다르기 때문이다. 소설은 다른 어떤 매체보다 방대한 분량을 포함할 수 있고, 그러므로 다채로운 관점에서 이야기를 전개시킬 수 있다. 홍석중의 『황진이』에서 서술의 다각화가 가능했던 것도 이러한 매체의 특성 때문이다. 반면, 영화는 소설보다 수용할 수 있는 정보의 양이 상대적으로 적을 수밖에 없다. 영화는 정보를 이야기에 담아내는 과정에 많은 비용이 소모되기 때문이다. 특히 자본주의 시장에서는 상영을 통한 이익 창출이 전제되어야 하므로 러닝타임을 무리하게 길게 만들 수 없다.

영화 〈황진이〉의 상영시간은 141분으로 일반적인 영화보다 긴 편

---

33) 이와 관련된 내용을 영화에서 찾아 정리하면 다음과 같다.
　　서화담: 나무 한 그루가 자네가 가야할 길을 막고 있다면 어쩌겠는가?
　　황진이: 나무를 피해 비켜 갈 것입니다.
　　서화담: 비바람이 앞길을 막는다면 어쩌겠는가?
　　황진이: 비바람이 멎기를 기다리겠습니다.
　　서화담: 자네를 막고 있는 그것들에게 왜 화를 내지 않는가?
　　황진이: 자연의 현상임을 어찌하겠습니까.
　　서화담: 자연이 너의 마음을 흔들지 않는 것은 자연에겐 마음이 없기 때문이다. 너를 힘들게 하는 것은 삶에 연연하는 너의 이기적인 마음이다.
　　황진이: 제가 그 마음을 버린다면 세상을 알 수 있습니까?
　　서화담: 세상 모두가 너와 하나임을 깨닫게 될 것이다. 그것이 진리요, 너의 참모습이다.
34) 이는 캐스팅의 문제이기도 하다. 이 영화에서 황진이의 역할을 송혜교가 맡았다. 이 배우의 이미지는 황진이에 부합되지 않는다. 원작과 비교해도 그렇고, 감독의 의도와 비교해도 그러하다. 트릭스터나 광대가 되기에는 너무 얌전하고, 확고한 의지를 가진 인물이 되기에는 너무 여리다. 이미지에 부합되지 않는 캐스팅은 황진이뿐만이 아니다. 놈이 역할을 맡은 유지태 역시 지나치게 키가 크고 말랐다. 원작에서의 놈이는 몸집이 크고 듬직한 사내로 나온다. 이 차이는 남북한의 미적 기준의 차이로 보아야 할 것이다.

이다. 그럼에도 불구하고 원작의 정보를 모두 담아내지는 못했다. 물론 각색 과정에서 정보의 취사선택이 이루어지는 것은 일반적인 일이니, 이 작품만의 문제라고 할 수는 없다. 그러나 선택되지 않은 정보가 원작의 가치를 형성하는데 중요한 역할을 담당했다면 문제가 발생한다. 이야기와 담론을 구분하여 이를 살펴보도록 하겠다.

먼저 이야기의 차원에서는 누락된 에피소드가 발견되었다. 마방에서 발견되는 고려시대 보물에 대한 것이 대표적인데, 이는 원작에서 사또와 이속 사이의 권력관계와 결합되어 작품 후반부의 주요한 사건을 만드는 역할을 수행하는 것이다. 그럼에도 불구하고 이 내용이 삭제됨으로써 줄거리의 견고성이 훼손되어 버렸고, 후반부에 사또의 성격 변화 역시 충분히 설명되지 못했다.

담론은 이야기 진행에 큰 영향을 주지 않기 때문에, 각색 작업에서 배제되는 경우가 많다. 소설은 '보여주기(showing)'뿐만 아니라 '말하기(telling)' 기법을 함께 사용할 수 있는데 비해, 영화는 '보여주기'를 주로 사용하므로 직접적인 설명과 추론을 제시하는 일이 용이하지 않기 때문이다.[35] 그러나 홍석중의 『황진이』처럼 담론이 소설의 가치를 형성하는 요소로 작용하는 경우, 담론이 무조건적으로 배제되면 작품의 분위기 형성이나 상징 표현이 어렵게 된다.

▲ 영화의 멀티미디어적 속성이 효과적으로 활용된 줄무지장 장면

물론 소설의 담론 중 일부는 영화 매체의 멀티미디어적 특성을 효과적으로 활용하여 표현되기도 했다. 대표적인 예는 줄무지장 장면이다. 앞서 설명했던 것처럼 이는 풍습을 소개하는 담론, 황진이의 운명에 대한 암시, 놈이의 캐릭터 표현 등 다양한 의미가 중첩되어 있는 중요한 부분이다. 이에 대한 영화의 표현도 다양

---

35) 최수웅, 앞의 글, 489쪽.

한 기법들을 동원하여 정교한 의미가 만들어지도록 구성되었다.

우선 주목되는 부분은 장례행렬 참가자들의 차림이다. 영화의 복식디자인이 "보색 대비가 아닌 유사색 배색을 사용"해서 "차가우면서도 세련된 이미지를 표현"하는데 주안점을 둔 탓에,[36] 원작의 표현처럼 "상복 차림은 하나도 없고 울긋불긋 눈이 어지러운 채색옷차림"은 아니다. 그러나 '울긋불긋'하지는 않더라도 색감을 분명하게 느낄 수 있는 의상을 활용하여, 줄무지장이 일반적인 장례의 도착적 표현이라는 점을 분명히 했다. 원작과 달리 상복 차림의 인물을 함께 제시한 까닭은 상대적으로 기생들의 옷차림을 부각시키기 위한 장치로 파악된다.

이러한 시각 표현과 함께, 음악과 음향 효과가 더해진다. 이를 위해 전문가가 동원되어 상여소리를 맡았으며, 풍물패와 대취타 등의 악기 연주도 별도로 추가되었다. 이를 통해 원작에서 "살을 저미고 뼈를 깎는 슬픈 호곡 소리"라고 다소 추상적으로 표현된 부분을 구체적으로 제시되었다.

마지막으로 내레이션과 슬로모션(slow motion)을 결합시킨 영상 편집기법이 돋보였다. 위의 사진에 표시된 자막은 할멈의 내레이션으로 이를 통해 줄무지장 풍습이 설명된다. 소설에서 담론이 담당했던 역할을 내레이션이 대신하는 것이다. 이 과정에서 영상은 느리게 진행되다가 마침내 황진이가 놈이를 발견한 뒤에야 본래의 속도로 돌아간다. 이런 기법을 통해 황진이가 줄무지장 행렬에 마음을 빼앗기고 있다는 심리 표현이 이루어진다. 또한 놈이의 존재감도 부각되는 효과를 가져왔다.

이처럼 몇몇 부분에서 효과적인 표현이 이루어졌지만, 전체적으로는 소설에서 중요한 가치로 작용했던 역사와 풍속에 대한 풍부한 담론이 영화 제작에 있어서는 오히려 방해요인이 되었다. 결국 영화는

---

36) 장민정, 앞의 글, 105쪽.

원작의 이야기를 따라가는데 급급하고 말았다. 모든 담론을 표현할 수야 없겠지만, 취사선택을 통해 다양한 방법으로 표현하였다면 보다 풍요로운 내용이 만들어질 수 있었을 것이다.

## 4. 남북한 문화예술 교류의 성과와 미래

지금까지 홍석중의 소설 『황진이』와 이를 원작으로 한 장윤현 감독의 영화 〈황진이〉를 중심으로 남북한 문화예술 교류의 사례를 분석해 보았다. 매우 아쉽고도 안타까운 일이지만, 이 사례를 성공적이라고 평가하기는 어렵다.

하지만 이러한 시도 자체는 분명한 의미를 가진다. 우선, 그동안 이데올로기의 종속물에 불과하다고 폄하되었던 북한의 문학작품 중에도 영화를 비롯한 문화콘텐츠산업의 여러 분야에서 원작으로 활용될 수 있다는 사실이 증명되었다. 또한 그 과정에서 각색과 변용 작업이 가미된다면 동시대적 의미를 획득할 수 있는 문화예술 작품을 창작할 수 있다는 사실도 확인되었다. 마지막으로 비록 지금은 부분적인 협력에 불과하지만, 차츰 교류가 거듭된다면 남북이 공동 작업을 통해 하나의 작품을 만들어낼 수 있으리라는 가능성 또한 확신할수 있었다.

남북한의 문화예술 교류는 지속되어야 마땅하지만, 그 분야 및 방법에 대해서는 보다 깊은 성찰과 현명한 판단이 요구된다. 그동안의 교류는 주로 기술협력 관계를 구축하는 일에 집중되었다. 무엇보다 가시적인 성과를 거두기 쉽기 때문이다. 하지만 이 방법은 막대한 자본과 인력이 동원되는 탓에 정치·경제 문제에서 자유로울 수 없다. 영화 〈황진이〉도 오픈세트장 건립, 개성과 박연폭포 등의 현지 로케이션과 같은 협력이 시도되었지만, 여러 현실적인 문제로 인해 무산되고 말았다.[37] 이런 사실을 감안할 때, 앞으로는 대규모의 기술 교류보다는 텍스트에 대한 평가에 집중해야 할 것이다. 여기에서 중요한 부분은 원작의 이야기가치에 대한 다각적 검토, 적용 가능한 매체의 선정과 특성 분석, 그리고 세련된 표현 기법을 도입하여 문화소비자들이 동감할 수 있는 수준 높은 콘텐츠의 창출방안 마련 등이다. 결국 이것이 남북한 문화교류를 활성화할 수 있는 방법이고, 날로 심화되고 있는 분단으로 인한 정서적 차이를 극복할 수 있는 방안이다. 이 논문을 통해 분석된 내용은 보다 많은 사례들에 대한 분석을 통해서 구체적이고도 실천적인 방안으로 발전할 수 있다고 믿는다. 이를 과제로 남긴다.

---

37) 남한의 영화사에서 개성에 오픈세트장을 건립하는 방안을 제안했다. 황진사댁, 명월관, 류수관아 등의 주요 공간을 실제 가옥으로 축조하고, 옛 송도의 저자거리 및 청교방을 재현하는 대규모 계획이었는데, 이는 남북의 물가와 인건비 등을 고려하면 훨씬 경제적인 운영이 가능했기 때문이다. 그러나 협상시간이 제한되었고, 촬영 일정의 문제로 인해 계획은 무산되었다. 또한 박연폭포 로케이션은 남측 제작진의 현지 방문이 허가되지 않았기 때문에, 북측 조선대외영화수출입공사가 대리로 촬영하고 그 필름을 구입하는 방식으로 진행되었다. 완성도는 나쁘지 않았지만, 가뭄으로 인해 폭포의 수량이 적어 장엄한 장면을 요구했던 감독의 의도와 부합되지 않았다. 이 장면이 영화에서 활용되지 못한 까닭은 그 때문이다(전영선·신동호·최은화, 앞의 책, 42~49쪽).

# 참고문헌

1. 기초자료

장윤현, 〈황진이〉, 2007.

홍석중, 『황진이』 1·2권, 대훈닷컴, 2004.


2. 참고자료

강전섭, 「황진이」, 황패강 외 24인, 『한국문학작가론』 2권, 집문당, 2000.

김기봉, 『역사들이 속삭인다－팩션 열풍과 스토리텔링의 역사』, 프로네시스, 2009.

김재용 외 9인, 『살아 있는 신화, 황진이』, 대훈닷컴, 2006.

김정일, 『주체문학론』, 평양: 조선로동당출판사, 1992.

김종회, 「통일문화의 실천적 개념과 남북한 문화이질화의 극복 방안」, 김종회 편, 『북한문학의 이해』 3권, 청동거울, 2004.

김형호, 「원작 안에서 영화로 치환하고 싶었다」, 맥스무비(www.maxmovie.com), 2007.06.13.

리춘월, 「력사의 녀인 황진이」, 『민족문화유산』 제6호, 평양: 조선문화보존사, 2002.

박태상, 「소설 "황진이"와 영화 "황진이"의 심미적 거리」, 『국어국문학』 제151호, 국어국문학회, 2009.

백옥련, 「녀류시인 황진이」, 『조선 녀성』 제517호, 평양: 문학예술출판사, 2001.

이능화, 이재곤 역, 『조선해어화사(朝鮮解語花史)』, 동문선, 1992.

이명현, 「영상서사에 재현된 황진이 이야기의 두 가지 방식」, 『문학과 영상』 제11권 1호, 문학과영상학회, 2010.

이병렬, 『이태준 소설 연구』, 평민사, 1998.

이현경, 「현대영화가 '황진이'를 소환하고 재현하는 방식」, 『한국고전여성문학연구』 제15권, 한국고전여성문학학회, 2007.

장민정, 「한국 사극영화 복식의 표현성에 관한 연구」, 성신여대 박사논문, 2008.

전영선·신동호·최은화, 『남북영화교류 기획개발 가이드북』, 영화진흥위원회, 2009.

최수웅, 『소설과 디지털콘텐츠의 창작방법』, 청동거울, 2005.

_____, 「소설과 영화의 창작방법론 비교분석」, 『어문연구』 제54집, 어문연구학회, 2007.

한기창, 「현대 전통복식직물디자인에 미친 영상 미디어의 영향」, 『한국디자인포럼』 24호, 한국디자인트렌드학회, 2009.

Susan Hayward, 이영기 역, 『영화사전(Key concepts in cinema Studies)』, 한나래, 1997.

Seymour Chatman, 한용환 역, 『이야기와 담론(Story and Discourse: Narrative Structure in Fiction and Film)』, 푸른사상사, 2003.

# 지은이 소개

## 김미진

• 단국대학교 대학원 문예창작학과 졸업(문예콘텐츠전공)

• 문학박사

• 단국대학교 부설 한국문화기술연구소 연구교수

• 주요 논문으로 「만화의 OSMU 방안 연구」(2009), (공동)「북한의 혁명연극『성황당』론」(2010), (공동)「북한 연극에서의 수령형상미학 양상」(2011), 「북한의 정치사상교육 양상 고찰」(2012) 등이 있다.

## 김정수

• 동국대학교 대학원 연극영화학과 박사(연극전공)

• 단국대학교 부설 한국문화기술연구소 연구교수

• 주요 논문으로 「북한 연극의 창작방법론 연구」(2010), 「북한 연극계에서 제기된 청산(淸算)대상 연기(演技)에 관한 연구」(2010), 「〈조선예술〉로 본 1990년대 북한 연극의 핵심코드」(2011), 「통일정책의 단계로 본 북한연극 연구사」(2012), 「북한의 극문학사 만들기 40년: '동일'과 '차이'」(2012) 등이 있다.

## 박덕규

- 경희대학교 국어국문학과 졸업
- 단국대학교 대학원 문예창작학과 졸업
- 문학박사
- 단국대학교 문예창작과 교수
- 1980년 '시운동'을 통해 시인 등단
- 1982년 '중앙일보' 신춘문예 통해 평론가 등단
- 1994년 '상상'을 통해 소설가 등단
- 주요 저서로 시집『아름다운 사냥』, 평론집『문학과 탐색의 정신』, 소설집『날아라 거북이』,『함께 있어도 외로움에 떠는 사람들』,『사명대사 일본탐정기』, 그림책『라니』, 연구서『탈북 디아스포라』등이 있다.

## 박미영

- 한국학중앙연구원 부설 한국학대학원 석·박사(고전시가, 시조)
- 백석대학교 어문학부 국어국문학과 교수
- 주요 논저로『한국 시가론과 시조관』(2006),『한국구전설화집 9』(2004, 공저), 「미주시조선집에 나타난 디아스포라 시조론」(2009), 「D. 맥켄 영어시조 창작과 그 의의」(2010), 「미주 발간 창작영어시조집에 나타난 시조의 형식과 그 의미」(2011), 「야후 영어 사이트에 존재하는 영어시조 동호회 ≪sijoforum≫의 구성과 의미」(2012), 「북한에서의 시조 연구 동향과 과제」(2013) 등이 있다.

## 박영정

- 건국대학교 대학원 국어국문학과 박사(희곡문학)
- 문학박사
- 한국문화관광연구원 연구위원
- 북한대학원대학교 겸임교수

• 주요 논저로『북한문화, 둘이면서 하나인 문화』(2006),『북한 연극 / 희곡의 분석과 전망』(2007),『한국의 웃음문화』(2008, 공저),「북한 경희극 연구」(2003),「북한 5대 혁명연극에 나타난 웃음과 희극성」(2008),「역사의 호명과 집단기억의 재구성」(2014) 등이 있다.

## 배인교
• 한국학중앙연구원 한국학대학원 박사(음악학전공)
• 단국대학교 부설 한국문화기술연구소 연구교수
• 주요 논문으로「1950~60년대 북한 전통 음악인들의 활동 양상 검토」(2009), 「박연에 대한 북한학계의 연구성과와 평가」(2010),「북한음악과 민족음악」(2011) 등이 있다.

## 오창은
• 중앙대학교 국어국문학과 박사
• 중앙대학교 교양학부대학 교수
• 2002년 '경향신문' 신춘문예 문학평론부분 당선으로 등단
• 주요 저서로『비평의 모험』(2005),『문학비평의 이해와 활용』(2009, 공저),『모욕당한 자들을 위한 자유』(2011),『절망의 인문학』(2013) 등이 있다.

## 임옥규
• 홍익대학교 대학원 국어국문학과 박사
• 단국대학교 부설 한국문화기술연구소 연구교수
• 주요논저로『북한 역사소설의 재인식』(2008),『북한의 언어와 문학』(2006, 공저),『북한 문학의 지형도』1, 2(2008, 2009, 공저),『주체의 환영』(2011, 공저),「문화콘텐츠로서 남북 역사소설 활용방안」(2010) 등이 있다.

## 전영선

- 한양대학교 국어국문학과 박사
- 건국대학교 HK 연구교수
- 주요 저서로『북한의 문학예술 운영체계와 문예이론』(2002),『고전소설의 역사
  적 전개와 남북한의 춘향전』(2003),『북한을 움직이는 문학예술인들』
  (2004),『북한의 대중문화』(2007),『고전문학을 바라보는 북한의 시각−
  고전산문1』(2011), 『고전문학을 바라보는 북한의 시각−고전산문2』
  (2012),『북한 문학예술의 장르론적 이해』(2010, 공저),『코리언의 생활
  문화』(2012), 『코리언의 민족정체성』(2012) 등이 있다.

## 장사선

- 서울대학교 국문과 졸업
- 동 대학원 국문과에서 석·박사학위 취득
- 충북대 교수를 거쳐 홍익대학교 국문과 교수 역임
- 주요 논저로『한국리얼리즘 문학론』(2001),『고려인 디아스포라 문학연구』
  (2005),『남북한 문학평론 비교 연구』(2005),「일본에서의 한국 현대문학
  연구」(2010),「서양 문학론의 최초 수용 과정과 발신자 추적을 위한 시론」
  (2013) 등이 있다.

## 최수웅

- 단국대학교 국문과 졸업
- 동 대학원 문예창작학과 박사
- 단국대학교 문예창작과 교수
- 주요논저로『소설과 디지털콘텐츠의 창작방법』(2005),『문학의 공간, 공간의
  스토리텔링』(2006),「재일한민족문학의 이야기가치와 문화콘텐츠적 활
  용양상 연구: 가네시로 가즈키의 소설「GO」를 중심으로」(2009),「손오공
  의 이야기가치와 문화콘텐츠적 활용양상 연구」(2011),「인터넷소설의 창

작방법론 연구」(2012) 등이 있다.

## 홍지석

- 홍익대학교 미술학과 박사
- 단국대학교 부설 한국문화기술연구소 연구교수
- 주요 논문으로 「북한미술의 기원－카프미술, 항일혁명미술 그리고 조선화」
  (2010), 「초기 북한과 소련의 미술 교류－1945~1953년간 북한문예지 미
  술 비평 텍스트를 중심으로」(2011), 「해방공간 예술사회학의 이론과 실
  천 : 1940-1960년대 한상진(韓相鎭)의 미학·미술사론을 중심으로」(2012)
  등이 있다.

# 찾아보기

## 1. 작품 및 논저